ROBERT CRAIS

Robert Crais est né en Louisiane et vit en Californie. Il a été scénariste pour des séries télévisées comme *La loi de Los Angeles*, *Miami Vice* et *Hill Street Blues*. Avec *L.A. requiem* (2001), *Indigo Blues* (2002), *Un ange sans pitié* (2002), *Otages de la peur* (2003), adapté au cinéma en 2005 avec Bruce Willis dans le rôle principal, *Le dernier détective* (2004), *L'homme sans passé* (2006) et *Deux minutes chrono* (2007), tous parus aux éditions Belfond, il s'est imposé parmi les plus grands noms de la littérature policière d'aujourd'hui, à l'égal d'un Ellroy ou d'un Connelly. *Mortelle protection* a paru en 2008 aux éditions Belfond.

DEUX MINUTES CHRONO

DU MÊME AUTEUR
CHEZ POCKET

Indigo blues
L.A. requiem
Un ange sans pitié
Otages de la peur
Le dernier détective
L'homme sans passé
Deux minutes chrono

Vous pouvez consulter le site de l'auteur
à l'adresse suivante :
www.robertcrais.com

ROBERT CRAIS

DEUX MINUTES CHRONO

*Traduit de l'américain
par Hubert Tézenas*

BELFOND

Titre original :
THE TWO MINUTE RULE
publié par Simon & Schuster, New York.

Ce livre est une œuvre de fiction. Les noms, les personnages, les lieux et les événements sont le fruit de l'imagination de l'auteur ou utilisés fictivement. Toute ressemblance avec des personnes réelles, vivantes ou mortes, des événements ou des lieux serait pure coïncidence.

Le papier de cet ouvrage est composé de fibres naturelles, renouvelables, recyclables et fabriquées à partir de bois provenant de forêts plantées et cultivées durablement pour la fabrication du papier.

Le Code de la propriété intellectuelle n'autorisant, aux termes de l'article L. 122-5, 2ᵉ et 3ᵉ alinéas, d'une part, que les « copies ou reproductions strictement réservées à l'usage privé du copiste et non destinées à une utilisation collective » et, d'autre part, que les analyses et les courtes citations dans un but d'exemple et d'illustration, « toute représentation ou reproduction intégrale ou partielle faite sans le consentement de l'auteur ou de ses ayants droit ou ayants cause est illicite » (art. L. 122-4).
Cette représentation ou reproduction, par quelque procédé que ce soit, constituerait donc une contrefaçon, sanctionnée par les articles L. 335-2 et suivants du Code de la propriété intellectuelle.

© Robert Crais 2006. Tous droits réservés.

Et pour la traduction française

© Belfond, un département de place des éditeurs, 2007.

ISBN 978-2-265-17796-2

À la mémoire de

*l'inspecteur Terry Melancon, Jr.
département de police de Baton Rouge
Le 10 août 2005*

Héros.

« Merci, monsieur le policier. »

Prologue

Marchenko et Parsons tournèrent seize minutes autour de l'agence, sniffant une bombe de Krylon bleu roi métallisé pour réguler la montée du PCP. Marchenko croyait que la peinture serait un atout dans la banque en leur donnant l'air féroce et hagard, surtout que le bleu roi était une couleur guerrière ; Parsons se contentait de kiffer le bourdonnement venu d'ailleurs, la sensation d'être séparé du monde par une membrane invisible.

Marchenko gifla brutalement la planche de bord ; en voyant la face large et rageuse de l'Ukrainien virer au cramoisi, Parsons sut que c'était parti.

— On se la FAIT, cette pute ! hurla Marchenko.

Parsons engagea un chargeur plein dans son MP5 pendant que Marchenko braquait à fond pour lancer leur Corolla volée sur le parking. Il défit le cran de sûreté en faisant gaffe à ne pas placer l'index trop près de la détente. C'était important de ne pas envoyer la sauce avant que Marchenko ait donné le signal – Marchenko étant à la tête de leur petite organisation, ce qui allait très bien à Parsons. Il avait fait d'eux des millionnaires.

Ils arrivèrent sur le parking à quinze heures sept et pilèrent devant la porte. Ils enfilèrent chacun une cagoule de ski noire comme ils l'avaient déjà fait douze fois. Ils entrechoquèrent leurs poings gantés dans un éclair d'esprit de corps et crièrent à l'unisson, solennellement :

— On se la FAIT, cette pute !

Ils s'extirpèrent de l'auto tels deux gros ours. Marchenko et Parsons étaient sapés à l'identique, tout en noir, treillis, bottes, gants, cagoule ; ils portaient l'un et l'autre un gilet pare-balles et un baudrier-cartouchière achetés sur eBay, avec une telle quantité de chargeurs de rechange pour leurs fusils d'assaut que leurs silhouettes massives en devenaient bouffies. Parsons tenait en plus un grand sac en Nylon pour le fric.

En pleine lumière du jour, aussi visibles que des mouches dans un bol de lait, Marchenko et Parsons déboulèrent dans l'agence en sautillant comme deux catcheurs qui vont monter sur le ring.

Parsons n'envisageait pas une seconde que la police puisse se pointer ou qu'ils courent le moindre risque d'être pris. Il avait flippé les deux premières fois, mais c'était leur treizième hold-up et jamais ils n'avaient gagné de fric aussi facilement qu'en braquant des banques : ces gens-là vous allongeaient carrément la monnaie, et les vigiles appartenaient au passé ; les banques n'employaient plus de porte-flingues parce que ça coûtait trop cher – il n'y avait qu'à pousser la porte et se servir.

Au moment où ils entrèrent, une femme en tailleur était en train de sortir. Leur tenue noire de commandos la fit tiquer. Puis elle vit leurs armes et eut un mouvement de recul, mais Marchenko l'attrapa par les joues et la fit tomber par terre d'un croche-pied. Il brandit ensuite son fusil d'assaut et gueula de toutes ses forces :

— C'est un hold-up, bande d'empaffés ! Cette putain de banque est à NOUS !

Vu que c'était sa partie, Parsons envoya au plafond deux rafales monstrueuses qui arrachèrent des plaques de plâtre et détruisirent trois rangées de fluos. Des éclats, des débris, des balles ricochèrent contre les murs et tombèrent en pluie sur les comptoirs. Les douilles giclaient de son pistolet-mitrailleur en tintant comme l'argenterie d'un festin de fous. Les décibels se bousculaient tellement dans l'espace clos que Parsons n'entendit pas crier les caissières.

Leur treizième braquage était officiellement ouvert. L'horloge tournait.

Lynn Phelps, troisième cliente de la file unique en attente devant les guichets, sursauta comme tout le monde en entendant tirer, puis se jeta au sol. Elle attrapa les jambes de la femme qui se trouvait juste derrière elle et, l'ayant fait tomber, eut la présence d'esprit de regarder l'heure. 15 : 09, disait le cadran à cristaux de sa Seiko. Quinze heures neuf. Le facteur temps serait déterminant.

Mme Phelps, soixante-deux ans, obèse et mal fagotée, était une ancienne adjointe du bureau du shérif de Riverside, en Californie. Elle venait d'emménager à Culver City avec son nouveau mari, l'officier en retraite de la police de Los Angeles Steven Lee Phelps, et était cliente de cette agence depuis huit jours. Elle n'était pas armée et n'aurait pas tenté de sortir son flingue dans le cas contraire. Lynn Phelps comprit que les deux connards en train d'attaquer sa banque n'étaient pas des professionnels à la façon qu'ils avaient d'agiter leurs armes en gueulant au lieu de se mettre au boulot. Des pros auraient immédiatement attrapé le directeur et ordonné aux caissières de vider leurs tiroirs. Les pros savaient que la vitesse était une question de vie ou de mort. Les pros gardaient toujours un œil sur l'horloge. Ces deux-là étaient clairement des amateurs. Pis, des amateurs armés jusqu'au trognon. Les pros tenaient à ressortir en vie ; les amateurs risquaient de vous tuer.

Lynn Phelps regarda de nouveau l'heure. Quinze heures dix. Déjà une minute, et ces crétins continuaient d'agiter leurs sulfateuses. De vrais amateurs.

Marchenko projeta un Latino contre un présentoir de formulaires – un petit homme basané, qui flottait dans son bleu de travail maculé de peinture et de poussière. Ses mains aussi étaient poudreuses et blanches. Il avait dû enduire un mur avant de passer à la banque, pensa Parsons. Si ça se trouvait, ce pauvre con ne pigeait même pas l'anglais – mais ils n'étaient pas là pour donner des cours de langue.

— Couche-toi, FILS DE PUTE ! gueula Marchenko.

Et il l'assomma d'un coup de crosse. Le crâne fendu, le Latino s'affala sur le présentoir, et Marchenko en remit une louche pour le mettre par terre. Puis il se retourna, les yeux tellement exorbités qu'ils lui sortaient de la cagoule.

— Personne ne bouge ! hurla-t-il, fou de rage. Le premier qui l'ouvre, je lui plombe le cul ! Toi, la grosse vache, ramène-toi !

Le boulot de Parsons était facile. Tenir tout le monde à l'œil et surveiller la porte. Si quelqu'un entrait, il le chopait et le foutait par terre. Si c'était un enfoiré de flic, il le fumait. C'est comme ça que le truc marchait. Et il s'occuperait des caissières pendant que Marchenko récupérerait la clé.

Les banques gardaient la maille dans deux endroits, les guichets et le coffre de réserve de la chambre forte. Le coffre était fermé, mais le directeur avait la clé.

Tandis que Marchenko mettait les clients par terre, Parsons fit claquer son sac en Nylon et marcha sur les caisses. C'était un plan pépère de milieu d'aprèm : quatre caissières, toutes jeunes et asiatiques ou moyen-orientales, plus une cinquième nana plus âgée, assise à un bureau de l'autre côté des guichets, qui devait être la directrice. Il y avait deux autres bureaux dans la partie accessible au public ; un type était assis derrière l'un d'eux, le genre chargé de clientèle ou directeur adjoint.

Parsons s'avança en brandissant son arme et en prenant une voix féroce comme Marchenko. Son MP5 les faisait pisser de trouille, ces connasses.

— Écartez-vous du comptoir ! Reculez, putain de merde ! Restez debout ! Pas par terre, sale pute ! DEBOUT !

Une des caissières, en larmes, était tombée à genoux, la salope. Parsons se pencha par-dessus le comptoir et la mit en joue.

— Relève-toi, pauvre conne !

Derrière lui, Marchenko secouait le mec du bureau en rugissant :

— Où est la clé ? C'est qui le directeur, tu vas me le dire ? Je te fais sauter le caisson, bordel de merde !

La femme assise derrière les guichets se leva en disant qu'elle était la directrice. Les mains au-dessus de la tête, paumes en avant, elle s'approcha à pas lents.

— Vous pouvez prendre l'argent, dit-elle. Personne ne va vous résister.

Marchenko balança le mec qu'il venait de choper et s'engouffra dans le passage menant derrière les caisses.

— Tu m'étonnes qu'on va le prendre, ton putain de fric !

Pendant que Marchenko s'occupait de sa partie, Parsons ordonna aux caissières de se remettre à leur poste de travail sans déclencher l'alarme planquée sous les guichets. Il leur ordonna de vider leurs tiroirs sur le comptoir en laissant de côté les putains de liasses piégées. Il tenait son MP5 de la main droite et leur passa son sac de la gauche. Il leur ordonna de foutre le fric dedans et elles s'exécutèrent en tremblant. Elles tremblaient toutes, autant qu'elles étaient. Leur trouille le fit bander.

Parsons avait quand même un problème avec la pétasse à genoux par terre. Pas moyen de la faire relever. Elle ne semblait plus capable de contrôler ses jambes ni même d'entendre les ordres qu'il gueulait. Il s'apprêtait à sauter le comptoir pour lui mettre une dégelée quand la fille d'à côté se proposa pour vider son tiroir à sa place.

— Vas-y, dit Parsons. Approche et refile-moi le fric.

Alors que la caissière serviable glissait ses liasses dans le sac, un homme aux cheveux gris coupés ras et à la peau tannée pénétra dans l'agence. Parsons s'en rendit compte en croisant le regard d'une autre caissière et jeta un coup d'œil par-dessus son épaule ; l'homme faisait déjà demi-tour vers la sortie.

Le MP5 pivota, comme animé d'une vie propre, et éructa trois balles avec un *brrp* bref et sec. Les caissières glapirent en voyant l'homme mouliner des bras puis s'écrouler sur place. Parsons n'y pensait déjà plus. Après avoir promené un regard sur les clients couchés au sol pour s'assurer que personne n'avait envie de se relever, il se retourna vers les caissières.

— Aboulez le putain de fric, merde !

La dernière caissière finissait d'empiler ses dollars quand Marchenko revint de la chambre forte. Son sac était plein à craquer. Le gros du cash était toujours au coffre. Les caissières avaient la mitraille.

— On est bons ? fit Parsons.

Marchenko sourit sous sa cagoule. Il faisait de la muscu, mais le sac avait l'air lourd.

— On est blindés, mec !

Il repassa devant les guichets pendant que la caissière glissait une ultime liasse dans le sac de Parsons. Celui-ci referma le zip aussitôt. Si elle avait réussi à y mettre une liasse piégée, tout le fric de ce sac serait foutu mais, au moins, le Nylon le protégerait des éclaboussures. Les liasses piégées étaient soit équipées d'un système de retardement, soit détectées par des capteurs qui déclenchaient leur explosion à l'instant où on quittait la banque. Après ça, les flics n'avaient plus qu'à rechercher des gens aspergés de taches d'encre indélébile.

Leur butin sur l'épaule, les deux braqueurs s'arrêtèrent un instant pour contempler tous ces crétins face contre terre.

Marchenko, comme toujours, lança son adieu rituel :

— On reste à plat ventre et on lève pas la tête ! Le premier qui bouge, je le crève !

Il se replia vers la sortie, et Parsons lui emboîta le pas sans un regard pour l'homme qu'il avait tué, pressé de foutre le camp et de rentrer à la maison pour compter les biftons. Au moment où ils atteignaient la porte, il tourna la tête pour s'assurer que tout le monde restait bien sage – et, comme d'habitude, personne n'avait moufté : braquer des banques, c'était vraiment du billard.

Il suivit Marchenko dans la lumière.

Lynn Phelps regarda sa montre quand les deux voyous franchirent le seuil. Quinze heures vingt-deux : cela faisait donc treize minutes que ces deux zozos vêtus de noir et armés jusqu'aux dents avaient investi l'agence. Les pros du braquage savaient tous que la règle des deux minutes était sacro-sainte en matière d'attaque de banque : deux minutes pour rafler la mise et déguerpir. Deux minutes, c'est-à-dire le délai minimum pour qu'un employé déclenche son alarme silencieuse, pour que cette alarme soit prise en compte par les sociétés de gardiennage chargées par les organismes financiers de gérer ce type de problème, et pour que la police intervienne après avoir été avertie qu'un hold-up était en cours. Chaque seconde écoulée au-delà de ces deux minutes initiales augmentait le risque d'être pris de façon exponentielle. Des pros auraient fichu le camp passé ce délai-là, avec ou sans butin. Lynn Phelps savait que ces types étaient forcément des amateurs pour s'être permis de traîner treize minutes dans la place. Tôt ou tard, ils se feraient coincer.

Elle resta couchée et attendit. Les secondes s'égrenaient. Quatorze minutes. Elle grogna.

Lynn Phelps ignorait ce qui se tramait dehors, mais son intuition était bonne.

Parsons sortit à reculons de l'agence, histoire de s'assurer que les gens qu'ils venaient de dépouiller ne se précipitaient pas à leurs trousses. Il se heurta à Marchenko, qui venait de stopper net à quelques pas de la porte en entendant une voix amplifiée résonner sur le parking.

— Police ! On ne bouge plus ! Plus un geste !

Parsons absorba la scène en un clin d'œil : deux banalisées alignées au fond du parking, une caisse de flics noir et blanc en travers de la sortie. Et aussi, au-delà de la voiture pie, une vieille camionnette Econoline garée le long du trottoir. Des types en costard au regard dur, à l'affût derrière les bagnoles, pointaient sur eux des pistolets, des fusils à pompe, des mitraillettes. Deux agents en uniforme s'étaient tapis chacun à un bout de leur voiture radio.

— Wouah, fit Parsons.

Il n'était ni effrayé ni très surpris, même si son cœur faisait des bonds. Marchenko leva son fusil d'assaut et se mit à rafaler sans l'ombre d'une hésitation. Ce mouvement donna le feu vert à Parsons, qui ouvrit le feu à son tour. Son MP5 modifié réagit au quart de tour en égrenant des chapelets de balles. Parsons sentit comme des espèces de petits coups de poing à l'estomac, la poitrine et la cuisse gauche, mais n'y fit presque pas attention. Il jeta son chargeur vide, le remplaça par un neuf, réarma. Il se tourna vers la voiture pie, envoya une giclée, et s'apprêtait à pivoter vers les banalisées quand Marchenko tomba. Marchenko ne chancela pas, ne tournoya pas sur lui-même, ni rien : il s'écroula comme une marionnette aux fils coupés.

Parsons ne savait où aller ni que faire, à part continuer à tirer. Il enjamba le corps de Marchenko et remarqua alors qu'un des civils planqués derrière les banalisées avait un pistolet-mitrailleur qui ressemblait au sien comme deux gouttes d'eau. Il le visa, mais pas tout à fait assez vite. Plusieurs balles transpercèrent son gilet et le firent tituber. Le monde devint tout à coup gris et brumeux. Sa tête se mit à bourdonner – mais rien à voir avec le Krylon. Parsons l'ignorait, mais son poumon droit était détruit et son aorte droite avait éclaté. Il tomba violemment sur le cul mais ne sentit pas l'impact. Il bascula en arrière mais ne sentit pas sa nuque heurter le bitume. Il se rendait compte qu'il y avait de l'eau dans le gaz mais ne pensait pas être en train de mourir.

Des formes, des ombres flottaient maintenant au-dessus de lui, mais Parsons ne savait pas ce que c'était – et il s'en fichait. Il ne pensa qu'au fric pendant que sa cavité abdominale se remplissait de sang et que sa pression artérielle dégringolait. Ses dernières pensées furent pour le fric, les dollars, tous ces beaux billets gris-vert qu'ils avaient volés et amassés, un souhait et un rêve par dollar, des millions de souhaits non exaucés qui semblaient hors d'atteinte et n'en finissaient plus de s'éloigner. Parsons avait toujours su que c'était mal de braquer des banques mais il y avait pris goût. Marchenko les avait rendus riches. Ils étaient riches.

Il vit leur fric.

Qui les attendait.

Attendait.

Parsons fit un arrêt cardiaque. Il cessa de respirer, et ses rêves de fric s'évanouirent sur le trottoir brûlant et lumineux d'une rue de Los Angeles.

À force d'outrepasser leurs deux minutes, Marchenko et lui avaient fait leur temps.

PREMIÈRE PARTIE

QUATRE-VINGT-SIX JOURS PLUS TARD

1

— VOUS N'ÊTES PAS SI VIEUX QUE ÇA. Quarante-six ans, ce n'est pas vieux, de nos jours. Vous avez tout le temps de refaire votre vie.

Holman ne répondit pas. Il se demandait comment empaqueter au mieux ses affaires. Tout ce qu'il possédait était étalé sur le lit, plié avec soin : quatre tee-shirts blancs, trois slips Haines, quatre paires de chaussettes blanches, deux chemises à manches courtes (une beige, une écossaise), un pantalon kaki – plus les vêtements qu'il portait dix ans, trois mois et quatre jours auparavant, au moment de son arrestation pour braquage.

— Max, vous m'écoutez ?

— Il faut que je range tout ça. Je me demande… vous croyez que je devrais garder mes vieilles fringues, celles d'avant ? Je ne suis pas sûr de pouvoir rentrer un jour dans ce falzar.

Wally Figg, le responsable du centre correctionnel communautaire, structure semi-ouverte pour détenus fédéraux en instance de libération, s'approcha d'un pas. Il prit le pantalon crème et le maintint à bout de bras devant les jambes de Holman. On distinguait encore les traces laissées par les policiers qui l'avaient plaqué au sol dans une agence de la Pacific West Bank de Studio

City, dix ans et trois mois plus tôt. Wally examina la toile d'un œil admiratif.

— Jolie coupe, mon vieux. C'est quoi, italien ?
— Armani.

Wally hocha la tête, impressionné.

— Si j'étais vous, je le garderais. Ce serait dommage de laisser perdre quelque chose d'aussi classe.
— J'ai pris dix centimètres de tour de taille.

Dans le temps, Holman avait mené la grande vie. Il volait des voitures, détournait des camions, attaquait des banques. Les poches gonflées de fric facile, il s'envoyait des rails de crystal meth au réveil et déjeunait de Makers Mark[1], trop speedé et trop abruti par sa gueule de bois pour penser à s'alimenter. Il avait pris du poids en prison.

Wally replia l'Armani.

— À votre place, je le garderais. Vous finirez bien par retrouver la ligne. Ça vous fera un objectif : pouvoir remettre ce pantalon.

Holman le repoussa entre les mains du responsable du CCC, pourtant nettement plus petit que lui.

— Je préfère faire une croix sur le passé.

Après un coup d'œil au pantalon, Wally le dévisagea tristement.

— Vous savez bien que c'est impossible. On n'a pas le droit d'accepter quoi que ce soit des pensionnaires. Je le donnerai à un autre gars, si vous voulez. Ou à l'Armée du Salut.
— C'est vous qui voyez.
— Vous avez une préférence ?
— Non, ça m'est égal.
— Bon. OK.

---

1. Marque de bourbon. *(N.d.T.)*

Holman se concentra de nouveau sur ses affaires. Sa valise était un sac en papier du supermarché Albertson's. Max Holman était toujours officiellement détenu mais, d'ici une heure, il aurait recouvré la liberté. Quand vous arrivez au terme d'une peine fédérale, ils ne se contentent pas de mettre un X dans la dernière case et de vous enlever la laisse ; la sortie d'un pénitencier fédéral s'effectue par étapes. Ils commencent par vous envoyer six mois dans un centre de confinement intensif où vous avez droit à des sorties dans le monde extérieur, à des séances de thérapie comportementale et éventuellement de désintox, ce genre de chose, après quoi vous décrochez l'autorisation d'aller dans un centre correctionnel communautaire où on vous apprend à vivre en groupe et à travailler avec de vraies gens du dehors. Parvenu à l'ultime étape de son programme de remise en liberté, Holman venait de passer trois mois à préparer sa sortie au CCC de Venice, Californie, un quartier de plages pris en sandwich entre Santa Monica et Marina del Rey. Et ce jour-là, il était censé quitter enfin son statut de détenu fédéral à temps plein pour entrer dans ce qu'ils appelaient une phase de « libération supervisée » – bref, il redeviendrait un homme libre pour la première fois depuis dix ans.

— Bon, fit Wally, je vais préparer votre dossier. Je suis fier de vous, Max. C'est un grand jour. Je suis très heureux pour vous.

Holman commença à empiler ses vêtements dans le sac. Avec l'aide de Gail Manelli, son agent de supervision du bureau des prisons, il s'était trouvé un travail, et un studio dans un motel meublé qui lui coûterait soixante dollars la semaine, alors que son job lui en rapporterait cent soixante-douze cinquante net. Un grand jour.

Wally le gratifia d'une petite tape dans le dos.

— Rejoignez-moi au bureau quand vous serez prêt. Hé, vous savez l'idée qui m'est venue, dans le genre cadeau d'adieu ?

Holman se retourna.

— Non. Qu'est-ce que c'est ?

Wally sortit une carte de visite de sa poche de chemise et la lui tendit. Elle était agrémentée d'une photographie de montre ancienne. *Salvador Jimenez, achat, vente et réparation de montres d'excellence, Culver City, Californie.*

— La femme de mon cousin tient cette petite boutique, expliqua Wally pendant que Holman lisait la carte. Ils réparent des montres. Je me suis dit que peut-être, vu que vous avez un emploi, vous pourriez avoir envie de faire réparer la montre de votre paternel. Si ça vous intéresse de la déposer chez Sally, prévenez-moi, je me débrouillerai pour qu'on vous fasse un prix d'ami.

Holman glissa la carte dans sa poche. Il portait au poignet une Timex bon marché à bracelet en métal étirable qui ne marchait plus depuis vingt ans. Dans le temps, il s'était pavané avec une Patek Philippe à dix-huit mille dollars, chipée à un receleur du nom d'Oscar Reyes. Ce fils de pute avait essayé de l'entuber sur une Carrera volée, et Holman l'avait étranglé jusqu'à lui faire tourner de l'œil. Mais ce temps-là était révolu. À présent, et malgré ses aiguilles paralysées, il portait cette Timex. Elle avait appartenu à son père.

— Merci, Wally, merci beaucoup. J'y pensais.

— Une montre qui ne donne pas l'heure, ça ne vous servira pas à grand-chose.

— J'ai l'intention de m'en occuper. Cette carte me sera utile.

— Appelez-moi. Je vous aurai un prix.

— Bien sûr. Merci. Laissez-moi finir de ranger tout ça, d'accord ?

Wally sortit de la chambre, et Holman revint à son bagage. Outre ses vêtements, il possédait les trois cent douze dollars gagnés pendant sa détention, et la montre de son père. Il n'avait ni voiture, ni permis de conduire, ni amis ou parents pour venir le chercher à sa sortie. Wally le déposerait à son motel. Ensuite, Holman devrait se débrouiller seul avec le réseau des transports publics de Los Angeles et sa montre en panne.

Après avoir entassé plusieurs strates de vêtements dans le sac en papier, il alla récupérer le portrait de son fils sur l'étroit bureau. La photo de Richie était le premier objet qu'il avait placé dans sa chambre à son arrivée ici, au CCC, et serait le dernier à la quitter. Elle montrait son fils à l'âge de huit ans, un gamin aux cheveux en brosse, quelques incisives en moins, la peau mate et le regard sérieux ; un corps d'enfant où déjà se dessinait l'épaisseur du cou et des épaules de Holman. La dernière fois qu'il l'avait vraiment vu, c'était à l'occasion de son douzième anniversaire : lui plein aux as après avoir revendu deux Corvette volées à San Diego, arrivant à la maison fin bourré un jour trop tard, la mère du petit, Donna, prenant les deux mille dollars qu'il lui offrait – à la fois trop peu et trop tard pour régler les arriérés de la pension qu'il lui devait pour le gosse et qu'il ne payait jamais. Donna lui avait envoyé cette photo durant sa deuxième année de détention – un spasme de culpabilité, car elle avait toujours refusé de lui amener son fils au parloir, de le lui passer au téléphone et de lui montrer ses lettres, aussi rares et espacées soient-elles, pour le tenir à l'écart de la vie de son père. Holman ne lui en voulait pas. Elle s'était bien débrouillée avec le petit, sans aucune aide de sa part.

Son fils avait réussi à devenir quelqu'un, et il n'en était pas peu fier.

Il déposa la photo à plat dans le sac et la recouvrit de ce qu'il lui restait de vêtements pour la protéger. Il balaya la chambre du regard. Elle n'était pas tellement différente de ce qu'elle avait été une heure plus tôt, avant qu'il plie bagage.

— Bon, soupira-t-il, je crois que ça y est.

Le moment était venu de partir, mais Holman s'assit sur le lit. Un grand jour, oui, dont le poids avait pourtant tendance à l'accabler. Il allait s'installer dans sa nouvelle piaule, prendre rendez-vous avec son agent de supervision et essayer de retrouver Donna. Deux ans avaient passé depuis le dernier courrier de celle-ci ; D'ailleurs, elle ne lui avait jamais beaucoup écrit : les cinq lettres qu'il lui avait envoyées depuis étaient toutes revenues – n'habite plus à l'adresse indiquée. Il supposait qu'elle s'était mariée et que son mec ne voulait pas qu'un ex au passé de truand vienne leur pourrir la vie. Holman ne lui en voulait pas pour ça non plus. Ils ne s'étaient jamais mariés mais ils avaient eu ce fils ensemble, et ça comptait tout de même, même si elle en était venue à le détester, lui. Il tenait à lui présenter ses excuses et à ce qu'elle sache qu'il avait changé. Si elle avait refait sa vie, eh bien, il lui souhaiterait bon vent et tâcherait ensuite de refaire la sienne. Huit ou neuf ans plus tôt, lorsqu'il rêvait à ce jour, il se voyait franchir cette putain de porte en courant, et voilà qu'il restait le cul vissé sur son lit. Il était toujours assis quand Wally revint.

— Max ?

Le responsable du centre marqua un temps d'arrêt sur le seuil, comme s'il n'osait pas entrer. Le visage blême, il s'humecta les lèvres.

— Qu'est-ce qui ne va pas ? fit Holman. Hé, vous nous faites une crise cardiaque, ou quoi ?

Wally referma la porte. Il jeta un regard à un petit carnet qu'il tenait à la main, comme s'il n'était pas sûr d'avoir compris ce qu'il y avait dessus. Il avait l'air secoué.

— Qu'est-ce qui se passe, Wally ?
— Vous avez un fils, n'est-ce pas ? Richie ?
— Ouais, exact.
— Vous pouvez me donner son nom complet ?
— Richard Dale Holman.

Holman se leva. Il n'aimait pas la façon dont Wally dansait d'un pied sur l'autre et se léchait les lèvres.

— Vous le savez, que j'ai un fils. Vous avez vu sa photo.
— C'est un gosse.
— Il doit avoir vingt-trois ans. Oui, vingt-trois ans. Pourquoi est-ce que vous me demandez ça ?
— Max, écoutez... il est policier ? Ici, à L.A. ?
— C'est ça.

Le responsable se rapprocha. Ses doigts frôlèrent le bras de Holman, légers comme un souffle.

— C'est terrible, Max. J'ai une mauvaise nouvelle pour vous, et j'ai besoin que vous soyez prêt à l'entendre.

Wally sonda son regard comme s'il attendait un signe, et Holman hocha la tête.

— D'accord, Wally. Qu'est-ce qu'il y a ?
— Il s'est fait tuer, cette nuit. Je suis désolé, mon vieux. Je suis vraiment, vraiment désolé.

Holman entendit les mots ; il vit la douleur dans les yeux de son interlocuteur et sentit la compassion au bout de ses doigts, mais Wally, la chambre et tout le reste venaient brutalement de le déposer sur place comme une auto qui en double une autre sur une ligne droite de nationale déserte – Wally pied au plancher, lui debout sur la pédale de frein et voyant le monde s'éloigner à toute vitesse.

Il finit par se ressaisir et ravala une douleur sourde, atroce.

— Qu'est-ce qui s'est passé ?

— Je n'en sais rien, Max. Le bureau des prisons a appelé pendant que je signais vos papiers. Ils n'avaient pas grand-chose à dire. Ils n'étaient même pas sûrs que ça vous concernait – ni que vous seriez encore ici.

Holman se rassit sur le lit et, cette fois, Wally s'assit à côté de lui. Il avait prévu d'aller trouver son fils après avoir parlé à Donna. Il avait treize ans quand il l'avait aperçu pour la dernière fois, deux mois à peine avant de se faire pincer dans la banque. Ce jour-là, le gamin lui avait crié d'aller se faire foutre, courant à côté de sa voiture pendant qu'il repartait de chez Donna après avoir débarqué sans prévenir, sorti de nulle part, tellement déchiré qu'il ne se rappelait même pas ce qu'il avait fait ce jour-là ni pourquoi son visage était tuméfié, sauf qu'il était remonté dans sa bagnole et que son fils cavalait à hauteur de portière, les yeux exorbités et pleins de larmes, en lui hurlant qu'il n'était qu'un minable, criant : « va te faire foutre, pauvre type ». Holman en rêvait encore. Et maintenant, ça : il se retrouvait seul avec une sensation de vide, toute l'énergie qui l'avait fait aller de l'avant ces dix dernières années venait de retomber d'un coup, et il dérivait comme un navire dénué de cap.

— Si vous voulez pleurer, ne vous retenez pas, dit Wally.

Holman ne pleura pas. Il fallait qu'il sache qui avait tué son fils.

Cher Max,

Je t'écris parce que je tiens à ce que tu saches que Richard a réussi à devenir quelqu'un malgré ton mauvais sang. Il vient d'être admis au département de police. Dimanche dernier, son diplôme lui a été remis à l'académie du LAPD[1], *près du Dodger Stadium, et c'était formidable. Le maire a fait un discours et des hélicoptères sont passés en rase-mottes. Richard est maintenant agent de police. Il a du caractère et c'est quelqu'un de bien, pas du tout comme toi. Je suis très fière de lui. Il était superbe. Je crois que c'est sa manière à lui de prouver la fausseté du dicton « tel père, tel fils ».*

Donna

C'était la dernière lettre reçue par Holman, du temps où il était incarcéré à Lompoc. Il se revit découvrant la phrase où elle parlait du dicton « tel père, tel fils », et se souvint d'avoir ressenti à la lecture de ces mots non pas de la gêne, ni de la honte, mais du soulagement. Il se revit pensant : Dieu merci, Dieu merci.

Il lui avait répondu, mais ses lettres étaient toutes revenues. Il avait écrit à son fils aux bons soins du département de police de Los Angeles, juste un petit mot pour le féliciter, sans jamais obtenir de réponse. Il ne savait pas si Richie avait reçu sa lettre ou non. Et comme il ne voulait pas s'imposer, il n'avait pas réécrit.

---

1. Los Angeles Police Department. *(N.d.T.)*

2

— QU'EST-CE QUE JE SUIS CENSÉ FAIRE ?
— Comment ça ?
— Je ne sais pas quoi faire. Il y a quelqu'un à aller voir ? Des démarches à effectuer ?

Holman avait purgé un total de neuf mois de prison en tant que mineur. Sa première condamnation ferme d'adulte avait été prononcée l'année de ses dix-huit ans – six mois, pour vol de voiture aggravé. Il avait ensuite séjourné seize mois dans une prison de l'État pour cambriolage avant de reprendre trois ans pour effraction et vol à main armée. Bon an mal an, il avait passé un tiers de sa vie d'homme dans des établissements de l'État ou fédéraux. Il était habitué à ce qu'on lui dise ce qu'il avait à faire, où, et quand. Wally parut lire son désarroi.

— Vous continuez ce que vous avez commencé, à mon avis. Il était policier… Bon sang, vous ne m'aviez jamais dit qu'il était policier. C'est incroyable.
— Et pour l'enterrement, je fais quoi ?
— Je ne sais pas. Je suppose que la police va s'en charger.

Holman s'efforça d'imaginer comment quelqu'un de responsable aurait réagi dans les mêmes circonstances, mais il n'avait aucune expérience en la matière. Il avait perdu sa mère tout gosse, et son père était mort pendant sa première peine pour cambriolage. Il ne s'était absolument pas occupé de leurs funérailles.

— Ils sont sûrs que c'est le bon Richie Holman ?

— Vous voulez en parler à un de nos psys ? On pourrait en faire venir un.

— Je n'ai pas besoin de psy, Wally. Je veux savoir ce qui s'est passé. Vous me dites que mon fils s'est fait tuer, il y a des choses qu'il faut que je sache. On ne peut pas dire à quelqu'un que son gosse s'est fait tuer et en rester là. Bon Dieu de merde...

Wally l'incita au calme d'un geste de la main, mais Holman n'avait pas le sentiment d'être en train de craquer. Il ne voyait ni quoi faire ni quoi dire d'autre – et cet homme était le seul à qui il pouvait parler.

— Bon Dieu... Donna doit être effondrée. Il va falloir que j'aille la voir.

— D'accord. Je peux vous aider ?

— Je ne sais pas. Les flics doivent savoir où la joindre. S'ils m'ont prévenu, ils ont dû la prévenir aussi.

— Laissez-moi voir ce que je peux faire. J'ai dit à Gail que je la rappelais après vous avoir parlé. C'est elle qui a reçu l'appel de la police.

Gail Manelli, qui supervisait sa libération pour le bureau des prisons, était une jeune femme aussi consciencieuse que dénuée de sens de l'humour, mais Holman l'aimait bien.

— D'accord, Wally. Allez-y.

Le responsable rappela donc Gail, qui leur expliqua que Holman pourrait obtenir des informations complémentaires auprès du capitaine du poste de Devonshire, à Chatsworth, où avait été affecté Richie. Vingt minutes plus tard, Wally et Holman quittaient Venice en voiture par la 405 pour atteindre la vallée de San Fernando. Le trajet leur prit près d'une demi-heure. Ils se garèrent devant un immeuble moderne, bas et propre, qui évoquait plus une bibliothèque de banlieue qu'un commissariat. L'air empestait la mine de crayon. Pendant ses douze semaines au CCC, Holman n'était pas sorti de Venice, où l'air était constamment régénéré par la présence de l'océan. Les « fin de peine » transférés là-bas appelaient ça « faire un tour à la ferme » parce qu'ils y étaient surveillés de près. Eux-mêmes étaient appelés « pensionnaires de transition ». Il y avait un nom pour tout quand on échouait dans le système.

Wally descendit de voiture en grimaçant comme s'il venait de marcher dans une flaque de soupe.

— Bon sang, on crève de chaud, ici !

Holman ne répondit pas. Il aimait bien cette sensation de chaleur sur sa peau.

Ils se présentèrent au comptoir de l'accueil et demandèrent le capitaine Levy. Levy, d'après Gail, était le commandant de Richie. Holman avait été arrêté trois fois par le LAPD mais n'avait jamais mis les pieds dans ce poulailler. D'entrée, l'éclairage standard et l'austérité du décor gouvernemental lui donnèrent pourtant l'impression qu'il était déjà venu et qu'il reviendrait. Les postes de police, les tribunaux et les établissements pénitentiaires faisaient partie intégrante de sa vie depuis l'âge de quatorze ans. Ils étaient normaux. Les psychologues des prisons lui avaient enfoncé dans le crâne que si les criminels de carrière comme lui avaient du mal à redresser la barre, c'était parce que les crimes et les châtiments qui les sanctionnaient étaient des éléments normaux de leur vie – le criminel finissait par ne plus avoir peur d'être puni de ses fautes. Holman se rendit compte que c'était la vérité. Il se retrouvait là, au milieu de gens qui avaient tous un flingue et des galons, et ça ne lui faisait rien. Il en fut déçu. Il se serait attendu à éprouver de la peur ou au minimum une touche d'appréhension, mais c'était à peu près comme s'il se présentait à la caisse d'une supérette.

Un officier en uniforme qui pouvait avoir son âge apparut au seuil d'une porte, et l'agent de l'accueil leur fit signe d'aller le rejoindre. En voyant ses cheveux argentés coupés ras et les étoiles qui brillaient sur ses épaulettes, Holman supposa que c'était Levy. L'officier s'adressa à Wally.

— Monsieur Holman ?
— Non. Walter Figg, du CCC.
— C'est moi. Holman.
— Chip Levy. J'étais le capitaine de Richard. Si vous voulez bien me suivre, je vais vous dire ce que je sais.

Levy était un petit homme compact qui rappelait un gymnaste sur le retour. Lorsqu'il serra la main de Holman, celui-ci remarqua qu'il portait un brassard en crêpe noir. Même chose pour les deux agents assis derrière le comptoir ainsi que pour un troisième, occupé à punaiser des feuilles volantes sur un tableau d'affichage : *Camp sportif d'été !! N'oubliez pas d'inscrire vos enfants !!*

— Je veux juste savoir ce qui s'est passé, dit Holman. Et j'aurai peut-être aussi besoin de savoir ce qui est prévu pour l'enterrement.

— Tenez, passez sous le portique. On va se trouver une pièce tranquille.

Tandis que Wally restait à l'accueil, Holman franchit le détecteur de métaux, longea un couloir derrière Levy et entra dans une salle d'interrogatoire. Un autre policier en uniforme les attendait à l'intérieur, avec des galons de sergent celui-là. Il se leva à leur arrivée.

— Dale Clark, annonça Levy. Dale, voici le père de Richard.

Clark serra fermement la main de Holman et la garda trop longtemps pour que ce ne soit pas embarrassant. À la différence de Levy, il donna l'impression d'essayer de le jauger.

— Je supervisais l'équipe de Richard, dit-il en lui lâchant enfin la main. Un jeune homme remarquable. Le meilleur.

Holman marmonna un remerciement mais ne trouva rien à ajouter ; l'idée lui vint que ces hommes avaient connu et vu travailler son fils au quotidien, alors que lui-même ne savait strictement rien de lui. Cette prise de conscience le fit hésiter sur l'attitude à adopter, et il regretta que Wally ne soit pas là.

Levy l'invita à prendre une des chaises placées autour de la petite table. Tous les policiers qui avaient interrogé Holman s'étaient toujours retranchés derrière un vernis de distance, comme s'il leur semblait inconcevable que ses paroles puissent avoir la moindre valeur. Il avait compris depuis longtemps que si leur regard était tellement lointain, c'était parce qu'ils réfléchissaient : ils cherchaient en permanence un moyen de le manœuvrer pour faire éclater la vérité. Levy ne se distinguait pas du lot.

— Est-ce qu'on peut vous proposer un café ?
— Non, ça va.
— De l'eau, un soda ?
— Non, merci.

Levy s'installa face à lui, entrelaçant les doigts. Clark tira une chaise sur le côté, à gauche de Holman. Pendant que le capitaine se penchait en avant et plantait les coudes sur la table, Clark se carra sur sa chaise, les bras croisés.

— Bien, dit Levy. Avant d'aller plus loin, j'aurais besoin de voir une pièce d'identité.

Holman sentit aussitôt qu'ils le mettaient sur le gril. Le bureau des prisons avait beau les avoir prévenus de sa visite, ces types lui demandaient ses papiers.

— Vous avez eu Mlle Manelli, non ?

— Simple formalité. Quand ce genre de drame se produit, on voit trop souvent des gens débarquer en se faisant passer pour des proches.

— En général, renchérit Clark en le fixant d'un œil impassible, c'est pour monter une arnaque à l'assurance.

Holman rougit en sortant son portefeuille.

— Je n'essaie d'arnaquer personne.

— C'est juste une formalité, insista Levy. S'il vous plaît.

Il leur montra son attestation de mise en liberté conditionnelle et sa carte d'identité toute neuve émise par l'État de Californie. Ayant constaté que trop de détenus sortaient de prison sans la moindre pièce d'identité, l'État leur fournissait une carte plastifiée avec photo qui ressemblait plus ou moins à un permis de conduire. Après un vague coup d'œil à celle de Holman, Levy la lui rendit.

— Très bien. Je déplore que vous ayez appris la nouvelle de cette façon – par le bureau des prisons, je veux dire –, mais nous ne connaissions même pas votre existence.

— Qu'est-ce que vous entendez par là ?

— Que vous n'êtes mentionné nulle part dans le dossier personnel de l'agent décédé. Dans la case « Père », Richard avait inscrit « inconnu ».

Holman se sentit rougir encore un peu plus, mais réussit à soutenir le regard de Clark. Ce sergent l'énervait. Toute sa vie, les mecs dans son genre lui avaient cassé les couilles.

— Si vous ne saviez pas que j'existais, comment se fait-il que vous m'ayez prévenu ?

— La femme de Richard.

Holman encaissa. Richie s'était donc marié – sans que Donna ou lui-même juge bon de l'en avertir. Sans doute les flics lurent-ils ses pensées, car Levy s'éclaircit la gorge.

— Depuis combien de temps êtes-vous incarcéré ?

— Dix ans. Mais c'est fini. Ma libération conditionnelle démarre aujourd'hui.

— Vous avez plongé pour quoi ? demanda Clark.

— Des banques.

— Hmm-hmm... Donc, vous n'aviez pas eu de nouvelles récentes de votre fils ?

Holman détourna un bref instant les yeux et s'en voulut.

— Je comptais reprendre contact une fois dehors.

Clark opina d'un air pensif.

— Vous auriez pu lui téléphoner du centre correctionnel, non ? Ils vous laissent pas mal de liberté là-bas, si je ne m'abuse.

— Je préférais ne pas l'appeler tant que j'étais incarcéré. Au cas où il aurait voulu qu'on se rencontre, je ne voulais pas avoir à demander la permission. Je tenais à ce qu'il me voie libre, avec la prison derrière moi.

Ce fut au tour de Levy d'avoir l'air perplexe ; Holman en profita pour poser une de ses questions.

— Vous pourriez me dire comment va la mère de Richie ? J'aimerais être sûr qu'elle tient le choc.

Levy glissa un coup d'œil à Clark, qui se chargea de répondre.

— Nous avons contacté la veuve de Richard. C'était

notre premier devoir, vous comprenez, en tant que conjointe ? Est-ce qu'elle a prévenu sa mère ou qui que ce soit d'autre, nous n'en savons rien, c'était à elle d'en décider. C'est Mme Holman – la femme de Richard – qui nous a parlé de vous. Et comme elle ne savait pas où vous étiez détenu, nous avons contacté le bureau des prisons.

Levy prit le relais :

— Je vais vous dire ce que nous savons. Ce n'est pas grand-chose. L'enquête a été confiée à la brigade spéciale des vols et homicides, à Parker Center. La seule chose dont on soit sûrs pour l'instant, c'est que Richard faisait partie d'un groupe de quatre agents qui ont été assassinés cette nuit. Nous pensons qu'ils sont tombés dans une sorte de guet-apens, mais nous ne pouvons pas encore l'affirmer à ce stade...

— Vers une heure cinquante du matin, un tout petit peu avant deux heures. Ça s'est passé à ce moment-là.

Levy enchaîna comme s'il n'avait pas remarqué l'interruption de Clark.

— Deux de ces agents étaient en service, mais pas les autres. Richard était au repos. Ils s'étaient rassemblés sous...

— Vous voulez dire qu'ils n'ont pas été tués pendant un flingage ni rien de ce genre ? coupa Holman.

— Si vous me demandez s'ils étaient ou non engagés dans une fusillade au moment de leur décès, nous l'ignorons, mais les rapports préliminaires que j'ai vus passer ne vont pas dans ce sens. Ils s'étaient réunis dans un cadre informel. Je ne vois pas trop quelle image employer...

— Je n'ai pas besoin d'images. Je veux juste savoir ce qui s'est passé.

— Ces quatre agents faisaient un break ensemble

– voilà ce que j'entends par « cadre informel ». Ils étaient descendus de voiture, leurs armes étaient rangées, et aucun d'eux n'a signalé par radio un crime ou une situation problématique. Il semblerait que l'arme utilisée – ou en tout cas une des armes – ait été un fusil à pompe.

— Nom de Dieu...

— Comprenez-moi, cela est arrivé il y a quelques heures à peine. Une cellule spéciale vient d'être créée, et les enquêteurs travaillent en ce moment même à essayer de reconstituer les faits. Nous vous tiendrons informé, mais nous n'avons rien de plus pour l'instant. L'enquête est en cours.

Holman se tortilla, et sa chaise fit entendre un couinement suraigu.

— Vous savez qui c'est ? Vous avez des suspects ?
— Pas encore.
— Alors quelqu'un a descendu mon fils comme ça, pendant qu'il regardait ailleurs ? Dans le dos ? J'essaie juste de... je ne sais pas... d'imaginer...

— Nous n'en savons pas plus, monsieur Holman. Je comprends que vous vous posiez des questions. Croyez-moi, nous nous en posons aussi. Nous en sommes encore à essayer de tirer l'affaire au clair.

Holman avait l'impression de ne pas en savoir plus qu'à son arrivée. Plus il tentait de réfléchir, plus il revoyait son fils en train de courir à côté de sa voiture en le traitant de minable.

— Est-ce qu'il a souffert ?

Levy hésita.

— Je me suis rendu sur les lieux du crime ce matin, dès que l'appel m'est parvenu. Richard était un de mes hommes, pas les trois autres. Richard travaillait ici même, au commissariat de Devonshire, et il fallait que j'y aille. Je l'ignore, monsieur Holman – j'aimerais pouvoir vous dire que non. Je préférerais penser qu'il n'a rien vu venir, mais je l'ignore.

Holman observa Levy, et apprécia son honnêteté. Un froid intense lui envahit la poitrine, mais c'était une sensation qu'il connaissait déjà.

— Il faudra aussi qu'on m'explique, pour l'enterrement. Il y a quelque chose que je dois faire ?

— Le département s'en occupera avec sa veuve, répondit Clark. Aucune date n'est fixée pour le moment. On ne sait pas encore quand les permis d'inhumer seront délivrés par le bureau du coroner.

— Bien sûr, je comprends. Vous pourriez me donner son numéro ? J'aimerais lui parler.

Clark se balança en arrière sur sa chaise. Levy noua de nouveau ses mains sur la table.

— Non, monsieur Holman, je ne peux pas vous donner son numéro. Vous n'avez qu'à nous laisser vos coordonnées, nous les lui transmettrons – en lui expliquant que vous souhaitez lui parler. C'est elle qui choisira si elle veut vous contacter.

— Je veux simplement lui dire quelques mots.

— Je ne suis pas autorisé à vous donner son numéro.

— Question de respect de la vie privée, précisa Clark. Notre premier devoir envers la famille de l'agent.

— Je suis son père.

— Pas d'après son dossier.

Holman eut envie de riposter mais se força à rester calme, comme en prison quand un autre détenu le cherchait. Il fallait prendre sur soi.

— D'accord, fit-il en baissant les yeux. Je comprends.

— Si elle a envie de vous appeler, elle le fera. Vous savez ce que c'est.

— Oui.

Holman ne connaissait pas par cœur le téléphone du motel où il allait emménager. Levy le reconduisit à l'accueil, prit note du numéro que lui donna Wally et promit de le rappeler dès qu'ils en sauraient plus. Holman le remercia de l'avoir reçu. En prenant sur lui.

— Capitaine ? dit-il au moment où Levy tournait les talons.

— Oui, monsieur ?

— Mon fils... est-ce que c'était un bon policier ?

Levy hocha la tête.

— Oui, monsieur. Oui, absolument. Un jeune homme remarquable.

Et il s'éloigna.

— Alors, qu'est-ce qu'ils vous ont dit ? demanda Wally.

Holman ne répondit pas, il sortit du commissariat et retourna à la voiture. Il attendit d'être rejoint par Wally en regardant des flics entrer et sortir du bâtiment. Il leva les yeux sur l'écrasant ciel bleu, et les montagnes toutes proches qui se dressaient au nord. Il avait beau faire de son mieux pour se sentir dans la peau d'un homme libre, c'était à peu près comme s'il était encore à Lompoc. Tant pis, songea-t-il. Il avait passé une bonne partie de sa vie à l'ombre. Il prendrait sur lui.

3

LE NOUVEAU DOMICILE DE HOLMAN ÉTAIT UN IMMEUBLE sur trois niveaux de Culver City, près de Washington Boulevard, coincé entre un garage spécialisé dans les problèmes de boîte de vitesses et une supérette défendue par une grille d'acier. Le motel-résidence Pacific Gardens était un des six choix possibles de la liste que lui avait fournie Gail Manelli lorsque l'heure était venue pour lui de se procurer un logement. Holman l'avait trouvé bien tenu et pas trop cher, sans compter qu'il était situé à proximité d'une ligne de bus desservant directement son lieu de travail.

Wally stoppa devant l'entrée principale et éteignit son moteur. Ils étaient repassés par le CCC pour que Holman puisse signer ses papiers et récupérer ses affaires. Il était officiellement relaxé sous conditions. Il était libre.

— Ce n'est vraiment pas une façon de redémarrer, Max, se prendre une nouvelle comme celle-là dès le premier jour. Si vous préférez rester encore quelques jours chez nous, vous êtes le bienvenu. On reparlerait de tout ça. Vous pourriez voir un de nos psys.

Holman ouvrit sa portière mais ne sortit pas. L'inquiétude de Wally était palpable.

— Je vais m'installer et j'appellerai Gail dans la foulée. Je veux quand même passer au DMV[1] dès aujourd'hui. Il me faut une voiture le plus tôt possible.

— C'est un coup dur. Une claque pareille, le jour de votre grand retour dans le monde... Surtout ne vous laissez pas abattre, Max. Ne basculez pas dans le côté sombre.

— Personne ne va basculer.

Wally chercha dans son regard de quoi se rassurer, et Holman fit de son mieux pour avoir l'air rassurant. Wally ne parut pas convaincu.

— Vous allez connaître des moments sombres, Max, des moments d'obscurité, comme si vous étiez enfermé dans une caisse où l'air se raréfie. Vous allez passer devant des centaines de troquets et de marchands de vin, et ça finira fatalement par vous porter sur le système. Si vous vous sentez faiblir, appelez-moi.

— Ça va aller, Wally. Ne vous en faites pas.

— Souvenez-vous qu'il y a des gens qui croient en vous. Tout le monde n'est pas capable de remonter la pente après être descendu aussi bas, et ça montre votre force de caractère. Vous êtes quelqu'un de bien, Max.

— Il faut vraiment que j'y aille, Wally. J'ai à faire.

Wally lui tendit la main.

— Je suis joignable en permanence, vingt-quatre heures sur vingt-quatre et sept jours sur sept.

— Merci, mec.

Holman récupéra son sac de supermarché sur la banquette arrière, descendit sur le trottoir, et salua Wally au moment où l'auto redémarrait. Il avait loué un des

---

[1]. Department of Motor Vehicles, équivalent élargi de la préfecture française, où l'on passe aussi les épreuves du permis de conduire. *(N.d.T.)*

huit studios meublés du Pacific Gardens. Cinq des six autres locataires étaient des citoyens ordinaires et le dernier, comme lui, était en liberté surveillée. Il se demanda si ses futurs voisins avaient droit à une remise de loyer pour vivre en contact aussi étroit avec des criminels, puis se dit que ces gens bénéficiaient sans doute du programme d'hébergement des sans-abri et qu'ils avaient déjà de la chance d'avoir un toit sur la tête.

Une grosse goutte de quelque chose s'écrasa sur sa nuque et lui fit lever la tête. Le Pacific Gardens n'avait pas la climatisation centrale. Les conditionneurs individuels encastrés sous chaque fenêtre saillaient au-dessus du trottoir et exsudaient leur liquide sur le bitume. Une deuxième goutte lui tomba sur le front ; il fit un pas de côté.

Le patron, un vieux Noir nommé Perry Wilkes, le salua de la main à son entrée. Le Pacific Gardens avait beau s'intituler motel, on n'y trouvait pas de comptoir de réception comme dans les vrais motels. Perry en était le propriétaire et vivait dans l'unique studio du rez-de-chaussée. Il officiait derrière un bureau niché dans un coin de l'entrée d'où il pouvait surveiller toutes les allées et venues.

Son regard tomba sur le sac de Holman.

— Salut. C'est tout ce que vous avez comme bagages ?

— Oui, tout est là.

— Bon. Alors ça y est, vous voilà officiellement locataire. Vous avez droit à deux clés. Ce sont de vraies clés en métal, hein, alors si vous m'en paumez une, vous pouvez dire adieu à votre caution.

Holman avait déjà rempli le contrat de location et payé deux semaines d'avance, plus une taxe d'entretien de cent dollars et un dépôt de garantie de six dollars pour les clés. Le jour où il était venu visiter les lieux, Perry lui avait fait tout un sermon sur le bruit, les activités nocturnes, l'interdiction de fumer le cigare ou de l'herbe dans les chambres, et la nécessité de s'acquitter de son loyer rubis sur l'ongle, c'est-à-dire chaque semaine et toujours avec deux semaines d'avance. Tout étant déjà payé, il ne lui restait donc plus qu'à prendre possession de sa piaule : ainsi en avaient décidé Gail Manelli et le bureau des prisons.

Perry sortit un jeu de clés du tiroir central de son bureau et le tendit à Holman.

— Le 206, face à l'escalier, côté rue. J'en ai un autre de libre en ce moment, au deuxième et sur l'arrière, mais allez d'abord voir le 206, c'est le plus chouette. Si vous tenez à jeter un œil à l'autre, je vous laisserai choisir.

— Le 206 donne sur la rue ?

— Exact. Côté rue, face escalier. Ça vous fera une petite vue sympa.

— Ces climatiseurs… ça dégouline sur les piétons.

— On m'a déjà dit ça et j'en ai rien à battre.

Holman monta voir son studio. C'était une pièce toute simple, aux murs jaune sale, meublée d'un lit double antédiluvien, d'une petite table et de deux chaises au tissu floral usé jusqu'à la trame. S'y ajoutaient un cabinet de toilette et ce que Perry appelait une kitchenette – et qui se réduisait à un miniréfrigérateur surmonté d'une plaque chauffante à feu unique. Holman posa son sac au pied du lit et alla ouvrir le frigo. Il était vide, mais étincelait de propreté et de lumière. Le cabinet de toilette était propre, lui aussi, et parfumé au pin. Il ouvrit une main sous le robinet et but quelques gorgées d'eau avant de s'étudier dans le miroir. Il avait deux valises sous les yeux, et des pattes-d'oie. Ses cheveux courts étaient parsemés de gris. Il ne se rappelait pas s'être regardé une seule fois dans la glace à Lompoc. Il ne ressemblait plus du tout à un gamin, et peut-être que cela n'avait jamais été le cas. Plutôt à une momie relevée d'entre les morts.

Il se débarbouilla à l'eau froide mais, ayant constaté trop tard qu'il n'y avait ni serviette ni rien de ce genre, il s'essuya d'un revers de manche et ressortit du cabinet de toilette le visage trempé.

Il s'assit au bord du lit, sortit de son portefeuille un papier sur lequel était inscrit un numéro de téléphone et appela Gail Manelli.

— Ici Holman. Je suis dans ma chambre.

— Max, j'ai été terriblement attristée d'apprendre, pour votre fils... Comment vous sentez-vous ?

— Je fais avec. Ce n'est pas comme si on avait été proches.

— C'était tout de même votre fils.

Un silence s'instaura. Holman ne savait que dire.

— Je vais tâcher de rester concentré sur mes objectifs, finit-il par lâcher, sentant que c'était ce qu'on attendait de lui.

— Très bien. Vous avez parcouru un long chemin, ce n'est pas le moment de flancher. Vous avez eu Tony ?

Tony était son nouvel employeur – Tony Gilbert, de l'imprimerie Harding. Holman y travaillait déjà à temps partiel depuis huit semaines, afin de se préparer pour le poste à temps plein qu'il occuperait dès le lendemain.

— Non, pas encore. J'arrive tout juste. Wally m'a emmené à Chatsworth.

— Je sais. Je viens de lui parler. Les policiers ont pu vous éclairer un peu ?

— Ils ne savent rien.

— J'ai écouté les infos. C'est affreux, Max. Je suis tellement navrée...

Holman balaya sa chambre du regard et s'aperçut qu'il n'y avait ni la télévision ni la radio.

— Il va falloir que je suive ça, fit-il.

— Les policiers... ils ont été aimables ? Ils vous ont traité correctement ?

— Ils ont été très bien.

— Écoutez, si vous avez besoin d'un ou deux jours de congé, je peux vous arranger ça.

— Autant me mettre au boulot tout de suite. Je me dis que ça me fera du bien d'être occupé.

— Si vous changez d'avis, faites-le-moi savoir.

— Il faut que j'aille au DMV. Il commence à se faire tard et je ne sais pas trop quel bus prendre. Je dois repasser le permis pour pouvoir conduire.

— D'accord, Max. Et n'oubliez pas que vous pouvez me joindre à tout moment. Vous avez le numéro de mon bureau et celui de mon bip.

— Il faut vraiment que je file au DMV.

— Je suis désolée que votre nouvelle vie commence aussi mal.

— Merci, Gail. Moi aussi.

Quand elle eut enfin raccroché, Holman ramassa son sac de vêtements. Il en retira une pile de chemises et prit le portrait de Richie. Il contempla son visage. Pour éviter que sa tête ne finisse criblée de trous de punaise, il s'était fabriqué un petit cadre à partir de chutes d'érable récupérées à l'atelier de menuiserie de Lompoc, puis il avait plaqué la photo sur un morceau de carton avec de la colle à bois. On ne laissait jamais de verre aux prisonniers. Avec du verre, on pouvait se faire une arme. Avec un éclat de verre, on pouvait planter un homme ou se suicider. Il plaça le cadre sur la petite table, entre les deux chaises dépenaillées, et redescendit voir Perry à son bureau.

Perry était rencogné sur sa chaise comme s'il s'attendait à le voir déboucher de l'escalier. C'était le cas.

— Il faut fermer à clé quand on sort, mec. J'ai entendu, et vous l'avez pas fait. Vous êtes plus au CCC, ici. Si vous laissez ouvert, quelqu'un aura vite fait de piquer vos affaires.

L'idée de fermer à clé n'avait même pas effleuré Holman.

— Merci du tuyau. Après toutes ces années, on finit par oublier.

— Je sais.

— Dites, je vais avoir besoin de serviettes, là-haut.

— J'en ai pas mis ?

— Non.

— Vous avez regardé dans le placard ? Sur l'étagère du haut ?

Holman résista à l'envie de lui demander pourquoi les serviettes étaient dans un placard et non dans le cabinet de toilette.

— Non, je n'y ai pas pensé. Je vérifierai. J'aimerais avoir la télé, aussi. Vous pouvez m'arranger ça ?

— On n'a pas le câble.

— Juste une télé.

— Je dois en avoir une, il faudra que je la retrouve. Ça vous fera huit dollars par mois, plus soixante de caution.

Holman n'avait pas un gros bas de laine. Il pensait pouvoir faire face aux huit dollars mensuels supplémentaires, mais la caution entamerait trop profondément ses maigres réserves, d'autant qu'il allait avoir besoin d'argent pour un certain nombre d'autres choses.

— Vous n'y allez pas de main morte, pour la caution.

Perry haussa les épaules.

— Le jour où vous balancez une bouteille dessus, il

me reste quoi, à moi ? D'accord, je reconnais que ça fait cher. Allez donc faire un tour dans un de ces magasins discount. Vous trouverez une télé neuve pour quatre-vingts dollars. Elles sont fabriquées en Corée par des esclaves et c'est presque donné. Ça vous fera un poil plus cher en mise de fonds, mais vous aurez pas à allonger les huit dollars par mois et l'image sera meilleure. Ce vieux poste que je peux vous avoir, il y a pas mal de neige.

Holman n'avait pas le temps de partir à la recherche d'un téléviseur coréen.

— Vous me remboursez mes soixante tickets quand je vous rends le poste ?

— Sûr.

— OK, branchez-le-moi. Je vous le rendrai dès que je m'en serai payé un.

— C'est comme si c'était fait.

Holman alla ensuite s'acheter le *Times* à la supérette voisine. Il prit aussi une brique de lait chocolaté pour accompagner sa lecture et dévora l'article sur la tuerie debout sur le trottoir.

Le sergent Mike Fowler, un vétéran de la force avec ses vingt-six ans d'uniforme, était le plus capé des quatre victimes. Il laissait derrière lui une femme et quatre gosses. Les agents Patrick Mellon et Charles Wallace Ash avaient huit et six ans de maison, respectivement. Mellon laissait une femme et deux enfants en bas âge ; Ash était célibataire. Holman étudia leurs photos. Fowler se caractérisait par un visage étroit et une peau parcheminée. Mellon, un type basané, au front large et aux traits épais, avait une gueule à aimer la castagne. Ash était tout l'opposé : des joues d'écureuil, des cheveux filasse tellement clairs qu'ils en paraissaient presque blancs, un regard inquiet. Le dernier portrait représentait Richie. Holman n'avait jamais vu une seule photo de son fils adulte. Ils avaient le même visage anguleux, les mêmes lèvres minces. Holman lui trouva l'expression endurcie de certains taulards aux ailes brûlées par une vie trop cruelle. Il éprouva soudain de la colère et se sentit responsable. Après avoir plié la page en deux pour cacher le visage de son fils, il reprit sa lecture.

L'article décrivait la scène de crime à peu près dans les mêmes termes que Levy, sans guère apporter d'informations complémentaires. Holman était déçu. Le reporter avait dû se dépêcher de pondre son papier avant le bouclage.

Les agents, dont les autos avaient été retrouvées au bord de la Los Angeles River, sous le pont de la Quatrième Rue, avaient apparemment été victimes d'un guet-apens. Mais alors que Levy avait dit à Holman qu'aucun des quatre agents n'avait sorti son arme, l'article déclarait que l'agent Mellon avait dégainé, sans toutefois faire feu. Un porte-parole de la police confirmait que le plus gradé des quatre – Fowler – avait signalé un peu plus tôt par radio son intention de faire une petite pause, puis n'avait plus donné de nouvelles. Holman siffla doucement – quatre policiers armés s'étaient fait descendre à la file, tellement vite qu'ils n'avaient pas eu le temps de riposter, ni même de se mettre à couvert pour appeler des renforts. L'article n'apportait aucune précision sur le nombre de balles tirées ou ayant atteint les agents, mais il supposa que deux personnes au moins étaient impliquées dans la tuerie. Il lui paraissait difficile qu'un homme seul ait pu buter quatre flics sans leur laisser la moindre chance de réagir.

Au moment même où il songeait à ce que les victimes

avaient bien pu faire sous ce pont, il lut qu'un porte-parole de la police démentait qu'un pack de bières entamé ait été retrouvé à l'intérieur d'une des voitures de patrouille. Il en déduisit que les agents étaient descendus là histoire de boire un coup et se demanda pourquoi ils avaient choisi la rivière. Du temps où il traînait avec des toxicos et autres voyous, Holman s'était plusieurs fois amusé à rouler à moto dans le lit bétonné de la Los Angeles River. La zone canalisée étant interdite au public, il fallait escalader la clôture ou forcer un portail à l'aide d'une pince coupante. Ces flics avaient peut-être un passe, mais pourquoi se seraient-ils donné tant de mal s'ils cherchaient juste à picoler dans un coin tranquille ?

Après avoir fini l'article, il découpa le portrait de Richie. Son portefeuille était toujours celui qu'il portait quand il s'était fait alpaguer en plein braquage. On le lui avait rendu lors de son transfert au CCC mais, à ce moment-là, son contenu lui avait semblé périmé, et il avait tout balancé pour faire de la place. Il glissa la photo de Richie à l'intérieur et regagna le motel.

Dans sa chambre, il resta un bon moment à côté du téléphone, pensif, avant de se décider à appeler les renseignements.

— Nom de la ville et de l'État, je vous prie ?
— Euh... Los Angeles. En Californie.
— Nom de l'abonné ?
— Donna Banik, B-A-N-I-K.
— Désolé, monsieur. Je n'ai personne à ce nom.

Donna s'était-elle mariée ? Avait-elle changé de nom ? Il n'en savait rien. Avait-elle déménagé dans une autre ville ? Il ne le savait pas non plus.

— Laissez-moi essayer un autre nom. Richard Holman.

— Désolé, monsieur.

Holman réfléchit à une solution alternative.

— Quand je vous dis Los Angeles, votre recherche porte seulement sur les préfixes 310 et 213 ?

— Tout à fait, monsieur.

— Essayez aussi le 818, à Chatsworth.

— Désolé, monsieur, mais je ne vois personne de ce nom à Chatsworth, ni dans aucune autre localité utilisant le même préfixe.

— D'accord. Merci.

Holman raccrocha, irrité et anxieux. Il retourna au cabinet de toilette et s'aspergea encore une fois le visage, puis s'approcha de la fenêtre et demeura sans bouger devant le conditionneur, à se demander si l'eau du système d'évacuation était en train d'éclabousser quelqu'un. Il ressortit son portefeuille. Ce qu'il lui restait sur ses trois cents dollars était plié dans la poche à billets. Il était censé ouvrir un compte d'épargne et un compte-chèques pour marquer le coup de son retour à la vie normale, mais Gail lui avait bien dit que ça pouvait attendre une semaine ou deux. Il chercha entre les billets et finit par trouver le morceau d'enveloppe de la dernière lettre de Donna qu'il avait déchiré pour garder son adresse – où il lui avait ensuite écrit des lettres qui, toutes, étaient revenues. Après l'avoir regardé, il le remit entre les billets.

Cette fois, en sortant de sa chambre, il pensa à fermer à clé. Perry hocha la tête en le voyant apparaître au pied de l'escalier.

— Ça s'améliore. Je vous ai entendu fermer, ce coup-ci.

— Perry, écoutez-moi, il faut que j'aille au DMV et je suis en retard. Vous n'auriez pas une bagnole à me prêter ?

Le sourire de Perry se mua en froncement de sourcils.

— Vous n'avez pas le permis.

— Je sais, mais je suis vraiment à la bourre, mec. Il y a toujours des queues pas possibles, là-bas, vous savez ce que c'est. Et il est presque midi.

— Vous êtes débile, ou quoi ? Qu'est-ce qui se passera si on vous contrôle ? Elle dira quoi, Gail, à votre avis ?

— On ne me contrôlera pas, et je ne dirai à personne que c'est vous qui m'avez prêté la voiture.

— Comptez pas sur moi pour vous prêter quoi que ce soit.

Le vieil homme fronça néanmoins les sourcils, et Holman sentit son hésitation.

— J'en ai besoin pour quelques heures, insista-t-il. Juste pour aller au DMV. Quand j'aurai démarré le boulot, ça sera plus dur de me libérer. Vous le savez bien.

— Exact.

— Je pourrais peut-être me mettre d'accord avec un de vos locataires.

— Vous êtes dans le pétrin et vous me demandez un petit coup de pouce, c'est ça ?

— Juste une caisse.

— Si je vous donnais un coup de pouce dans ce genre, il faudrait surtout pas que ça remonte jusqu'à Gail.

— Eh, mec, vous m'avez bien regardé ?

Holman écarta les mains. Vous m'avez bien regardé ?

Perry bascula en avant sur sa chaise, ouvrit le tiroir central du bureau.

— D'accord, j'ai une vieille guimbarde. Je vous laisse la prendre – une Mercury. Y a plus beau, mais elle roule. Ça vous coûtera vingt dollars, et vous avez intérêt à me la ramener en un seul morceau.

— Putain, c'est raide. Vingt dollars pour quelques heures ?

— Vingt. Et si vous oubliez de me la ramener, je dirai que vous l'avez volée.

Holman lui tendit un Jackson[1]. Il n'était officiellement en liberté surveillée que depuis quatre heures et venait de commettre sa première infraction.

---

1. Billet de vingt dollars à l'effigie d'Andrew Jackson. *(N.d.T.)*

4

LA MERCURY DE PERRY ÉTAIT UNE VRAIE MERDE AMBULANTE. Elle crachait de la fumée par overdose d'huile et le moteur avait une sale tendance à cogner – Holman passa le plus clair de son trajet à craindre qu'un flic trop zélé n'ait l'idée de le verbaliser pour pollution excessive.

L'adresse de Donna le mena au pied d'un petit immeuble en stuc rose de Jefferson Park, au sud du Santa Monica Freeway et en plein centre de la plaine urbaine. Une vraie mocheté, sur deux étages, à la façade noircie par un soleil implacable. Holman eut un coup de blues en apercevant les gouttières cloquées et les buissons rabougris. Il s'était toujours imaginé Donna vivant dans un décor nettement plus classe ; peut-être pas aussi joli que Brentwood ou Santa Monica, mais quelque chose de gai et de pimpant. Bien qu'elle se fût souvent plainte de manquer de fric, elle avait gardé son boulot d'infirmière à domicile pour personnes âgées. Holman se demanda si Richie avait aidé sa mère à changer de quartier une fois admis dans la police. Dans son esprit, l'homme qu'était devenu son fils était forcément du genre à avoir eu ce réflexe-là, même si ça l'avait obligé à réduire son propre train de vie.

L'immeuble dessinait une sorte de U dont les deux branches faisaient face à la rue et entre lesquelles serpentait une allée bordée de buissons. Donna avait habité au 108.

Il n'y avait pas de portail. N'importe qui pouvait remonter cette allée, et pourtant Holman eut du mal à se résoudre à pénétrer dans la cour. Il resta un moment immobile sur le trottoir, l'estomac en feu, à se rassurer en se disant qu'il allait juste frapper et demander aux nouveaux occupants de l'appartement s'ils connaissaient l'adresse actuelle de Donna. Entrer dans cette cour n'avait en soi rien d'illégal et son contrôle judiciaire ne lui interdisait pas de frapper à une porte, mais Holman avait du mal à se défaire du sentiment d'être un criminel.

Il s'arma de courage et localisa l'appartement 108. Il toqua au cadre de la porte et fut immédiatement saisi d'une vague de découragement en voyant que personne ne répondait. Il venait de frapper à nouveau, un peu plus fort, lorsque la porte s'entrouvrit sur un homme malingre, au crâne dégarni, qui risqua un œil à l'extérieur. Agrippé à la porte, prêt à la refermer au moindre signe suspect, il lança d'une voix cassante et hachée :

— Vous me dérangez en plein boulot, mon gars. C'est pour quoi ?

Holman enfouit les mains au fond de ses poches pour avoir l'air moins menaçant.

— J'essaie de retrouver une vieille amie. Elle s'appelle Donna Banik. Elle a habité ici.

L'homme parut se détendre et ouvrit un peu plus grand. Il était pieds nus, avec un marcel et un bermuda flottant. Son talon droit en appui sur le genou gauche le faisait ressembler à un héron.

— Désolé, mon pote. Je ne peux rien pour vous.

— Elle vivait ici il y a deux ans. Donna Banik, les cheveux bruns, à peu près de cette taille.

— Ça fait combien que je suis arrivé, quatre ou cinq mois ? Déjà que je ne sais pas qui créchait ici avant moi, alors il y a deux ans…

Holman jeta un regard aux portes du palier, en se disant qu'un voisin, peut-être…

— Et les autres ? Vous savez s'ils sont là depuis longtemps ?

L'homme maigre suivit le regard de Holman et fronça les sourcils comme si la seule idée de connaître ses voisins lui semblait déplacée.

— Non, vieux, désolé. Ça tourne pas mal, dans le coin.

— Bon. Excusez-moi de vous avoir dérangé.

— Pas de problème.

Holman avait déjà tourné les talons quand une idée l'effleura, mais la porte s'était refermée. Il frappa. L'homme maigre rouvrit aussitôt.

— Excusez-moi encore. Le gardien habite ici, dans l'immeuble ?

— Mouais, c'est de l'autre côté, au numéro 100. Le premier appart après l'entrée, dans l'aile nord.

— Il s'appelle comment ?

— Elle. C'est une nana. Mme Bartello.

— D'accord. Merci.

Holman reprit l'allée en sens inverse, repéra le numéro 100 et, cette fois, frappa sans hésiter.

Mme Bartello était une femme trapue aux cheveux gris soigneusement rabattus en arrière, vêtue d'une robe d'intérieur informe. Elle ouvrit sa porte en grand et l'observa à travers l'écran moustiquaire. Après avoir dit son nom, Holman expliqua qu'il tentait de retrouver une ancienne occupante de l'appartement 108, Donna Banik.

— Donna et moi, on a été mariés dans le temps, mais ça fait un bail. J'ai dû partir, et on a perdu le contact.

Holman s'était dit qu'il vaudrait mieux raconter qu'ils avaient été mariés que se présenter comme le salaud qui avait mis Donna en cloque avant de la laisser élever leur fils toute seule.

L'expression de Mme Bartello s'adoucit d'un seul coup, comme si elle le remettait ; elle entrouvrit la moustiquaire.

— Oh, mon Dieu, vous êtes *cet* Holman-là ? Le papa de Richard ?

— C'est ça, oui.

Il se demanda si elle avait vu les infos, mais comprit très vite qu'elle ne savait rien de la mort de Richie.

— Richard est un garçon adorable. Il passait tout le temps la voir. Il est tellement mignon dans son uniforme…

— Oui, madame, merci. Vous pourriez me dire où Donna habite, maintenant ?

Son regard s'attendrit encore.

— Comment, vous ne savez pas ?

— Ça fait longtemps que je ne l'ai pas revue, et Richie non plus.

Mme Bartello écarta la moustiquaire, les yeux plissés de tristesse.

— Je suis désolée. Vous ne saviez pas. Je suis désolée. Donna n'est plus de ce monde.

Holman sentit tous les rythmes de son organisme décélérer comme sous l'effet d'une drogue ; son cœur, son souffle, et le sang qui pulsait dans ses vaisseaux ralentirent comme le disque d'une platine qu'on vient de débrancher. D'abord Richie, et maintenant Donna. Il resta muet, et une lueur de compréhension pétilla dans les yeux tristes de Mme Bartello. Elle repoussa la moustiquaire d'un coup d'épaule pour pouvoir croiser les bras.

— Vous ne saviez pas. Oh, je suis vraiment navrée, vous ne saviez pas. Je regrette, monsieur Holman.

La décélération finit par se coaguler en une espèce de calme lointain.

— Qu'est-ce qui s'est passé ? demanda-t-il.

— Toutes ces voitures. Ça roule tellement vite sur les freeways, je ne supporte plus de prendre le volant.

— Elle a eu un accident ?

— Elle rentrait à la maison, un soir. Vous savez qu'elle était infirmière, n'est-ce pas ?

— Oui.

— Elle rentrait. Ça va faire deux ans. D'après ce qu'on m'a dit, quelqu'un a perdu le contrôle de sa voiture, il y a eu un carambolage, et Donna s'est retrouvée dedans. Je suis vraiment navrée de devoir vous annoncer ça. Si vous saviez la peine que ça m'a fait pour elle et pour ce pauvre Richard.

Holman eut envie de s'en aller. Il eut envie de s'éloigner aussi vite que possible de l'ancien domicile de Donna, qu'elle cherchait à rejoindre quand elle s'était tuée au volant.

— Il faudrait que je voie Richie. Vous savez où je peux le trouver ?

— C'est vraiment gentil à vous de l'appeler Richie. Moi, du temps où je l'ai connu, c'était Richard. Donna disait toujours Richard. Il est dans la police, vous savez.

— Vous avez son numéro de téléphone ?

— Euh... Je le voyais seulement quand il passait la voir, vous savez. Non, je crois bien que je ne l'ai jamais eu.

— Vous ne savez pas où il habite ?

— Oh, non.

— L'adresse de Richie était peut-être indiquée sur le contrat de location de Donna.

— Je regrette. J'ai jeté ces vieux papiers après… enfin, une fois qu'on a eu de nouveaux locataires, il n'y avait plus de raisons de garder tout ça.

Il eut brusquement envie de lui annoncer que Richie était mort, lui aussi ; c'était sans doute la moindre des politesses à rendre à cette femme qui venait de dire des choses tellement gentilles sur Donna et son fils, mais il n'en trouva pas la force. Il se sentait vidé, comme s'il avait déjà tout donné et n'avait plus rien en stock.

Il s'apprêtait à la remercier quand une idée lui vint.

— Vous savez où elle a été enterrée ?

— Ça s'est passé à Baldwin Hills. Le cimetière de Baldwin Haven. C'est là que j'ai vu Richard pour la dernière fois, en fait. Il n'était pas en uniforme. J'avais cru qu'il le mettrait parce qu'il en était tellement fier, et tout, mais il avait un joli complet noir.

— Il y avait du monde ?

Mme Bartello haussa tristement les épaules.

— Non. Non, pas tant que ça.

D'humeur sinistre, Holman regagna la Mercury et se mit en route vers l'ouest, face au soleil, pour se retrouver presque aussitôt piégé dans les coups d'accordéon du trafic à l'heure de pointe. Il lui fallut quarante minutes pour couvrir la poignée de kilomètres qui le séparaient de Culver City. Il gara la poubelle de Perry à sa place antérieure derrière le motel et entra par la porte principale. Le vieil homme était toujours à son bureau, écoutant en direct un match des Dodgers sur une petite radio nasillarde. Il baissa le son lorsque Holman lui rendit les clés.

— Alors, ce premier jour de liberté, c'était comment ?
— À chier.
Perry remit le volume et se balança sur sa chaise.
— Bon. Ça ne peut que s'améliorer.
— Quelqu'un a appelé pour moi ?
— J'en sais rien, moi. Vous avez un répondeur ?
— J'ai donné votre numéro à plusieurs personnes.
— Donnez-leur le vôtre, pas le mien. Vous trouvez que j'ai une bouille de standardiste ?
— Un capitaine de police nommé Levy, et aussi une jeune femme. L'un d'eux a appelé ?
— Non. Pas que je sache, et j'ai pas bougé de la journée.
— Ma télé est installée ?
— J'ai pas bougé de la journée. Je vous l'amène demain.
— Vous avez un annuaire, ou il faut que je repasse demain ?
Perry ramassa un bottin sous son bureau.
Holman l'emporta dans sa chambre et chercha l'adresse du cimetière de Baldwin Haven. Après l'avoir recopiée, il s'étendit tout habillé sur son lit, pensant à Donna. Au bout d'un certain temps, il leva le bras gauche et regarda la montre de son père. Les aiguilles n'avaient plus bougé depuis sa mort. Il débloqua la molette et les fit tourner. Elles balayèrent le cadran à toute allure, mais c'était du chiqué. Elles étaient paralysées. Le temps ne s'écoulait que pour les autres. Holman, lui, était pris au piège de son passé.

5

HOLMAN SE LEVA DE BONNE HEURE LE LENDEMAIN MATIN et descendit à la supérette avant que Perry ait repris sa place au bureau. Il s'acheta un demi-litre de lait chocolaté, un paquet de six minidonuts au sucre glace, plus le *Times*, remonta le tout dans sa chambre et lut le journal en mangeant. L'enquête sur le massacre des agents faisait toujours la une, mais plus bas, sous le pli. D'après le chef de la police, des témoins dont le nom n'était pas cité s'étaient fait connaître, ce qui avait permis aux enquêteurs de réduire l'éventail des suspects. Aucun détail précis n'était fourni, à part que la ville avait décidé d'offrir une récompense de cinquante mille dollars pour toute information susceptible de permettre l'arrestation et la condamnation du ou des coupables. Holman soupçonna les flics d'être dans le brouillard absolu, mais d'avoir bidonné cette histoire de témoins afin d'inciter les vrais témoins éventuels à se bouger le cul pour toucher la prime.

Il mangea ses donuts en regrettant de ne pas avoir la télé pour suivre les flashes du matin. Il pouvait s'être passé un tas de choses depuis que le journal était sorti des rotatives.

Il finit son lait chocolaté, se doucha et enfila son

unique tenue de rechange pour aller au travail. Il fallait qu'il prenne le bus de sept heures dix s'il voulait être sur place pour huit heures. Un bus direct, sans changement, un seul long parcours jusqu'au boulot et idem le soir en sens inverse. Il n'aurait qu'à refaire ce trajet tous les jours, un seul bus à chaque fois, pour remettre sa vie dans le bon sens.

Lorsqu'il fut prêt à partir, il téléphona au commissariat de Chatsworth, se présenta et demanda le capitaine. Il n'était pas sûr de trouver Levy au travail de si bonne heure et envisageait de laisser un message quand celui-ci prit son appel.

— Capitaine ? Ici Max Holman.

— Oui, monsieur. Je n'ai rien de nouveau à vous annoncer.

— Bon. En fait, j'ai un autre numéro à vous donner. Je n'ai pas encore de répondeur, et ça vous permettra de me joindre à mon travail s'il se passe quelque chose dans la journée.

Holman lui dicta le numéro de son employeur, puis :

— Encore une chose. Vous avez eu le temps de parler à la femme de Richie ?

— Je lui ai parlé, monsieur Holman.

— J'aimerais que vous lui donniez ce numéro à elle aussi. Si elle essaie de me joindre ici, au motel, j'ai bien peur de ne pas être prévenu.

Levy mit plusieurs secondes à répondre.

— Entendu. Je lui transmettrai le numéro de votre employeur.

— Et s'il vous plaît, redites-lui bien que je souhaite lui parler dès que possible.

Holman s'interrogeait sur le motif de l'hésitation de Levy. Il allait lui demander s'il y avait un problème quand le capitaine lui coupa la parole.

— Monsieur Holman, je vais lui transmettre votre message, mais je tiens à être tout à fait franc avec vous en ce qui concerne cette situation, et vous n'allez pas apprécier ce que je vais vous dire.

Il marqua une nouvelle pause, comme si les mots qu'il s'apprêtait à prononcer étaient aussi pénibles à dire pour lui qu'à entendre pour Holman.

— J'étais le commissaire de Richard. Je souhaite respecter sa volonté et celle de sa veuve, mais je suis aussi père de famille, et je crois qu'il serait injuste de vous laisser espérer quelque chose qui ne viendra pas. Richard ne voulait pas entendre parler de vous. Quant à sa femme, eh bien, son monde vient de s'écrouler. Je ne passerais pas mes journées à retenir mon souffle en attendant son appel. Vous comprenez ce que je suis en train de vous dire ?

— Pas vraiment. Vous m'avez dit vous-même que c'était elle qui vous avait parlé de moi. Que c'est même suite à ça que vous avez appelé le bureau des prisons.

— Elle a estimé que vous aviez le droit de savoir, mais ça ne change rien aux sentiments de Richard. Je n'apprécie pas d'être dans cette position, mais c'est comme ça. Ce qui a pu se passer entre votre fils et vous ne me regarde en rien mais j'ai l'intention de respecter son désir, et donc de respecter le désir de sa veuve. Je n'ai pas à jouer le rôle d'un conseiller familial dans cette affaire. Nous sommes bien clairs là-dessus ?

Holman fixa sa main posée sur sa cuisse ; on aurait dit un crabe sur le dos qui essaie de se retourner en gigotant.

— Il y a longtemps que je n'espère plus rien, dit-il.

— C'était juste pour que vous compreniez. Je lui transmettrai ce deuxième numéro de téléphone, mais ne comptez pas sur moi pour lui forcer la main. En ce qui vous concerne, je suis ici pour répondre à vos questions sur l'enquête dans la mesure du possible, et je vous appellerai pour vous mettre au courant quand nous aurons quelque chose à signaler.

— Et pour les funérailles ?

Levy ne répondit pas. Holman raccrocha sans un mot et descendit au rez-de-chaussée. Il attendait dans le hall quand Perry arriva.

— J'ai encore besoin de votre bagnole.

— Vous avez les vingt tickets ?

Holman leva un billet entre ses doigts.

— Ramenez-la-moi entière, avertit Perry en attrapant le billet. Attention, hein. J'ai pas vérifié hier soir, ni ce matin, mais je veux que cette voiture revienne entière.

— Il me faut la télé.

— Eh, on dirait que vous faites la gueule. Si vous avez les boules parce que vous avez pas pu mater les programmes d'hier soir, je suis désolé, mais il faut que j'aille la chercher. Je vous l'installe ce matin.

— Ça n'a rien à voir avec la télé.

— Alors, pourquoi vous faites cette tronche ?

— Envoyez les putains de clés.

Holman reprit la Mercury et partit au sud vers la Cité de l'Industrie. Prendre le bus aurait été plus rapide, mais il avait prévu de couvrir un terrain considérable ce jour-là. Il prit soin de ne jamais dépasser la limite de vitesse et fit extrêmement attention aux autres automobilistes.

Il arriva au travail avec dix minutes d'avance et se gara tout au fond du parking pour ne pas courir le risque d'être surpris par son patron. Tony Gilbert était trop habitué à embaucher des ex-taulards pour ignorer qu'il n'avait pas encore repassé son permis.

Holman travaillait pour l'imprimerie Harding, qui procédait au tirage d'affiches géantes pour les panneaux d'affichage Harding. Ces affiches, imprimées sur d'immenses feuilles de type papier peint, puis découpées et mises en rouleaux, étaient ensuite acheminées vers leurs panneaux de destination aux quatre coins de la Californie, dans le Nevada et en Arizona. Une fois sur place, des équipes spécialisées déroulaient les énormes bandes et les collaient sur leur panneau. Ces deux derniers mois, Holman avait reçu à l'imprimerie une formation à temps partiel de découpeur : son boulot consistait à charger des rouleaux d'un mètre cinquante, de deux mètres ou de deux mètres cinquante de large dans la machine, à s'assurer que le papier était bien engagé, puis à vérifier en fin de parcours que les massicots automatiques le découpaient proprement. N'importe quel demeuré aurait pu le faire. Il ne lui avait pas fallu plus de deux minutes pour piger le truc, mais Holman se rendait néanmoins compte de la chance qu'il avait de s'être vu proposer ce job.

Après avoir pointé, il alla trouver Gilbert pour bien lui faire savoir qu'il était arrivé à l'heure. Son patron était en train d'étudier le planning du jour avec les opérateurs d'impression, responsables de la coordination des couleurs et des retouches sur les affiches à imprimer. Gilbert était un homme râblé, au crâne partiellement chauve, qui marchait toujours en bombant le torse.

— Alors ça y est, dit-il, vous voilà officiellement libre. Félicitations.

Holman le remercia sans chercher à alimenter la conversation. Il ne se donna pas non plus la peine de prévenir la standardiste, ni personne d'autre, que la femme de Richie risquait de l'appeler. Après son entretien avec Levy, il était persuadé qu'elle ne téléphonerait pas.

Tout au long de la matinée, il fut félicité pour sa

libération et accueilli comme une nouvelle recrue alors qu'il était déjà dans la place depuis deux mois. Il garda sans cesse un œil sur l'horloge pendant son temps de service, attendant avec impatience l'heure de liberté à laquelle il aurait droit pour le déjeuner.

À onze heures dix, il se rendit aux toilettes. Il était campé devant un des urinoirs quand Marc Lee Pitchess, un autre ex-taulard, vint se mettre à côté de lui. Holman ne l'aimait pas et l'avait soigneusement évité durant ses deux mois de formation.

— Dix ans, c'est long, dit Pitchess. Bienvenue dehors.

— Ça fait deux mois que tu me vois cinq jours par semaine. Je n'ai pas bougé d'ici.

— Ils vont continuer à te contrôler ?

— Lâche-moi la grappe.

— On peut causer, non ? Je peux t'avoir un kit d'enfer, tu gardes un petit échantillon sur toi, prêt à servir, et tu es sûr d'être négatif le jour où ils te tomberont dessus pour te faire pisser dans le bocal.

Holman recula de l'urinoir. Il fit un quart de tour pour faire face à Pitchess mais Pitchess regardait le mur, droit devant.

— Arrête de me faire chier avec ces conneries.

— Si jamais t'as besoin, mec, je peux aussi te dépanner pour la pharmacie de base – somnifs, coke, beu, OxyContin, n'importe quoi.

Pitchess se secoua le sexe et remonta sa braguette, mais ne bougea pas. Il fixait toujours le mur. Quelqu'un avait dessiné une bite surmontée d'une petite bulle disant : « *Tète ça, salope.* »

— Entre frangins, faut s'entraider.

Pitchess souriait toujours quand Holman sortit. Il retourna voir Gilbert.

— Alors, comment ça se passe, ce premier jour ?
— Impeccable. Dites, je voulais vous demander. Il faut que j'aille au DMV passer mon code, et après le boulot ça fera trop tard. Vous pourriez m'accorder une heure de rab pour le déjeuner ?
— Ils sont ouverts le samedi matin, non ?
— Uniquement sur rendez-vous, et c'est complet pour les trois semaines à venir. J'ai vraiment besoin de me débarrasser de ça, Tony.

Malgré une moue réprobatrice, son patron finit par céder.

— D'accord, mais s'il y a le moindre problème, prévenez-nous. Et n'essayez pas d'en profiter, hein ? Réclamer un supplément de pause dès votre premier jour, ce n'est pas ce que j'appelle un début en fanfare.
— Merci, Tony.
— Deux heures. Je veux que vous soyez rentré à deux heures. Ça vous laisse largement le temps.
— Bien sûr, Tony. Merci.

Gilbert n'ayant fait aucune allusion à Richie, Holman se garda d'en parler. Gail n'avait apparemment pas appelé, ce qui l'arrangeait. Il ne voulait pas avoir à parler de son fils, ce qui le mènerait à s'expliquer sur Donna et la façon dont il avait foiré sa putain de vie.

Dès que son patron se fut éloigné en roulant des mécaniques, Holman alla pointer au bureau – et tant pis s'il n'était pas encore midi.

6

HOLMAN ACHETA UN PETIT BOUQUET DE ROSES ROUGES à un Latino qui faisait le pied de grue en bas de la bretelle de sortie du freeway. Ce type-là tout seul, sûrement un clandestin, avec son chapeau de cow-boy et son grand seau en plastique rempli de bouquets, espérait sans doute faire un carton avec les visiteurs du cimetière. Il demandait huit dollars – *ocho* – mais Holman lui en donna dix parce qu'il se sentait coupable de ne pas avoir pensé à apporter des fleurs avant d'apercevoir ce type avec son seau, et encore plus parce que Richie ne l'avait pas jugé digne d'être informé de la mort de Donna.

Le cimetière de Baldwin Haven se déployait sur le versant le plus évasé d'une colline en pente douce de Ladera Heights, en bordure de la 405. Holman franchit le portail et se gara à côté du bureau, en espérant que personne ne remarquerait l'état de sa voiture. La Mercury était dans un tel état qu'on s'imaginerait forcément, en le voyant descendre, qu'il se cherchait un taf au black de tailleur de haies. Il prit ses fleurs avec lui dans l'espoir de faire meilleure impression.

Le bureau du cimetière était une vaste salle divisée en deux par un comptoir. Deux bureaux et quelques armoires à dossiers étaient installés d'un côté du comptoir ; de l'autre, plusieurs plans du domaine étaient étalés sur une grande table. Une dame âgée aux cheveux gris, assise derrière un des bureaux, redressa la tête à son entrée.

— J'aurais besoin de retrouver la tombe de quelqu'un, dit Holman.

Elle se leva, vint au comptoir.

— Oui, monsieur. Puis-je avoir le nom de la personne ?

— Donna Banik.

— Banner ?

— B-A-N-I-K. Ça doit faire deux ans qu'elle est ici.

La dame s'approcha d'une étagère et souleva un classeur qui semblait lourd et usé. Elle entreprit de le feuilleter, remuant les lèvres et murmurant Banik, Banik, Banik…

Elle finit par trouver la page, nota quelque chose sur un bout de papier, passa de l'autre côté du comptoir et guida Holman vers la table des plans.

— Venez, je vais vous montrer où c'est.

Holman la suivit pendant qu'elle faisait le tour de la table. Après avoir vérifié les coordonnées inscrites sur son bout de papier, elle lui indiqua un minuscule rectangle perdu dans une série d'alignements uniformes de minuscules rectangles, tous désignés par un numéro.

— C'est là, sur le flanc sud. Nous sommes ici, au bureau, donc ce que vous allez faire, c'est prendre à droite à la sortie du parking et suivre la route jusqu'à cet embranchement, et ensuite tourner à gauche. Elle est juste devant le mausolée, là. Vous n'aurez qu'à compter les rangées – ça sera la troisième en partant de la route, et la sixième tombe avant la fin. Vous ne devriez pas avoir trop de mal, mais si vous n'y arrivez pas, revenez et je vous ferai voir.

Holman fixa le rectangle bleu, au numéro indéchiffrable.

— C'était ma femme.

— Oh, je suis désolée.

— Enfin, on n'a jamais été mariés, mais c'était tout comme. On ne s'était pas revus depuis des années. Je ne savais même pas qu'elle était décédée, jusqu'à hier soir.

— Si vous avez besoin d'aide, n'hésitez pas.

La dame regagna sa place derrière le comptoir, clairement indifférente à ce que Donna avait pu être pour lui. Une bouffée de colère l'étreignit mais il n'était pas homme à s'épancher. En dix ans de Lompoc, il n'avait quasiment jamais parlé de Donna ou de Richie. Qu'est-ce qu'il aurait gagné à échanger des histoires de famille avec des crapules et des prédateurs comme Pitchess ? Les gens bien parlaient de leur famille avec d'autres gens bien, mais Holman ne connaissait pas de gens bien et il avait abandonné – puis perdu – sa famille. Et lorsque le besoin lui venait soudain de parler de Donna à quelqu'un, il ne trouvait rien de mieux qu'une inconnue qui se moquait pas mal de ses histoires. La prise de conscience de ce besoin fit naître en lui un sentiment de solitude pathétique.

Il remonta dans la Mercury et suivit les indications de la dame jusqu'à localiser la tombe de Donna, une petite plaque de bronze scellée dans le gazon, sur laquelle étaient inscrits le nom de Donna et ses dates de naissance et de mort. La plaque comportait aussi une brève épitaphe : *À ma mère adorée.*

Holman déposa les roses sur l'herbe. Il s'était répété cent fois les mots qu'il lui dirait une fois libre, mais elle était morte et c'était trop tard. Il ne croyait pas en l'au-delà. Il ne croyait pas qu'elle soit en train de l'observer depuis le ciel. Il décida de les lui dire quand même, les yeux baissés sur les roses et la plaque.

— J'étais un salopard, pourri jusqu'à l'os. Encore pis que tout ce dont tu m'as traité. Tu ne t'imagines pas à quel point j'étais pourri. Il m'est arrivé de remercier Dieu que tu ne t'en rendes pas compte, mais maintenant j'ai honte. Si tu avais su qui j'étais, tu m'aurais plaqué pour épouser un type bien et tu serais arrivée à quelque chose. Je regrette que tu n'aies pas compris. Pas pour moi, Donna, pour toi. Ça t'aurait évité de foutre ta vie en l'air.

À ma mère adorée.

Holman récupéra sa voiture et revint au bureau. La dame était en train de présenter un des plans du site à un couple entre deux âges, et il patienta près de la porte. La fraîcheur de la pièce était agréable après tout ce temps passé en plein soleil. Au bout de quelques minutes, la dame laissa le couple discuter des concessions disponibles et s'approcha de lui.

— Vous avez trouvé ?

— Ouais, merci, vous m'avez bien aidé. Dites, j'ai quelque chose à vous demander. Vous vous rappelez qui a pris les frais en charge ?

— Pour les funérailles ?

— Je ne sais pas si c'est sa sœur, son mari ou quoi, mais j'aimerais en régler une partie. On est restés longtemps ensemble, j'ai dû m'absenter, et… enfin, ce serait normal que je participe.

— C'est trop tard, monsieur. Le solde a été versé au moment de l'enterrement.

— Je m'en doute, mais je tiens quand même à rembourser la personne. Au moins une partie.

— Vous voudriez savoir qui a payé l'enterrement ?

— Oui, madame. Si vous aviez un numéro de

téléphone, une adresse ou autre, je pourrais appeler cette personne et lui proposer un petit quelque chose.

La dame jeta un coup d'œil aux autres clients, toujours en plein débat sur les différentes possibilités de concession. Elle repartit à son bureau derrière le comptoir et récupéra dans sa corbeille à papier la note portant le numéro de la tombe de Donna.

— Banik, c'est bien ça ?
— C'est ça, madame.
— Je vais devoir me renseigner. Il faut que je ressorte le dossier. Vous pouvez me laisser un numéro de téléphone ?

Il inscrivit le numéro de Perry sur son bloc-notes.

— C'est très généreux à vous, dit-elle. Je suis sûre que la famille sera contente d'avoir de vos nouvelles.
— Oui, madame. J'espère.

Il quitta le bureau et repartit en voiture vers la Cité de l'Industrie. Vu l'heure et la fluidité du trafic, il pensait y être pour deux heures, mais tout bascula quand il alluma l'autoradio. La chaîne avait interrompu sa programmation habituelle pour annoncer qu'un suspect avait été identifié dans l'affaire du quadruple meurtre de policiers et qu'un mandat d'arrêt venait d'être lancé.

Oubliant son travail, Holman poussa le volume et se mit immédiatement en quête d'un téléphone.

7

HOLMAN ROULA JUSQU'À CE QU'IL APERÇOIVE UN BAR minuscule dont la porte d'entrée était bloquée en position ouverte. Après avoir garé la Mercury en stationnement interdit, il fit halte sur le seuil pour prendre ses repères et vit un téléviseur en marche. Il n'avait pas remis les pieds dans un rade depuis son arrestation, mais celui-ci ne se distinguait pas du lot. Un jeune barman aux favoris effilés veillait sur une demi-douzaine d'alcoolos en train de biberonner leur déjeuner. La télé diffusait ESPN[1], mais personne ne regardait. Il se dirigea vers le comptoir.

— Ce serait possible de mettre les infos ?

Vu le regard que lui lança le barman, il eut l'impression que son arrivée constituait pour lui une insoutenable corvée.

— Comme vous voudrez. Je vous sers quelque chose ?

Holman lança un coup d'œil aux deux femmes assises sur les tabourets voisins. Elles le fixaient.

— Une eau gazeuse, disons. Et les infos ?

Le barman ajouta une rondelle de citron aux glaçons,

---

1. Chaîne sportive. *(N.d.T.)*

remplit à ras bord le verre et le déposa face à Holman avant de changer de chaîne : un duo d'hommes-troncs en train de palabrer sur le Moyen-Orient.

— Vous n'auriez pas les infos locales ? demanda Holman.

— À cette heure-ci, ça m'étonnerait. Y a que des soaps.

— Essayez la cinq – ou la neuf, suggéra la plus proche des deux femmes.

Le barman finit par trouver une chaîne locale et, tout à coup, plusieurs pontes en civil du LAPD apparurent à l'écran, en pleine conférence de presse.

— Qu'est-ce qui se passe ? dit le barman. C'est l'histoire de ces quatre poulets qui se sont fait refroidir ?

— Ouais, ça y est, ils savent qui a fait le coup. Écoutons-les.

— C'est quoi, ce truc ? fit la deuxième femme.

— J'aimerais entendre, insista Holman.

— J'ai déjà vu ça ce matin, glapit la première femme. Il n'y a rien de neuf.

— Je peux entendre ce qu'ils disent, s'il vous plaît ?

La femme partit d'un ricanement et leva les yeux au ciel. Le barman monta le volume ; un nommé Donnelly, adjoint du chef de la police [1], était en train de décrire le crime en égrenant des faits que Holman connaissait déjà. Les portraits des quatre agents assassinés défilèrent à l'image à mesure que Donnelly les identifiait, Richie en dernier. C'était la même photo que dans le journal mais, cette fois, Holman eut la chair de poule en la voyant. C'était comme si Richie le toisait depuis l'écran.

— J'espère qu'ils vont l'avoir, cet enfoiré, lâcha un homme au bout du bar.

---

1. Sorte d'équivalent du préfet de police français. *(N.d.T.)*

— On pourrait pas mettre autre chose ? soupira la première femme. Ces histoires de meurtre, ça commence à me courir.

— Écoutez donc, gronda Holman.

Elle se tourna vers son amie comme pour un aparté, sauf qu'elle parla fort.

— Toujours des mauvaises nouvelles, et ils se plaignent après ça que personne ne les regarde !

— Fermez-la et écoutez, putain de merde !

Donnelly venait de reparaître à l'antenne, l'air déterminé, en même temps qu'un autre portrait photographique s'incrustait sur la droite de l'écran.

— Nous venons d'émettre un mandat d'arrêt à l'encontre de cet homme, Warren Alberto Juarez, pour le meurtre de nos quatre agents.

La femme pivota vers Holman.

— Je vous interdis de me causer sur ce ton ! Comment est-ce que vous osez me parler comme ça ?

Il s'efforça d'entendre la suite des propos de Donnelly.

— M. Juarez est domicilié à Eagle Rock. Il a derrière lui une longue liste d'antécédents criminels, notamment pour agression, attaque à main armée, détention d'armes cachées et association de malfaiteurs.

— Et faites pas semblant de pas m'avoir entendue, hein ! s'écria la femme.

Holman eut beau se concentrer sur ce que disait Donnelly, il en loupa une partie.

— ... à nous contacter au numéro qui va s'inscrire sur votre écran. N'essayez en aucun cas, je répète, *en aucun cas* d'appréhender cet individu par vous-même.

Holman étudia intensément la physionomie qui occupait une partie de l'image. Warren Alberto Juarez était le portrait type du gangster latino avec son épaisse moustache et ses cheveux gominés en arrière. Il fixait l'objectif de l'identité judiciaire d'un œil somnolent pour se la jouer caïd. Ce regard somnolent, très en vogue chez les voyous blacks et latinos, n'impressionnait pas Holman. Dans des prisons d'État comme Men's Colony et Ramonaville, il avait cassé la gueule à plus d'un fils de pute à l'air somnolent pour rester en vie.

— Hé, je vous cause, merde ! criait la femme. Qu'est-ce qui vous prend de me dire ça, de me parler comme ça !

Il fit un signe de tête au barman.

— Combien pour l'eau gazeuse ?

— *Je vous cause, j'ai dit !*

— Deux.

— On peut téléphoner ?

— Aux toilettes.

Holman déposa deux dollars sur le comptoir et partit vers le fond du bar, suivant la direction du doigt du barman, pendant que la femme le traitait de connard. Arrivé devant le téléphone à pièces, il sortit sa liste de numéros de son portefeuille et appela le commissariat de Devonshire. Levy était déjà en ligne ; il dut attendre qu'il en ait fini avec son correspondant.

— J'ai vu les infos, dit-il quand le capitaine prit enfin son appel.

— Dans ce cas, vous en savez autant que moi. Parker Center nous a appelés il y a moins d'une heure.

— Ils l'ont coffré ?

— Monsieur Holman, le mandat vient d'être émis. Ils me préviendront dès que l'arrestation aura eu lieu.

Holman était tellement à cran qu'il tremblait comme s'il avait passé la semaine sous speed. Pour ne pas trop bousculer Levy, il essaya de se détendre en inspirant profondément deux fois de suite.

— D'accord, je comprends. Est-ce qu'ils savent pourquoi c'est arrivé ?

— D'après mes informations, ce serait une affaire de vengeance personnelle, entre Juarez et le sergent Fowler. Fowler a arrêté le frère cadet de Juarez l'année dernière, et il semblerait que ce frère soit mort en prison.

— Et Richie ? Quel rapport entre Richie et Juarez ?

— Aucun.

Holman attendit la suite. Il attendit que Levy lui donne un dénominateur commun aux quatre meurtres, mais Levy ne disait rien.

— Minute, minute... Ce fumier aurait tué quatre hommes uniquement pour se payer Fowler ?

— Monsieur Holman, écoutez-moi. Je sais ce que vous cherchez – vous voudriez que tout cela ait un sens. Moi aussi, j'aimerais que ça ait un sens, mais quelquefois ça n'en a pas. Richard n'a pris aucune part à l'arrestation du frère de Juarez. Et à ma connaissance, Mellon et Ash non plus. Je ne suis pas en mesure de l'affirmer de façon définitive, mais c'est l'impression que j'ai eue en parlant à leurs capitaines. J'espère qu'on en saura bientôt plus et que tout s'expliquera.

— Est-ce qu'on sait qui était avec lui ?

— Si j'ai bien compris, il aurait agi seul.

Holman, sentant revenir les tremblements de sa voix, fit un gros effort pour se maîtriser.

— Ça ne rime à rien. Comment est-ce qu'il a fait pour savoir qu'ils étaient sous ce pont ? Il les a suivis ? Ou il les guettait sur place, et tout seul il massacre quatre flics à coups de fusil à pompe pour se venger de l'un d'eux ? Ça ne tient pas debout.

— Je sais. Je regrette.

— Ils sont sûrs que c'est Juarez ?

— Catégoriques. Les empreintes relevées sur les

douilles retrouvées sur place ont été comparées à celles de M. Juarez. Et si j'ai bien compris, il y a aussi des témoins qui ont entendu M. Juarez proférer plusieurs fois des menaces et il aurait été vu à proximité du lieu du crime dans la soirée. Nos collègues ont tenté d'interpeller cet individu à son domicile en début de journée, mais il avait déjà pris la fuite. Écoutez, j'ai d'autres appels en attente et…

— Est-ce qu'ils savent de quel côté le chercher ?

— Je l'ignore. Il faut vraiment que je…

— Une dernière chose, capitaine, s'il vous plaît. Aux infos, j'ai entendu dire que ce mec était membre d'un gang.

— Il semblerait, oui.

— Vous savez lequel ?

— Non, monsieur Holman. Désolé, mais je dois vous quitter.

Holman le remercia, puis revint au bar demander la monnaie d'un dollar. La femme en colère lui décocha un regard mauvais, mais s'abstint de tout commentaire. Il retourna aux toilettes avec sa monnaie et téléphona à Gail Manelli.

— Salut, ici Holman. Vous avez une minute ?

— Bien sûr, Max. Je pensais justement vous appeler.

Sans doute pour lui annoncer que la police avait identifié un suspect, mais il préféra s'en tenir à son idée.

— Vous vous souvenez de ce que vous m'avez dit – que si j'avais besoin de quelques jours, vous pourriez m'arranger le coup avec Gilbert ?

— Vous voudriez un congé ?

— Oui. J'ai pas mal de trucs à régler, Gail. Plus que je ne pensais.

— Vous avez eu des nouvelles de la police, aujourd'hui ?

— Je viens d'avoir le capitaine Levy. Ça ne vous ennuierait pas de demander à Gilbert de me libérer quelques jours ? Je sais que c'est déjà très sympa à lui de m'avoir embauché et…

— Je l'appelle tout de suite, Max, et je suis sûre qu'il comprendra. Et vous, dites-moi, vous souhaiteriez peut-être voir un psy ?

— Ça va très bien, Gail. Je n'ai pas besoin de psy.

— Ce n'est pas le moment de perdre de vue tout ce que vous avez appris, Max. Il faut savoir utiliser les outils à votre disposition. N'essayez surtout pas de jouer au dur et de vous persuader que vous devez vous en sortir tout seul.

Holman faillit lui demander si elle avait envie de partager la culpabilité et la honte qui l'écrasaient. Il commençait à en avoir marre de les voir tous se comporter avec lui comme s'ils le sentaient sur le point de partir en vrille, mais se souvint à temps que Gail ne faisait que son boulot.

— J'ai juste besoin d'un peu de temps, c'est tout. Si je change d'avis pour le psy, je vous préviendrai.

— Je tiens à ce que vous sachiez que je suis là.

— Je sais. Bon, il faut que j'y aille. Merci de me filer un coup de main pour le boulot. Dites à Tony que je le rappelle dans les jours qui viennent.

— Je lui dirai, Max. Et vous, prenez soin de vous. Je sais que vous souffrez, mais la priorité, dans un premier temps, c'est de prendre soin de vous. C'est ce qu'aurait voulu votre fils.

— Merci, Gail. À bientôt.

Holman reposa le combiné. Gail avait ses priorités, mais il avait les siennes. Il connaissait bien le monde du crime – et savait comment l'utiliser.

8

LES CRIMINELS N'ONT PAS D'AMIS. Ils ont des associés, des grossistes, des fourgues, des tapineuses, des michetons, des contacts, des dealers, des collaborateurs, des complices, des victimes, et des boss, qu'ils peuvent tous donner un jour et auxquels ils ne doivent jamais se fier. La plupart de ceux que Holman avait croisés à la promenade en dix ans de Lompoc n'étaient pas tombés parce que l'enquête avait été menée par Sherlock Holmes ou Dick Tracy : ils avaient été dénoncés par quelqu'un qu'ils connaissaient et à qui ils faisaient confiance. Le boulot de flic n'allait pas chercher tellement plus loin. Holman avait donc décidé de trouver une personne susceptible de balancer Warren Juarez.

— T'es sûrement le gringo le plus débile à être jamais sorti d'une chatte ! lui lança Gary « Little Chee » Mareno cet après-midi-là.

— Dis-moi plutôt que t'es content de me voir, vieux frère.

— Tu veux savoir ce que je te dis, Holman : mais pourquoi t'as pas foutu le camp, bordel de merde ? Ça fait dix ans que j'attends de te poser cette question, putain d'Anglo de mes deux.

— C'était pas la peine d'attendre dix ans, Chee. Tu aurais pu venir me voir au parloir de Lompoc.

— Pas étonnant qu'ils t'aient baisé si tu raisonnes comme ça, mec ! Moi, je me serais arraché de cette putain de banque et j'aurais couru jusqu'au Zacatecas aussi vite que si on m'avait carré un chili dans le trou de balle ! Allez, mec... Viens par ici, que je t'embrasse, frangin !

Chee contourna le comptoir de l'accueil de son garage-atelier de carrosserie d'East L.A. Il prit Holman dans ses bras et le serra fort : cela faisait dix ans qu'ils ne s'étaient pas revus – depuis le jour où Chee, attendant Holman devant la banque, avait vu arriver les bleus et le FBI, à la suite de quoi – conformément à leur accord mutuel – il avait décampé.

Holman avait fait sa connaissance à l'époque où tous deux, âgés de quatorze ans, étaient pensionnaires d'un centre de détention pour mineurs de l'État de Californie ; lui, pour répondre d'une série de vols à l'étalage et de cambriolages, et Chee après sa deuxième condamnation pour vol de voiture. Le « Chee », qui n'avait pas froid aux yeux malgré sa petite taille, était en train de se faire tabasser par trois voyous dans la cour de l'établissement quand Holman, déjà costaud pour son âge avec ses épaules de déménageur et son cou puissant, s'était jeté sur eux en hurlant et leur avait mis une trempe. Chee et toute sa famille lui vouaient depuis ce jour une reconnaissance éternelle. Membre de cinquième génération du gang de White Fence, Chee était un neveu des célèbres frères Chihuahua, de Pacoima, deux Guatémaltèques hauts comme trois pommes qui s'étaient taillé un chemin à coups de machette jusqu'au sommet du marché des voitures volées de L.A. dans les années soixante-dix. Holman avait un temps alimenté Chee en

Porsche et en Corvette, du moins quand il était assez sobre pour s'attaquer à ces voitures-là, ce qui sur la fin n'arrivait plus trop souvent. Chee lui avait même servi de chauffeur pour quelques braquages de banque ; s'il avait accepté de tenir ce rôle, Holman le savait, c'était uniquement pour le plaisir de retrouver par moments avec lui le frisson de leurs années d'ados déjantés.

Quand Chee recula d'un pas, Holman vit son regard grave. Il comptait beaucoup pour son ami ; leur passé commun revêtait pour l'un comme pour l'autre une signification profonde.

— Putain, ça fait du bien de te revoir, mec ! Enfoiré de ta race ! T'es dingue, ou quoi ? Tu violes ta conditionnelle rien qu'en venant ici.

— Je sors d'une taule fédérale, mec. Ça n'a rien à voir avec les conditionnelles de l'État. On ne me dit pas chez qui je peux aller.

— Sans déconner ? fit Chee, sceptique.

— Je te le dis.

— Viens derrière, proposa Chee, clairement impressionné par les aberrations du système fédéral. Qu'on sorte un peu de ce barouf.

Il précéda Holman de l'autre côté du comptoir et le fit entrer dans un petit bureau. À l'époque, ce même bureau avait été la plaque tournante de l'atelier clandestin que Chee dirigeait pour ses oncles, et où des dizaines de voitures volées étaient désossées en vue d'une revente en pièces détachées. Plus vieux, assagi, et débarrassé de ses deux oncles morts depuis longtemps, Chee était aujourd'hui à la tête d'une entreprise presque entièrement légale où il employait ses enfants et neveux. Holman promena lentement son regard sur la pièce.

— On dirait que ça a changé.

— Ça *a* changé, vieux frère. Ma fille travaille ici trois

jours par semaine. Les nichons sur les murs, elle en veut pas. Une petite mousse ?

— Je ne bois plus d'alcool.

— Sans déconner ? Ah, c'est bien, mec, tu as raison. Putain de merde, on dirait qu'on se fait vieux !

Chee s'affala dans son fauteuil en éclatant de rire. Quand il riait, sa peau épaisse pliait en accordéon ses cratères d'acné et ses anciens tatouages de truand. Le Chee, même rangé des voitures, resterait toujours un White Fence, un *veterano* pur jus. Son visage se teinta de tristesse, et il regarda un moment dans le vide avant de chercher les yeux de Holman.

— T'as besoin de thune ? C'est pas un problème, mec. T'auras même pas besoin de rembourser. Je suis sérieux.

— Je cherche un voyou. Warren Alberto Juarez.

Chee fit pivoter son fauteuil et attrapa un gros annuaire téléphonique dans le fouillis de son bureau. Il le feuilleta rapidement, traça un cercle autour d'un nom et poussa le Bottin en travers de la table.

— Vas-y, mec. T'as qu'à te servir.

Holman jeta un coup d'œil au nom entouré. Warren A. Juarez. Une adresse à Eagle Rock. Un numéro de téléphone. Il redressa la tête. Son ami le regardait comme s'il avait affaire à un demeuré.

— Tu es là pourquoi, Holman, pour palper la récompense ? Tu crois peut-être que j'ai caché cet enfoiré dans un placard ? Mec, s'il te plaît…

— Tu sais où il est ?

— Pourquoi je le saurais ?

— Tu es le Chee. Tu as toujours su un tas de choses.

— C'est fini, tout ça. Je suis *monsieur* Mareno. Regarde autour de toi. Je suis plus dans le coup, mec. Je paie mes impôts. J'ai des hémorroïdes.

— Tu es toujours un White Fence.

— Jusqu'à la mort et au-delà, et laisse-moi te dire un truc : si je savais où il était, je me démerderais pour les empocher moi-même, les cinquante mille. Juarez n'a rien à voir avec White Fence, il est de Frogtown, vieux, au bord de la rivière, et à l'heure où je te parle, ce mec n'est pour moi qu'un sale fouteur de merde. La moitié de mes gars ont appelé ce matin pour se faire porter pâles parce qu'ils rêvent de toucher cette putain de prime. Mon planning du jour est foutu.

Il écarta les mains en signe d'impuissance.

— Oublie la prime, Holman. Je te l'ai dit : tu veux du fric, je t'en donne.

— Ce n'est pas ce que je cherche.

— Quoi, alors ?

— Un des agents qu'il a butés était mon fils. Richie s'était engagé dans la police, tu te rends compte ? Mon petit garçon…

Les yeux de Chee s'arrondirent comme des soucoupes et le fixèrent avec une sorte de respect religieux. Chee avait rencontré le petit plusieurs fois, la première alors que Richie n'avait que trois ans. Holman avait convaincu Donna de le laisser l'emmener faire un tour de grande roue à la jetée de Santa Monica. Chee et lui s'étaient fixé rendez-vous sur place, mais Holman n'avait rien trouvé de mieux à faire que de confier Richie à la petite amie de Chee pour aller faucher avec son pote une Corvette repérée sur le parking. De quoi remporter le prix du père de l'année.

— Putain, mec… Je suis désolé, vieux.

— Comme sa mère, Chee. Je priais souvent pour ça. Faites qu'il ne devienne pas un connard dans mon genre ; faites qu'il soit comme sa mère.

— Dieu t'a entendu.

— Les flics disent que c'est Juarez qui a fait le coup. Ils disent que Juarez les a descendus tous les quatre pour se venger d'un certain Fowler, suite à une embrouille avec son frère.

— Jamais entendu parler de ça. Juarez est un Frogtown, mec.

— Je veux le retrouver. Je veux savoir qui l'a aidé à tuer mon fils, et ceux-là aussi, je veux les retrouver.

Chee changea de position en faisant grincer son fauteuil. D'un air pensif, il se massa la joue de sa main calleuse et marmonna quelque chose. Les gangs latinos portaient en général le nom de leur quartier d'origine : Happy Valley, Hazard Street, Garrity Lomas. Frogtown devait le sien à la configuration originelle de la Los Angeles River, du temps où les habitants du quartier s'endormaient le soir au chant des grenouilles [1] – c'était avant que la municipalité décide d'enfermer la rivière dans un large canal en béton, signant au passage l'arrêt de mort des amphibiens. L'appartenance de Juarez au gang de Frogtown n'échappa pas à Holman. Les policiers avaient été assassinés dans le lit de la rivière.

Chee chercha lentement son regard.

— Tu vas le tuer ? C'est ça que tu veux faire ?

Holman n'était pas sûr de savoir ce qu'il ferait. Il n'était même pas sûr de ce qu'il était en train de faire ici, face à Chee. Tout le département de police de Los Angeles était aux trousses de Warren Juarez.

— Holman ?

— C'était mon fils. Si quelqu'un tuait ton fils, tu ne resterais pas les bras croisés.

— T'es pas un tueur, Holman. Tu es un dur, ça oui, mais de là à crever quelqu'un ? Je n'ai jamais senti ça en

---

1. *Frogtown* signifie « ville des grenouilles » en anglais. *(N.d.T.)*

toi, mec, et crois-moi, j'en ai vu des tas, des tueurs de sang-froid, des types capables de planter un gosse et de s'envoyer tranquillement une côte de bœuf dans la foulée. Mais pas toi. Tu veux tuer ce connard et te faire emballer aussi sec, direction le quartier des assassins, persuadé d'avoir fait ce que t'avais à faire ? C'est ça ?

— Tu ferais quoi ?

— Je le crèverais, ce fils de pute. Je lui couperais la tête, je l'accrocherais à mon rétro pour que tout le monde la voie, et je m'enfilerais tout Garrity Boulevard avec. Tu veux faire quelque chose dans ce genre-là ? Tu pourrais ?

— Non.

— Alors, laisse les poulets faire leur taf. Ces connards viennent de perdre quatre collègues. Ils passeront leur vie entière à retrouver Juarez.

Holman eut beau sentir que Chee était dans le vrai, il s'efforça de mettre en mots le besoin qui le tenaillait.

— Ces agents… la police leur fait remplir un questionnaire sur leur famille. Là où ils sont censés mettre le nom de leur père, Richie a marqué « inconnu ». Il avait tellement honte de moi qu'il n'a pas voulu m'assumer – il a préféré raconter qu'il n'avait pas de père. Je ne peux pas laisser passer ça, Chee. Je suis son père. Ça sera ma façon de le montrer.

Chee se laissa de nouveau aller en arrière sur son fauteuil, perplexe et silencieux.

— C'est à moi de m'en occuper, poursuivit Holman. Les flics sont en train de raconter partout que Juarez a fait le coup tout seul. Allez, Chee, tu en connais beaucoup, toi, des petits caïds assez forts pour allonger quatre flics armés sans leur laisser le temps de dégainer ?

Chee haussa les épaules.

— Y en a pas mal qui reviennent d'Irak, vieux. Si Juarez s'est fait la main là-bas, ça se peut qu'il sache faire ce que tu viens de dire.

— Je veux vérifier. Il faut que je comprenne comment c'est arrivé et que je retrouve ces salauds. Je ne fais pas la course avec les flics. Je veux juste qu'on coffre ce fumier.

— T'es pas le seul. Autour de chez lui, à Eagle Rock, on dirait une convention de poulets. Ma femme et ma fille sont passées dans sa rue ce midi, histoire de mater un coup. Il paraît que sa gonzesse aussi s'est barrée. Cette adresse que je viens de te montrer dans l'annuaire, y a plus personne, maintenant.

— Elle est où ?

— J'en sais foutre rien, Holman ! Il a rien à voir avec nous, ce mec. Si c'était un White Fence et s'il avait tué ton fils, je le liquiderais de mes mains. Mais c'est un Frogtown.

— Little Chee ?

À deux reprises, des témoins avaient vu Holman prendre la fuite dans une voiture pilotée par un complice juste après un braquage. Dans les jours qui avaient suivi son arrestation, le FBI l'avait cuisiné sec pour qu'il le dénonce. Holman avait tenu bon.

— Quand je me suis fait avoir, tu as passé combien de nuits blanches à te demander si j'allais te donner ?

Chee regarda dans le vague.

— Pas une seule. Pas une seule putain de nuit, vieux.

— Parce que ?

— Parce que j'étais sûr que tu lâcherais pas le morceau. Parce que tu étais mon frère.

— Et maintenant ? Les choses ont changé, ou c'est pareil ?

— Pareil. On est pareils.

— Aide-moi, Little Chee. Où est-ce que je peux trouver cette fille ?

Malgré son évidente réprobation, Chee n'hésita pas. Il décrocha son téléphone.

— Sers-toi un café, mec. Je vais avoir quelques coups de fil à passer.

Une heure plus tard, lorsque Holman ressortit du garage, Chee ne le raccompagna pas. Dix ans après, certaines choses avaient changé, d'autres pas.

9

HOLMAN DÉCIDA DE PASSER D'ABORD EN VOITURE devant l'adresse de Juarez pour jeter un œil à la convention de poulets. Même si Chee l'avait averti, il ne s'attendait pas à un tel déploiement de bleus. Trois camions de la télévision et une voiture pie du LAPD étaient parqués autour d'un minuscule bungalow. Les paraboles fleurissaient au-dessus des camions comme des mains ouvertes, et des agents en tenue bavardaient avec des journalistes sur le trottoir. Au premier regard, Holman sut que Juarez ne remettrait jamais les pieds ici, même quand il n'y aurait plus d'uniformes. Les gens du quartier faisaient le pied de grue sur le trottoir opposé, et la procession de véhicules qui défilait au ralenti devant le bungalow donna à Holman l'impression d'être pris dans un bouchon consécutif à un accident mortel sur la 405. Pas étonnant que la nana de Juarez se soit barrée.

Il poursuivit sa route.

Chee avait appris que Maria Juarez s'était réfugiée chez des cousins à Silver Lake, au sud de Sunset, dans un quartier où les Centraméricains pullulaient. Holman soupçonnait les enquêteurs de connaître cette adresse et d'avoir même incité la jeune femme à déménager pour la préserver des médias ; si elle avait filé de son propre chef, ils l'auraient déclarée en fuite et elle aurait eu droit à un mandat.

Les indications de Chee le menèrent à une petite maison en bois, construite derrière une rangée de cyprès rachitiques sur une colline abrupte, aux trottoirs défoncés. La bicoque elle-même avait l'air de se cacher, pensa Holman. Après s'être garé au bord de la chaussée deux blocs en amont, il s'efforça de prendre une décision sur la conduite à tenir. La porte était close et les stores baissés, comme pour la plupart des maisons. Il se demanda si Juarez était à l'intérieur. Possible. Holman connaissait des dizaines de types qui s'étaient fait pincer dans leur propre garage parce qu'ils n'avaient nulle part où aller. Les criminels finissaient toujours par retourner voir leur femme, leur mère, leur maison, leur caravane, leur voiture – ils se réfugiaient auprès de personnes ou dans des lieux rassurants. Lui-même aurait sans doute été arrêté à son domicile s'il en avait eu un.

L'idée lui vint que les flics aussi savaient cela et que la maison était peut-être surveillée. Il se tordit le cou pour scruter les véhicules et bâtiments avoisinants mais ne remarqua rien de suspect. Il descendit de la Mercury et se dirigea à pied vers la porte d'entrée. Il ne voyait aucune raison d'en rajouter, sauf si personne ne répondait. Si personne ne répondait, il contournerait la bicoque et forcerait la porte arrière. Il frappa.

Holman ne s'attendait pas à une réaction aussi rapide, mais une jeune femme ouvrit immédiatement. Elle ne pouvait pas avoir plus de vingt ou vingt et un ans – encore plus jeune que Richie. Elle était moche comme un pou avec son nez camus, ses dents trop longues et ses cheveux noirs aplatis au gel en pattes sinueuses.

— Il va bien ?

Elle le prenait pour un flic.

— Maria Juarez ? demanda-t-il.

— Dites-moi qu'il va bien. Vous l'avez retrouvé ? Dites-moi qu'il n'est pas mort.

Elle venait de lui dire tout ce qu'il avait besoin de savoir. Juarez n'était pas ici. Les flics étaient venus avant lui, et elle coopérait avec eux. Il lui adressa un sourire nonchalant.

— J'ai quelques questions à vous poser. Je peux entrer ?

Elle recula d'un pas et Holman entra. À l'exception du téléviseur syntonisé sur Telemundo, le silence régnait. Il essaya de détecter une éventuelle présence dans les profondeurs de la maison mais n'entendit rien. On pouvait voir, par-delà le séjour et la partie cuisine, que la porte du fond était fermée. La maison sentait le bacon et la coriandre. Le couloir central qui partait du séjour desservait selon toute probabilité la salle de bains et les chambres. Holman se demanda s'il y avait du monde dans les chambres.

— Vous êtes seule ?

À la façon dont elle tiqua, Holman sentit qu'il venait de commettre sa première erreur. La question avait éveillé ses soupçons.

— Ma tante. Elle est au lit.

Il lui saisit le bras, l'entraîna vers le couloir.

— On va vérifier.

— Qui êtes-vous ? Vous êtes de la police ?

Holman connaissait un certain nombre de filles des gangs capables de tuer aussi vite qu'un *veterano* – et même encore plus vite pour certaines – et lui serra fort le bras.

— Je veux juste voir si Warren est dans le coin.

— Il n'est pas là. Vous savez qu'il n'est pas là. Qui êtes-vous ? Vous n'étiez pas avec les enquêteurs.

Il remonta le couloir avec elle, jeta un coup d'œil dans la salle de bains puis dans la première chambre. Une vieille dame emmitouflée de châles et de couvertures était assise sur le lit, minuscule et ratatinée comme un raisin sec. Il lui adressa un sourire d'excuse et, après avoir refermé la porte, entraîna Maria vers la seconde chambre.

— N'entrez pas, souffla Maria.

— Warren n'est pas là-dedans, si ?

— Mon bébé. Elle dort.

Holman se plaça derrière la femme de Juarez et entrouvrit la porte. Il faisait sombre. Il distingua une petite forme endormie sur un lit d'adulte, une fillette âgée de trois ou quatre ans. Holman tendit l'oreille, ayant à l'esprit que Juarez pouvait être caché sous le lit ou dans un placard tout en étant désireux de ne pas réveiller la petite. On entendait un léger ronflement. Quelque chose, dans la pose innocente de cette enfant, lui fit penser à Richie au même âge. Il tenta de se rappeler s'il lui était arrivé de voir son fils endormi, mais en vain. Les souvenirs ne pouvaient pas revenir quand ils n'existaient pas. Il n'était jamais resté assez longtemps pour voir son bébé dormir.

Il referma la porte et ramena Maria dans le séjour.

— Vous n'étiez pas avec les autres policiers, dit-elle. Je veux savoir qui vous êtes.

— Je m'appelle Holman. Ce nom vous dit quelque chose ?

— Fichez le camp d'ici. Je ne sais pas où il est. Je leur ai déjà tout dit. Qui êtes-vous ? Vous ne m'avez pas fait voir votre insigne.

Holman la força à s'asseoir sur le canapé. Il se pencha sur elle et se montra lui-même du doigt. Leurs nez se touchaient presque.

— Regardez-moi. Vous n'avez pas déjà vu cette tête aux infos ?

Elle pleurait. Elle ne comprenait rien à ce qu'il était en train de dire, et elle avait peur. Holman en était conscient mais ne pouvait plus s'arrêter. Pas une seule fois sa voix ne se haussa au-delà d'un murmure. Comme du temps où il braquait des banques.

— Je m'appelle Holman. Un des quatre agents s'appelait Holman, lui aussi. Votre fumier de mari a tué mon fils. Vous le comprenez, ça ?

— Non !

— Où est-il ?

— Je ne sais pas.

— Il a filé au Mexique ? J'ai entendu dire qu'il était passé sous la grille.

— Ce n'est pas lui qui les a tués. Je leur ai montré. Il était avec nous.

— Où est-il ?

— Je ne sais pas.

— Dites-moi chez qui il se cache.

— Je ne sais pas. Je leur ai dit. Je leur ai montré. Il était avec nous.

Holman n'avait pas suffisamment réfléchi à ses actes et se sentait pris au piège. Les psys de la prison avaient toujours bien insisté là-dessus – les criminels étaient des gens qui ne savaient pas ou ne voulaient pas anticiper les conséquences de leurs actes. Absence de contrôle des pulsions, disaient-ils. Holman la prit soudain à la gorge. Sa main, animée d'une vie propre, lui encercla le cou d'une oreille à l'autre. Il serra sans se rendre compte de ce qu'il faisait, ni pourquoi…

… jusqu'à ce qu'elle émette un gargouillis étranglé et que Holman revienne sur terre. Il la relâcha et recula d'un pas, le visage brûlant de honte.

— Maman ? dit la petite fille.

Elle se tenait immobile dans le couloir, devant la chambre de la vieille dame, tellement petite qu'on aurait dit une figurine miniature. Holman eut envie de partir en courant, dégoûté de lui-même et humilié à l'idée que cette enfant ait pu le voir.

— Tout va bien, ma puce, dit Maria. Retourne au lit. J'arrive tout de suite. Allez, va.

La petite fille repartit vers sa chambre.

Richie, regardant ailleurs quand Donna le traitait de raté.

— Excusez-moi, dit Holman. Ça va ?

Maria le dévisagea, muette. Elle se toucha la gorge là où il avait serré. Elle écarta une boucle de cheveux collée sur sa joue par le gel.

— Écoutez... Je vous demande pardon. Je suis à cran. Il a tué mon fils.

Elle parut se ressaisir, remua la tête.

— C'était l'anniversaire de la petite, avant-hier. Il était avec nous pour son anniversaire. Pas en train de tuer des agents de police.

— Son anniversaire ? À la petite ?

— Je peux le prouver. Je leur ai montré la cassette. Warren était avec nous.

Holman secoua la tête, luttant pour refouler des souvenirs douloureux et s'efforçant en même temps de saisir ce qu'elle disait.

— Je ne comprends pas ce que vous me dites. Vous avez fêté l'anniversaire de la petite ? Il y avait des invités ?

Maria Juarez pouvait citer autant de témoins qu'elle voudrait, Holman n'en croirait pas un seul et les flics non plus.

— Warren avait apporté une de ces caméras vidéo,

expliqua-t-elle en tendant la main vers le téléviseur. Elle est à la maison. On l'a filmée en train de souffler les bougies et de jouer avec nous, avant-hier.

— Ça ne prouve rien.

— Attendez. Cette émission qu'ils ont passée à la télé, le show du comique ? Warren a mis la petite sur son dos pour qu'elle puisse faire à dada et ils se sont promenés comme ça dans le séjour, devant la télé. On voit que Warren était là pendant l'émission. Ça prouve qu'il était avec nous.

Il ne voyait absolument pas de quelle émission elle parlait.

— Les agents ont été assassinés à une heure et demie du matin, dit-il.

— Oui ! L'émission commençait à une heure. Elle était en train de passer quand Warren a fait à dada avec la petite. On le voit sur la cassette.

— Vous fêtiez l'anniversaire de votre fille en pleine nuit ? Arrêtez un peu…

— Warren est en conditionnelle, vous savez. Il doit faire attention quand il vient. Mon père, il a vu la cassette qu'on a filmée. Il dit que l'émission, elle prouve que Warren était à la maison avec nous.

Elle avait l'air de croire à son histoire, et ce serait a priori assez facile à vérifier. Si sa cassette montrait un show comique à la télévision, il n'y avait qu'à appeler la chaîne et demander à quelle heure l'émission avait été diffusée.

— D'accord. J'aimerais voir ça. Montrez-la-moi.

— Les policiers l'ont prise. Ils disent que c'est une pièce à conviction.

Holman réfléchit. Les flics avaient peut-être emporté la cassette, mais ils ne considéraient visiblement pas qu'elle disculpait Warren, puisqu'ils avaient quand même lancé leur mandat. Et pourtant, il la sentait sincère. Il y avait donc de fortes chances pour qu'elle ne mente pas non plus quand elle disait ignorer où était son mari.

— Maman…, dit la petite fille.

Elle était revenue dans le couloir.

— Tu as quel âge ? demanda Holman.

Elle baissa les yeux au sol.

— Réponds au monsieur, fit Maria. Où sont tes manières ?

La petite fille leva une main en tendant trois doigts.

— Je regrette que votre fils ait été tué, reprit Maria, mais ce n'est pas Warren. Je sais ce que vous avez sur le cœur. Si vous lui faites du mal, ça vous restera aussi sur le cœur.

Holman réussit enfin à détacher son regard de l'enfant.

— Je regrette ce que j'ai fait.

Il sortit. Le soleil l'aveugla, après son passage dans cette maison obscure. Lorsqu'il repartit vers la voiture de Perry, il se sentait comme un bateau sans gouvernail, pris au piège d'un fort courant. Il n'avait plus nulle part où aller et aucune idée de la conduite à tenir. Il pensa que le mieux serait sans doute de retourner à son travail et de se mettre à gagner un peu d'argent. Il ne voyait rien d'autre à faire.

Il n'avait toujours pas pris de décision quand il arriva à hauteur de la Mercury. Il inséra la clé dans la serrure et reçut soudain un coup par-derrière, tellement fort qu'il en eut le souffle coupé. Il s'écrasa contre le flanc de l'auto et, au même instant, des hommes lui fauchèrent les jambes et le jetèrent violemment sur le bitume, en le plaquant face contre terre avec la grâce des vrais professionnels.

Quand il parvint à relever la tête, un rouquin à lunettes noires, en costume, lui mit son insigne sous le nez.
— Vous êtes en état d'arrestation.
Holman ferma les yeux en sentant les menottes lui mordre les poignets.

10

IL S'ÉTAIT FAIT CUEILLIR PAR QUATRE FLICS EN CIVIL, mais deux seulement l'amenèrent à Parker Center – le rouquin, qui s'appelait Vukovich, et un Latino nommé Fuentes. Holman avait été arrêté à cinq reprises par le LAPD depuis ses dix-huit ans, et dans chaque affaire, excepté la dernière (où c'était un agent du FBI, Katherine Pollard, qui lui avait passé les menottes), il avait échoué dans un des dix-neuf commissariats divisionnaires de la police de Los Angeles avant d'être transféré deux fois à la prison du comté, et trois fois dans un centre de détention fédéral, mais n'était jamais passé par Parker Center. En apprenant que c'était là qu'on l'amenait, Holman comprit qu'il était dans une merde noire.

Parker Center est le siège principal du département de police de Los Angeles : un immense immeuble de verre et de béton blanc qui héberge le chef de la police et ses adjoints, le groupe des affaires internes, toutes sortes de responsables et de services administratifs, ainsi que la brigade spéciale des vols et homicides, fleuron du LAPD, une unité d'élite chapeautant la brigade des homicides, la brigade des vols, et la brigade des crimes sexuels. Chacune des dix-neuf divisions du LAPD possède ses propres inspecteurs spécialisés dans les affaires d'homicide, de vol et de crime sexuel, mais leur rayon d'action est limité à leur territoire respectif ; les détectives des Vols et Homicides couvrent toute la ville.

Vukovich et Fuentes conduisirent Holman dans une salle d'interrogatoire du deuxième étage et le questionnèrent pendant plus d'une heure, après quoi un autre duo d'enquêteurs prit le relais. Il connaissait la musique. Les flics vous posaient toujours les mêmes questions, un nombre incalculable de fois, au cas où vos réponses varieraient. Si c'était le cas, ils savaient que vous mentiez, et Holman s'en tint donc à la stricte vérité – sauf sur Chee. Quand le rouquin, Vukovich, lui demanda comment il s'était débrouillé pour savoir que Maria Juarez était cachée chez ses cousins, il leur raconta qu'il l'avait appris dans un bar, de la bouche d'un Chicano de Frogtown qui se vantait d'avoir niqué Maria au collège avec soixante-deux autres mecs, une salope de première, et que le type en avait rajouté une couche en disant que les flics descendus par Warren l'avaient sûrement sautée eux aussi, cette petite pute. Couvrir Chee était pour Holman un exercice connu, et ce fut son unique entorse à la vérité. Un seul mensonge – voilà qui ne risquait pas d'être trop compliqué à se rappeler, même s'il éprouva une pointe de frayeur sur le moment.

À vingt heures quarante, ce soir-là, il était toujours dans la même salle, après avoir été asticoté par intermittence pendant plus de six heures sans se voir ni proposer les services d'un avocat ni notifier sa mise en garde à vue. À vingt heures quarante et une, la porte se rouvrit sur Vukovich, flanqué d'un nouvel arrivant.

Ce dernier fixa Holman pendant quelques secondes

avant de lui tendre la main. Son visage lui était vaguement familier.

— Monsieur Holman, je m'appelle Walt Random. Toutes mes condoléances pour votre fils.

Random était le premier inspecteur à lui serrer la main. Il portait une chemise blanche à manches longues et une cravate, mais pas de veste. Un badge doré d'inspecteur était accroché à sa ceinture. Il tira une chaise en face de lui tandis que Vukovich s'adossait au mur.

— Je suis en garde à vue ? demanda Holman.

— L'inspecteur Vukovich vous a expliqué la raison de votre interpellation, je suppose ?

— Non.

Holman sut tout à coup où il avait déjà vu Random. C'était un des participants à la conférence de presse qu'il avait suivie à la télévision dans un bistrot. Le nom lui était inconnu, mais pas le visage.

— En vérifiant l'immatriculation de votre véhicule, nos agents ont découvert trente-deux procès-verbaux impayés pour stationnement interdit, et neuf autres pour des infractions caractérisées au code de la route.

— Putain de merde, fit Holman.

Vukovich sourit.

— Ouais, sans parler du fait que vous ne colliez pas du tout avec le signalement du propriétaire du véhicule fourni par le DMV, vu que vous n'êtes pas noir et que vous n'avez pas l'air d'avoir soixante-deux ans. On a cru que vous rouliez dans une caisse volée, mon vieux.

Random enchaîna :

— On a passé un petit coup de fil à M. Perry. On a vu que vous vous étiez mis d'accord pour la voiture, à part le petit souci du permis. Donc, on oublie ça et on revient à Mme Juarez. Pourquoi est-ce que vous êtes allé la voir ?

Toujours la même question, qu'ils lui avaient déjà posée trente-six fois. Holman leur servit la même réponse.

— Je cherchais son mari.

— Que savez-vous de son mari ?

— Je vous ai vu à la télé. Vous le recherchez, vous aussi.

— Mais vous, pourquoi est-ce que vous vouliez le voir ?

— Il a tué mon fils.

— Comment êtes-vous arrivé jusqu'à Mme Juarez ?

— L'adresse est dans l'annuaire. Je suis allé chez eux, mais c'était noir de monde. En faisant le tour des bars du coin, j'ai croisé deux ou trois personnes qui les connaissaient et, de fil en aiguille, je me suis retrouvé à Silver Lake où j'ai rencontré ce type qui disait la connaître. Il m'a raconté qu'elle s'était planquée chez ses cousins, et il faut croire qu'il n'avait pas tort, vu que c'est là que je l'ai retrouvée.

Random hocha la tête.

— Il vous a donné son adresse ?

— L'adresse, je l'ai eue aux renseignements. Le type du bar m'a juste dit chez qui elle créchait. Ç'a été vite plié. La plupart des gens ne sont pas sur liste rouge.

Random sourit, sans cesser de le fixer.

— C'était quel bar ?

Holman soutint son regard puis jeta un coup d'œil nonchalant à Vukovich.

— Je ne me rappelle plus le nom, mais c'était sur Sunset, à quelques blocs de Silver Lake Boulevard. Côté nord. Je suis à peu près sûr qu'il portait un nom mexicain.

Il était passé par là en voiture dans la journée. Sunset regorgeait de bars mexicains.

— Hmm-hmm... Donc, vous pourriez nous y conduire ?

— Oh, oui, absolument. Je l'ai déjà dit à l'inspecteur Vukovich il y a trois ou quatre heures.

— Et cet homme à qui vous avez parlé, si vous le revoyiez, vous sauriez nous le montrer ?

Holman fixa de nouveau Random, mais calmement, sans en faire tout un plat.

— Bien sûr. Sans problème. S'il y est encore après tout ce temps.

— Hé, mon pote, tu me cherches, ou quoi ? lui lança Vukovich, souriant toujours.

Random ignora le commentaire de son collègue.

— Dites-moi, monsieur Holman – et je vous pose la question très sérieusement –, Maria Juarez vous a-t-elle dit quoi que ce soit qui pourrait nous aider à retrouver son mari ?

Holman commençait à apprécier Random. Il appréciait son énergie, son désir de retrouver Warren Juarez.

— Non, monsieur.

— Elle ne sait pas où il se cache ?

— C'est ce qu'elle m'a dit.

— Est-ce qu'elle vous a dit pourquoi il a tué ces agents ? Ou donné des informations, n'importe lesquelles, sur la tuerie ?

— Elle m'a dit que ce n'était pas lui. Elle m'a dit qu'ils étaient ensemble à l'heure où ça s'est passé. Ils ont une petite fille. Elle m'a dit que c'était l'anniversaire de leur petite fille et qu'ils ont filmé une vidéo prouvant que Warren était avec eux au moment des meurtres. Elle m'a dit qu'elle l'avait remise à vos hommes. C'est tout.

— Elle prétendait n'avoir aucune idée de l'endroit où se cache son mari ?

— Elle répétait juste que ce n'était pas lui. Je ne vois pas quoi vous dire de plus.

— Qu'aviez-vous l'intention de faire après l'avoir vue ?

— Continuer comme avant. Parler à des gens pour voir si je pouvais trouver autre chose. Mais c'est là que j'ai fait la connaissance de M. Vukovich.

Vukovich rit et changea de position contre le mur.

— Je peux vous poser une question ? demanda Holman.

Random haussa les épaules.

— Dites toujours. Ça ne signifie pas que j'y répondrai, mais voyons voir.

— Ils ont vraiment filmé cette vidéo ?

— Mme Juarez nous a remis une cassette, mais ça ne prouve rien. Nous avons quelques doutes sur l'heure à laquelle cette séquence a été tournée.

— Ils ne l'ont pas forcément mise en boîte mardi à une heure du mat, enchaîna Vukovich. On l'a fait examiner par une de nos analystes. Elle pense qu'ils ont enregistré l'émission, puis qu'ils l'ont repassée sur leur magnétoscope pour tailler à Juarez un alibi sur mesure. Cette vidéo ne montre pas l'émission à l'heure où elle a été diffusée ; elle montre l'enregistrement d'un enregistrement. On a tendance à croire que les images ont été filmées le lendemain matin.

Holman fronça les sourcils. Il comprenait la façon dont une cassette de ce genre pouvait avoir été fabriquée après coup, mais il avait aussi vu la peur dans les yeux de Maria quand il l'avait saisie à la gorge. Il s'était souvent retrouvé face à des gens terrorisés, à l'époque où il tirait des voitures et attaquait des banques, et il avait quitté cette femme avec le sentiment qu'elle lui avait dit la vérité.

— Attendez un peu. Vous dites qu'elle est complice de son mari ?

Random faillit répondre puis se ravisa. Il jeta un coup d'œil à sa montre et se leva lentement, comme s'il soulevait une énorme charge.

— Restons-en là. L'enquête est en cours.

— D'accord, mais une dernière chose. Le capitaine de Richie m'a parlé d'une histoire de vengeance personnelle entre Juarez et un des autres agents – Fowler. C'est bien ça ?

D'un signe de tête, Random invita Vukovich à répondre.

— C'est ça. Ça remonte à un peu plus d'un an. Fowler et un stagiaire ont intercepté un jeune pour infraction au code de la route. C'était Jaime Juarez, le petit frère de Warren. Juarez a eu une attitude agressive. Fowler a senti qu'il était défoncé, il l'a sorti de sa bagnole et a trouvé plusieurs cailloux de crack dans son futal. Juarez, évidemment, a raconté que c'était Fowler qui lui avait mis la came dans la poche, mais ça ne l'a pas empêché d'écoper de trois ans ferme dans une prison de l'État. Il n'y était pas depuis deux mois qu'une baston a éclaté entre prisonniers blacks et latinos, et Jaime y a laissé sa peau. Warren en a voulu à Fowler. Il s'est mis à traîner un peu partout dans l'est de la ville en racontant qu'il allait se faire le condé qui avait tué son petit frère. Il n'a jamais cherché à s'en cacher. On a une liste de deux pages de témoins qui l'ont entendu proférer des menaces de ce genre.

Holman prit acte. Il s'imaginait très bien Juarez en train d'assassiner l'homme qu'il accusait de la mort de son frère, mais quelque chose le perturbait.

— Vous avez d'autres noms de suspects ?
— Il n'y a pas d'autre suspect. Juarez a agi seul.
— Ça ne tient pas debout. Comment est-ce qu'il a su qu'ils étaient là-bas ? Comment est-ce qu'il les a trouvés ? Comment est-ce qu'un branleur comme lui a pu descendre quatre policiers armés sans laisser à qui que ce soit le temps de tirer une balle ?

Holman avait haussé le ton et le regretta aussitôt. Random, apparemment agacé, pinça les lèvres et consulta sa montre, comme si quelqu'un ou quelque chose d'important l'attendait ailleurs. On aurait dit qu'il venait de prendre une décision quand il chercha de nouveau son regard.

— Il a fait son approche par l'est, dit-il, en restant à couvert derrière les piles du pont. C'est comme ça qu'il a pu arriver aussi près d'eux. Il n'était qu'à dix mètres quand il a ouvert le feu. Il s'est servi d'un fusil à pompe Benelli automatique, chargé de cartouches à chevrotine de calibre douze. Vous savez ce que c'est que la chevrotine, monsieur Holman ?

Holman acquiesça. Il se sentait mal.

— Deux des agents ont été touchés dans le dos, ce qui montre qu'ils n'ont rien vu venir. Le troisième était sans doute assis sur le capot de sa voiture. Il a eu le temps de sauter à terre et de se retourner, avant de prendre sa giclée en pleine face. Le quatrième a réussi à dégainer son arme de service, mais il est mort avant d'avoir pu riposter. Ne me demandez pas lequel était votre fils, monsieur Holman. Je ne vous le dirai pas.

Holman avait froid. Son souffle s'était raccourci. Random regarda sa montre.

— Nous savons que le tireur a agi seul parce que toutes les douilles proviennent de la même arme. C'était Juarez. L'histoire de la cassette n'est qu'une tentative foireuse pour se couvrir. En ce qui vous concerne, on va vous laisser tranquille. La décision n'a pas été prise à l'unanimité, mais vous êtes libre. On va vous ramener à votre voiture.

Holman se leva, mais il lui restait des questions à poser. Pour la première fois de sa vie, il n'était pas pressé de quitter un poulailler.

— Et en ce qui concerne ce fils de pute, vous en êtes où ? Vous avez une piste ?

Random jeta un bref regard à Vukovich. Le visage du rouquin n'exprimait rien. Random se tourna de nouveau vers Holman.

— C'est déjà réglé. Ce soir, à dix-huit heures vingt, on a retrouvé le cadavre de Warren Juarez. Il s'est donné la mort d'un coup de fusil.

— Le même fusil à pompe qui a servi à tuer votre fils, précisa Vukovich en se touchant le dessous du menton. Il a mis le canon là, et ça lui a emporté tout le haut de la tête. Il serrait encore la crosse entre ses mains.

Random lui tendit la main. Abasourdi, Holman la prit mécaniquement.

— Je suis navré, monsieur Holman. Je suis profondément navré que quatre agents aient perdu la vie de cette façon. C'est une honte.

Holman ne réagit pas. Ils l'avaient gardé ici toute la soirée alors que Juarez était mort.

— Bon Dieu... mais pourquoi est-ce que vous avez passé tout ce temps à m'interroger sur ma visite à sa femme et le reste ?

— Pour voir si elle nous ment. Vous connaissez le système.

Il sentit monter en lui une colère qu'il ravala. Random ouvrit la porte.

— Et soyons bien clair : ne retournez pas la voir.

Même si son mari est mort, elle fait toujours l'objet d'une enquête en cours.

— Vous croyez qu'elle est impliquée dans la tuerie ?

— Elle l'a aidé à essayer de s'en tirer. Ce qu'elle a pu savoir ou non avant les faits, ça reste à déterminer. Ne vous mêlez plus de cette histoire, Holman. On va vous laisser tranquille parce que vous venez de perdre votre fils, mais ce traitement de faveur s'arrête ici et maintenant. Si on vous ramène dans ces locaux, je vous mettrai en garde à vue et je ferai en sorte que le dossier suive son cours. Est-ce qu'on s'est bien compris ?

Holman hocha la tête.

— Vous pouvez dormir tranquille, monsieur Holman. On l'a eu, ce salaud.

Random quitta la pièce sans attendre de réponse. Vukovich se décolla du mur et gratifia Holman d'une petite tape dans le dos, comme s'ils étaient passés ensemble sur le gril.

— Venez, mon pote. Je vous ramène à votre poubelle.

Holman sortit dans son sillage.

11

HOLMAN REPENSA À MARIA JUAREZ pendant qu'on le ramenait vers la voiture de Perry, en passant devant la petite maison de ses cousins. Il chercha du regard les deux autres flics du dispositif de surveillance mais ne les vit nulle part.

— Random ne plaisantait pas quand il vous a dit de laisser cette fille tranquille, lâcha Vukovich. Ne vous approchez plus d'elle.

— Vous me dites qu'ils ont bidonné cette cassette et je veux bien vous croire, mais elle m'a paru sincère.

— Merci de votre avis d'expert. Et maintenant, dites-moi quelque chose : quand vous attendiez dans la queue avant de braquer une banque, vous aviez l'air d'un innocent ou d'un coupable ?

Holman laissa filer.

— Un à zéro, fit Vukovich.

Ils stoppèrent à hauteur de la Mercury.

— Merci pour le taxi, dit Holman en ouvrant la portière.

— J'aurais peut-être mieux fait de vous ramener chez vous. Vous n'avez pas de permis.

— Le premier truc qu'on m'a dit quand j'ai été

libéré, c'est que mon fils s'était fait tuer. J'avais autre chose en tête que le DMV.

— Mettez-vous en règle, Holman. Je ne dis pas ça pour vous emmerder. En cas de contrôle, vous aurez des ennuis.

— Demain. À la première heure.

Il resta planté sur la chaussée et regarda Vukovich s'éloigner en voiture. Il se tourna vers la maison où s'était réfugiée Maria Juarez. Il y avait de la lumière aux fenêtres, et les cousins étaient sûrement rentrés chez eux. Holman se demanda de quoi ils pouvaient être en train de parler. Il se demanda si la police l'avait déjà informée de la mort de son mari. Il se dit que ce n'était pas son problème, mais le fait de savoir cette petite bicoque sans doute noyée de chagrin le dérangea. Il s'installa au volant de la Mercury et rentra chez lui.

Il réussit à regagner le motel sans se faire contrôler et gara la voiture dans l'allée de service. Quand il pénétra dans le hall, Perry l'attendait, toujours à son bureau, assis en arrière, les bras et les jambes croisés, les traits pincés. Il avait l'air tellement tendu qu'il ressemblait à une araignée prête à bondir sur le premier insecte venu.

— Vous m'avez mis dans une sacrée merde, grogna-t-il. Vous savez combien j'ai dû casquer en prunes impayées ?

Holman lui-même n'était pas de la meilleure humeur. Il se campa juste devant le bureau.

— Je vous emmerde avec vos prunes. Vous auriez dû me prévenir que je roulais dans une bagnole recherchée de partout. J'aurais pu me retrouver en taule à cause de ce tas de boue.

— Moi aussi, je vous emmerde ! J'étais pas au courant de tous ces P-V, moi ! Les mecs comme vous qui se les prennent en circulant ne se bousculent pas pour m'en parler. Et c'est moi qui ai dû me taper l'ardoise – deux mille quatre cent dix-huit dollars, putain !

— Vous auriez dû leur dire de la garder. Elle ne vaut pas un clou.

— Pour qu'ils l'embarquent et me fassent payer la fourrière en prime ? J'ai été obligé de foncer dans le centre à l'heure de pointe pour faire le chèque !

Holman sentit que Perry mourait d'envie de lui demander le remboursement de ses frais mais craignait par ailleurs les possibles répercussions de l'incident. Si Gail Manelli en entendait parler, elle saurait qu'il louait illégalement – et en connaissance de cause – son véhicule à des gens qui n'avaient pas leur permis. Il perdrait alors la clientèle qu'elle lui fournissait par le biais du bureau des prisons.

— Rien à foutre, dit Holman. Moi aussi, je me suis retrouvé dans le centre à cause de votre putain de Mercury. Vous m'avez mis ma télé ?

— Elle est dans votre chambre.

— J'espère qu'elle n'est pas volée.

— Arrêtez de pleurnicher comme une gonzesse. Elle est là-haut. Par contre, vous allez devoir l'écouter au casque. Le haut-parleur est naze.

Holman était déjà reparti vers l'escalier.

— Hé ! Minute. J'ai des messages pour vous.

Holman se raidit aussitôt, pensant à la femme de Richie. Il pivota à cent quatre-vingts degrés et revint vers Perry, qui semblait de plus en plus nerveux.

— Gail a téléphoné. Elle demande que vous la rappeliez.

— Qui d'autre ?

Perry tenait entre les doigts un bout de papier, mais Holman ne voyait pas ce qui était écrit dessus.

— Dites, quand vous rappellerez Gail, évitez de lui parler de cette foutue bagnole, OK ? Vous auriez pas dû la conduire et j'aurais pas dû vous la louer. On n'a pas besoin de ce genre d'emmerdement, ni vous ni moi.

Holman tendit la main.

— Je ne lui dirai rien. Qui d'autre ?

Il prit le bout de papier des mains de Perry, qui ne réagit pas.

— Une dame, une employée de cimetière. Elle a dit que vous sauriez pourquoi c'était.

Holman lut le message. C'était une adresse et un numéro de téléphone.

Richard Holman
42 Berke Drive, n° 216
L.A. CA 99999
213-555-2817

Il avait supposé que les frais d'enterrement de Donna avaient probablement été réglés par Richie, et ce message le confirmait. Son cœur se serra. Quand il reprit la parole, sa voix était rauque.

— C'est tout ? J'attends un autre appel.

— Personne d'autre. À moins que ça ait sonné pendant que je payais ces foutues prunes par votre faute.

Il empocha le bout de papier.

— J'aurai encore besoin de la caisse demain.

— Dites surtout rien à Gail, au nom du ciel.

Il ne se donna pas la peine de répondre. Il monta à l'étage, mit la télévision en marche et attendit le journal de vingt-trois heures. Le poste, un petit modèle de marque américaine, avait vingt ans de retard. L'écran grouillait de spectres brumeux. Il se battit avec l'antenne portative pour les chasser, mais les fantômes se multiplièrent.

12

LE LENDEMAIN MATIN, Holman se leva à cinq heures un quart. Conséquence d'un mauvais matelas et d'une nuit mouvementée, son dos lui faisait mal. Il allait devoir soit mettre une planche sur le sommier, soit installer le matelas par terre. Les lits étaient mieux que ça à Lompoc.

Il descendit acheter le journal et un lait chocolaté, revint à sa chambre et avala le récit journalistique des événements de la veille.

Le journal signalait la découverte du cadavre de Juarez par trois adolescents dans une maison désaffectée d'Eagle Rock, à moins de deux kilomètres de chez lui. Une photo montrait les trois ados posant devant une baraque en ruine, avec des flics à l'arrière-plan. L'un d'eux ressemblait à Random, mais la photo était trop granuleuse pour que Holman puisse en avoir la certitude. D'après la police, un habitant des environs avait déclaré avoir entendu un coup de feu en début de matinée, le lendemain des meurtres. Holman se demanda pourquoi il n'avait pas prévenu la police à ce moment-là, mais laissa courir. Il était bien placé pour savoir que les gens entendaient à longueur de temps des bruits qu'ils ne signalaient pas ; leur silence était le meilleur allié des voleurs.

Les adolescents et les enquêteurs envoyés déclaraient avoir trouvé Juarez assis par terre, le dos contre un mur, un fusil à pompe de calibre douze dans la main droite. Un envoyé du bureau du coroner précisait que le décès paraissait être survenu instantanément, le coup de fusil, tiré de bas en haut, ayant traversé les mâchoires et provoqué une blessure intracrânienne massive. Holman savait déjà par Random que le fusil à pompe utilisé par Juarez était court et que celui-ci avait donc pu facilement se le caler sous le menton. Il s'efforça de visualiser le corps et décida que l'index de Juarez avait dû rester coincé à l'intérieur du pontet, sans quoi l'arme lui aurait fatalement giclé des mains. La balle devait lui avoir détruit le haut du crâne, sans doute en emportant une bonne partie du visage. Il parvint à s'imaginer sans trop de difficulté le cadavre de Juarez, mais quelque chose dans ce tableau le perturbait sans qu'il sache pourquoi. Il reprit sa lecture.

L'article consacrait ensuite deux ou trois paragraphes à expliciter la nature du grief qui opposait Warren Juarez à Michael Fowler, sans rien apporter que Holman n'ait déjà su de la bouche de Random et de Vukovich. Il avait connu des hommes qui avaient pris perpète pour avoir tué d'autres hommes coupables d'affronts bien moins graves que la mort d'un proche : des *veteranos* qui ne regrettaient pas un seul jour de leur peine car leur conception de la fierté n'aurait de toute façon toléré aucune autre forme de riposte. Ce fut en repensant à eux que Holman comprit ce qui le dérangeait dans sa représentation de la mort de Juarez. Le suicide ne collait pas avec ce qu'on lui avait dit de cet homme. Random avait laissé entendre que Juarez et sa femme avaient mis les images en boîte le matin d'après la tuerie. Si c'était vrai, Juarez avait commis un quadruple meurtre pendant la nuit, passé ensuite une partie de la matinée à faire à dada avec sa fille et des grimaces à la caméra, après quoi il s'était réfugié dans cette baraque désaffectée où il avait été tout à coup saisi d'un désespoir si profond qu'il s'était brûlé la cervelle. Les grimaces et l'à-dada ne collaient pas avec la thèse du suicide. Avoir ainsi vengé la mort de son frère aurait garanti à Juarez l'admiration définitive de tous les membres de son gang, et sa fille aurait été protégée par eux comme une petite reine. L'homme de la vidéo avait toutes les raisons du monde de continuer à vivre, même contraint de passer le restant de ses jours à l'ombre.

Holman était plongé dans ses réflexions quand le flash de six heures démarra sur un sujet concernant l'affaire. Il écarta le journal pour suivre la rediffusion d'extraits d'une conférence de presse tenue la veille au soir pendant qu'il était interrogé. Le chef adjoint Donnelly se chargea de l'essentiel des déclarations, mais, cette fois, Holman n'eut aucun mal à reconnaître Random debout à l'arrière-plan.

Il avait toujours les yeux fixés sur le poste quand le téléphone sonna. Pris au dépourvu, il sursauta comme sous l'effet d'une décharge électrique. C'était le premier coup de fil qu'on lui passait depuis son arrestation dans une banque. Il décrocha d'une main hésitante.

— Allô ?

— Holman, bon Dieu de merde ! Je croyais que tu étais reparti au bloc, mec ! Il paraît qu'on t'a foutu le grappin dessus ?

Il mit un instant à comprendre de quoi Chee voulait parler.

— Hier soir, tu veux dire ?

— Putain de nom de Dieu, Holman ! À ton avis ? Tout le quartier a vu les flics t'embarquer, mec ! J'ai cru que tu étais baisé. Qu'est-ce que tu foutais là-bas ?

— Je suis allé parler à la dame. Il n'y a pas de loi qui m'interdise de frapper à une porte.

— Putain d'enfoiré de ta race ! Je devrais venir te botter le cul moi-même, tu m'as fait flipper comme un malade ! Je suis là pour toi, mec ! Je suis là pour toi !

— Ne t'en fais pas, mon pote. Ils voulaient juste me poser des questions.

— Tu as besoin d'un avocat ? Je peux t'arranger ça.

— Tout va bien, vieux.

— C'est toi qui l'as planté, Juarez ?

— Je n'ai rien à voir là-dedans.

— J'étais sûr que c'était toi, mon pote.

— Il s'est tué tout seul.

— J'y ai pas cru une seconde, au coup du suicide. Je me suis dit que tu lui avais fait péter la cafetière.

Holman changea de sujet.

— Hé, Chee... Il y a un type qui me loue sa voiture vingt tickets par jour et j'ai du mal à les allonger. Tu ne pourrais pas m'avoir une bagnole ?

— Bien sûr, mec, ce que tu veux.

— Je n'ai plus mon permis.

— Je m'en occupe. J'ai juste besoin d'une photo.

— Un vrai permis, je veux dire, un truc du DMV.

— Tu l'auras. J'ai même de quoi te tirer le portrait.

Dans le temps, sous la houlette de ses oncles, Chee avait falsifié des permis de conduire, des cartes vertes [1] et des cartes de Sécurité sociale. De toute évidence, il n'avait pas totalement perdu la main.

Après avoir pris rendez-vous avec lui, Holman

---

1. L'équivalent étatsunien de la carte de séjour française. *(N.d.T.)*

raccrocha. Il se doucha, s'habilla, fourra ses vêtements sales dans un sac de supermarché à emporter dans une laverie automatique. Il était six heures cinquante lorsqu'il quitta sa chambre.

Richie avait vécu à Westwood, au sud de Wilshire Boulevard et à proximité du campus d'UCLA [1], dans un immeuble de trois étages distribué autour d'une cour intérieure centrale. L'adresse remontait aux obsèques de Donna, près de deux ans plus tôt, et Holman avait passé une bonne partie de la nuit à broyer du noir en se disant qu'il avait peut-être déménagé depuis. Il avait plusieurs fois failli composer son numéro de téléphone mais, vu que la veuve de son fils ne l'avait pas rappelé, il paraissait évident qu'elle ne voulait avoir aucun contact avec lui. S'il lui téléphonait, elle risquait non seulement de refuser de le voir, mais peut-être aussi de prévenir la police. Il décida que la meilleure solution consistait à la surprendre chez elle de bonne heure, et sans la prévenir. *Si* elle habitait encore là.

L'entrée principale de l'immeuble était défendue par une double porte de verre Securit fermée à clé. Les boîtes aux lettres se trouvaient côté rue, près de l'Interphone. Holman s'approcha des boîtes et passa en revue les numéros d'appartement en priant pour que le nom de son fils soit toujours accolé au 216.

Il y était.

HOLMAN.

Bien qu'ils ne se soient jamais mariés, Donna avait donné son nom à leur fils, et son cœur se serra lorsqu'il le lut. Il effleura la plaque – HOLMAN – en se disant *C'était mon fils*, mais une douleur cuisante lui transperça la poitrine et il se détourna.

---

1. Université de Californie à Los Angeles. *(N.d.T.)*

Il dut patienter presque dix minutes devant la porte vitrée avant qu'un jeune Asiatique muni d'un cartable émerge enfin de l'immeuble pour aller en cours. Holman bloqua le battant juste avant qu'il se referme et se glissa à l'intérieur.

La cour était étroite et plantée d'oiseaux-de-paradis luxuriants. La façade intérieure de l'immeuble était bordée de couloirs semi-découverts accessibles soit par l'ascenseur donnant sur la cour, soit par un escalier. Holman choisit l'escalier. Il monta au premier étage et suivit la numérotation jusqu'à localiser le 216. Il frappa d'abord discrètement, puis un peu plus fort, dans une espèce de torpeur qui avait pour but de le protéger de ses propres sentiments.

Une jeune femme entrouvrit la porte, et la torpeur s'en fut.

Ses traits composaient une expression intense et retenue, comme si elle était focalisée sur quelque chose de cent fois plus important que l'ouverture d'une porte. Une fille mince, aux yeux noirs, le visage étroit et les oreilles saillantes. Elle portait un chemisier vert clair, un bermuda en jean, des sandalettes. À voir ses cheveux mouillés, elle sortait de la douche. On dirait une enfant, pensa Holman.

Elle le fixa avec une indifférence teintée de curiosité.

— Oui ?
— Je suis Max Holman. Le père de Richie.

Il avait anticipé une explosion. Il s'attendait à être traité de salaud et de pourri, mais l'indifférence se désagrégea et elle pencha la tête comme si elle venait seulement de le voir.

— Mon Dieu… eh bien… ça fait bizarre.
— Pour moi aussi, c'est bizarre. Je ne sais même pas comment vous vous appelez.

— Elizabeth. Liz.

— J'aimerais vous parler un instant, si vous êtes d'accord. Ça compte beaucoup pour moi.

Elle ouvrit la porte en grand.

— Je vous dois des excuses, dit-elle. Je comptais vous appeler, mais c'est seulement que... je ne savais pas quoi dire. Je vous en prie. Entrez. Je me préparais pour aller en cours, mais j'ai quelques minutes. Il doit rester un peu de café...

Holman passa devant elle et attendit sur le seuil du séjour qu'elle ait refermé. Il marmonna que ce n'était pas la peine, mais elle passa tout de même dans la cuisine et prit deux mugs dans un placard, le laissant seul dans le séjour.

— C'est tellement étrange... Je suis désolée. Je n'ai pas de sucre. Si vous n'avez rien contre l'aspart...

— Sans sucre, ça sera très bien.

— J'ai du lait écrémé.

— Noir, merci.

L'appartement était spacieux, avec le séjour, le coin salle à manger et la cuisine dans une seule et même grande pièce. Holman se sentit tout à coup bouleversé d'être chez son fils. Il avait prévu de garder ses distances, de poser ses questions et de s'en aller, mais la vie de son fils était là, autour de lui, et il brûlait d'envie de tout absorber : un canapé et un fauteuil dépareillés faisaient face à un gros téléviseur installé en hauteur sur un meuble d'angle ; des CD et DVD s'entassaient à l'oblique sur des racks muraux – Green Day, Beck, *Jay et Bob contre-attaquent* ; sur le manteau d'une cheminée à gaz encastrée, des rangées de photographies se chevauchaient en partie. Il s'en approcha presque malgré lui.

— C'est joli, chez vous.

— Un peu au-dessus de nos moyens, mais c'est à deux pas du campus. Je prépare ma maîtrise en psychologie de l'enfance.
— Ça doit être bien.
Il se sentait con. Il aurait voulu trouver mieux.
— Je sors de prison.
— Je sais.
Le con.
Les photos montraient Richie et Liz ensemble, seuls, ou avec d'autres couples. Ici, ils posaient sur le pont d'un bateau ; là, leurs anoraks flashy se détachaient sur fond de neige ; sur telle autre, ils participaient à un pique-nique où tout le monde portait un tee-shirt estampillé LAPD. Holman se surprit à sourire, mais ses yeux tombèrent sur une image de Richie avec Donna et son sourire se délita. Donna était plus jeune que lui mais on aurait dit une vieille dame sur la photo. Ses cheveux étaient mal teints, son visage profondément rongé de rides et d'ombres. Il se détourna pour fuir ses souvenirs et la honte qui lui envahissait le front, et se retrouva face à Liz, de retour avec le café. Elle lui tendit un mug ; il le lui prit des mains et indiqua la pièce d'un vague mouvement d'épaules.

— Vous avez un bel appartement. J'aime bien ces photos. C'est comme si je faisais un tout petit peu sa connaissance.

Les yeux de Liz ne le quittaient pas un instant et il finit par se sentir observé. Avec son diplôme de psy, il se demanda si elle l'analysait.

— Vous lui ressemblez, dit-elle en baissant son mug. Il était un peu plus grand que vous, mais à peine. Vous êtes plus lourd.

— J'ai pris du gras.
Elle rougit.

— Ce n'est pas ce que je voulais dire. Richie courait beaucoup, c'est tout.

Voyant ses yeux s'embuer, Holman ne sut que faire. Il leva une main pour lui toucher l'épaule mais eut trop peur de l'effrayer. Liz se ressaisit, s'essuya les yeux de sa main libre.

— Excusez-moi. C'est dur. C'est tellement dur... Écoutez...

Elle s'essuya de nouveau les yeux et lui tendit la main.

— Je suis contente de faire enfin votre connaissance.

— Vous trouvez vraiment que je lui ressemble ?

Elle esquissa un sourire.

— Deux clones. Donna l'a toujours dit.

Il fallait changer de sujet. S'ils continuaient à parler de Donna, il ne tarderait pas à pleurer lui aussi.

— Je sais que vous avez cours, mais est-ce que je peux quand même vous poser deux ou trois questions sur ce qui s'est passé ? Ça ne sera pas long.

— Ils ont retrouvé cet homme, celui qui les a tués.

— Je sais. J'essaie seulement de... J'en ai parlé avec l'inspecteur Random. Vous le connaissez ?

Elle opina.

— Oui, je lui ai parlé aussi. Et j'ai tous les jours le capitaine Levy au téléphone. C'était le commissaire de Richie.

— Je sais. Lui aussi m'a donné des explications, mais je me demande encore comment ça a pu arriver.

— Juarez accusait Mike de la mort de son frère. Vous êtes au courant ?

— Ouais, j'ai vu ça dans le journal. Vous connaissiez le sergent Fowler ?

— Mike avait supervisé Richard pendant son stage. Ils étaient restés bons amis.

— D'après Random, Juarez disait sans arrêt qu'il allait lui faire la peau depuis la mort de son frère. Est-ce que ça l'inquiétait ?

Elle fouilla dans sa mémoire avec un froncement de sourcils et finit par secouer la tête.

— Mike n'avait jamais l'air de s'inquiéter de quoi que ce soit. Je ne le voyais pas beaucoup, peut-être cinq ou six fois par an, mais il ne paraissait avoir aucun souci de ce côté-là.

— Richie aurait pu vous en toucher un mot, peut-être ?

— La première fois que j'ai entendu parler de cette histoire, c'est quand le mandat a été lancé contre Juarez. Richard ne m'a jamais rien dit, mais ce n'était pas son style. Il n'abordait pas ce genre de sujet à la maison.

Holman songea que si quelqu'un s'était promené un peu partout en racontant qu'il avait l'intention de lui faire la peau, il aurait fini par aller le trouver. Soit il aurait laissé le mec vider son sac une fois pour toutes, soit il l'aurait remis à sa place, mais le problème aurait été réglé d'une manière ou d'une autre. Il se demanda si ce n'était pas ce que les quatre agents avaient voulu faire cette nuit-là : se mettre d'accord sur un plan susceptible de régler le problème Juarez, sauf que Juarez leur était tombé dessus. La chose semblait possible, mais il ne voulait pas souffler cette idée à Elizabeth.

— Peut-être que Fowler ne voulait inquiéter personne, reprit-il. Les petits durs comme Juarez passent leur vie à menacer la police. Les flics entendent ça tout le temps.

Elizabeth hocha la tête, mais ses yeux s'embuèrent de nouveau et il comprit qu'il venait de commettre une erreur. Elle devait se dire que, cette fois, il ne s'était pas agi que de menaces – cette fois, le petit dur était allé au bout de son idée et son mari y avait laissé sa vie. Il changea de sujet.

— Une autre chose que je me demande, Random m'a dit que Richie n'était pas en service cette nuit-là, c'est vrai ?

— Oui. Il était ici, en train de travailler. J'étudiais. Il lui arrivait de ressortir pour retrouver les autres, mais jamais aussi tard. Il m'a dit que Fowler l'avait appelé et qu'il devait y aller. C'est tout ce qu'il m'a dit.

— Il a parlé de la rivière ?

— Non. J'ai pensé qu'ils se retrouveraient dans un bar.

Holman prit note – même si cette information ne l'aidait pas vraiment.

— Je crois que ce qui me chiffonne, c'est comment Juarez a fait pour les trouver. Les enquêteurs n'ont pas encore réussi à expliquer ça. C'est dur de suivre quelqu'un dans le lit de la rivière sans se faire repérer. Je me dis que peut-être, s'ils descendaient là souvent – une habitude qu'ils auraient eue, par exemple –, Juarez aurait pu s'en apercevoir et aurait su où les piéger.

— Je n'en ai aucune idée. Mais ça m'étonnerait, car Richard ne m'en a jamais parlé – ça lui ressemble tellement peu...

Holman était d'accord. Ils auraient pu aller se saouler à peu près n'importe où, mais ils avaient choisi le lit de la Los Angeles River, un site désert et interdit au public. On pouvait en déduire qu'ils ne voulaient pas être vus, mais après tout, il le savait, les flics étaient comme tout le monde, et peut-être n'étaient-ils descendus dans le canal que pour le frisson de se réunir dans un lieu où personne d'autre qu'eux ne pouvait aller, comme ces gosses qui s'introduisaient dans les maisons abandonnées ou s'amusaient à escalader les lettres géantes de Hollywood, plantées au flanc du mont Lee.

Holman réfléchissait encore quand un détail qu'elle avait mentionné un peu plus tôt lui revint en mémoire.

— Vous dites qu'il ne ressortait jamais aussi tard que ça, et pourtant, ce soir-là, il l'a fait. Qu'est-ce qu'il y avait de différent ce soir-là ?

Elle parut surprise, puis son visage s'assombrit et un sillon vertical lui barra le front. Elle détourna les yeux, les ramena sur lui et l'étudia. Ses traits étaient figés, mais Holman devina qu'un furieux mouvement de rouages et de leviers venait de se mettre en branle sous son crâne.

— Vous, finit-elle par lâcher.

— Je ne comprends pas.

— Vous deviez sortir le lendemain. Voilà ce qu'il y avait de différent ce soir-là, et nous le savions tous les deux. Nous savions l'un et l'autre que vous seriez libéré le lendemain. Richard ne me parlait jamais de vous. Ça vous ennuie que je vous dise ça ? C'est tellement horrible, ce qui nous arrive en ce moment... Je ne veux pas vous torturer encore plus.

— Je suis ici pour vous poser ces questions. Je veux savoir.

Elle acquiesça et poursuivit.

— J'essayais de lui parler de vous, j'étais curieuse. Vous êtes son père. Vous étiez mon beau-père. Du temps où Donna était encore là, on s'y mettait toutes les deux, mais il ne voulait rien entendre. Je savais que votre date de remise en liberté approchait. Richard le savait aussi. Il ne voulait toujours pas en parler, mais ça le travaillait.

Holman eut soudain froid et mal au cœur.

— Il vous l'a dit ? Que ça le travaillait ?

Elle pencha légèrement la tête, posa son mug et s'éloigna.

— Venez voir.

Il la suivit dans le fond de l'appartement, jusqu'à une petite chambre meublée de deux bureaux – un pour elle et l'autre pour lui. Le premier, celui de Liz, était encombré de manuels, de classeurs et de fiches. Celui de Richie était niché dans un angle de la pièce, avec des panneaux de liège sur les murs. Ces panneaux étaient tapissés de coupures de presse, de notes et de petits bouts de papier tellement nombreux qu'ils se superposaient comme les écailles d'un poisson. Liz le guida vers le bureau de Richie et lui montra du doigt les coupures de presse.

— Jetez un coup d'œil.

Trois banques en un jour... Une fusillade stoppe la vague de braquages... La fin des braqueurs en treillis... Un client tué pendant le hold-up... Les articles dont Holman parcourut les titres concernaient tous un duo de cinglés, Marchenko et Parsons. Il en avait entendu parler à Lompoc. Marchenko et Parsons se déguisaient en commandos pour braquer des banques qu'ils avaient pour habitude de mitrailler allègrement avant de s'arracher avec leur butin.

— Il avait fini par éprouver une sorte de fascination pour ces hold-up, dit-elle. Il découpait les articles, il téléchargeait des trucs sur Internet et il passait son temps libre ici à éplucher tout ça. Pas besoin d'avoir un doctorat pour comprendre pourquoi.

— À cause de moi ?

— De son désir de vous connaître. Une façon d'être proche de vous tout en restant à distance, du moins c'est mon idée. Nous savions que la date de votre levée d'écrou approchait. Mais nous ne savions pas si vous chercheriez à nous contacter, si nous devions vous contacter, ni quelle attitude avoir en ce qui vous concernait. Ces incertitudes généraient en lui une angoisse qu'il avait besoin d'évacuer, ça sautait aux yeux.

Submergé de culpabilité, Holman ne put qu'espérer qu'elle se trompait.

— Il vous l'a dit ?

Elle ne le regardait pas. Le visage fermé et les yeux fixés sur les articles, elle croisa les bras.

— Ce n'était pas son style. Il ne parlait jamais de vous ni avec moi ni avec sa mère, mais quand il m'a dit qu'il ressortait voir les autres, il venait de passer la soirée enfermé dans cette pièce. Je crois qu'il avait besoin de parler de ça avec eux. Il n'a pas pu se confier à moi, et voilà, voilà où on en est...

Son visage se contracta de plus belle, avec des aspérités qui étaient signe de colère. Holman vit ses yeux s'emplir de larmes, mais il craignait trop de la blesser davantage pour oser la toucher.

— Hé..., dit-il.

Elle secoua la tête. Il l'interpréta comme un avertissement – peut-être comme si elle avait deviné son envie de la consoler – et son malaise redoubla. Les tendons du cou de Liz dessinaient deux arcs tendus de rage.

— Il a fallu qu'il ressorte, merde. Il a fallu qu'il aille les voir. Bon sang...

— Peut-être qu'on devrait retourner au salon.

Elle ferma les yeux puis secoua de nouveau la tête, mais cette fois pour lui faire comprendre que ça irait, qu'elle luttait contre une douleur monstrueuse mais qu'elle était bien décidée à avoir le dessus. Rouvrant les yeux, elle reprit le fil de son idée.

— Quelquefois, un homme a moins de mal à dévoiler ce qu'il perçoit comme une faiblesse à un autre homme qu'à une femme. C'est plus facile de se faire croire qu'on travaille que d'affronter honnêtement ses émotions. Je pense que c'est ce qu'il a fait ce soir-là. Je pense que c'est pour ça qu'il est mort.

— Parce qu'il avait besoin de parler de moi ?

— Non, pas explicitement, plutôt de ces hold-up. C'était sa façon à lui de parler de vous. Il considérait ça comme une mission en extra, en plus de son service habituel. Richard voulait devenir inspecteur et gravir les échelons.

Il jeta un regard au bureau de son fils mais ne se sentit pas réconforté pour autant. Des photocopies de ce qui semblait être des transcriptions officielles de dépositions et des rapports d'enquête étaient étalées un peu partout sur la table. Il parcourut les pages de titre et constata que ces documents concernaient tous Marchenko et Parsons. Un petit plan de la ville était punaisé sur un des tableaux de liège, criblé de croix numérotées de 1 à 13 et reliées entre elles par des lignes composant une figure grossièrement géométrique. Richie était allé jusqu'à cartographier leurs hold-up.

Il se demanda soudain si son fils et Liz s'étaient imaginé qu'il avait autrefois été comme Marchenko et Parsons.

— J'ai attaqué des banques, dit-il, mais je n'ai jamais rien fait de ce genre. Je n'ai jamais blessé personne. Je n'ai rien à voir avec ces tarés.

Les traits de Liz s'adoucirent.

— Ce n'est pas ce que j'ai voulu dire. Donna nous a raconté votre arrestation. Richard savait que vous n'étiez pas comme eux.

Holman lui sut gré de son effort, mais le mur était couvert d'articles sur ces deux dégénérés qui avaient fait carrière en rafalant leurs victimes. C'était clair.

— Sans vouloir vous offenser, il faut que je finisse de me préparer, ou je vais manquer mon cours.

Il s'éloigna à regret du bureau de Richie, marqua un temps d'arrêt.

— Il travaillait sur cette histoire juste avant de ressortir ?

— Oui. Il était resté ici toute la soirée.

— Et ses trois collègues ? Ils étaient sur l'affaire Marchenko, eux aussi ?

— Mike, sans doute. Il en parlait beaucoup avec Mike. Les autres, je ne sais pas.

Il hocha la tête en lançant un dernier coup d'œil au bureau de son fils mort. Il avait envie de lire tout ce qu'il y avait sur ce bureau. Il avait envie de savoir pourquoi un agent en uniforme ayant à peine deux ou trois ans de métier s'était retrouvé impliqué dans une enquête majeure et pourquoi son fils avait quitté son foyer en pleine nuit. Il était venu ici pour trouver des réponses mais se posait à présent encore plus de questions.

Il se tourna vers la porte.

— Je ne sais encore rien de ce qui est prévu. Pour les obsèques.

Il lui fut pénible de lui poser la question, et encore plus pénible de percevoir l'éclair de dureté qui traversa le visage de Liz. Elle se ressaisit presque aussitôt, secoua la tête.

— Il leur sera rendu hommage à tous les quatre samedi prochain à l'académie de police, dans le cadre d'une cérémonie d'adieux. Le permis d'inhumer n'a pas été délivré. Je suppose qu'ils sont encore en train de…

Sa voix se perdit, mais Holman avait compris. Ces quatre agents avaient été assassinés – les légistes étaient sans doute toujours en train d'essayer de recueillir des indices, et son fils ne pourrait être enterré que lorsque la dernière analyse aurait été menée à son terme.

Elizabeth lui toucha le bras d'un geste brusque.

— Vous viendrez, n'est-ce pas ? J'aimerais que vous soyez présent.

Il se sentit soulagé. Il avait eu peur qu'elle n'essaie de le tenir à l'écart des funérailles de Richie. Il ne lui avait pas échappé que ni Levy ni Random ne lui avait dit un mot de la cérémonie d'adieux.

— Bien sûr, Liz. Merci.

Elle leva les yeux sur lui, le fixa longuement, se hissa sur la pointe des pieds et lui déposa un baiser sur la joue.

— J'aurais aimé que les choses soient différentes.

Holman avait passé les dix dernières années à regretter que tout ne se soit pas passé différemment.

Il la remercia encore lorsqu'elle le raccompagna à la porte, puis repartit vers sa voiture. Il se demanda si Random assisterait à la cérémonie. Il se posait des questions. Random aurait peut-être les réponses.

13

LA CÉRÉMONIE D'ADIEUX EUT LIEU À CHAVEZ RAVINE, dans une salle de conférences de l'académie de police de Los Angeles, nichée entre deux collines en bordure de la route d'accès au stade des Dodgers. Des années auparavant, les Dodgers avaient fait édifier leur propre version des fameuses lettres géantes de Hollywood sur la colline qui séparait le stade de l'académie. *PENSEZ BLEU*, disait le slogan – les couleurs des Dodgers étant le bleu et le blanc. En voyant ces lettres se dresser devant lui ce matin-là, Holman fut frappé de voir à quel point elles auraient pu s'appliquer aux quatre agents morts, le bleu étant aussi la couleur du LAPD.

Liz lui avait proposé de l'accompagner avec sa famille au service funèbre, mais il avait décliné. Ses parents et sa sœur étaient venus par avion de la baie de San Francisco, mais Holman s'était tout de suite senti mal à l'aise parmi eux. Le père de Liz était médecin, sa mère assistante sociale ; des gens instruits, aisés, et d'une normalité qu'il ne pouvait qu'admirer, mais qui lui rappelait trop ce qu'il n'était pas. En passant devant le portail du stade des Dodgers, il se revit quadrillant ce même parking avec Chee en quête de voitures à voler pendant les matches. Le père de Liz devait avoir la tête pleine de souvenirs de nuits blanches passées à potasser ses examens, de noubas d'étudiants et de bals de fin d'année, mais lui-même n'avait rien d'autre en stock que des souvenirs de vols et de défonce.

Il se gara à bonne distance des bâtiments de l'école de police et longea Academy Road, suivant les indications que Liz lui avait données pour rejoindre la salle de conférences. Le parking grouillait déjà de véhicules, et la route était noire de gens qui montaient la colline à pied pour gagner l'école. Holman passa les visages en revue, espérant repérer Random ou Vukovich. Il avait téléphoné trois fois à Random pour lui parler de ce qu'il avait appris par Liz, mais on ne l'avait pas rappelé. Random avait peut-être décidé de se débarrasser de lui, mais ça ne le satisfaisait pas. Il avait encore des questions à poser et il attendait des réponses.

Liz lui avait fixé rendez-vous dans le jardin de pierres, à côté de la salle de conférences. Aspiré par le flot des piétons, il traversa la partie centrale de l'académie jusqu'au jardin où toutes sortes de gens attendaient debout, par petits groupes. Des cadreurs de télévision filmaient la foule pendant que des journalistes interviewaient des politiciens locaux et des gros bonnets du LAPD. Holman était mal à l'aise. Liz lui avait prêté un costume noir de Richie, mais le pantalon était trop juste et il avait dû le déboutonner à la ceinture. Sa veste commença à être mouillée de sueur avant même qu'il ait atteint le jardin, et il se sentait décalé, comme un clodo dans un cocktail mondain.

Il trouva Liz et les siens en compagnie du commissaire de Richie, le capitaine Levy. Après lui avoir serré la main, Levy proposa de leur faire rencontrer les autres familles. Liz parut percevoir le malaise de Holman et s'attarda avec lui à l'arrière du groupe tandis que Levy les entraînait parmi la foule.

— Vous êtes très bien, Max. Je suis contente que vous soyez venu.

Il réussit à sourire.

Levy les présenta à la veuve et aux quatre fils de Mike Fowler, à la veuve de Mellon, et aux parents d'Ash. Tous avaient un visage sombre et vide, et Holman se dit que la femme de Fowler devait être sous sédatif. On le traita avec politesse et respect, mais il avait tout de même l'impression d'être percé à jour et en décalage complet. Il surprit plusieurs fois les autres en train de l'observer à la dérobée et, chaque fois, il se sentit rougir, sûr qu'ils pensaient *Voilà donc le père de Holman, le criminel*. Il était plus gêné pour Richie que pour lui-même. Même dans la mort, il arrivait à faire honte à son fils.

Levy revint quelques minutes plus tard, prit Liz par le bras et les guida vers une double porte ouverte. Le moment était venu de s'installer. La salle de conférences était pleine de chaises. Un écran et une estrade avaient été dressés dans le fond, sous les portraits photographiques des quatre agents, encadrés de bannières étoilées. Holman hésita sur le seuil, regarda par-dessus son épaule et aperçut Random avec trois autres types sur le côté. Il se dirigea aussitôt dans leur direction. Il avait parcouru la moitié de la distance qui le séparait de Random quand Vukovich lui bloqua brusquement le passage. Il portait un costume bleu nuit et des lunettes noires qui masquaient totalement ses yeux.

— Triste journée, monsieur Holman. On ne conduit plus sans permis, j'espère ?

— J'ai téléphoné trois fois à Random mais il n'a pas

daigné me rappeler. J'ai d'autres questions à lui poser sur ce qui s'est passé cette nuit-là.

— On le sait déjà, ce qui s'est passé cette nuit-là. On vous l'a dit.

Holman jeta un coup d'œil à Random par-dessus l'épaule de Vukovich. Random le fixa avec insistance avant de reprendre sa conversation. Holman regarda de nouveau Vukovich.

— Justement, il y a certaines choses qui ne collent pas dans ce que vous m'avez dit. Est-ce que Richie enquêtait sur l'affaire Marchenko et Parsons ?

Vukovich le dévisagea un moment, puis s'écarta.

— Attendez ici, monsieur Holman. Je vais voir si le patron peut vous dire un mot.

Le mot circulait qu'il était temps de prendre place. Les gens commençaient à quitter le jardin de pierres pour converger vers la salle de conférences, mais Holman ne bougea pas. Vukovich était parti retrouver Random et les trois autres. Sûrement des huiles, pensa-t-il, mais il n'en était pas sûr et ça ne l'intéressait pas. Quand Vukovich les eut rejoints, Random et deux des bonshommes décochèrent un regard à Holman, puis lui tournèrent le dos et se remirent à discuter. Peu après, Random et Vukovich s'approchèrent. Random n'avait pas l'air ravi quand il lui tendit la main.

— Mettons-nous à l'écart, monsieur Holman. On sera plus tranquilles pour parler si on n'est pas dans le passage.

Ils l'escortèrent à la lisière du jardin, Random d'un côté et Vukovich de l'autre. On aurait dit qu'ils l'embarquaient.

Arrivé à distance de la foule, Random croisa les bras.

— Bon, j'ai cru comprendre que vous aviez des questions ?

Holman leur parla de sa conversation avec Elizabeth et de l'impressionnante collection de documents sur Marchenko et Parsons qu'avait accumulée Richie. Il ne croyait toujours pas à l'explication avancée par les flics concernant Juarez. Si Richie avait participé à l'enquête sur la série de hold-up, cette piste-là semblait nettement plus vraisemblable. Il entreprit de leur exposer sa théorie, mais Random secoua la tête avant même qu'il ait fini.

— Votre fils n'enquêtait pas sur Marchenko et Parsons. Ces gars-là sont morts. Le dossier est clos depuis trois mois.

— Richie a dit à sa femme que c'était une mission en extra. Elle pense que Mike Fowler y travaillait peut-être aussi.

Random commençait à montrer des signes d'impatience. La salle se remplissait.

— Si votre fils s'est intéressé au dossier Marchenko et Parsons, ça devait être un passe-temps ou peut-être un exercice qu'on lui avait imposé dans le cadre de ses cours de formation, mais rien de plus. Richard était un agent de patrouille en tenue. Les agents de patrouille en tenue ne sont pas des inspecteurs.

Vukovich hocha la tête.

— Qu'est-ce que ça changerait, de toute façon ? Cette enquête est bouclée.

— Richie était chez lui ce soir-là. Il passe toute la soirée chez lui, et d'un seul coup le voilà qui sort retrouver ses collègues à une heure du matin. À sa place, si des potes m'avaient appelé à cette heure de la nuit pour boire un coup, je les aurais envoyés chier – mais si c'était pour faire un boulot de flic, alors j'y serais peut-être allé. S'ils se sont fixé rendez-vous sous ce pont à cause de Marchenko et Parsons, cette affaire pourrait bien avoir un rapport avec leur meurtre.

Random secoua la tête.

— Ce n'est pas le moment de parler de ça, monsieur Holman.

— Je vous ai téléphoné trois fois et vous ne m'avez jamais rappelé. À mon avis, c'est un putain de bon moment.

Le flic le fixa. Holman se dit qu'il cherchait à jauger ses forces et ses faiblesses de la même façon qu'il devait le faire avec ses suspects en salle d'interrogatoire. Random finit par hocher la tête comme s'il était obligé de prendre une décision qui ne lui plaisait pas.

— Bon, écoutez, j'ai une mauvaise nouvelle à vous annoncer, vous y tenez vraiment ? Ils sont descendus là-bas pour boire. Et je vais aussi vous dire autre chose, mais si vous le répétez et que ça me revient dans la figure, je nierai vous en avoir parlé. Vuke ?

Vukovich acquiesça, confirmant qu'il nierait lui aussi.

Random plissa les lèvres comme si les mots qu'il s'apprêtait à prononcer sentaient mauvais et, baissant le ton :

— Mike Fowler était un ivrogne. Il picolait depuis des années et c'était un agent de police lamentable.

— Doucement, patron, dit Vukovich, mal à l'aise, en balayant les environs du regard pour s'assurer que personne n'écoutait.

— M. Holman a besoin de comprendre. Fowler a effectivement signalé par radio qu'il s'apprêtait à faire une pause, mais il n'était pas censé boire et il n'avait pas à demander à ces agents plus jeunes que lui de le retrouver dans un lieu interdit au public. Je veux que vous gardiez ceci à l'esprit, monsieur Holman : Fowler était superviseur. Il était censé se rendre disponible aux agents en patrouille de son secteur chaque fois qu'ils avaient besoin de son assistance, mais au lieu de ça, il a préféré s'en jeter un avec eux. Mellon était également en service, et il savait à quoi s'en tenir, mais c'était également un agent médiocre – il ne se trouvait même pas dans son secteur de compétence. Ash était au repos, et lui non plus n'aurait eu aucune chance de remporter le titre d'agent de l'année.

Holman sentit qu'on cherchait à lui mettre un coup de pression. Il ne comprenait pas pourquoi et ça ne lui plut pas.

— Pourquoi est-ce que vous me racontez ça, Random ? Quel rapport avec Marchenko et Parsons ?

— Vous êtes à la recherche d'une raison pouvant expliquer la présence de ces agents sous le pont, je vous en donne une. Je tiens Mike Fowler pour responsable de ce qui est arrivé, vu son statut de superviseur, mais personne n'est descendu dans le lit de la rivière afin d'élucider le crime du siècle. Je vous parle ici d'agents à problèmes, aux états de service foireux et au comportement merdique.

Holman rougit. Un bourdonnement enfla entre ses tempes.

— Vous êtes en train de me dire que Richie était un ripou ? C'est ça ?

Vukovich leva un doigt.

— Du calme, mon pote. Fallait pas demander.

— Monsieur Holman, répondit Random, j'aurais préféré ne rien vous dire. J'espérais ne pas avoir à le faire.

Le bourdonnement sous le crâne de Holman descendit dans ses épaules et le long de ses bras, et il eut soudain envie de cogner. Toutes les parties les plus profondes de son être lui ordonnaient de démolir Random et Vukovich à coups de poing pour avoir osé traiter son fils de ripou, mais il n'était plus comme ça. Il se le répéta plusieurs fois, il n'était plus comme ça.

— Richie travaillait sur Marchenko et Parsons, répliqua-t-il d'une voix ralentie, en ravalant sa haine. Je veux savoir pourquoi il a éprouvé le besoin d'aller en parler à Fowler à une heure du matin.

— Vous devriez plutôt soigner votre retour à la liberté et nous laisser faire notre boulot. Cette conversation est terminée, monsieur Holman. Je vous suggère d'aller prendre votre place pour rendre un dernier hommage à votre fils.

Random se détourna sans un mot et partit vers la salle de conférences avec le reste de la foule. Vukovich s'attarda un instant près de Holman avant de s'éloigner à son tour.

Holman ne bougea pas. Il avait l'impression d'être à deux doigts de voler en éclats sous la pression de la rage atroce qui lui avait brusquement glacé le sang. Il avait envie de hurler. Il avait envie de piquer une Porsche et de traverser la ville debout sur l'accélérateur. Il avait envie de se bourrer la gueule, de siffler une bouteille de la meilleure tequila et de hurler à la mort, hurler comme un chien…

Il s'approcha des doubles portes mais ne fut pas capable d'entrer. Il regarda sans les voir les gens prendre leur siège. Il vit les quatre morts l'observer du haut de leurs portraits géants. Il sentit sur lui les yeux de son fils, sans vie et bidimensionnels.

Il pivota sur lui-même et repartit à grands pas vers sa Mercury, suant à grosses gouttes dans la fournaise. Il se défit de la veste et de la cravate de Richie, puis déboutonna sa chemise, les yeux envahis de larmes brûlantes qui giclaient comme un jus de son cœur broyé.

Richie n'était pas un salaud.

Il n'était pas comme son père.

Holman s'essuya le visage, allongea encore la foulée. Il n'y croyait pas. Il refuserait toujours d'y croire.

Mon fils n'était pas comme moi.

Il se jura de le prouver. Il avait déjà sollicité la seule personne qui pourrait l'aider, et il attendait de ses nouvelles. Il avait besoin de son soutien. Il avait besoin d'elle et se mit à prier pour qu'elle réponde.

DEUXIÈME PARTIE

14

L'EX-AGENT SPÉCIAL DU FBI Katherine Pollard, plantée dans la cuisine de sa petite maison d'un lotissement de la Simi Valley, regardait la pendule fixée au-dessus de l'évier. Chaque fois qu'elle retenait son souffle, un silence parfait envahissait les lieux. Elle vit la trotteuse cheminer lentement vers le douze. Les deux autres aiguilles indiquaient onze heures trente-deux. La trotteuse effleura le douze. L'aiguille des minutes partit comme un chien de revolver, passant à trente-trois…

Tac !

Le bruit du temps déchira le silence.

Pollard chassa une rigole de sueur de son visage tout en considérant le foutoir accumulé dans sa cuisine : tasses, briques de jus de pamplemousse, emballages vides de Captain Crunch et de Sugar Stars, bols contenant un reste de lait entier arrivé aux premiers stades de la solidification par la chaleur. Elle vivait dans la Simi Valley, où la température ce matin-là – à vingt-sept minutes de midi – tutoyait déjà les quarante. La climatisation était en panne depuis six jours et ne risquait pas d'être réparée de sitôt : Katherine Pollard était fauchée comme les blés. Elle tenta d'exploiter la laideur suffocante du décor afin de se préparer mentalement à l'humiliant coup de fil qu'elle s'apprêtait à passer à sa mère pour mendier un peu de fric.

Elle avait quitté le FBI huit ans plus tôt, après avoir épousé Marty Baum, un collègue, et être tombée enceinte de leur premier fils. En ce temps-là, elle avait abandonné le Bureau pour toutes sortes d'excellentes raisons : elle aimait Marty, ils désiraient l'un et l'autre que leur fils bénéficie d'une maman à temps plein (Pollard étant peut-être encore plus consciente que son mari de l'importance d'une maman à temps plein), et le salaire de Marty leur apportait largement de quoi vivre. Mais c'était *en ce temps-là*. Deux enfants, une séparation et, cinq ans plus tard, Marty avait été foudroyé par une crise cardiaque en faisant de la plongée sous-marine à Aruba avec sa copine du moment, une serveuse de vingt ans de Huntington Beach.

Tac !

Jusque-là, Pollard avait réussi à s'en tirer grâce à sa pension de veuve, mais elle avait de plus en plus souvent besoin de l'aide financière de sa mère, ce qu'elle trouvait à la fois avilissant et déprimant – et, pour couronner le tout, sa clime était en rade depuis près d'une semaine. Plus qu'une heure et vingt-six minutes avant que ses enfants, David et Lyle, sept et six ans, reviennent du centre aéré, couverts de crasse et râlant sans arrêt contre la chaleur. Elle essuya une nouvelle rigole de sueur de son visage, décrocha le combiné de son téléphone sans fil, et sortit de la maison pour aller se réfugier avec dans sa voiture.

Les cristaux nucléaires du soleil zénithal lui tombèrent dessus comme la flamme d'un chalumeau. Elle ouvrit la portière de la Subaru, démarra et baissa immédiatement les vitres. Il devait faire soixante-dix degrés dans l'habitacle. Elle poussa la climatisation à fond, attendit la première bouffée de froid, puis remonta les vitres. Elle exposa son visage à la morsure de l'air glacial et souleva son tee-shirt pour se rafraîchir la peau.

Dès qu'elle fut à peu près sûre d'avoir échappé à l'insolation, elle prit son téléphone et composa le numéro maternel. Le message enregistré du répondeur se déclencha comme prévu. Sa mère filtrait ses appels chaque fois qu'elle jouait au poker en ligne.

— Maman, c'est moi, réponds. Tu es là ?

Sa mère décrocha.

— Est-ce que tout va bien ?

Sa mère décrochait toujours sur cette phrase, ce qui avait le don de la mettre immédiatement sur la défensive comme si sa vie n'était qu'une succession ininterrompue d'urgences et de drames. Pollard la connaissait trop pour chercher à tourner autour du pot. Elle prit son courage à deux mains et alla droit au but.

— Notre climatiseur est en panne. On me demande mille deux cents dollars pour le réparer. Je ne les ai pas, maman.

— Katherine, qu'est-ce que tu attends pour te trouver un homme ?

— J'ai besoin de mille deux cents dollars, maman, pas d'un homme.

— Est-ce que je t'ai déjà dit non ?

— Non.

— Tu sais bien que je ne vis que pour vous aider, toi et tes deux superbes garçons, mais ce serait mieux si tu t'aidais aussi un peu toi-même, Katherine. Tes fils grandissent, et toi, tu ne risques pas de rajeunir.

Pollard baissa l'appareil. Sa mère parlait toujours, mais elle n'entendait plus. Elle suivit des yeux l'approche de la camionnette de la poste et regarda le facteur enfourner sa ration quotidienne de factures dans la boîte aux lettres. Avec son casque colonial, ses lunettes noires et son bermuda, il avait l'air d'un touriste en safari. Elle attendit qu'il ait redémarré pour soulever à nouveau le combiné.

— Maman, j'ai une question à te poser. Si je reprenais un travail, tu serais d'accord pour t'occuper des garçons ?

Sa mère marqua un temps d'arrêt, et son silence déplut à Pollard. Sa mère n'était *jamais* silencieuse.

— Quel genre de travail ? Tu ne vas tout de même pas retourner au FBI.

Pollard avait déjà réfléchi à la question. Si elle réintégrait le FBI, elle avait très peu de chances de se voir offrir un poste à Los Angeles. L'antenne de L.A. était très prisée et attirait nettement plus de candidats qu'elle n'offrait de places à pourvoir. On l'enverrait vraisemblablement au milieu de nulle part, et pour elle il n'en était pas question : Katherine Pollard avait travaillé trois ans au sein d'une des unités d'élite du FBI, la brigade des banques – et ce à Los Angeles, c'est-à-dire dans la capitale mondiale des attaques de banque. Elle se mordait les doigts d'avoir quitté les Feds. L'action lui manquait. L'argent lui manquait. Et peut-être, aussi, les meilleurs moments de sa vie.

— Je devrais pouvoir trouver une place de consultante en sécurité dans une banque ou une boîte privée du genre Kroll. Je me suis fait un nom chez les Feds, maman. J'ai encore quelques amis qui se souviennent de moi.

Sa mère hésitait. Cette fois, quand elle reprit la parole, sa voix était chargée de soupçon.

— Ça ferait combien d'heures, le temps que je devrais passer avec les garçons ?

Pollard baissa de nouveau son téléphone en pensant

N'est-ce pas merveilleux ? Elle observa le facteur qui s'arrêtait devant une autre maison, puis la suivante. Quand elle reprit le combiné, sa mère l'appelait.

— Katherine ? Katherine, tu es là ? Je t'ai perdue ?

— On a besoin d'argent, maman.

— Mais bien sûr que je vais faire réparer ta climatisation. Je ne peux pas laisser mes petits-fils vivre dans...

— Je te parle de mon travail. La seule solution pour que je reprenne un job, c'est que tu m'aides pour les garçons...

— On peut en discuter, Katherine. L'idée que tu te remettes au travail me plaît assez. Tu pourrais rencontrer quelqu'un...

— Il faut que j'appelle le réparateur. À plus tard.

Pollard raccrocha. Elle regarda le facteur butiner jusqu'en haut de la rue avant d'aller ramasser son courrier. Elle revint ensuite à sa voiture en feuilletant les lettres et trouva, au milieu des prévisibles factures de Visa et de MasterCard, un courrier qui la surprit – une enveloppe de papier brun dont l'expéditeur n'était autre que l'antenne du FBI de Westwood, son ancien employeur. Elle n'avait plus rien reçu des Feds de Westwood depuis des années.

Ayant regagné la fraîcheur artificielle de l'habitacle, elle déchira l'enveloppe et découvrit à l'intérieur une seconde enveloppe, blanche celle-là. Elle avait été ouverte puis recachetée, comme tous les courriers que le FBI faisait suivre à ses agents, en exercice ou non. Un autocollant imprimé jaune ornait l'enveloppe : APRÈS ANALYSE TOXICOLOGIQUE ET BACTÉRIOLOGIQUE, CET ENVOI A ÉTÉ DÉCLARÉ APTE À LA RÉEXPÉDITION. MERCI.

La seconde enveloppe, à son nom, avait été envoyée à l'antenne de Westwood et portait une adresse d'expéditeur à Culver City qui ne lui évoqua strictement rien.

Pollard déchira le haut de l'enveloppe et la secoua pour en faire tomber une lettre manuscrite d'une seule page, pliée en deux et contenant une coupure de presse. Elle lut :

Max Holman
Motel-résidence Pacific Gardens
Culver City CA 99999

Elle s'interrompit dès qu'elle vit le nom. Un sourire oblique se dessina sur son visage, déclenché par un afflux de souvenirs de la brigade des banques.
— Putain de merde ! Max Holman !
Elle reprit :

Cher Agent Spécial Pollard,

J'espère que cette lettre vous trouvera en bonne santé. J'espère aussi que vous n'allez pas la jeter en voyant mon nom. Je suis Max Holman. Vous m'avez arrêté pour des attaques de banque. Sachez d'abord que je ne vous en veux pas du tout et que je vous suis très reconaissant d'avoir bien parlé de moi au procureur fédéral. J'ai purgé ma peine avec suxès, je viens d'être libéré, et j'ai un travail. Je vous remercie encore de vos paroles gentilles et encourajantes, et j'espère que vous vous en souviendrez maintenant.

Katherine se souvenait de Holman et l'estimait autant qu'il était possible à un flic d'estimer un voyou ayant braqué neuf banques. Ses crimes ne lui inspiraient aucune sympathie, mais il en allait autrement de la façon dont elle l'avait alpagué lors de sa neuvième tentative. Max Holman s'était rendu célèbre du fait des circonstances de son arrestation, même chez les agents les plus blasés de la brigade des banques.

Elle reprit sa lecture :

L'agent du département de police de Los Angeles Richard Holman, sur lequel vous pourrez lire l'article ci-joint, était mon fils. Il a été assassiné avec trois autres agents. Je vous écris pour vous demander de l'aide et j'espère que vous serez d'accord pour m'entendre.

Pollard déplia la coupure de presse. Elle reconnut sur-le-champ un article sur les quatre agents de police assassinés dans le centre-ville pendant qu'ils buvaient un coup dans le canal bétonné de la Los Angeles River. Elle avait vaguement suivi la couverture de l'affaire aux actualités du soir.

Elle sauta l'article pour regarder les photos des quatre agents tués. La dernière représentait l'agent Richard Holman. Elle avait été entourée d'un cercle. Deux mots avaient été rajoutés à la main en bordure de ce cercle : MON FILS.

Pollard ne se rappelait pas qu'Holman avait un fils, mais elle ne se rappelait pas non plus son visage. À force d'étudier la photo, la mémoire lui revint petit à petit. Oui, c'était ça, les lèvres minces, le cou épais. Le fils Holman ressemblait à son père.

Bon sang, pensa Pollard en secouant la tête, *le jour où ce pauvre mec sort de taule, son fils se fait buter. On aurait quand même pu le laisser souffler un peu.*

Elle finit de lire la lettre avec un intérêt accru :

La police croit avoir identifié le meurtrier, mais je me pose toujours des question, et je n'arrive pas à avoir les réponses. Je pense que mon statut de criminel condamné joue contre moi et que c'est à cause de ça qu'on ne veut pas m'écouté. Comme vous êtes un agent spécial du FBI, j'espère que vous pourrez y répondre pour moi. C'est tout ce que je demande.

Mon fils était quelqu'un de bien. Pas comme moi. Téléphonez-moi SVP si vous êtes d'accord pour m'aider. Vous pouvez aussi appeler mon agent de supervision du bureau des prisons, elle vous donnera des garantie.

Sincèrement vôtre,

Max Holman

Sous sa signature, Holman avait noté son numéro de téléphone personnel, celui du bureau du motel-résidence Pacific Gardens, et celui de son employeur. Encore plus bas, il avait inscrit le nom et le numéro de téléphone de son agent de supervision. Pollard jeta un coup d'œil à l'extrait de presse, eut une vision fugace de ses fils d'ici à quelques années, et pria pour ne jamais avoir à entendre la nouvelle que Max Holman venait de se prendre en pleine figure. Ç'avait été assez dur comme ça d'apprendre la mort de Marty, même si leur couple n'existait plus et s'ils allaient droit au divorce. En une fraction de seconde, tous leurs mauvais moments s'étaient évaporés et elle avait eu l'impression de perdre un morceau d'elle-même. La perte de son fils, pour Holman, devait avoir été encore plus terrible.

Elle éprouva un accès d'irritation et repoussa la lettre et l'article, brusquement délivrée de toute nostalgie vis-à-vis d'Holman et de l'époque où elle l'avait coffré. Elle était convaincue de ce que tous les flics finissaient par apprendre un jour ou l'autre – les criminels étaient toujours des fils de pute dégénérés. On avait beau les attraper, les enfermer, les droguer et les soigner, ils ne changeaient jamais ; il était donc à peu près certain que Holman essayait de monter une arnaque et tout aussi certain qu'elle avait failli tomber dans le panneau.

Très énervée, elle rassembla son téléphone et ses factures, claqua la portière de sa Subaru et courut jusqu'à la maison sous le soleil. Non seulement elle s'était humiliée en demandant du fric à sa mère, mais elle en avait remis une couche en se laissant avoir par les coups de violon de Holman. Et maintenant, elle allait devoir supplier ce crétin de réparateur pour qu'il daigne traîner son gros cul jusqu'ici et rendre vaguement vivable cette maison de cauchemar. Elle avait regagné l'intérieur et commencé à composer le numéro du réparateur quand elle reposa soudain le combiné, repartit à sa voiture et y récupéra la putain de lettre à la con de Max Holman.

Après avoir pris date avec le réparateur, elle appela Gail Manelli, l'agent superviseur de Holman.

15

HOLMAN TROUVA CHEE À L'ACCUEIL de son garage d'East Los Angeles, en compagnie d'une jolie jeune fille qui le salua d'un petit sourire timide. Celui de son vieux complice, aussi large que déchiqueté, révéla des dents brunies par les cafés du matin.

— Hé, vieux frère, dit-il. Je te présente Marisol, ma petite dernière. Trésor, dis bonjour à M. Holman.

Marisol déclara à Holman qu'elle était contente de le rencontrer.

— Ma chérie, reprit Chee, fais venir Raul, tu veux ? Dans mon bureau. Viens, mec, entre.

Marisol convoqua Raul par l'Interphone pendant que Holman suivait Chee dans son bureau particulier. Chee referma la porte derrière eux, laissant sa fille seule à l'accueil.

— Un beau brin de fille, fit Holman. Félicitations.

— C'est quoi, ce sourire ? T'as pas intérêt à te faire des idées, mec.

— C'est juste que ça m'amuse d'entendre le terrible Chee appeler sa fille « trésor ».

Chee ouvrit une armoire à dossiers et en sortit un appareil photo.

— Cette fille est toute ma vie, mec, elle et les autres.

Je remercie Dieu chaque jour de lui donner l'air qu'elle respire et le sol qu'elle a sous les pieds. Viens, mets-toi là et regarde-moi.

— Tu me fais passer un casting pour la bagnole ?

— Eh, je suis le Chee, oui ou merde ? On va t'arranger ce permis.

Après avoir positionné Holman devant un pan de mur bleu nuit, il regarda dans son appareil.

— Du numérique, mon grand, le top du top. Bordel, Holman, t'es pas chez les flics – on dirait que tu crèves d'envie de me faire la peau.

Holman sourit.

— Merde... Pour le coup, t'as l'air d'un mec en train de pisser un calcul.

Le flash se déclencha au moment où quelqu'un frappait à la porte. Un petit jeune homme au regard sec, les bras et le visage maculés de cambouis, les rejoignit. Chee étudia l'image numérique sur l'écran de l'appareil photo et décida comme à regret que ça ferait l'affaire. Il confia l'appareil au jeune homme.

— Un permis de conduire californien, date d'émission aujourd'hui, sans restrictions. À moins que tu aies besoin de lunettes, Holman, vu que tu commences à te faire vieux ?

— Non.

— Sans restrictions.

Raul jeta un coup d'œil à Holman.

— Il va me falloir une adresse, sa date de naissance, ses mensurations et une signature.

Chee attrapa sur son bureau un carnet et un stylo qu'il tendit à Holman.

— Là. Oublie pas ta taille et ton poids. Tu signes sur une feuille à part.

Holman s'exécuta.

— Combien de temps pour le permis ? J'ai rendez-vous.

— Tu l'auras au moment de repartir avec la caisse, mec. Ça ne sera pas long.

Chee eut une brève conversation en espagnol avec Raul, après quoi Holman le suivit à travers le garage jusqu'à un parking découvert où étaient alignés plusieurs véhicules. Chee lança un regard oblique à la Mercury.

— Pas étonnant que tu te sois fait pincer. Cette caisse sent l'ex-taulard à plein nez.

— Tu pourrais demander à un de tes gars de la ramener au motel ?

— Pas de problème. Bon, voilà ce que je peux te proposer : j'ai une jolie Ford Taurus ou bien ce Highlander tout neuf, le genre de bagnoles qui t'envoient direct dans la catégorie cadre sup à la con. Elles sont toutes les deux immatriculées et assurées à mon nom, pas d'avis de recherche et pas de prunes impayées – contrairement à cette merde. Si on te contrôle, je te l'ai louée. Point barre.

Holman n'avait jamais vu un Highlander. Noir et luisant, le quatre-quatre trônait à bonne hauteur sur ses énormes pneus. L'idée de voir loin n'était pas pour lui déplaire.

— Celui-là, je dirai.

— Bonne pioche, mec – noir, intérieur cuir, toit ouvrant –, on te prendra pour un yuppie en route vers son Whole Foods [1]. Allez, monte. J'ai un autre truc pour toi, histoire de te faciliter un peu la vie maintenant que t'es de retour dans le grand monde. Ouvre la boîte à gants.

Holman n'avait aucune idée de ce qu'était un Whole

---

1. Chaîne de supermarchés bio. *(N.d.T.)*

Foods mais son look de taulard commençait à lui peser, et il avait peur d'être en retard. Il monta dans son nouveau véhicule et ouvrit la boîte à gants. Un téléphone mobile l'attendait à l'intérieur.

— Je t'ai dégotté un portable, mec, dit Chee, rayonnant de fierté. C'est plus comme il y a dix ans, quand on passait notre temps à chercher des cabines en priant pour avoir des pièces au fond de nos poches. Maintenant, faut rester joignable vingt-quatre heures sur vingt-quatre. Le guide d'utilisation est à côté, avec le numéro dedans. T'auras qu'à brancher ce cordon sur l'allume-cigare pour recharger la batterie.

— L'autre jour, tu m'as proposé de m'avancer un peu de cash, tu te rappelles ? Ça me fait vraiment chier de te demander ça, vieux, surtout que tu me prêtes déjà cette bagnole et le téléphone, mais je suis obligé de revenir sur ce que je t'ai dit. J'aurais besoin d'une liasse.

Une liasse signifiait mille dollars. Quand les banques recyclaient leurs billets de vingt, c'était par liasses de cinquante. Mille dollars.

Chee ne cilla pas. Il regarda Holman et se toucha le nez.

— Comme tu voudras, mec, mais je suis obligé de te demander... tu reprends le business, ou quoi ? J'ai aucune envie de t'aider à replonger.

— Ça n'a rien à voir. J'ai trouvé quelqu'un qui va me donner un coup de main pour Richie ; une vraie professionnelle, mon vieux – elle connaît la musique. Il faut que je sois paré au cas où il y aurait des frais.

Holman avait ressenti un mélange de soulagement et d'inquiétude quand l'agent spécial Pollard l'avait recontacté par l'entremise de Gail Manelli. Il n'escomptait pas franchement avoir de ses nouvelles, mais elle avait fait signe. Dans le style typiquement paranoïaque du

FBI, elle s'était rencardée sur lui à la fois auprès de Manelli et de Wally Figg, du CCC, avant de l'appeler, et avait refusé de lui communiquer son numéro de téléphone. Enfin, il ne se plaignait pas, elle avait accepté de le rencontrer dans un café Starbucks de Westwood et de le laisser plaider sa cause. Il ne lui avait pas échappé que Pollard lui avait donné rendez-vous juste en face de l'antenne du FBI où avait eu lieu sa garde à vue le jour de son arrestation.

Chee fit une grimace.

— Comment ça, elle ? Quel genre de professionnelle ?

— La fille des Feds qui m'a arrêté.

— Putain, mec ! Holman, tu as perdu la boule, ou quoi ?

— Elle a été super-réglo avec moi, Chee. Elle est intervenue en ma faveur auprès de l'attorney fédéral. Elle m'a obtenu une réduction des chefs d'inculpation.

— Mais c'est parce que tu t'es quasiment rendu, bordel de merde ! Je la revois encore entrer en courant dans l'agence ! Elle va te baiser, mec ! Au premier pet de travers, cette salope te remet dedans !

Holman s'abstint de préciser que Pollard n'appartenait plus au FBI. Malgré sa déception lorsqu'elle le lui avait appris, il espérait qu'elle aurait encore suffisamment de relations pour l'aider à trouver les réponses dont il avait besoin.

— Chee, écoute, il faut que je file. J'ai justement rendez-vous avec elle. Tu penses pouvoir me dépanner pour le fric ?

— Ouais, d'accord, fit Chee avec un geste de dépit, je t'apporte ça. Mais lui parle surtout pas de moi, hein ! Je veux pas que mon nom sorte de tes lèvres devant cette fille, mec. Je veux même pas qu'elle sache que je suis encore en vie.

— Je n'ai pas parlé de toi quand ils m'ont cuisiné. Pourquoi est-ce que je le ferais maintenant ?

Chee, embarrassé, s'éloigna en agitant à nouveau la main.

En attendant son retour, Holman se familiarisa avec les commandes du Highlander et tâcha de comprendre le fonctionnement d'un téléphone portable. Chee revint peu après, lui remit une enveloppe blanche ordinaire et son permis de conduire. Holman n'ouvrit pas l'enveloppe. Il la rangea dans la boîte à gants puis examina le permis. Un permis californien impeccable, expirant sept ans plus tard, avec le sceau de l'État en partie sur sa photo. Une version miniature de sa signature était apposée en bas de la carte plastifiée, sous son adresse et ses mensurations.

— Putain, on dirait un vrai.

— C'est un vrai, mec. Avec un numéro tout ce qu'il y a d'authentique, inscrit dans le fichier. En cas de contrôle, si l'envie leur prend d'interroger la base du DMV, ils trouveront ton nom et ton adresse, avec un permis tout neuf délivré aujourd'hui même. La bande magnétique, au verso, dit exactement ce qu'elle est censée dire.

— Merci, vieux.

— Refile-moi les clés de ta poubelle. Je vais demander à deux de mes gars de la ramener.

— Je te remercie, Chee. J'apprécie vraiment.

— Donne pas mon nom à cette fliquesse, Holman. Laisse-moi en dehors de tout ça.

— Tu es en dehors, Chee. Tu n'as jamais été dedans.

Son ami posa les deux mains sur la portière du Highlander et se pencha à l'intérieur, le regard intense.

— Je te le redis encore, mec. Méfie-toi de cette nana. Elle t'a déjà fait marron une fois. Méfie-toi.

— Il faut que j'y aille.

Chee recula, sans cesser de le fixer d'un air dégoûté. En démarrant, Holman l'entendit marmonner :

— Gentleman Braqueur de mes couilles !

Holman rejoignit le flot de la circulation en se disant qu'on ne l'avait plus appelé Gentleman Braqueur depuis des années.

16

HOLMAN ARRIVA AVEC UN QUART D'HEURE D'AVANCE et s'assit à une table bien visible de la porte du café. Lui-même n'était pas sûr de reconnaître l'agent Pollard mais il tenait avant tout à ce qu'elle le voie parfaitement en entrant. Il fallait qu'elle se sente en sécurité.

Le Starbucks était noir de monde, comme prévu, et Holman savait que c'était une des raisons qui l'avait amenée à choisir ce lieu de rendez-vous. Elle serait plus à son aise avec tous ces gens autour d'eux et s'imaginait sans doute qu'il serait intimidé par la proximité de l'immeuble fédéral où il s'était retrouvé en cage dix ans plus tôt.

Il s'était préparé à ce qu'elle soit en retard. Elle arriverait en retard pour asseoir son autorité et bien lui faire comprendre que c'était elle qui, dans cette situation, avait le pouvoir. Ça lui était égal. Ce matin-là, il s'était coupé les cheveux lui-même, il s'était rasé deux fois pour faire net et avait ciré ses chaussures. Il avait lavé ses fringues à la main la veille au soir et loué – deux dollars – le fer et la planche à repasser de Perry pour apparaître aussi peu menaçant que possible.

Il surveillait toujours l'entrée douze minutes après l'heure convenue quand l'agent Pollard se pointa enfin.

Il n'eut pas aussitôt la certitude que c'était elle. La fille qui l'avait serré dans le temps était osseuse et toute en angles, avec un visage étroit et des cheveux clairs coupés court. Cette femme-ci, plus baraquée que dans son souvenir, avait des cheveux noirs qui lui tombaient aux épaules et une peau burinée. Les cheveux longs lui allaient bien. Elle portait un pantalon, une veste jaune paille, un chemisier noir, et une paire de lunettes de soleil qui barrait sa mine sinistre. Ce fut ce qui la trahit. Son masque de gravité puait le Fed à plein nez. Holman se demanda si elle l'avait travaillé en cours de route.

Il ne l'appela pas, ne se leva pas. Il posa ses paumes à plat sur la table et attendit qu'elle le repère.

Quand ce fut fait, il risqua un sourire qu'elle ne lui rendit pas. Elle se glissa entre les clients en attente de leur cappuccino et stoppa devant la chaise libre qui lui faisait face.

— Monsieur Holman, dit-elle.

— Bonjour, agent Pollard. Je peux me lever ? Ça serait plus correct, mais je voudrais surtout pas que vous vous imaginiez que je vais vous agresser. Vous voulez que j'aille vous chercher un café ?

Les mains toujours sur la table, bien en vue, Holman fit un nouveau sourire. Elle ne le lui rendit pas davantage que le premier et ne lui tendit pas non plus la main. Elle tira sa chaise, brusque et sévère.

— Vous n'avez pas à vous lever et je n'ai pas le temps de prendre un café. Je tiens à ce que nous soyons bien d'accord sur les règles de base : je suis contente que vous ayez purgé votre peine, que vous ayez un boulot et tout le reste – félicitations. Je suis sincère, Holman – vraiment, félicitations. Mais je veux que vous compreniez – même si Mlle Manelli et M. Figg se sont portés garants de votre bonne foi – que je suis ici par respect pour votre fils. Si vous en abusez de quelque façon que ce soit, je m'en vais.

— Oui, madame. Si vous voulez me palper, pas de problème.

— Si j'avais le moindre soupçon de cet ordre sur la nature de vos intentions, je ne serais pas là. Encore une fois, je suis désolée pour votre fils. C'est une terrible perte.

Holman savait qu'il n'aurait guère de temps pour développer ses arguments. Pollard était à cran, elle se serait sûrement bien passée de le voir. Les flics ne restaient jamais en contact avec les truands qu'ils serraient. Ça ne se faisait pas. La plupart des voyous – même les plus débiles – savaient qu'il ne fallait pas chercher à revoir les flics qui les avaient fait tomber, et les rares qui s'y risquaient se retrouvaient en général en taule ou au cimetière. Lors de leur seul et unique entretien téléphonique, Pollard avait tenté de lui expliquer que le scénario du crime présenté par les enquêteurs, ainsi que leurs conclusions concernant Warren Juarez, étaient raisonnables, mais elle n'avait qu'une très vague connaissance du dossier et n'avait pas été en mesure de répondre à son flot de questions, ni de commenter les éléments qu'il avait accumulés. À contrecœur, elle avait fini par accepter de faire une petite revue de presse et de le laisser exposer ses doutes de vive voix. Holman savait qu'elle n'avait pas consenti à le voir parce qu'elle pensait que la police pouvait s'être trompée ; elle le faisait pour ne pas accabler un père endeuillé par la mort de son fils. Elle estimait qu'elle lui devait ce face-à-face pour la façon dont il s'était laissé arrêter, mais l'expression de sa considération n'irait pas plus loin. Conscient de n'avoir qu'une seule chance, Holman avait décidé de garder son plus gros hameçon pour la fin en faisant le pari qu'elle ne pourrait pas y résister.

Il ouvrit la chemise cartonnée et en tira une épaisse liasse de documents – sa collection de photocopies et d'extraits de presse était de plus en plus fournie.

— Vous avez eu le temps de faire le point sur ce qui s'est passé cette nuit-là ? lui demanda-t-il.

— Oui. J'ai lu tout ce qui est paru dans le *Times*. Je peux y aller carrément avec vous ?

— C'est ce que je veux, avoir votre avis.

Elle se pencha en arrière et noua les mains sur ses cuisses, lui indiquant par son langage corporel qu'elle tenait à expédier l'entretien aussi vite que possible. Holman aurait préféré qu'elle ôte ses lunettes noires.

— D'accord, dit-elle. Commençons par Juarez. Vous m'avez raconté votre conversation avec Maria Juarez, et vous avez des doutes sur le fait que Juarez se soit suicidé après la tuerie, c'est ça ?

— C'est ça. Ce mec avait une femme et une gosse, pourquoi est-ce qu'il serait allé se foutre en l'air de cette façon ?

— S'il fallait que je devine, ce qui est d'ailleurs ce que je suis en train de faire, je dirais que Juarez s'enfilait des rails de coke, qu'il vivait sous speed et qu'il fumait probablement aussi du caillou. Les mecs ayant ce profil se défoncent toujours avant d'appuyer sur la détente. La came a pu le rendre parano, peut-être même déclencher une bouffée psychotique, ce qui expliquerait son suicide.

Holman avait déjà envisagé cette hypothèse.

— Le rapport d'autopsie le montrerait ?

— Oui, mais...

— Vous pourriez me l'avoir ?

Holman vit ses lèvres se pincer. Mieux valait ne plus l'interrompre.

— Non, Holman, je ne peux pas vous avoir le rapport d'autopsie. Je me borne à avancer une version plausible, fondée sur mon expérience. Ce suicide semble vous perturber, et je vous explique ce qui a pu le rendre possible.

— À titre d'information, j'ai demandé à être mis en contact avec le bureau du coroner, mais les flics m'ont dit non.

La bouche de Pollard resta en place, mais ses doigts entrelacés se crispèrent légèrement.

— Les policiers sont obligés de prendre en compte certains aspects juridiques comme le droit au respect de la personne privée. Ils pourraient être poursuivis s'ils ouvraient leurs dossiers à n'importe qui.

Holman décida de passer à autre chose et feuilleta une série de papiers jusqu'à trouver celui qu'il cherchait. Il retourna la page pour qu'elle puisse la voir.

— Le journal a publié ce plan de la scène de crime. Vous voyez les voitures, les corps ? Je suis allé faire un tour là-bas pour vérifier...

— Vous êtes descendu dans le lit de la rivière ?

— À l'époque où je bougeais des bagnoles – avant de me mettre aux banques –, j'ai passé pas mal de soirées dans cette cuvette. C'est plat comme la main, là-dedans. De chaque côté du canal proprement dit, on pourrait faire un parking tellement c'est large. Mais il n'y a qu'un seul moyen d'y descendre : par les rampes de service réservées aux gars de la maintenance.

Pollard se pencha en avant afin de pouvoir suivre ses explications sur le plan.

— D'accord. Où est-ce que vous voulez en venir ?

— La rampe rejoint la berge ici, et on la voit très bien

depuis l'endroit où les agents s'étaient garés. Vous comprenez ? L'assassin est forcément descendu par là, mais ils auraient dû le voir.

— Il était une heure du matin. Il faisait noir. Et ce machin n'est peut-être pas à l'échelle.

Holman sortit de sa liasse un second plan.

— Vous avez raison, et c'est pour ça que j'ai dessiné celui-là moi-même. Quand on se tient sous le pont, la rampe de service est encore plus visible qu'il n'y paraît sur le dessin du *Times*. Et encore un truc, il y a un portail ici, au sommet de la rampe, vous voyez ? Il faut soit en forcer la serrure, soit escalader la grille. Dans un cas comme dans l'autre, ça ferait un sacré boucan.

Holman laissa Pollard comparer les deux dessins. Elle avait l'air de réfléchir, ce qui était bon signe : elle commençait à s'impliquer. Mais en fin de compte, elle se rencogna sur sa chaise avec un petit haussement d'épaules.

— Les agents ont dû laisser le portail ouvert quand ils sont descendus.

— J'ai demandé aux flics comment ils l'avaient retrouvé, mais ils n'ont pas voulu me répondre. Non, je ne pense pas que Richie et les autres l'auraient laissé ouvert. Celui qui laisse le portail ouvert prend le risque qu'une patrouille de sécurité s'en aperçoive et là, il l'a dans l'os. Nous autres, on le refermait toujours, en remettant bien la chaîne en place, et je vous parie que c'est ce qu'ont fait Richie et ses potes.

Pollard se pencha encore un peu plus en arrière.

— À l'époque où vous bougiez des bagnoles...

Holman l'appâtait en attendant de balancer son gros hameçon et avait le sentiment de s'en tirer plutôt bien. Elle suivait le train de sa logique sans voir où il l'entraînait. C'était encourageant.

— Si le portail était fermé, reprit-il, l'assassin a été obligé soit de le forcer, soit de sauter par-dessus, et tout ça fait du bruit. Je sais que ces mecs étaient en train de picoler, mais on a juste retrouvé un pack de six. Quatre types adultes pour six bières, vous croyez vraiment qu'ils étaient saouls ? Et si Juarez était aussi déchiré que vous le dites, comment aurait-il pu s'approcher d'eux en silence ? Ils auraient forcément entendu quelque chose.

— Qu'est-ce que vous êtes en train de me dire, Holman ? Que ce n'est pas Juarez qui les a tués ?

— Je suis en train de vous dire que la question n'est pas de savoir ce que les agents ont entendu. Je crois qu'ils ont vu venir leur assassin.

Pollard croisa les bras, le signe ultime du rejet. Holman sentit qu'il allait la perdre mais était prêt à lancer son hameçon. Soit elle mordrait dedans, soit elle s'en irait.

— Marchenko et Parsons, ça vous dit quelque chose ?

Il la vit se raidir et sut qu'elle était enfin intéressée. Et, cette fois, ce n'était pas juste pour être gentille ou tuer le temps en attendant la première occasion de décoller de sa chaise et de foutre le camp. Elle retira ses lunettes noires. Il constata que la peau était ridée au coin de ses yeux. Elle avait changé depuis la dernière fois qu'ils s'étaient vus mais, au-delà de son apparence, quelque chose d'autre semblait différent, sans qu'il puisse dire quoi.

— J'ai entendu parler d'eux, répondit-elle. Et ?

Holman plaça devant elle le plan de la ville sur lequel Richie avait marqué les différents hold-up de Marchenko et Parsons.

— C'est mon fils qui a fait ça. Sa femme, Liz, m'a permis de le photocopier.

— La carte de leurs braquages.

— Le soir de sa mort, Richie a reçu un coup de fil de Fowler, et il est ressorti. Pour retrouver Fowler et lui parler de Marchenko et de Parsons.

— Marchenko et Parsons sont morts. Ce dossier est classé depuis trois mois.

Holman sélectionna une série de photocopies d'articles et de pages de rapports d'enquête trouvés sur le bureau de Richie et les étala devant elle.

— Richie a dit à sa femme qu'il travaillait sur cette affaire. Son bureau, chez lui, était couvert de documents de ce genre. J'ai demandé aux flics ce que mon fils avait à voir là-dedans. J'ai essayé de voir les responsables de l'enquête sur Marchenko et Parsons, mais personne n'a voulu me recevoir. Ils m'ont juste dit ce que vous venez de me dire, que l'enquête était close – mais Richie a dit à sa femme qu'il devait aller voir Fowler pour parler de ça, et il n'est jamais revenu.

Il vit Pollard balayer les pages du regard. Il vit ses lèvres remuer, comme si elle se mordait l'intérieur de la joue. Quand elle releva enfin la tête, il trouva le pourtour de ses yeux trop ridé pour une femme aussi jeune.

— Qu'est-ce que vous attendez de moi, exactement ?

— Je veux savoir pourquoi Richie travaillait sur une affaire classée. Je veux savoir si un lien a pu exister entre Juarez et ces deux braqueurs. Je veux savoir pourquoi mon fils et ses copains se sont laissé approcher par quelqu'un qui était là pour les tuer. Je veux savoir qui est l'assassin.

Pollard le fixait – et Holman soutint son regard. Il ne laissa pas ses yeux montrer de l'hostilité ou de la rage. Cette partie-là, il la garderait pour lui. Elle inspira longuement et s'humecta les lèvres.

— Je devrais pouvoir passer deux, trois coups de fil, dit-elle. Je veux bien aller jusque-là pour vous.

Après avoir rangé tous les papiers, Holman inscrivit sur la chemise son numéro de portable tout neuf.

— Vous trouverez là-dedans tout ce que j'ai découvert à la bibliothèque sur Marchenko et Parsons, tout ce que j'ai lu dans le *Times* sur la mort de Richie, et aussi un certain nombre de papiers qui viennent de chez lui. J'ai fait des photocopies. Et ça, c'est mon numéro de portable. Mieux vaut que vous l'ayez.

Elle considéra l'enveloppe sans y toucher. Holman sentit qu'elle se débattait encore avec une décision qui était déjà prise.

— Je ne m'attends pas à ce que vous fassiez ça gratos, agent Pollard. Je vous paierai. Je ne suis pas riche, mais on pourrait se mettre d'accord sur un échéancier ou quelque chose comme ça.

Elle se mouilla de nouveau les lèvres, et son silence surprit Holman.

— C'est inutile, finit-elle par répondre en secouant la tête. Ça risque de me prendre quelques jours, mais ce n'est qu'une série de coups de téléphone à donner.

Holman acquiesça. Son cœur carillonnait dans sa poitrine mais il fit de son mieux pour ravaler son excitation, sa peur et sa rage.

— Merci, agent Pollard. J'apprécie vraiment.

— Vous feriez peut-être mieux de ne pas m'appeler agent Pollard. Je ne suis plus agent spécial du FBI.

— Je dois vous appeler comment ?

— Katherine.

— D'accord, Katherine. Moi, c'est Max.

Il lui tendit la main droite, mais Pollard l'ignora. Elle prit l'enveloppe.

— Ça ne veut pas dire que nous soyons amis, Max. Simplement, j'estime que vous méritez des réponses.

Holman laissa retomber sa main. Il était blessé mais ne le montrerait pas. Pourquoi avait-elle accepté de perdre son temps avec cette histoire si c'était ce qu'elle pensait de lui ?... Ces sentiments-là aussi, il les garderait pour lui. Il haussa les épaules.

— Bien sûr. Je comprends.

— Il se peut que je ne vous fasse pas signe avant plusieurs jours, mais ça ne devrait pas être trop long.

— Je comprends.

Holman la regarda quitter le Starbucks. Elle allongea le pas après avoir fendu la foule, s'éloignant à grandes enjambées sur le trottoir. Tandis qu'il la suivait des yeux, il se remémora l'impression qui lui était venue tout à l'heure que quelque chose en elle était différent – et il comprit soudain quoi.

Pollard semblait effrayée. La fille qui l'avait arrêté dix ans auparavant n'avait peur de rien, mais elle avait changé. Cette prise de conscience l'amena à se demander si lui-même avait changé – et s'il avait toujours la niaque pour aller au bout des choses.

Il se leva à son tour et ressortit sous l'éclatant soleil de Westwood en se disant que c'était bon de n'être plus seul. Pollard, malgré ses hésitations, lui inspirait de la sympathie. Il se prit à espérer qu'elle ne souffrirait pas.

17

POLLARD NE SAVAIT PAS TROP POURQUOI elle avait accepté d'aider Holman, mais elle n'était pas pressée de reprendre le chemin de la Simi Valley. Il faisait cinq ou six degrés de moins ici, à Westwood, et puisque sa mère s'occupait des garçons à leur retour du centre aéré, elle se sentait délivrée de ses corvées quotidiennes pour l'après-midi. Une sorte de liberté surveillée.

Elle se rendit à pied chez Stan's et commanda un donut ordinaire, rond avec le trou au milieu – sans nappage, ni gelée, ni sucre glace, ni chocolat ; rien qui puisse parasiter le goût onctueux du sucre fondu et de la graisse chaude. Ce n'était pas ça qui risquait de l'aider à retrouver sa ligne, mais elle n'avait pas remis les pieds ici depuis son départ du Bureau. Du temps de son affectation à l'antenne de Westwood, elle avait l'habitude de s'offrir au moins deux fois par semaine une petite escapade chez Stan's avec une collègue, April Sanders. Leur pause-donut, comme elles disaient.

La fille du comptoir commença par lui proposer un beignet du présentoir mais, vu qu'une nouvelle fournée était sur le point de sortir du bain de friture, Pollard préféra patienter. Elle alla s'asseoir à l'une des tables extérieures avec l'intention de lire les documents de

Holman pendant son attente, mais se surprit à penser à lui. Il était déjà costaud dix ans plus tôt, mais l'homme qu'elle avait arrêté pesait quinze kilos de moins et se caractérisait par une tignasse en bataille et une vilaine peau cuivrée, abîmée par le crack. Il ne ressemblait plus à un voyou. Plutôt à un type d'un certain âge ayant épuisé son stock de chance.

Elle le soupçonnait de se refuser à admettre la réalité bien que les policiers aient répondu de leur mieux à ses questions. Du temps où elle travaillait chez les Feds, elle avait eu affaire à toutes sortes de familles endeuillées, toujours hantées par une infinité de questions quand elles échouaient dans ces terribles zones de perte où les bonnes réponses n'existaient pas. Le principe de base de l'enquête criminelle était qu'on ne pouvait pas répondre à toutes les questions ; les flics devaient se contenter d'espérer trouver juste assez de réponses pour ficeler leur dossier.

Elle ouvrit enfin l'enveloppe de Holman et se mit à lire les articles. Andre Marchenko et Jonathan Parsons, l'un et l'autre âgés de trente-deux ans, étaient deux solitaires au chômage qui s'étaient connus dans une salle de musculation de West Hollywood. Aucun n'était marié ni n'avait de relation stable connue. Parsons, un Texan, avait échoué à Los Angeles lors d'une fugue d'adolescent. Marchenko ne laissait derrière lui que sa mère, une veuve d'origine russe qui, d'après le journal, se montrait coopérative avec la police tout en menaçant d'attaquer la ville en justice. Au moment de leur mort, Marchenko et Parsons étaient colocataires d'un studio dans un petit collectif de Beachwood Canyon, à Hollywood, où la police avait récupéré douze pistolets, une cache de munitions contenant plus de six mille cartouches, une grosse collection de vidéocassettes d'arts martiaux, et neuf cent dix mille dollars en liquide.

Pollard n'était plus dans le circuit quand Marchenko et Parsons avaient razzié treize banques dans un déluge de plomb, mais elle avait suivi leur parcours aux infos et sentit monter son excitation en lisant le récit de leurs braquages. Une fois ravivée l'espèce de tension électrique qui l'habitait à l'époque de ses enquêtes, elle s'aperçut qu'elle se sentait exister concrètement et réellement pour la première fois depuis des années – et repensa à Marty. Sa vie depuis la mort de son mari était une lutte constante entre l'amoncellement des factures et son désir d'élever seule ses fils. Ils avaient perdu leur père ; elle s'était juré qu'ils ne perdraient pas aussi leur mère en passant leurs journées à la crèche ou chez une nourrice. Cet engagement avait fini par générer en elle une impuissance et une confusion croissantes, surtout à mesure que les garçons grandissaient et que les frais s'accumulaient. La lecture de ces quelques feuilles sur Marchenko et Parsons lui donna tout à coup l'impression de revivre.

Marchenko et Parsons avaient commis treize hold-up en neuf mois, en suivant toujours le même mode opératoire : ils débarquaient dans l'agence comme une armée d'invasion et obligeaient tout le monde à se coucher au sol, après quoi l'un d'eux s'occupait des caisses pendant que l'autre forçait le directeur à ouvrir le coffre de réserve.

Parmi les documents photocopiés par Holman, elle trouva quelques images floues – obtenues à partir de bandes vidéo de surveillance – qui montraient deux formes noires armées de fusils d'assaut, mais les signalements fournis par les témoins avaient toujours été trop vagues pour permettre d'identifier l'un ou l'autre des braqueurs avant le jour de leur mort. Il avait fallu attendre le huitième hold-up pour qu'un témoin décrive enfin le véhicule à bord duquel ils avaient pris la fuite, une berline compacte bleu ciel de marque étrangère. Cette même voiture fut à nouveau signalée au dixième hold-up, où il fut précisé qu'il s'agissait d'une Toyota Corolla. Pollard sourit en lisant ces lignes, certaine que ses collègues de la brigade des banques avaient dû fêter la nouvelle. Des professionnels auraient utilisé un véhicule différent à chaque braquage ; l'usage récurrent de la Toyota prouvait que ces mecs n'étaient que des amateurs au cul bordé de nouilles. Ils carburaient à la chance, et celle-ci finirait forcément par les abandonner.

— Les donuts sont cuits. Mademoiselle ? Votre commande est prête.

Pollard leva la tête.

— Quoi ?

— Les donuts. Ils viennent de sortir.

L'immersion dans sa lecture lui avait fait perdre toute notion du temps. Elle alla au comptoir, mit son donut sur un plateau avec un gobelet de café noir, se rassit à sa table et reprit sa revue de presse.

La chance de Marchenko et Parsons avait tourné court à leur treizième braquage.

Lorsqu'ils avaient fait irruption cette fois-là dans une agence de la Bank of America de Culver City, ils ne se doutaient pas qu'une cellule combinée d'agents du FBI et de la brigade spéciale des vols du LAPD surveillait un corridor de cinq kilomètres allant du centre de L.A. à la lisière est de Santa Monica. Au moment où Marchenko et Parsons franchirent le seuil de l'agence, les cinq caissières actionnèrent simultanément leur alarme silencieuse. L'article ne donnait guère de détails, mais Pollard devina la suite : la société de gardiennage chargée de la sécurité de la banque avait prévenu le LAPD, qui à son tour avait alerté la cellule combinée. Les équipes de la cellule spéciale avaient convergé en direction de l'agence et s'étaient déployées sur le parking. Marchenko avait été le premier à ressortir. Dans ces cas-là, les braqueurs obéissaient à trois réactions types : soit ils se rendaient, soit ils tentaient de prendre la fuite, soit ils se repliaient dans l'agence et une négociation s'ensuivait. Marchenko n'avait opté pour aucune de ces solutions : il avait immédiatement ouvert le feu. Les hommes de la cellule – armés de fusils d'assaut de calibre 5.56 – avaient riposté, le tuant sur le coup ainsi que Parsons.

Pollard termina le dernier article puis s'aperçut que son donut avait refroidi. Elle mordit dedans. Il était délicieux, même froid, mais elle n'y fit guère attention.

Elle sauta les articles consacrés au massacre des quatre agents de police et tomba sur plusieurs photocopies de pages de titre à l'en-tête du LAPD qui semblaient correspondre à des rapports d'enquête sur Marchenko et Parsons et au procès-verbal de la déposition de leur propriétaire. Elle marqua un temps d'arrêt. Les documents de ce type émanaient toujours du bureau des inspecteurs, or Richard Holman avait appartenu à la police en tenue. Les inspecteurs du LAPD faisaient souvent appel à des agents de patrouille pour les assister dans leurs perquisitions et autres recherches de porte-à-porte en cas de braquage, mais en principe les agents n'avaient pas accès aux rapports d'enquête ni aux déclarations des témoins, et leur rôle se prolongeait rarement plus d'un jour ou deux après les faits. Or Marchenko et Parsons étaient morts depuis trois mois, et leur butin avait été retrouvé. Après s'être demandé pourquoi l'enquête du LAPD restait active trois mois plus tard et comment il se faisait que des agents en tenue y aient été mêlés, Pollard se dit qu'elle pourrait le savoir assez facilement. Elle avait connu plusieurs inspecteurs des Vols de la police de Los Angeles pendant ses années à la brigade. Elle leur poserait la question.

Huit ans avaient passé. Il lui fallut un certain temps pour se rappeler leurs noms, puis elle téléphona au bureau des renseignements du LAPD pour connaître leur présente affectation. Les deux premiers inspecteurs avaient pris leur retraite, mais le troisième, Bill Fitch, faisait aujourd'hui partie de l'élite de la brigade spéciale des vols, basée à Parker Center.

— Vous êtes ? demanda Fitch en prenant son appel.

— Katherine Pollard. Une ancienne de la brigade des banques du FBI. On a bossé ensemble il y a quelques années.

Elle lui énuméra quelques-uns des braqueurs en série sur lesquels ils avaient enquêté conjointement : le « Supporter », « Dolly Parton », les « Gnomes ». Par commodité, tous ces criminels se voyaient affubler d'un surnom tant qu'ils n'étaient pas identifiés. Le Supporter opérait toujours coiffé d'une casquette des Dodgers ; Dolly Parton, l'une des deux seules braqueuses dont Pollard ait eu à s'occuper, avait auparavant été stripteaseuse et se caractérisait par une énorme paire de seins ; quant aux Gnomes, c'était une bande de voyous de petite taille.

— Bien sûr, dit Fitch, je me souviens de vous. J'ai entendu dire que vous aviez raccroché.

— C'est exact. Dites, j'aurais une question à vous poser sur Marchenko et Parsons. Vous avez une seconde ?

— Ils sont morts.

— Je sais. Le dossier reste ouvert, chez vous ?

Fitch hésita, ce qui était mauvais signe. La règle voulait qu'en l'absence de mandat judiciaire aucune information ne soit communiquée aux citoyens ordinaires, ni même aux autres services de police.

— Vous êtes de retour chez les Feds ?

— Non. C'est pour une enquête privée.

— Comment ça, une enquête privée ? Vous travaillez pour qui ?

— Je ne travaille pour personne, je me renseigne juste pour un ami. Je cherche à savoir si les quatre agents qui se sont fait buter la semaine dernière enquêtaient sur Marchenko et Parsons.

Au ton sur lequel Fitch lui répondit, Pollard le vit quasiment lever les yeux au ciel :

— Ça y est, je pige. Le père de Holman. Ce mec commence vraiment à nous les casser.

— Il a perdu son fils.

— Comment est-ce qu'il s'est démerdé pour vous mêler à ça ?

— C'est moi qui l'ai envoyé en prison.

Fitch éclata de rire – un rire qui cessa aussi brutalement que s'il était commandé par interrupteur.

— Je ne vois pas où Holman veut en venir et je ne peux pas répondre à vos questions. Vous êtes une civile.

— Le fils de Holman avait dit à sa femme qu'il travaillait sur cette affaire.

— Marchenko et Parsons sont morts. Ne cherchez pas à me rappeler, ex-agent Pollard.

La ligne fut coupée.

Assise avec son téléphone muet et son donut froid, elle réfléchit à ce qu'elle venait d'entendre. Fitch lui avait répété que Marchenko et Parsons étaient morts, mais n'avait pas nié que l'enquête soit toujours en cours.

Elle se demanda pourquoi et ne s'avoua pas vaincue. Elle ralluma son portable et appela April Sanders.

— Agent spécial Sanders, j'écoute.
— Devine qui c'est.

Sanders baissa le ton, comme autrefois lorsqu'elle recevait un appel personnel. Elles ne s'étaient pas reparlé depuis la mort de Marty, et Pollard fut soulagée de constater que sa collègue était toujours la même.

— Nom de Dieu, c'est vraiment toi ?
— Tu es au bureau ?
— Ouais, mais ça ne va pas durer. Tu es dans le coin ?
— Je suis chez Stan's, avec une douzaine de donuts pour toi. Demande-moi un laissez-passer.

Le Federal Building de Westwood sert de quartier général aux onze cents agents du FBI affectés à la couverture de Los Angeles et des comtés voisins. Sa tour d'acier et de verre se dresse sur un terrain de plusieurs hectares de parkings dans un secteur où le mètre carré est l'un des plus chers d'Amérique. Les agents ont coutume de dire pour plaisanter que les États-Unis pourraient éponger leur dette rien qu'en revendant leurs bureaux à des promoteurs privés.

Pollard se gara sur le parking visiteurs, franchit sans encombre le contrôle de sécurité grâce au laissez-passer demandé par April, et monta en ascenseur au quatorzième étage, où la brigade avait ses bureaux. Elle n'y avait pas remis les pieds depuis le jour où elle avait vidé ses tiroirs, mais rien ne semblait avoir changé.

La brigade des banques occupait une petite salle subdivisée en box individuels, avec des meubles modernes en bois clair et une immense baie vitrée donnant sur la ville. Un grand panneau magnétique, surnommé « tableau d'affichage », était fixé au mur. Il donnait la liste de tous les braqueurs en série actuellement répertoriés dans la région de Los Angeles. Quand Pollard était en fonction, on en avait recensé jusqu'à soixante-deux en même temps. Elle sourit en voyant que cette liste restait bien fournie.

Los Angeles subissait tellement d'attaques de banque que la plupart des agents passaient leur temps de service sur le terrain. La situation n'était pas différente ce jour-là. Pollard ne remarqua que trois personnes à son entrée dans la salle. Bill Cecil, un agent afro-américain au teint clair et au crâne rasé, discutait assis derrière un bureau avec un jeune agent qu'elle ne reconnut pas. Cecil se contenta de lui adresser un sourire en la voyant, mais April Sanders se précipita vers elle.

L'air affolé, Sanders mit une main devant sa bouche au cas où elle serait observée par une personne sachant lire sur les lèvres. Profondément paranoïaque, elle était persuadée qu'on écoutait ses appels, qu'on lisait ses e-mails, et que les toilettes pour femmes étaient infestées de micros. Les toilettes pour hommes aussi, mais ça la concernait moins.

— J'aurais dû te prévenir, murmura-t-elle. Leeds est dans le coin.

Christopher Leeds était le grand patron de la brigade des banques, qu'il commandait avec brio depuis près de vingt ans.

— Oublie les messes basses, répondit Pollard. Je n'ai rien contre lui.

— *Chhut !*

— Personne ne nous écoute, April.

Elles se retournèrent toutes deux et constatèrent que

Cecil et son coéquipier les regardaient fixement, une main en cornet derrière l'oreille. Pollard éclata de rire.

— Arrête ça, Big Bill.

« Big Bill » Cecil se leva lentement. Il n'était pas immense. Si on l'avait surnommé Big Bill, c'était en raison de sa carrure hors du commun. Leeds excepté, c'était le doyen de la brigade.

— Content de te revoir, princesse. Comment vont les bébés ?

Il l'avait toujours appelée princesse. Quand Pollard était entrée à la brigade, Leeds était un chef aussi tyrannique que brillant – et ça ne s'était jamais démenti. Cecil l'avait prise sous son aile, conseillée et rassurée ; il lui avait montré comment survivre aux impitoyables exigences de Leeds. Un des types les plus gentils qu'elle ait jamais connus.

— Ils vont bien, Bill, merci. Tu as grossi.

— Et ça ne risque pas de s'arranger dans les minutes qui viennent, dit Cecil en louchant sur la boîte de donuts. Il y en a un à mon nom là-dedans, j'espère.

Pollard tendit la boîte à Cecil et à son coéquipier, qui se présenta sous le nom de Kevin Dillon.

Ils étaient encore en train de bavarder quand Leeds émergea de son bureau privatif. Dillon retourna aussitôt à son poste et Sanders se replia dans un box. Cecil, qui bossait à la brigade depuis des lustres et était mûr pour la retraite, se tourna vers le patron sans se départir de son large sourire.

— Hé, Chris. Regardez un peu qui vient nous voir.

Leeds était un grand échalas totalement dénué d'humour, célèbre pour ses costumes impeccables et son extraordinaire capacité à profiler les braqueurs en série. Ceux-ci étaient traqués à peu près de la même façon que les tueurs en série. On les profilait pour repérer leurs modalités d'action, et une fois le modèle défini, on cherchait à prévoir où et quand ils récidiveraient. Leeds était un profileur-né. Les banques étaient sa passion, les agents de la brigade ses enfants adoptifs. Tout le monde arrivait avant lui ; personne ne repartait avant qu'il soit parti. Et Leeds partait rarement. La charge de travail était écrasante, mais la brigade des banques du FBI de L.A. était le top du top, et Leeds le savait. Y être admis relevait du privilège. Quand Pollard avait démissionné, il l'avait pris comme un affront personnel. Et le jour où elle était venue vider ses tiroirs, il avait refusé de lui parler.

Il la dévisagea un moment, comme s'il n'arrivait pas à la situer, et finit par hocher la tête.

— Bonjour, Katherine.

— Salut, Chris. Je suis venue vous faire un petit coucou. Comment ça va ?

— Toujours autant de boulot.

Il décocha un coup d'œil vers le box où s'était réfugiée Sanders, au fond de la salle.

— Dugan et Silver vous attendent à Monteclair. Ils ont besoin de renfort pour leurs un-par-un. Vous devriez être partie depuis dix minutes.

Les un-par-un étaient les interrogatoires individuels de possibles témoins aux alentours d'une banque attaquée. Les commerçants du quartier, les ouvriers, les passants étaient questionnés au cas où ils pourraient fournir un signalement de suspect ou de véhicule.

Sanders pointa la tête par-dessus la cloison de son box.

— J'y vais, patron.

Leeds se tourna vers Cecil en tapotant le cadran de sa montre.

— La réunion. On y va.

Cecil et Dillon quittèrent aussitôt la pièce, mais Leeds prit le temps de se retourner vers Pollard.

— J'ai apprécié votre carte. Merci.

— J'ai été désolée d'apprendre la nouvelle.

La femme de Leeds était morte trois ans plus tôt, deux mois quasiment jour pour jour après Marty. Quand elle l'avait appris, Pollard lui avait mis un petit mot. Leeds n'avait jamais répondu.

— Ça fait plaisir de vous revoir, Katherine. J'espère que vous croyez toujours avoir fait le bon choix.

Sans attendre sa réponse, il franchit le seuil et s'en alla rejoindre Cecil et Dillon tel un fossoyeur en route vers l'église.

Pollard transféra ses donuts jusqu'au box de Sanders.

— Bon sang, grommela-t-elle. Certains trucs ne changent jamais.

— J'aimerais que ce soit le cas de mon cul, dit Sanders en tendant une main vers la boîte.

Elles éclatèrent de rire, savourant l'instant, mais Sanders fronça les sourcils.

— Merde, tu l'as entendu. Désolée, Kat, il faut que je file.

— Écoute, je ne suis pas ici que pour t'apporter des donuts. J'ai besoin d'un tuyau.

Sanders prit immédiatement un air suspicieux et, baissant le ton :

— On ferait mieux de manger. Ça déformera nos voix.

— C'est ça, mangeons.

Elles piochèrent chacune un donut.

— Le dossier Marchenko et Parsons, dit Pollard. Vous l'avez refermé ?

Sanders répondit la bouche pleine.

— Ils sont morts, Kat. Ces deux mecs ont fini au frigo. Pourquoi est-ce que tu t'intéresses à eux ?

Pollard s'attendait à ce que son amie lui pose cette question et avait réfléchi à la réponse qu'elle donnerait. Sanders faisait partie de la brigade lorsqu'ils avaient pisté puis débusqué Holman. Même si celui-ci avait conquis leur respect en raison des circonstances de son arrestation, pas mal d'agents s'étaient irrités de la publicité que lui avait faite le *Times* en le qualifiant de « Gentleman Braqueur ». À la brigade, Holman avait été surnommé le « Rat de Plage » par allusion à son hâle, à ses chemises hawaïennes Tommy Bahama, et à ses lunettes noires. Les braqueurs n'étaient jamais des gentlemen.

— J'ai pris un job, dit-elle. Élever deux gosses, ça coûte cher.

Elle n'avait aucune envie de mentir mais ne voyait pas d'autre moyen de contourner l'obstacle. Et puis ce n'était pas comme si elle avait menti sur toute la ligne. C'était *presque* la vérité.

Sanders avala son premier donut et en attaqua aussitôt un deuxième.

— Et tu travailles où ?

— Une boîte privée, dans la sécurité bancaire, ce créneau-là.

Sanders hocha la tête. Les agents à la retraite trouvaient souvent un boulot dans des boîtes de sécurité ou des petites chaînes bancaires.

— Bref, reprit Pollard, j'ai appris que l'enquête se poursuivait au LAPD. Tu es au courant ?

— Non. Pourquoi est-ce qu'ils continueraient ?

— Je comptais justement sur toi pour me l'expliquer.

— Il n'y a plus rien chez nous. Plus rien chez eux. Ce truc est plié.

— Tu es sûre ?

— Sur quoi est-ce qu'on enquêterait ? On les a eus. Marchenko et Parsons n'avaient aucun complice, ni en interne ni en dehors des banques. On a vérifié – on a vraiment vérifié à fond –, donc on le sait. On n'a pas trouvé la moindre trace de tierce personne impliquée dans leur combine, que ce soit en amont ou en aval, d'où il s'ensuit qu'il n'y avait aucune raison de poursuivre l'enquête. Le LAPD sait tout ça.

Pollard repensa à sa conversation avec Holman.

— Ils étaient liés au gang de Frogtown ?

— Non. Personne n'a jamais parlé de ça.

— À d'autres gangs que Frogtown ?

Sanders pinça son donut entre le pouce et l'index de manière à pouvoir énumérer ses arguments sur ses trois doigts restants.

— On a interrogé la mère de Marchenko, leur proprio, leur facteur, un crétin employé dans leur vidéoclub, et leurs trois voisins de palier. Ces mecs n'avaient ni amis ni associés. Ils n'ont jamais parlé de leurs braquages à personne – à *personne* – et ils n'avaient pas de complices, c'est sûr et certain. À part une collection un peu minable de colliers en or et une Rolex à deux mille dollars, ils se sont assis sur leur fric. Pas de grosse bagnole, pas de bagouses en diamant – ils vivaient dans un taudis.

— Ils ont bien dû en dépenser une partie. Vous n'avez récupéré que neuf cents mille dollars.

Ces neuf cent mille dollars étaient une jolie somme, mais Marchenko et Parsons avaient vidé treize coffres. Pollard avait fait le calcul en lisant les articles de Holman chez Stan's. Chaque caisse de banque renfermait tout au plus quelques milliers de dollars, mais un coffre de réserve pouvait en contenir deux ou trois cent mille, parfois plus. À supposer que Marchenko et Parsons aient piqué trois cents mille à chacun de leurs douze coffres, le total s'élevait à trois millions six – dont deux millions et demi manquaient à l'appel. Pollard ne s'en était pas étonnée outre mesure. Il leur était arrivé d'épingler un braqueur capable de dépenser vingt mille dollars par soirée en strip-teaseuses et autres danseuses du ventre, et aussi un gang de South Central qui s'envolait pour Las Vegas après chacun de ses coups pour se payer des orgies à deux cents plaques de jets privés, de crack et de Texas Hold'em [1]. Elle émit l'hypothèse que Marchenko et Parsons avaient flambé le fric manquant.

Sanders finit son donut avant de répondre.

— Non, ils ne l'ont pas flambé. Ils l'ont planqué. Les neuf cents mille qu'on a récupérés, c'est de la gnognotte. Parsons s'en était fait un petit lit. Il aimait se coucher dessus pour se branler.

— Leur butin a été chiffré à combien ?

— Seize millions deux, moins les neuf cents.

Pollard siffla.

— Eh, c'est du lourd. Qu'est-ce qu'ils en ont fait ?

Sanders lorgna les donuts restants, mais referma la boîte.

— On n'a retrouvé aucune trace d'achats, de dépôts, de transferts de fonds, de cadeaux – rien ; pas de factures, pas de dépenses ostentatoires. On a épluché leurs appels téléphoniques sur l'année entière, on a enquêté sur toutes les personnes qu'ils ont eues au bout du fil – rien. On a cuisiné cette vieille – la mère de Marchenko, putain, quelle garce celle-là, une Russe, je crois. Au début, Leeds était sûr et certain qu'elle savait quelque chose, mais tu sais quoi ? On a fini par la

---

1. Forme de poker. *(N.d.T.)*

blanchir. Elle n'avait même pas de quoi se payer ses médocs. On ne sait pas du tout ce qu'ils ont fait de leur butin. Il doit dormir dans une cachette quelque part.

— Et vous avez laissé tomber ?

— Bien sûr. On a fait ce qu'on pouvait.

Le boulot de la brigade consistait à arrêter les braqueurs. Une fois l'auteur d'une série de crimes sous les verrous, les agents de la brigade reportaient leur attention sur les cinquante ou soixante autres truands qui avaient la manie de prendre des banques pour cibles. À défaut d'éléments nouveaux propres à suggérer l'existence d'un complice, la restitution des sommes volées, Pollard le savait, relevait des compagnies d'assurances.

— Peut-être que le LAPD cherche toujours, dit-elle.

— Non. Sur ce coup-là, on a travaillé main dans la main avec la spéciale des vols, Kat, du début à la fin, et on a levé le pied en même temps. Cette affaire est classée. Les banques se sont peut-être regroupées pour lancer une enquête privée, mais je ne suis pas au courant. Je veux bien me renseigner, si ça t'intéresse.

— Ouais. Ce serait chouette.

Pollard considéra ses possibilités. Si Sanders disait que l'affaire était classée, elle l'était – et pourtant, le fils de Holman avait raconté à sa femme qu'il travaillait dessus. Elle se demanda si le LAPD avait pu découvrir une piste permettant de remonter jusqu'au butin disparu.

— Tu pourrais m'avoir une copie du dossier des Vols ?

— Je ne sais pas. Peut-être.

— J'aimerais jeter un coup d'œil à leur liste de témoins. Et ça m'intéresserait de voir la vôtre, aussi. Je pourrais être amenée à leur rendre visite.

Après une hésitation, Sanders se leva comme un

ressort et s'assura d'un bref regard que la salle était déserte. Elle consulta sa montre.

— Leeds va me tuer. Je dois y aller.
— Et pour la liste ?
— Tu as intérêt à faire en sorte que Leeds n'en sache rien. Il aurait ma peau.
— Tu me connais.
— Il faudra que je te faxe ça.

Pollard quitta l'immeuble avec Sanders et repartit seule vers sa voiture. Deux heures moins le quart. Sa mère devait être en train de harceler ses fils pour qu'ils rangent leur chambre – il lui restait donc encore un peu de temps. Elle avait sa petite idée sur la meilleure façon d'apprendre ce qu'elle voulait savoir, mais elle allait avoir besoin de Holman. Elle retrouva le numéro de portable inscrit sur son dossier et lui passa un coup de fil.

18

APRÈS AVOIR QUITTÉ L'AGENT POLLARD, Holman reprit le Highlander et téléphona à Perry pour l'informer du sort de sa Mercury.

— Des copains à moi vont la ramener. Ils la gareront derrière le motel et passeront vous laisser les clés.

— Attendez un peu ! Vous allez laisser ma voiture à un autre enfoiré ? Qu'est-ce qui vous prend ?

— On m'en a prêté une, Perry. Comment voulez-vous que je vous ramène la vôtre ?

— Ces mecs n'ont pas intérêt à se prendre une prune, ou c'est vous qui douillez.

— J'ai aussi un portable. Je vais vous donner le numéro.

— Pour quoi faire ? Au cas où je devrais vous prévenir que vos copains à la con m'ont piqué ma bagnole ?

Holman donna son numéro et raccrocha aussitôt. Perry commençait à lui taper sur le système.

Il circula ensuite à pied dans Westwood afin de se trouver un endroit où déjeuner. La plupart des restaus lui paraissaient trop classe. Il se sentait complexé depuis sa rencontre avec l'agent Pollard. Même s'il avait repassé ses vêtements, ils avaient l'air minables, comme ses chaussures. Des fringues de taulard, achetées d'occase sur sa paye de taulard, avec dix ans de retard sur la mode. Il s'arrêta devant un Gap, observant un moment le manège des jeunes qui entraient et ressortaient avec des sacs pleins. Il avait largement de quoi s'offrir un jean et quelques chemises, mais l'idée de dépenser le fric de Chee pour se saper le gênait, et il la chassa. Un bloc plus loin, il acheta une paire de Ray Ban Wayfarer à un ambulant – neuf dollars. Il aimait bien le look qu'elles lui donnaient, mais au bout de quelques centaines de mètres, il se rendit compte qu'il portait ce modèle quand il braquait des banques.

Il finit par repérer un Burger King en face du portail d'entrée de l'UCLA, s'y attabla avec un hamburger-frites et le guide d'utilisation de son téléphone. Il paramétra sa boîte vocale et était en train d'enregistrer la liste de numéros qu'il gardait jusque-là dans son portefeuille quand l'appareil libéra un tintement de carillon. Il crut d'abord qu'il avait déclenché la sonnerie en appuyant sur le mauvais bouton, puis comprit qu'il recevait un appel. Il mit un moment à se rappeler qu'il fallait appuyer sur la touche Envoi.

— Allô ?

— Holman ? C'est Katherine Pollard. J'ai une question à vous poser.

Holman s'inquiéta. Ils s'étaient quittés à peine une heure plus tôt.

— Bien sûr. Allez-y.

— Vous connaissez la veuve de Fowler ?

— Je l'ai croisée à la cérémonie.

— Bien. On va aller la voir.

— Là, tout de suite ?

— Oui. J'ai un peu de temps devant moi, donc autant y aller maintenant. Je veux que vous me retrouviez à Westwood. Sur Broxton, près de Weyburn, il y a une librairie de polars, avec un parking couvert juste à côté. Laissez-y votre bagnole, c'est moi qui vous emmène.

— D'accord, mais pourquoi est-ce qu'on va la voir ? Vous avez découvert quelque chose ?

— J'ai demandé à deux personnes si l'enquête du LAPD était toujours en cours et on m'a répondu que non, mais j'ai quand même l'impression qu'il a pu se passer quelque chose. La femme de Fowler devrait pouvoir nous en dire plus.

— Qu'est-ce qui vous fait croire ça ?

— Votre fils a bien parlé de cette histoire à sa femme, non ?

La simplicité de l'argument frappa Holman.

— On ferait peut-être mieux de l'appeler avant. Au cas où elle ne serait pas chez elle ?

— Jamais, Holman. Quand on les appelle avant, ils disent toujours non. On va prendre le risque. Vous pouvez être à Westwood dans combien de temps ?

— J'y suis déjà.

— Je vous retrouve dans cinq minutes.

En raccrochant, Holman regretta de ne pas s'être acheté de vêtements neufs chez Gap.

Quand il ressortit à pied du parking couvert, Pollard l'attendait devant la librairie au volant d'une Subaru bleue, vitres fermées et moteur en marche, qui n'était pas toute jeune et aurait mérité un lavage. Holman s'installa côté passager et claqua la portière.

— Dites donc, vous n'avez pas traîné à faire signe.

Pollard démarra pied au plancher.

— Ouais, merci, et maintenant écoutez-moi : on a trois points à éclaircir avec cette dame. Est-ce que son mari participait à un travail d'enquête de quelque nature que ce soit sur Marchenko et Parsons ? Est-ce qu'il lui a dit pourquoi il est allé retrouver votre fils et les autres cette nuit-là, et dans quelle intention ? Et est-ce qu'il lui est arrivé, à ce moment-là ou à un autre, de faire allusion à l'existence d'un lien, quel qu'il soit, entre Marchenko et Parsons et les Frogtown – ou n'importe quel autre gang ? Compris, Max ? Ça devrait nous permettre d'y voir plus clair.

Il la regardait fixement.

— C'est comme ça que ça marchait quand vous étiez chez les Feds ?

— Ne dites pas les Feds, Holman. Moi, j'ai le droit de les appeler comme ça, mais venant de vous, c'est un manque de respect que je ne supporterai pas.

Holman se détourna côté portière. Il se sentait comme un gamin pris en faute.

— Vous n'allez pas vous mettre à bouder, dit Pollard. S'il vous plaît, Holman, pas de ça. Si je vais vite, c'est parce qu'on a une bonne distance à couvrir et que je n'ai pas beaucoup de temps. Vous êtes venu me trouver, vous vous rappelez ?

— Ouais. Excusez-moi.

— C'est bon. Elle habite Canoga Park. À vingt minutes si on évite l'heure de pointe.

Holman était vexé, mais le fait qu'elle ait pris les manettes et décidé d'aller de l'avant lui plaisait. Il y voyait un signe d'expérience et de professionnalisme.

— Et qu'est-ce qui vous fait croire qu'il pourrait s'être passé quelque chose alors que vos amis vous disent que l'enquête est bouclée ?

La tête inclinée comme un pilote de chasse, Pollard catapulta sa Subaru sur la rampe d'accès de la 405, côté nord. Holman s'agrippa à la portière en se demandant si elle roulait toujours aussi vite.

— Ils n'ont jamais récupéré le fric, lâcha-t-elle.

— J'ai lu dans le journal qu'on avait retrouvé neuf cent mille chez Marchenko.

— De la menue monnaie. Ces deux connards se sont fait plus de seize millions. Le reste a disparu.

Holman la dévisagea.

— Ça fait un paquet d'argent.

— Ouais.

— Putain.

— Ouais.

— Il est passé où ?

— Personne n'en sait rien.

Ils quittèrent Westwood en avalant à toute allure la montée de la 405 et s'engagèrent dans la Sepulveda Pass. La ville se déploya sous leurs yeux. Holman contempla les îlots de gratte-ciel de Century City, du centre, et du corridor de Wilshire. L'agglomération s'étendait à perte de vue.

— Tout cet argent est… quelque part ?

— N'en parlez surtout pas à cette dame, d'accord ? Si elle aborde le sujet, c'est parfait, on aura appris quelque chose, mais notre objectif, c'est de découvrir ce qu'elle sait. Pas question de lui souffler des idées. On appelle ça influencer un témoin.

Holman pensait toujours aux seize millions de dollars. Son record de butin en une fois s'élevait à trois mille cent vingt-sept dollars. Au total, ses neuf braquages lui avaient rapporté dix-huit mille neuf cent quarante-deux dollars.

— Vous pensez qu'ils essayaient de retrouver le fric ?

— Retrouver le fric, ce n'est pas le boulot du LAPD. Mais s'ils étaient sur la piste d'une personne susceptible d'avoir reçu ou caché, en connaissance de cause ou pas, une partie ou la totalité de l'argent volé par Marchenko et Parsons, là, oui, ç'aurait été leur devoir d'enquêter.

Filant toujours vers le nord, ils laissèrent derrière eux les montagnes et passèrent l'échangeur de Ventura. La vallée de San Fernando s'étirait sous leur yeux, à l'est, à l'ouest, et au nord jusqu'au pied des montagnes de Santa Suzanna, immense et plane, forêt d'immeubles et de gens. Holman pensait toujours à l'argent, incapable de se sortir ces seize millions de la tête. Ils pouvaient être n'importe où.

— Ils essayaient de retrouver le fric, marmonna-t-il. Une fortune pareille, ça ne se laisse pas passer.

Pollard éclata de rire.

— Holman, vous n'y croiriez pas si je vous disais les sommes qu'on perd sur chaque affaire. Pas avec des types comme vous, qu'on chope vivants – ceux qu'on chope sont prêts à lâcher tout ce qu'ils ont, s'il en reste, pour négocier un petit quelque chose –, mais les braqueurs comme Marchenko et Parsons, qui finissent sur le carreau... Un million deux envolés par-ci, cinq cent mille par-là, et personne ne les revoit jamais. En tout cas, personne ne le signale.

Holman lui glissa un regard oblique. Elle souriait. L'éventail de ridules au coin de ses yeux avait disparu.

— C'est dingue. Je n'avais jamais pensé à ça.

— Les banques ne tiennent pas à ce que ces chiffres s'étalent à la une des journaux. Ça ne ferait qu'inciter d'autres connards à se lancer. Écoutez, une copine à moi va se procurer le dossier du LAPD sur ces braqueurs. Dès qu'on l'aura, on saura quoi chercher – ou du moins à qui poser des questions –, donc ne vous en faites pas trop là-dessus. En attendant, on va voir ce qu'on peut tirer de cette dame. Si ça se trouve, Fowler lui racontait tout.

Holman acquiesça mais s'abstint de répondre. Il

regarda la vallée défiler autour d'eux : une seconde peau de maisons et d'immeubles recouvrait presque entièrement le paysage jusqu'aux montagnes, gercée de canyons, de crevasses et d'ombres lointaines. Pour seize millions de dollars, certains hommes étaient capables de tout. Le meurtre de quatre flics n'était rien.

Mme Fowler habitait dans un lotissement de petites maisons toutes semblables, avec pignon en stuc, toiture en composite et jardinet minuscule, qui rappelait irrésistiblement le boom du bâtiment de l'après-guerre. De vieux orangers poussaient dans la plupart de ces jardins, tellement âgés que leurs troncs étaient noirs et cagneux. Le lotissement devait avoir été construit sur une ancienne orangeraie, supposa Holman. Les arbres étaient plus vieux que les maisons.

La femme qui leur ouvrit était Jacki Fowler, mais on aurait dit un brouillon de la veuve aperçue par Holman à la cérémonie. Au naturel, son visage large avait quelque chose de flasque et de soufflé, et ses yeux étaient durs. Elle le fixa sans le reconnaître, ce qui le mit mal à l'aise. Il regretta qu'ils n'aient pas téléphoné.

— Je suis Max Holman, madame. Le père de Richard Holman. On s'est vus à l'académie.

Pollard tendit à Mme Fowler un petit bouquet de marguerites. Elle s'était arrêtée en coup de vent dans une supérette en arrivant à Canoga Park.

— Je suis Katherine Pollard, madame Fowler. Je suis profondément désolée de ce qui vous arrive.

Jacki Fowler prit les fleurs sans comprendre puis se tourna de nouveau vers Holman.

— Oh, j'y suis. Vous avez perdu votre fils.

— Ça ne vous dérange pas qu'on entre une minute,

madame Fowler ? demanda Pollard. Nous souhaiterions vous exprimer notre sympathie, et je crois que Max aimerait vous parler un peu de son fils si vous avez le temps.

Holman ne put que l'admirer. Dans le peu de temps qu'il leur avait fallu pour marcher de la voiture à la porte, le pilote de course au débit de mitraillette avait cédé la place à une femme pondérée, rassurante, à la voix douce et aux yeux pleins de bienveillance. Heureusement qu'elle était là. Il n'aurait pas su quoi dire.

Mme Fowler les mena dans un séjour propret. Holman vit une bouteille de vin rouge débouchée sur une console au bout du canapé, mais pas de verre. Il chercha le regard de Pollard, mais elle était toujours concentrée sur la veuve.

— Ce doit être très dur pour vous en ce moment, disait-elle. Vous tenez le coup ? Vous avez besoin de quoi que ce soit ?

— J'ai quatre fils, vous savez. L'aîné, ces jours-ci, il ne parle que d'entrer dans la police. Tu as perdu la tête ou quoi ? Voilà ce que je me tue à lui dire.

— Dites-lui plutôt de faire avocat. Tout l'argent va dans leurs poches.

— Vous avez des enfants ?

— Deux garçons.

— Alors, vous savez ce que c'est. Vous allez trouver ça affreux, mais vous savez ce que j'avais l'habitude de dire ? S'il doit mourir un jour, Dieu fasse que ce soit écrasé par un acteur de cinéma ivre et plein aux as. Un type que, au moins, j'aurais pu poursuivre. Mais non, il a fallu qu'il se fasse buter par un petit Latino de merde qui n'a jamais eu la queue d'un dollar.

Elle adressa un coup d'œil à Holman.

— On pourrait quand même essayer de voir s'il y a

quelque chose à faire, vous, moi et les autres. On dit toujours que les pierres ne saignent pas, mais allez savoir... Vous voulez un petit verre de vin ? J'allais justement m'en servir un, le premier de la journée.

— Non merci, mais que ça ne vous retienne pas.

— Moi, je veux bien, dit Pollard.

Mme Fowler les pria de s'asseoir, puis s'éloigna dans la partie salle à manger. Une autre bouteille de vin était débouchée sur la table. Elle remplit deux verres, revint vers eux et en tendit un à Pollard. Holman devina que ce n'était pas son premier de la journée.

— Alors comme ça, vous connaissiez Mike ? lui demanda la veuve en s'asseyant. C'est pour ça que vous êtes là ?

— Non, madame. Mon fils non plus, je ne le connaissais pas trop. C'est plutôt pour lui que je suis là. Pour Richie. Ma belle-fille – sa femme – m'a dit que votre mari avait supervisé son stage. J'ai cru comprendre qu'ils étaient bons amis.

— Aucune idée. On vivait pour ainsi dire séparés dans cette baraque. Vous aussi, vous êtes de la police ?

— Non, madame.

— Vous seriez pas celui qui a fait de la prison ? Quelqu'un à la cérémonie m'a dit qu'il y avait un taulard dans le lot.

Holman se sentit rougir. Il glissa un coup d'œil à Pollard, mais elle ne le regardait pas.

— Oui, madame. C'est moi. Je suis le père de l'agent Holman.

— Bon Dieu, c'est dingue, ça. Vous avez fait quoi ?

— J'ai attaqué une banque.

— J'ai été dans la police, madame Fowler, intervint Pollard. Je ne sais pas si c'est votre cas, mais ces meurtres ont amené Max à se poser beaucoup de questions, par exemple sur les raisons qui ont poussé son fils à ressortir en pleine nuit. Mike vous a-t-il dit quelque chose à ce sujet ?

Mme Fowler but un peu de vin puis balaya l'air avec son verre.

— Mike passait sa vie à ressortir la nuit. Il n'était pour ainsi dire jamais là.

Pollard adressa un hochement de tête à Holman pour lui faire signe que la balle était dans son camp.

— Max ? Si vous répétiez à Jacki ce que vous a dit votre belle-fille ? Sur le coup de fil qu'il a reçu cette nuit-là.

— Ma belle-fille m'a dit que votre mari lui avait téléphoné. Richie était chez lui quand votre mari l'a appelé, et il est ressorti voir les autres.

Elle ricana.

— Ce qui est sûr, c'est que Mike ne m'a pas appelée pour m'en parler. Il travaillait. Il était en service de nuit. Et la seule règle, ici, c'est qu'il rentrait à la maison quand ça lui chantait. Il me faisait jamais l'honneur d'un coup de fil.

— Je me suis dit qu'ils travaillaient peut-être ensemble sur quelque chose.

Nouveau grognement ; elle rebut un peu de vin.

— Ils sont sortis boire. Mike était un poivrot. Vous connaissiez les deux autres, Mellon et Ash ? Eux aussi, Mike les avait eus en stage.

Holman sentit sur lui le regard insistant de Pollard.

— Je ne savais pas, dit-il avec un haussement d'épaules.

— Vous devriez peut-être lui montrer la facture, suggéra Pollard.

Il déplia sa photocopie du relevé téléphonique de Richie.

— C'est quoi ? demanda Mme Fowler.

— La note de téléphone de mon fils pour les deux derniers mois. Vous voyez les petites croix rouges ?

— C'est le numéro de Mike.

— Oui, madame. Les croix jaunes indiquent celui d'Ash, et les vertes celui de Mellon. Presque tous les jours, Richie passait trois ou quatre coups de fil à votre mari. Il n'appelait presque jamais Ash et Mellon, mais il parlait beaucoup à Mike.

Jacki Fowler examina le relevé d'un œil méfiant, comme si elle lisait les clauses restrictives d'un contrat censé l'engager à vie, puis se leva péniblement.

— Je vais vous montrer un truc. Attendez-moi ici. Vous êtes sûr que vous ne voulez pas de vin ?

— Merci, madame Fowler, mais je ne bois plus depuis dix ans. J'ai été poivrot, moi aussi.

Elle émit un nouveau grognement et s'éloigna ; apparemment, ça ne lui faisait pas plus d'effet que le fait de savoir qu'il sortait de prison.

— Vous vous débrouillez très bien, chuchota Pollard.

— Je n'étais pas au courant pour l'histoire du stage.

— Ne vous en faites pas pour ça. Vous vous en tirez au poil.

Mme Fowler revint en feuilletant une liasse de pages volantes. Elle reprit sa place sur le canapé.

— C'est bizarre que vous ayez vérifié les appels de votre fils, non ? J'ai fait pareil. Pas ceux de votre fils – ceux de Mike, je veux dire.

Pollard reposa son verre de vin. Holman vit qu'elle n'y avait pas touché.

— Mike a dit quelque chose qui a éveillé vos soupçons ?

— Ce n'est pas ce qu'il m'a dit qui a éveillé mes

soupçons. Il recevait un tas d'appels, mais jamais sur notre ligne fixe, sur son portable. Il avait toujours ce putain de portable sur lui. Cette saleté sonnait, et aussi sec, il fichait le camp...

— Qu'est-ce qu'il vous disait ?

— Qu'il sortait. C'est tout ce qu'il me disait, je sors. Qu'est-ce que vous auriez cru à ma place ? Qu'est-ce que n'importe qui aurait cru ?

Pollard se pencha doucement en avant.

— Qu'il avait une liaison.

— Qu'il s'envoyait une pute, voilà ce que je me disais, excusez mon langage, et c'est pour ça que j'ai voulu voir à qui il téléphonait et qui l'appelait. Tenez, regardez, sur sa dernière note de portable...

Elle finit par trouver la page qu'elle cherchait et se pencha pour la montrer à Holman. Pollard se leva et vint s'asseoir à côté de lui pour mieux voir. Il reconnut les numéros de fixe et de portable de Richie.

— Aucun de ces numéros ne me disait quoi que ce soit, reprit Mme Fowler. Alors vous savez ce que j'ai fait ?

— Vous les avez appelés ? risqua Pollard.

— C'est ça. Je croyais qu'il téléphonait à des filles, mais non, c'était à votre fils, et à Ash, et à Mellon. Dommage que je n'aie pas pensé au coup des petites croix. Mais qu'est-ce que tu fricotes avec ces mecs, je lui ai dit un jour, tu baises avec ? Je ne le croyais pas vraiment, monsieur Holman. C'était juste pour faire ma méchante. Vous savez ce qu'il a répondu ? Occupe-toi de tes oignons, il m'a dit.

Holman ignora son commentaire. Fowler avait téléphoné tous les jours à Richie pendant un certain temps, mais aussi à Ash et à Mellon. Ils ne s'étaient pas contentés de siffler des bières ensemble, c'était évident.

— Je n'avais aucune idée de ce qu'ils foutaient ensemble, poursuivit Mme Fowler, rattrapée par la colère du moment. Ça m'énervait, mais je n'ai pas dit grand-chose jusqu'au jour où j'ai dû nettoyer après le passage de Monsieur – là, j'en ai eu assez. Il est rentré en pleine nuit et il a laissé des traces de boue partout dans la baraque. Je ne m'en suis aperçue que le lendemain, j'étais folle de rage. Sans se donner la peine de nettoyer, bien sûr. Il me prenait pour sa bonne.

Elle se releva, cette fois avec encore plus d'effort.

— Suivez-moi. Je vais vous montrer.

Elle les mena à travers la cuisine jusqu'à une petite véranda ouverte sur l'arrière de la maison. À côté d'un barbecue poussiéreux parqué dans un coin, deux Pataugas traînaient par terre, croûtées de terre et d'une boue sèche mêlée d'herbes. Elle les leur montra du doigt.

— Là… Il a traversé la baraque au beau milieu de la nuit avec ses écrase-merde. Tu as perdu la tête ou quoi ? je lui ai dit. Je les ai balancés là et je lui ai dit qu'il n'aurait qu'à les nettoyer lui-même. Vous auriez dû voir comme c'était sale.

Pollard s'accroupit pour étudier les chaussures.

— C'était jeudi dernier ?

Jacki hésita, fronçant les sourcils.

— Je dirais que c'était mardi. Oui, mardi de la semaine dernière.

Cinq jours avant le massacre. Holman se demanda si Richie, Mellon et Ash s'étaient eux aussi absentés pour rentrer chez eux avec de la boue aux pieds cette nuit-là. Il faudrait poser la question à Liz.

Pollard se releva et demanda, comme si elle lisait dans ses pensées :

— Ça s'est passé un soir où il était allé retrouver les autres ?

— Je n'ai pas demandé et je n'en sais rien. Je lui ai dit que si ça le débectait tant que ça d'être ici, il n'avait qu'à foutre le camp. Je commençais à en avoir ma claque de sa grossièreté. J'en avais marre de son sans-gêne – rentrer à la maison comme ça, sans même se donner la peine de nettoyer ce qu'il avait sali. On a eu une sacrée prise de bec, et je ne regrette pas un mot de ce que je lui ai dit, même maintenant qu'il est mort.

C'est alors que Pollard la surprit.

— Marchenko, Parsons. Est-ce que par hasard vous auriez entendu Mike prononcer un de ces noms ?

— Non. Ils sont de la police ?

Pollard la dévisagea un instant avant de lui resservir son sourire rassurant.

— Juste des gens que Mike connaissait. Il aurait pu vous en parler.

— Mike ne me disait jamais rien. C'était à peu près comme si je n'existais pas.

Pollard se retourna vers Holman et, cessant de sourire, lui indiqua la porte d'un coup de menton.

— On ferait mieux d'y aller, Max.

Dans l'entrée, Jacki Fowler prit la main de Holman et la pressa trop longtemps pour que ce ne soit pas gênant.

— Il y a plusieurs sortes de prisons, vous savez, dit-elle.

— Oui, madame, répondit Holman. Je sais ce que c'est.

19

QUAND ILS REPARTIRENT, HOLMAN était à cran et désorienté. Il avait souhaité rencontrer une veuve éplorée qui lui aurait fourni des explications simples sur la mort de son fils, et il se retrouvait hanté par l'image d'un Mike Fowler passant des coups de fil en douce, une main devant la bouche. Il le voyait s'éclipser de chez lui avant que les voisins soient levés pour ne rentrer qu'au milieu de la nuit. *Tu faisais quoi, chéri ? Rien. Tu étais où ? Nulle part.* Holman avait passé le plus clair de sa vie dans l'illégalité. Quoi qu'il ait pu se passer chez les Fowler, ça sentait le crime à plein nez.

Pollard lança sa Subaru à l'assaut de la rampe du freeway, où le trafic était de plus en plus dense. Le retour s'annonçait pénible et pourtant, lorsque Holman la regarda à la dérobée, elle rayonnait.

— Qu'est-ce que vous en pensez ? demanda-t-il.

— Rappelez votre belle-fille. Demandez-lui si Richard est sorti mardi soir et si elle sait quelque chose sur l'endroit où ils ont pu aller et les raisons pour lesquelles ils y sont allés. Ah, et parlez-lui de la piste du gang de Frogtown. N'oubliez pas ça.

Holman se sentait plutôt d'humeur à tout laisser tomber.

— Je ne parlais pas de ça, dit-il. Vous m'avez dit que ce n'était pas le boulot de la police de rechercher le fric manquant.

Elle glissa sa Subaru entre deux semi-remorques et plongea vers la voie de diamant [1].

— Exact.

— Ils auraient eu droit à quelque chose s'ils l'avaient récupéré ? Une récompense légale ?

— Les banques accordent généralement une prime en cas de restitution des fonds, mais les policiers n'y ont pas droit.

— D'accord, mais s'ils ont fait ça sur leur temps libre…

Elle l'interrompit.

— N'allez pas trop vite en besogne. Il faut faire avec ce qu'on a, et tout ce qu'on a pour l'instant, c'est que Fowler a laissé des traces de boue en rentrant chez lui mardi soir, que sa femme s'est énervée mais qu'il n'en a rien eu à foutre. Rien d'autre.

— Sauf que j'ai bien regardé les dates quand elle nous a montré ses relevés. Les coups de fil ont démarré huit jours après la mort de Marchenko et Parsons, exactement comme sur la note de Richie. Fowler a appelé Richie, puis Mellon et Ash dans la foulée. Comme pour leur dire : hé, les gars, il y a du blé à se faire.

Elle se raidit derrière son volant.

— Holman, répliqua-t-elle d'un ton cassant, tout ce qu'on a pour le moment, c'est une conversation avec une pauvre bonne femme qui a été malheureuse en

---

1. Voie réservée aux motos et aux voitures transportant au minimum deux personnes sur certains grands axes aux États-Unis. (*N.d.T.*)

ménage. On ne sait ni ce que ces agents faisaient ensemble, ni pourquoi.

— On dirait quand même qu'ils fricotaient quelque chose. Et ce n'est pas ce que je voulais entendre.

— Oh, merde !

Holman se tourna vers Pollard et la vit froncer les sourcils. Elle quitta la voie de diamant pour doubler à toute allure une berline occupée par deux dames et se rabattit devant elles en queue de poisson. Il n'avait jamais conduit aussi vite, à part quand il était défoncé.

— On n'en sait pas assez pour que vous changiez d'avis en quoi que ce soit sur votre fils, alors arrêtez les violons. Vous venez d'entendre une veuve déprimée dont le mari n'était jamais là et, comme vous savez que cet argent a disparu, vous sautez sur la conclusion. Peut-être que ces agents aimaient juste se retrouver pour le plaisir. Peut-être que leur fascination pour l'affaire Marchenko et Parsons n'était qu'un passe-temps.

Holman n'y croyait pas. Et elle l'énervait en s'efforçant de lui remonter le moral.

— C'est de la connerie, dit-il.

— Vous avez entendu parler du Dahlia Noir ? Cet homicide de l'après-guerre qui n'a jamais été élucidé ?

— Je ne vois pas le rapport.

— Ce mystère a fini par devenir le hobby d'une tripotée d'inspecteurs. Les costards du LAPD sont tellement nombreux à essayer de le résoudre qu'ils ont fini par fonder un club pour débattre de leurs théories.

— Ça n'empêche pas que c'est de la connerie.

— D'accord, oubliez ce que je viens de dire. Mais ce n'est pas parce que ces mecs avaient l'habitude de traîner ensemble qu'ils faisaient forcément quelque chose d'illégal. Je pourrais vous trouver tout un tas de connexions possibles entre Marchenko et Parsons, Juarez et eux.

Holman lui lança un regard dubitatif.

— Comment ça ?

— Vous avez lu les nécros de Fowler, Ash et Mellon ?

— Juste celle de Richie.

— Si vous aviez lu celle de Fowler, vous sauriez qu'il a passé deux ans au CRASH, pour Community Reaction Against Street Hoodlums, une unité du LAPD spécialisée dans la répression des gangs des rues. Je vais appeler un ami à moi qui y a travaillé. Je lui demanderai si Fowler a pu avoir une embrouille avec les Frogtown.

— Fowler a indirectement provoqué la mort du frère de Juarez. Tous les deux étaient des Frogtown.

— D'accord, mais il y a peut-être un lien plus profond. Vous vous rappelez quand on a évoqué une possible complicité interne de Marchenko et Parsons ?

— Oui.

— Le gros de l'argent des banques est toujours au coffre, mais la quantité varie beaucoup pendant la semaine. Les gens viennent déposer leur chèque de paie et repartent avec du cash, d'accord ?

— Je suis au courant. Il m'est arrivé d'attaquer des banques, vous vous rappelez ?

— Donc, une ou deux fois par semaine, les banques reçoivent une livraison d'argent frais pour pouvoir répondre aux besoins de la clientèle. Vous dites que vous ne voyez pas comment des truands comme Marchenko et Parsons auraient pu bénéficier d'une complicité à l'intérieur de la banque, mais il leur aurait suffi de connaître une personne sachant à quelle date les agences du secteur devaient être réapprovisionnées, une secrétaire, une assistante, une fille de Frogtown, par exemple, dont le petit ami aurait transmis l'info à Marchenko et Parsons pour avoir droit à une part du gâteau.

— Sauf qu'ils ont attaqué des banques différentes.

— Il suffit d'un seul indice de complicité pour que les Feds et les flics se lancent à fond sur cette piste-là. C'est juste une théorie, Holman, je n'en tire aucune conclusion. Supposez que le LAPD ait entendu parler d'un contact possible entre Marchenko et Parsons et quelqu'un de chez les Frogtown ; les enquêteurs se tournent aussi sec vers des flics ayant l'expérience de ce gang pour leur donner des pistes ou travailler dessus. Au hasard : Fowler. Ça nous donnerait un lien entre votre fils – ressorti de chez lui pour aller parler de Marchenko et Parsons à Fowler – et le dénommé Warren Juarez.

Holman fut traversé par une étincelle d'espoir.

— Vous croyez ?

— Non, je n'y crois pas spécialement, mais je veux que vous compreniez que nous ne savons presque rien. Quand vous irez voir votre belle-fille, n'oubliez pas de récupérer les rapports d'enquête que votre fils gardait chez lui – tout ce qui venait du bureau des inspecteurs. Vous n'avez photocopié que les pages de titre, mais ce que j'ai besoin de savoir, moi, c'est ce qu'ils contenaient. C'est ça qui nous dira à quoi s'intéressait Richard.

— Entendu.

— On y verra plus clair demain, une fois que j'aurai lu ces rapports et discuté avec deux ou trois personnes. Il me suffira peut-être de quelques coups de fil pour boucler l'affaire.

— Vous croyez vraiment ? fit Holman, surpris.

— Non, mais j'ai pensé que c'était la chose à dire.

Il l'étudia une fraction de seconde, puis éclata de rire.

Ils redescendirent vers la ville de plus en plus noire par la Sepulveda Pass. Holman regarda longuement Pollard slalomer dans le trafic.

— Pourquoi est-ce que vous conduisez aussi vite ?

— J'ai deux petits garçons qui m'attendent à la maison. Ils sont avec ma mère, les pauvres.

— Et votre mari ?

— Laissons mon histoire personnelle en dehors de tout ça, Max.

Il se remit à contempler le défilé des véhicules.

— Encore une chose, finit-il par ajouter. Vous m'avez dit que vous ne vouliez pas être payée, mais mon offre tient toujours. Je n'aurais jamais cru que vous vous donneriez autant de mal.

— Si je vous faisais payer, j'aurais trop peur que vous ne retourniez braquer une banque.

— Je me débrouillerais autrement. Je ne braquerai plus jamais de banque.

Elle lui décocha un bref regard. Il haussa les épaules.

— Je peux vous poser une question ? fit-elle.

— Tant que ce n'est pas personnel.

Ce fut au tour de Pollard de rire – sauf que ça ne dura pas.

— Je vous ai mis à l'ombre pour dix ans. Comment se fait-il que vous n'ayez pas une dent contre moi ?

Holman réfléchit.

— Vous m'avez donné une chance de changer.

Ils poursuivirent le trajet en silence. Les lumières commençaient tout juste à vaciller au cœur de l'ombre.

20

PERRY ÉTAIT ENCORE À SON BUREAU quand Holman traversa le hall. Le visage du vieil homme était parcouru de tics et de tremblements : il s'était passé quelque chose.

— Hé, fit Perry. Il faut que je vous parle.
— Vous avez récupéré votre voiture ?

Perry se pencha au-dessus de la table, nouant et dénouant constamment les doigts. Une lueur nerveuse dansait dans ses yeux liquides.

— Voilà ce que je vous ai pris, les soixante dollars, pour trois journées de location. Le compte y est.

En s'approchant, Holman vit trois billets de vingt alignés sur le bureau, côté face. Perry dénoua ses mains et les poussa vers lui.

— C'est quoi, ça ?
— Les soixante tickets que vous m'avez réglés pour la Mercury. Vous pouvez les reprendre.

Holman se demanda pourquoi le gérant tenait tant à aligner ainsi ces trois Jackson qui semblaient le regarder fixement.

— Vous me rendez mon argent ?
— Ouais. Le compte est bon. Reprenez votre putain de fric.

Sans bouger, Holman étudia Perry. Le vieil homme paraissait inquiet, mais aussi en colère.

— Pourquoi est-ce que vous me remboursez ?

— Ces enfoirés de Chicanos, ils m'ont dit de vous le rendre. Dites-leur bien que c'est ce que j'ai fait.

— Les gars qui vous ont ramené la Mercury ?

— Ouais, quand ils sont venus me rendre les clés, putains de voyous. Je vous ai dépanné en vous louant cette caisse, moi, je cherchais pas à vous plumer. Ces connards m'ont dit qu'ils me planteraient pour de bon si je vous rendais pas votre pognon, alors voilà, reprenez tout.

Holman considéra les billets, toujours sans y toucher.

— On a passé un accord à la régulière, fit-il. Gardez ça.

— Non, pas question, faut que vous les repreniez. Je veux pas de ce genre d'embrouille chez moi.

— C'est votre argent, Perry. Je vais arranger ça avec eux.

Il faudrait qu'il aille voir Chee le lendemain matin.

— Ça m'a franchement pas plu de voir ces deux racailles débouler ici comme ça.

— Je n'ai rien à voir là-dedans. On s'était mis d'accord. Ce n'est pas mon style d'envoyer deux gros bras mettre un coup de pression à quelqu'un comme vous pour soixante tickets.

— Bon, ça m'a pas plu, point barre. Je vous le dis comme je le pense, c'est tout. Si vous avez trouvé que j'abusais, vous auriez dû me le dire vous-même.

Holman sentit que le mal était fait. Perry ne le croyait pas et aurait sans doute longtemps peur de lui.

— Gardez cet argent, Perry. Je regrette ce qui est arrivé.

Il laissa les trois Jackson sur le bureau du vieil homme

et grimpa dans son studio. Le vieux climatiseur de fenêtre avait transformé la pièce en chambre froide. Il regarda le portrait de Richie posé sur le bureau, huit ans et tout sourires. Il avait toujours un nœud à l'estomac que Pollard n'avait pas réussi à desserrer avec son blabla.

Il coupa l'air conditionné et redescendit.

Perry était en train de verrouiller la porte d'entrée ; il s'interrompit en le voyant arriver.

— Les biftons sont toujours sur le bureau, grogna-t-il.

— Remettez-les dans votre poche, bon Dieu de merde ! Je n'ai jamais demandé à ces mecs de vous secouer. Mon fils était agent de police. Qu'est-ce qu'il penserait de moi si je faisais des saloperies pareilles ?

— À mon avis, il se dirait que ça vole pas haut.

— Je crois aussi. Gardez les soixante. Ils sont à vous.

Holman remonta et se coucha en se répétant que Richie aurait sûrement pensé que ça ne volait pas haut, de secouer un vieil homme pour soixante dollars.

Sauf qu'il ne suffisait pas de se le répéter – et que le sommeil refusa de venir.

TROISIÈME PARTIE

21

POLLARD N'AVAIT JAMAIS ÉTÉ DU MATIN. Depuis longtemps, aussi loin qu'elle s'en souvienne – des mois, peut-être des années –, elle se réveillait chaque matin au trente-sixième dessous, paniquée à l'idée d'entamer une nouvelle journée. Il lui fallait deux tasses de café noir pour relancer la machine.

Mais quand elle ouvrit les yeux ce jour-là, elle avait plus d'une heure d'avance sur son réveil et alla aussitôt s'asseoir dans le petit coin-bureau qu'elle avait autrefois partagé avec Marty. Elle avait travaillé la veille jusqu'à près de deux heures du matin, confrontant les numéros et les heures d'appel inscrits sur les notes téléphoniques de Fowler et du fils Holman, glanant sur Internet des informations à propos de Marchenko et de Parsons. Elle avait relu et classé les documents que lui avait confiés Holman, frustrée de ne pas avoir sous la main les rapports complets du LAPD. Elle espérait qu'il se les procurerait au plus tôt par le biais de sa belle-fille. Pollard admirait son attachement à la mémoire de son fils. Elle se sentit soudain fière d'avoir parlé en sa faveur au procureur fédéral dix ans plus tôt. Leeds avait mis un mois à s'en remettre et plusieurs agents de la brigade, les plus cyniques, lui avaient reproché de s'être fait embobiner, mais elle avait estimé que cet homme méritait un coup de pouce et elle en était encore plus convaincue à présent. Holman avait peut-être suivi la trajectoire d'un criminel de carrière, mais certains indices suggéraient que c'était aussi, à la base, quelqu'un de bien.

Elle passa en revue ses notes de la veille au soir puis s'attela à mettre au point un plan d'action pour la journée. Elle était toujours en train d'y réfléchir quand son fils aîné, David, vint lui tirer le bras. À sept ans, c'était le portrait de son père en miniature.

— M'man ! On va être en retard pour le centre aéré !

Elle regarda sa montre. Huit heures moins dix. Le car du centre passait à huit heures. Elle n'avait pas fait de café, pas senti le temps passer ; elle travaillait depuis plus d'une heure.

— Ton frère est prêt ?
— Il veut même pas sortir de la salle de bains.
— Lyle ! Va l'aider à s'habiller, David.

Après avoir enfilé un jean et un tee-shirt, elle leur confectionna des sandwiches à la saucisse fumée en un tour de main.

— Lyle est prêt, David ?
— Il veut même pas s'habiller !

Lyle, six ans, cria encore plus fort que son frère :

— J'aime pas ça, le centre aéré ! Ils font que de nous piquer avec des épingles !

La sonnerie du télécopieur retentit pendant qu'elle plaçait chaque sandwich dans un sachet en papier. Elle se précipita dans la chambre-bureau au moment où sortait la première page. Elle sourit en reconnaissant l'en-tête du FBI – la livraison d'April.

Elle repartit à la cuisine, toujours au pas de course, et ajouta à chacun des sachets une boîte de cocktail de fruits, un sachet de Cheetos, et une briquette d'Orangina.

David jaillit hors d'haleine du séjour.

— M'man ! J'entends le car ! On va le rater !

Il fallait toujours que tout soit un drame.

Elle l'envoya dehors intercepter le car et enfila de force un tee-shirt sur les épaules de Lyle. Elle était en train de franchir le seuil avec lui et les sacs de pique-nique quand l'autocar stoppa en grinçant.

— Papa me manque, lui dit Lyle.

Pollard baissa les yeux, vit son regard meurtri et ses sourcils froncés, s'accroupit pour se mettre à sa hauteur. Lui toucha la joue et la trouva aussi douce qu'aux premiers jours de sa vie. Si David était le portrait de son père, c'était à elle que Lyle ressemblait.

— Je sais, trésor.

— J'ai rêvé qu'il y avait un monstre et qu'il le mangeait.

— Tu as dû avoir très peur. Tu aurais pu venir dans mon lit.

— Tu fais que bouger et donner des coups de pied.

Le chauffeur klaxonna. Il avait un horaire à respecter.

— Il me manque à moi aussi, bonhomme, fit-elle. Et quand c'est comme ça, on fait quoi ?

C'était une scène qu'ils avaient déjà jouée.

— On le garde au fond de notre cœur ?

Elle sourit et lui posa une main sur la poitrine.

— Oui. Il est là, au fond de ton cœur. Allez, viens, je t'amène au car.

Pieds nus, elle fut agressée par les cailloux et les graviers de l'allée quand elle accompagna Lyle jusqu'au car. Elle embrassa ses deux fils, suivit des yeux le départ du véhicule et rentra se mettre au travail. Elle parcourut le fax. April lui avait envoyé seize pages, dont une liste des témoins, des transcriptions d'interrogatoires et les conclusions du rapport d'enquête. La liste des témoins contenait des noms, des adresses et surtout des numéros de téléphone, ce qui l'intéressait au premier chef. Elle comptait les comparer aux appels mentionnés sur les relevés téléphoniques de Richard Holman et de Mike Fowler. À supposer que Holman et Fowler aient mené une enquête officieuse sur Marchenko et Parsons, ils avaient dû contacter les témoins de l'affaire. Si c'était le cas, elle n'aurait qu'à demander aux intéressés de quoi ils leur avaient parlé.

Elle appela sa mère pour la prier de venir garder ses fils à leur retour du centre aéré.

— Comment se fait-il que tu passes autant de temps en ville, tout à coup ? Tu as trouvé du travail ?

Pollard avait toujours mal pris les questions de sa mère. À trente-six ans, elle se retrouvait régulièrement sur le gril.

— J'ai à faire. Je suis occupée.

— Tu fais quoi ? Tu as quelqu'un, c'est ça ?

— Tu seras bien là pour une heure, hein ? Tu t'occuperas des garçons ?

— J'espère que tu as quelqu'un. Il serait temps que tu penses un peu à tes fils.

— Au revoir, maman.

— Et vas-y doucement sur le dessert, Katherine. Ton popotin n'est plus ce qu'il était.

Elle raccrocha et revint au bureau. Elle n'avait toujours pas bu de café mais ne prit pas le temps d'en faire. Elle n'en éprouvait pas le besoin.

Elle s'assit et passa en revue tous les documents qu'elle avait lus et relus la veille au soir. Elle étudia le plan de la scène de crime dessiné par Holman, le compara à celui du *Times*. Elle avait appris chez les Feds qu'une enquête se démarre toujours sur la scène de crime et savait qu'elle allait devoir faire le déplacement. Voir par elle-même. Seule dans sa petite maison de la Simi Valley, elle esquissa un sourire.

Elle avait l'impression de s'être remise dans le bain. La chasse était à nouveau ouverte.

22

PERRY N'ÉTAIT PAS À SON POSTE HABITUEL quand Holman descendit ce matin-là. Tant mieux. Il avait l'intention de passer chez Liz prendre les rapports avant son départ pour la fac et ne tenait pas du tout à se retrouver embarqué dans une nouvelle prise de bec.

Mais lorsqu'il franchit le seuil pour rejoindre sa voiture, le vieil homme était en train d'arroser le trottoir.

— Au fait, dit-il, vous avez eu un appel hier. J'ai oublié de vous en parler. Il faut croire que ça m'est sorti de la tête après le passage de vos gros bras.

— De qui, Perry ?

— Un certain Tony Gilbert, de l'imprimerie où vous bossez. Il s'est présenté comme votre patron. Il veut que vous le rappeliez.

— D'accord, merci. Il a appelé quand ?

— En milieu de journée, je dirais. Heureusement que ce n'était pas pile au moment où ces deux branleurs me sont tombés dessus, j'aurais loupé le message.

— Écoutez, Perry, je ne leur ai absolument pas demandé de faire ça. Ils étaient juste censés ramener la Mercury et vous rendre les clés. C'est tout. Je me suis déjà excusé.

— Ce mec Gilbert avait l'air assez en rogne, si vous

voulez mon avis. À votre place, je le rappellerais. Et puisque vous avez un boulot, vous devriez vous payer un répondeur. Ma mémoire n'est plus ce qu'elle était.

Holman faillit répliquer, mais se ravisa et partit vers sa voiture en contournant le bâtiment. Il ne tenait pas non plus à entamer sa journée par une confrontation avec Gilbert, mais il n'avait pas mis les pieds à l'imprimerie depuis une semaine et ne voulait surtout pas perdre sa place. Il grimpa dans le Highlander pour lui passer un coup de fil et constata avec satisfaction qu'il était maintenant capable de retrouver le numéro de son patron dans la mémoire de l'appareil sans avoir à consulter le manuel. Un pas de plus dans la vraie vie.

Dès les premiers mots de Gilbert, il sentit que sa patience était à bout.

— Vous revenez travailler, oui ou merde ? J'ai besoin de le savoir.

— Je reviens. C'est juste que j'ai eu un tas de trucs à faire.

— Max, je fais de mon mieux pour être sympa avec vous, vu ce qui est arrivé à votre fils et tout ça, mais qu'est-ce que vous foutez, bon sang ? Les flics sont venus.

Holman fut tellement surpris qu'il resta muet.

— Max ?

— Je suis toujours là. Qu'est-ce qu'ils voulaient ?

— Vous venez à peine de sortir. Vous avez envie de foutre dix ans de votre vie en l'air, c'est ça ?

— Je ne veux rien foutre en l'air. Pourquoi est-ce qu'ils sont venus ?

— Ils voulaient savoir si vous veniez bosser et quel genre de gens vous fréquentiez. Ils m'ont demandé si vous vous droguiez.

— Je suis clean. Qu'est-ce que c'est que cette histoire ?

— Ils m'ont posé la question. Ils m'ont aussi demandé comment vous faisiez pour vivre sans travailler. Je suis censé en penser quoi, moi ? Écoutez, mon pote, je fais ce que je peux pour tenir ma boîte, et vous, vous disparaissez dans la nature. Je leur ai expliqué que je vous avais accordé un petit congé à cause de votre fils, mais là, je commence à me demander. Ça fait une semaine.

— C'était qui ?

— Des inspecteurs.

— Envoyés par Gail ?

— Pas des types de la pénitentiaire, non. Des vrais flics. Bon, vous reprenez le boulot, oui ou merde ?

— Il me faut seulement quelques jours de rab pour…

— Ah, merde !

Gilbert raccrocha.

Holman éteignit son téléphone avec une douleur sourde à l'estomac. Il s'était préparé à ce que Gilbert l'engueule pour la durée de son absence – mais pas à une visite de la police. Les flics enquêtaient vraisemblablement sur lui en raison de sa visite à Maria Juarez, mais il ne fallait surtout pas qu'ils fassent le lien entre lui et Chee. Holman ne voulait pas attirer d'ennuis à son vieil ami, en grande partie parce qu'il avait du mal à croire que Chee soit entièrement réglo.

Il envisagea d'appeler Gail Manelli à propos des flics, mais il préféra mettre le cap sur Westwood pour ne pas manquer Liz. En émergeant du parking, il aperçut Perry toujours sur le trottoir, les yeux fixés sur lui. Le vieil homme attendit que le Highlander l'ait dépassé pour lui faire un doigt d'honneur. Holman le vit dans son rétroviseur.

À l'approche de Westwood, il téléphona à Liz pour l'avertir de son arrivée.

— Salut, Liz, c'est Max. J'aurais besoin de passer vous voir cinq minutes. Je vous apporte un petit café ?

— Je sors.

— C'est important, Liz. Ça concerne Richie.

Elle hésita. Quand elle reprit la parole, sa voix était glaciale.

— Pourquoi est-ce que vous faites ça ?

— Je fais quoi ? Je cherche juste à…

— Je ne veux plus vous voir. S'il vous plaît, laissez-moi tranquille.

Elle coupa.

Holman se retrouva seul dans le trafic avec son téléphone muet. Il appuya sur la touche bis ; un répondeur prit son appel.

— Liz ? J'aurais peut-être dû vous prévenir plus tôt, d'accord ? Je ne pensais pas être grossier… Liz ? Vous m'entendez ?

Elle ne décrocha pas, et il éteignit son portable. Comme il n'était plus qu'à cinq blocs de Veteran Boulevard, il décida de passer quand même chez elle. Il ne prit pas le temps de chercher une place libre, gara son Highlander en stationnement interdit devant une bouche d'incendie. S'il prenait un P-V, il le rembourserait avec l'argent de Chee.

La ruée habituelle des étudiants vers le campus lui évita d'attendre longtemps devant l'immeuble. Il avala l'escalier quatre à quatre, ralentit en vue de l'appartement de Liz, reprit son souffle avant de frapper.

— Liz ? S'il vous plaît, dites-moi ce qui se passe.

Il frappa encore, doucement.

— Liz ? C'est important. S'il vous plaît, pour Richie…

Il attendit.

— Liz ? Je peux entrer, s'il vous plaît ?

Elle ouvrit enfin la porte. Le visage crispé, apparemment prête à sortir. Le regard dur.

Holman ne bougea pas. Il garda les bras le long du corps, troublé par tant d'hostilité.

— J'ai fait quelque chose… ?

— Quoi que vous cherchiez à faire, je ne veux pas y être mêlée.

Il s'efforça de garder un ton calme.

— Qu'est-ce que vous croyez ? Je ne cherche rien du tout, Liz. J'essaie juste de comprendre ce qui est arrivé à mon fils.

— La police est venue. Ils ont passé le bureau de Richard au peigne fin. Ils ont emporté des documents et ils m'ont interrogée à votre sujet. Ils veulent savoir ce que vous cherchez à faire.

— C'était qui ? Levy ?

— Non, pas Levy, l'inspecteur Random. Il m'a demandé quel genre de questions vous posiez. Il m'a conseillé de me méfier de vous. Et de ne pas vous laisser entrer.

Ne sachant trop comment réagir, Holman recula d'un pas et choisit ses mots avec soin.

— Vous m'avez déjà laissé entrer, Liz. Vous croyez que je vous ferais du mal ? Vous êtes la femme de mon fils…

La dureté de ses yeux s'estompa. Elle secoua la tête.

— Pourquoi sont-ils venus ? demanda-t-elle.

— Il y avait qui d'autre avec Random ?

— J'ai oublié son nom. Un roux.

Vukovich.

— Pourquoi sont-ils venus ? répéta-t-elle.

— Aucune idée. Qu'est-ce qu'ils vous ont dit ?

— Ils ne m'ont rien dit du tout. Juste qu'ils enquêtaient sur vous. Ils voulaient savoir…

La porte de l'appartement voisin s'ouvrit et deux jeunes gens en sortirent. Tous deux portaient des lunettes et un sac à dos plein de livres. Holman et Liz se turent jusqu'à ce qu'ils soient passés.

La jeune femme reprit ensuite la parole.

— Je crois que vous pouvez entrer. C'est grotesque.

Holman franchit le seuil et attendit qu'elle ait refermé.

— Ça va aller ?

— Ils m'ont demandé, reprit-elle, s'il y avait eu quoi que ce soit dans vos propos qui puisse suggérer que vous étiez impliqué dans une activité criminelle. Je ne voyais absolument pas de quoi ils parlaient. Qu'est-ce qu'ils auraient voulu que vous me disiez : Hé, vous ne connaîtriez pas une bonne banque à braquer ?

Holman faillit lui parler de sa récente conversation avec Tony Gilbert, mais décida de s'abstenir.

— Vous dites qu'ils ont pris des documents. Je peux voir ?

Elle le guida jusqu'au bureau, et Holman balaya du regard le poste de travail de Richie. Les coupures de presse étaient toujours sur le panneau de liège, mais il sentit immédiatement que des choses avaient été déplacées sur la table. Il avait lui-même examiné les papiers de son fils et se rappelait parfaitement où il les avait laissés. Les rapports et autres documents à en-tête du LAPD n'y étaient plus.

— Je ne sais pas trop ce qu'ils ont emporté, fit Liz.

— Des rapports, apparemment. Ils vous ont dit pourquoi ?

— Seulement que c'était important. Ils m'ont

demandé si vous étiez entré dans cette pièce. Je leur ai dit la vérité.

Dommage, pensa Holman.

— Ce n'est pas grave, dit-il. Ça ne fait rien.

— Pourquoi est-ce qu'ils ont fouillé dans ses affaires ?

Il était grand temps de changer de sujet. Les rapports de police avaient disparu, et Holman regrettait de ne pas les avoir lus quand il les avait sous la main.

— Vous pourriez me dire si Richie est ressorti voir Fowler mardi de la semaine dernière ? demanda-t-il. Tard dans la soirée ?

Liz fouilla dans sa mémoire.

— Je ne sais pas trop… Mardi ? Il me semble que Rich était de nuit.

— Est-ce qu'il est rentré avec de la boue aux pieds ? Fowler est sorti cette nuit-là, et il est rentré chez lui avec plein de boue aux pieds. Tard.

Elle réfléchit encore, secoua lentement la tête.

— Non, je… Attendez, oui, c'est mercredi matin que j'ai pris la voiture. Il y avait effectivement de l'herbe et de la terre sur le tapis de sol côté volant, pas de boue, mais de l'herbe et de la terre. Richie était en patrouille mardi soir. Il m'a parlé d'une course-poursuite.

La dureté revint tout à coup dans ses yeux.

— Qu'est-ce qu'ils ont fait ?

— Je ne sais pas. Richie ne vous a rien dit ?

— Il était en service.

— Est-ce qu'il lui est arrivé de faire allusion à un lien quelconque entre Marchenko et Parsons et un gang latino ?

— Je ne pense pas. Ça ne me dit rien.

— Frogtown ?

Elle secoua la tête.

— Juarez était membre du gang de Frogtown, expliqua-t-il.

— Quel rapport avec Marchenko et Parsons ?

— Je n'en sais rien. J'essaie de le découvrir.

— Attendez un peu. Je pensais que Juarez les avait tués à cause de Mike... parce qu'il avait provoqué la mort de son frère.

— C'est ce que dit la police.

Elle croisa les bras, l'air inquiet.

— Vous n'y croyez pas ?

— J'ai encore une question à vous poser. Pendant toute cette période où Richie a parlé de Marchenko et de Parsons, est-ce qu'il lui est arrivé de vous dire précisément ce qu'il faisait ?

— Juste que... qu'il travaillait sur le dossier.

— Quel dossier ? Ils étaient morts.

Une lueur d'égarement et de désespoir flageola dans le regard de Liz, et Holman sentit que sa mémoire la trahissait. Elle finit par secouer la tête, les bras serrés sur la poitrine.

— Une enquête. Je ne sais plus, soupira-t-elle.

— Il cherchait un complice, quelque chose comme ça ?

— Je ne sais plus.

— Il vous a parlé de l'argent disparu ?

— Quel argent ?

Holman la dévisagea ; une partie de lui était tentée de tout dire, dans l'espoir de réveiller en elle un souvenir susceptible de le mettre sur la voie, mais il se sentait pris au piège. Il ne tenait pas à aborder cette question-là avec elle. Il ne voulait pas l'amener à se demander si son mari avait travaillé sur l'affaire dans le cadre de son boulot de flic ou s'il avait tenté de récupérer pour lui-même le butin perdu de Marchenko et Parsons. Ou pis.

— Ce n'est rien. Écoutez, je ne vois pas pourquoi Random enquête sur moi. Je n'ai rien fait et je ne ferai rien d'illégal, vous me comprenez ? Je ne vous ferais pas ça à vous, ni à Richie. Je ne pourrais pas.

Elle leva les yeux sur lui et l'observa longuement.

— Je sais, dit-elle en hochant la tête. Je sais ce que vous cherchez à faire.

— Alors vous en savez plus que moi.

Elle se mit sur la pointe des pieds et l'embrassa sur la joue.

— Vous essayez de protéger votre petit garçon.

La femme de Richie serra Holman fort et longtemps dans ses bras, ce qui lui fit plaisir, mais il se maudissait d'être arrivé trop tard.

23

IL ÉTAIT FURIEUX LORSQU'IL RETRAVERSA LA RUE en direction de son quatre-quatre. Furieux que Random ait questionné Liz à son sujet et insinué qu'il pouvait être impliqué dans une entreprise criminelle quelconque. Il en déduisait que c'était aussi lui qui l'avait mis dans la merde vis-à-vis de son patron, mais ce qui l'énervait par-dessus tout, c'était que Random ait conseillé à Liz de ne plus lui parler. Cet enfoiré avait failli court-circuiter le seul lien qui existait encore entre Richie et lui, et Holman ne comprenait pas pourquoi. Il ne croyait pas que ce soit simplement pour le persécuter. Random le soupçonnait de quelque chose. L'envie le démangea un moment de foncer à Parker Center pour avoir une explication avec lui mais, avant même d'avoir rejoint sa voiture, il sut que c'était une mauvaise idée. Il avait besoin d'une vision plus claire de ce que Random avait en tête avant d'aller le trouver.

Après ce début de matinée foireux, Holman s'attendait à trouver un papillon sous l'essuie-glace du Highlander, mais il n'y avait rien. Peut-être qu'il n'avait donc pas totalement épuisé son stock de chance.

Il s'assit au volant, mit le moteur en marche et réfléchit pendant quelques minutes à la suite de sa journée. Il avait fort à faire et ne pouvait pas laisser un salopard comme Random lui mettre des bâtons dans les roues. Il eut envie d'appeler Pollard, mais il était encore tôt et il ne savait pas à quelle heure elle se levait. Puisqu'elle avait des gosses, ses matinées devaient être chargées – lever ses enfants, les nourrir, les habiller, les préparer pour la journée. Autant de choses à côté desquelles Holman était passé avec Richie : un chemin de regrets inéluctables qui lui fichait le moral à zéro chaque fois qu'il commettait l'erreur de l'emprunter. Il décida d'appeler Chee pour lui parler de Perry. Chee croyait sans doute lui avoir rendu service, mais il n'avait pas besoin de ce genre de coup de main. Il allait maintenant devoir affronter la rancune de Perry en plus de tout le reste.

Il retrouva le numéro de Chee dans la mémoire de son portable et était en train d'écouter la sonnerie quand une voiture bleue arriva brusquement à la hauteur du quatre-quatre et le bloqua le long du trottoir. Les deux portières avant s'ouvrirent à la seconde où Chee prenait l'appel de Holman.

— Allô ?
— Quitte pas, vieux…
— Holman ?

Random et le type qui lui servait de chauffeur jaillirent de la voiture bleue en même temps que Holman devinait un mouvement sur le trottoir. Vukovich et un autre homme descendirent sur la chaussée, l'un devant le Highlander, l'autre derrière. Tous deux tenaient un pistolet le long de la cuisse.

— Holman, c'est toi, mec ? fit Chee.
— Attends un peu. J'ai la visite des flics…

Il laissa son portable glisser sur la banquette et plaça

les deux mains sur le volant, bien en vue. La voix de Chee n'était plus qu'un grésillement électronique.

— Holman ?

Random ouvrit la portière du quatre-quatre et fit un pas de côté. Son chauffeur, plus petit que Holman mais large comme un buffet, l'extirpa du Highlander et le plaqua face en avant contre la tôle.

— Bouge pas, connard.

Holman n'offrit aucune résistance. Le petit le palpa de haut en bas pendant que Random se penchait à l'intérieur du quatre-quatre. Il coupa le contact, puis se redressa avec le portable à la main. Il le porta à son oreille, écouta, puis le referma et le rejeta sur la banquette.

— Chouette bigo, dit-il.

— Qu'est-ce qui vous prend ? Pourquoi vous faites ça ?

— Chouette bagnole, aussi. D'où est-ce qu'elle sort ? Vous l'avez piquée ?

— Je la loue.

Le petit plaqua encore un peu plus Holman contre la tôle.

— Regarde devant toi.

— Ça brûle.

— Putain, tu me fais de la peine.

— Vuke, lança Random, vérifie sa plaque. On ne peut pas louer une voiture sans un permis de conduire et une carte de crédit. Il a dû la voler.

— J'ai le permis, bon sang, protesta Holman. Depuis hier. Les papiers de location sont dans la boîte à gants.

Vukovich ouvrit la portière droite pour inspecter la boîte à gants tandis que le petit lui retirait son portefeuille.

— Vous déconnez complètement, reprit-il. Pourquoi est-ce que vous faites ça ?

Random fit pivoter Holman jusqu'à ce qu'ils soient face à face pendant que le petit s'éloignait avec son portefeuille vers la voiture bleue pour interroger l'ordinateur. Trois étudiants s'arrêtèrent sur le trottoir, mais Random ne parut pas les remarquer. Ses yeux étaient deux billes noires fixées sur Holman.

— Vous ne trouvez pas que Jacki Fowler en a assez bavé comme ça ?

— Pourquoi vous dites ça ? Parce que je suis allé la voir ? Et après ?

— Voilà une pauvre femme qui se retrouve avec quatre fils et un mari mort sur les bras, et il a fallu que vous alliez la déranger dans son intimité. Qu'est-ce qui a bien pu vous pousser à lui infliger ça, Holman ? Qu'est-ce que vous aviez à y gagner ?

— J'essaie de découvrir ce qui est arrivé à mon fils.

— Je vous ai dit ce qui lui est arrivé le jour où je vous ai dit de me laisser faire mon travail.

— Je ne pense pas que vous fassiez votre travail. Je ne comprends pas ce que vous faites. Pourquoi est-ce que vous êtes allé trouver mon patron ? Ça veut dire quoi, cette connerie de lui demander s'il croit que je me drogue ?

— Vous êtes un drogué.

— J'étais. *J'étais !*

— Les drogués le restent toujours, et c'est pour ça que vous faites chier les familles. Vous cherchez à les taper pour vous payer votre came. Même votre belle-fille.

— *J'étais*, sale connard ! (Holman dut faire un énorme effort pour recouvrer son sang-froid.) C'est de la femme de mon fils que vous parlez, espèce de salaud !

À moi de vous demander d'arrêter de l'emmerder ! Foutez-lui la paix, putain de merde !

Random fit un pas vers lui, et Holman comprit qu'il ne fallait pas qu'il entre dans son jeu. Random voulait qu'il essaie de le frapper pour le coffrer.

— Vous n'avez pas le droit de me demander quoi que ce soit. Vous n'étiez rien pour votre fils, alors arrêtez votre cinéma. Vous ne connaissez cette fille que depuis la semaine dernière. Alors, ne nous bassinez plus avec votre esprit de famille.

Holman sentit un vrombissement sourd monter des profondeurs de son crâne. Un voile gris envahit sa vision périphérique à mesure que ce vrombissement s'amplifiait. Random flottait maintenant devant lui comme un ballon cible, mais... Non, se dit-il. Pourquoi Random voulait-il l'embarquer ? Pourquoi Random voulait-il le mettre sur la touche ?

— Qu'est-ce qu'il y a dans les rapports que vous avez saisis chez eux ? demanda-t-il.

Random crispa les mâchoires mais ne répondit pas, et Holman comprit à quel point le contenu de ces rapports était important.

— Ma belle-fille dit que vous avez emporté des documents appartenant à mon fils. Vous aviez un mandat, Random ? Est-ce qu'il stipulait l'objet de votre recherche ou est-ce que vous avez simplement pris ce que vous aviez envie de prendre ? Ça ressemble à du vol, si vous y êtes allé sans mandat.

Random le fixait toujours quand Vukovich ressortit du quatre-quatre avec les papiers du véhicule. Il les montra à Random.

— Il y a effectivement un contrat de location à son nom. On dirait un vrai.

— C'est un vrai, répliqua Holman. Comme votre mandat, inspecteur. Vous n'avez qu'à vérifier.

Random examina les documents.

— Quality Motors, East L.A. Tu as déjà entendu parler de ce garage, toi ?

Vukovich haussa les épaules.

— Teddy ? lança Random par-dessus son épaule. Qu'est-ce que ça donne pour la plaque ?

Le petit, le dénommé Teddy, revint et tendit à Random le permis et le portefeuille de Holman.

— Véhicule enregistré au nom de Quality Motors, aucun avis de recherche, pas d'infraction, pas de P-V en retard. Le permis aussi a l'air OK.

Random regarda le permis de conduire, puis Holman.

— Vous l'avez eu où ?

— Au DMV. Et votre mandat, vous l'avez eu où ?

Random rangea le permis dans le portefeuille de Holman mais garda celui-ci dans sa main avec le contrat de location. À la façon dont il venait de faire machine arrière, Holman savait à présent que les rapports confisqués contenaient des informations essentielles. Random le laissait tranquille de crainte qu'il ne pousse le bouchon trop loin sur le sujet des rapports.

— Je tiens à ce que vous compreniez la situation, Holman. Je vous en ai déjà parlé une fois, poliment. Et là, je vous le redis. Je ne vous laisserai pas compliquer la vie des familles. Foutez-leur la paix.

— J'en fais partie.

Random le dévisagea un moment, et quelque chose qui ressemblait à un sourire dansa sur ses lèvres. Il refit un pas en avant et murmura :

— De quelle famille parlez-vous, Holman ? Frogtown ?

— C'est Juarez qui était de Frogtown. Je ne sais pas ce que vous voulez dire.

— Vous préférez peut-être White Fence ?

Holman resta de marbre.

— Au fait, comment va votre ami Gary Mareno – Little Chee ?

— Je ne l'ai pas revu depuis des années. Peut-être que je passerai prendre de ses nouvelles.

Random jeta le portefeuille et le contrat de location sur la banquette du Highlander.

— Vous foutez la merde, Holman. Je ne le tolérerai pas et je ne vous laisserai pas faire. Par respect pour nos quatre collègues qui sont morts. Et aussi par respect pour leurs proches – dont, comme nous le savons tous, vous ne faites pas partie.

Ils en avaient fini pour cette fois, Holman le savait.

— Je peux partir ?

— Vous qui prétendez chercher des réponses, vous ne faites que m'empêcher de les trouver. J'en fais une affaire personnelle.

— Je croyais que vous les aviez déjà.

— Pour la plupart, Holman. Mais là, par votre faute, une porte importante vient de se refermer et je ne sais pas si j'arriverai à la rouvrir.

— De quoi est-ce que vous parlez ?

— Maria Juarez a disparu. Envolée. Elle aurait pu nous dire comment Warren s'y est pris, mais elle a filé et je vous en tiens pour responsable. Donc, si vous avez l'intention de me casser dans l'esprit de votre belle-fille et d'attiser la douleur des familles en les poussant à douter de notre travail, racontez-leur aussi comment vous avez retardé l'enquête à force de faire le con. C'est clair ?

Holman ne réagit pas.

— Ne tirez pas trop sur la corde, mec. Ceci n'est pas un jeu.

Holman ne réagit pas.

Random repartit vers son auto. Vukovich et l'autre type s'étaient déjà volatilisés. La voiture bleue s'en alla. Les trois jeunes du trottoir n'y étaient plus. Holman remonta dans le Highlander et récupéra son portable. Il le colla contre son oreille, mais la ligne était morte. Il ressortit, contourna le quatre-quatre jusqu'à la portière opposée et tâtonna sous le siège. Il inspecta le plancher, la boîte à gants et les rangements de portière, puis le sol et la banquette arrière, au cas où ils auraient dissimulé un micro.

Il ne croyait ni au prétendu souci de protection des familles invoqué par Random, ni même que la police le soupçonnait réellement de chercher à financer ses doses de drogue. Il avait été interpellé et cuisiné par toutes sortes de flics et sentait que quelque chose de plus profond était en jeu. Random cherchait à le mettre sur la touche, mais Holman ne comprenait pas pourquoi.

24

POLLARD ÉTAIT EN ROUTE VERS LE CENTRE pour visiter la scène de crime. Elle avait rattrapé le Hollywood Freeway et s'apprêtait à plonger dans les entrailles de la ville quand elle reçut un coup de fil d'April Sanders.

— Salut, dit Sanders. Tu as bien reçu mon fax ?
— J'allais t'appeler pour te remercier, ma poule. Tu as assuré comme une bête.
— J'espère que tu ne changeras pas d'avis quand je t'aurai raconté la suite. Le LAPD m'a envoyé paître. Pas moyen de récupérer leur dossier.
— Sans blague ! Ils doivent avoir un truc sur le feu.

Pollard était surprise. La brigade des banques du FBI et les services spécialisés du LAPD travaillaient si souvent ensemble sur les mêmes affaires qu'ils partageaient librement leurs informations.

— Je n'ai pas pigé pourquoi ils disaient non, ajouta April. J'ai demandé à Face-de-Pine – George Hines –, tu te souviens ?
— Non.
— Il a dû arriver après ton départ. Bref, je lui dis : Hé, c'est quoi ce truc, je croyais qu'on était comme cul et chemise, que va devenir la coopération entre services ?
— Qu'est-ce qu'il t'a répondu ?

— Que le dossier n'était plus chez eux.

— Comment est-ce qu'il pourrait ne plus être chez eux ? Les braquages, c'est leur rayon.

— C'est ce que j'ai dit. Apparemment, une fois que le dossier a été bouclé, tout est parti en haut lieu. Et moi : Mais chez qui, en haut lieu – le chef, Dieu le père ? Il s'est contenté de me répéter que le dossier n'était plus chez eux et que c'était tout ce qu'il pouvait me dire.

— Comment ce dossier pourrait-il ne plus être aux Vols ? C'était pourtant bien une affaire de vol.

— Si ces mecs savaient faire leur boulot, ils seraient à notre place au lieu d'être à la leur. Je ne sais pas trop quoi te dire.

Pollard roula quelques secondes en silence, pensive.

— Mais ils t'ont dit que l'enquête était close ?

— Mot pour mot. Merde, il faut que je file. Leeds…

Elle raccrocha au nez de Pollard. Si le LAPD avait classé le dossier Marchenko et Parsons, il y avait de fortes chances pour que Richard Holman ait trempé avec Fowler et les autres dans quelque chose de louche. C'était une mauvaise nouvelle pour Holman, mais Pollard en avait déjà d'autres à lui annoncer : la liste des témoins d'April fournissait les noms et coordonnées des trente-deux personnes qui avaient été interrogées par le FBI dans le cadre de l'affaire Marchenko et Parsons. Leyla Marchenko, la mère du braqueur, en faisait partie. En confrontant les trente-deux numéros de téléphone aux deux relevés d'appels de Richard Holman et de Mike Fowler, Pollard avait fait un recoupement : Fowler avait téléphoné deux fois à la mère de Marchenko. Comme un superviseur en uniforme n'avait, en principe, aucune raison légitime de contacter un témoin, elle était désormais à peu près certaine que Fowler s'était adonné à une investigation illégale. Et, par répercussion, le fils de Holman aussi. Pollard n'était pas plus pressée que ça d'en parler à Holman. Elle trouvait profondément émouvant son besoin de croire en son fils.

Elle décrocha du Hollywood Freeway à la hauteur d'Alameda, puis descendit sur Alameda vers le sud en longeant la Los Angeles River. Au carrefour de la Quatrième Rue, elle emprunta le pont du même nom pour passer sur la rive est, un défilé sans fin de quais de triage, d'entrepôts de fret et de dix-huit roues. Pollard n'était venue ici que deux fois, la première dans le cadre d'une cellule spéciale pour démanteler un réseau d'importation de drogue iranienne, et la seconde dans le cadre d'une autre cellule spéciale, chargée de traquer un pédophile qui faisait venir des enfants du Mexique et de Thaïlande. En ce qui concernait l'affaire de stups, Pollard était arrivée sur place après la découverte du corps, mais elle n'avait pas eu autant de chance dans l'enquête sur le pédophile. Elle avait retrouvé les cadavres de trois petits enfants dans une fourgonnette, un garçon et deux filles, et n'en avait pas dormi pendant des semaines. Il ne lui échappait pas qu'une fois encore c'était la mort qui l'attirait sur cette berge. La vue de la Los Angeles River lui donna immédiatement la chair de poule et un début de nausée – peut-être accrue par la conviction qu'elle allait probablement devoir violer la loi.

Pollard était flic ; même si elle avait quitté les Feds huit ans plus tôt, elle avait l'impression de faire encore partie de la communauté de la lutte contre le crime. Elle avait épousé un flic, la plupart de ses amis étaient flics et, comme presque tous les flics de sa connaissance, elle n'avait aucune envie de s'embrouiller avec d'autres flics. Le lit de la Los Angeles River était interdit au public. En franchissant la barrière métallique pour aller inspecter la scène de crime, elle commettrait un délit mineur, mais il fallait absolument qu'elle voie si la description de Holman tenait la route. Il fallait qu'elle le voie de ses yeux.

Elle prit Mission Road et suivit le grillage en dépassant une foule de camions et de manutentionnaires jusqu'à ce qu'elle trouve le portail réservé aux équipes d'entretien. Elle se gara juste à côté, verrouilla sa portière et s'approcha à pied du portail. Une brise sèche soufflait à l'est, chargée de kérosène. Pollard portait un jean et des Nike, et s'était munie d'une vieille paire de gants de protection de Marty au cas où elle devrait grimper. Le portail était fermé à double tour et défendu par une chaîne, ce qui ne la surprit pas. Elle s'attendait aussi que les patrouilles de sécurité aient été renforcées dans le secteur, mais jusqu'ici elle n'avait vu personne. En revanche, si elle avait vaguement espéré jouir d'une vue d'ensemble suffisante en montant sur le pont, elle comprit dès qu'elle fut arrivée au portail qu'elle ne pourrait pas faire l'économie d'une escalade.

Le lit de la rivière était une ample cuvette en béton traversée en son centre par un étroit canal et bordée de hautes berges verticales en ciment, elles-mêmes surmontées d'une clôture métallique et de barbelés. Le pont de la Quatrième Rue était visible du portail, mais pas assez pour qu'elle puisse se faire une image mentale de la scène de crime. Des voitures passaient sur le pont dans les deux sens, des piétons arpentaient les trottoirs. Le soleil vif du matin projetait sous les arches une ombre aiguë qui coupait la rivière en deux. Pollard se dit que tout, dans ce décor, était laid et industriel – le canal en béton, sinistre et sans vie, le filet d'eau bourbeuse qui ruisselait comme un égout, les herbes disparates qui tentaient désespérément de s'échapper des fissures du ciment. C'était un sale endroit pour mourir, et encore pire pour se faire pincer comme un vulgaire zonard quand on était un ex-agent du FBI.

Pollard était en train d'enfiler les gants quand une camionnette blanche qui venait d'émerger d'un quai de chargement tout proche se mit à klaxonner. Elle crut d'abord à une patrouille de sécurité mais constata que le véhicule appartenait à une compagnie de fret. Le chauffeur freina jusqu'à l'arrêt complet à hauteur du portail. Un type entre deux âges, aux cheveux gris coupés ras et au cou adipeux.

— Juste histoire de vous prévenir, dit-il. Vous n'êtes pas censée rester là.

— Je sais. Je suis du FBI.

— Je vous le dis, c'est tout. Il y a eu des meurtres, en bas.

— Je suis là pour ça. Merci.

— Ils ont mis des patrouilles de sécurité.

— Merci.

Pollard aurait voulu que cet homme s'en aille voir ailleurs et lui foute la paix, mais il ne redémarrait toujours pas.

— Vous avez un insigne, quelque chose dans ce genre ?

Elle ôta ses gants et marcha vers la camionnette en le fixant comme elle fixait autrefois les criminels qu'elle s'apprêtait à menotter.

— De quel droit est-ce que vous me demandez ça ?

— Ben, je travaille dans le coin et on nous a demandé d'ouvrir l'œil, c'est tout. Ne le prenez pas mal.

Pollard sortit son portefeuille sans l'ouvrir. Elle avait restitué son insigne et sa carte du FBI – ce que les agents appelaient leurs « fafs » – le jour où elle avait quitté les Feds, mais ce portefeuille était un cadeau de Marty. Il le lui avait acheté à la boutique de souvenirs de Quantico [1] parce qu'il était frappé du sceau du FBI. Pollard continua de vriller un regard dur sur le chauffeur tout en tapotant le portefeuille au creux de sa paume, sans faire le moindre geste pour l'ouvrir mais en lui laissant bien voir l'emblème rouge, blanc et bleu.

— On nous a signalé que quelqu'un faisait descendre des touristes sur la scène de crime. Des touristes, bon sang. Vous êtes au courant ?

— Je n'ai jamais entendu parler de ça.

Pollard le dévisagea comme si elle le soupçonnait d'être l'organisateur de ces visites guidées.

— On nous a parlé d'un type en camionnette blanche.

Le cou adipeux se mit à trembloter : le chauffeur secouait la tête.

— Bon, des camionnettes blanches, il y en a des millions dans le coin. Je ne suis au courant de rien.

Pollard le regarda intensément, comme si sa décision était une question de vie ou de mort, puis rangea son portefeuille à l'arrière de son jean.

— Si vous tenez vraiment à faire de la surveillance, dit-elle, cherchez plutôt une camionnette blanche.

— Bien, madame.

— Dernière chose. Vous travaillez ici la nuit, ou seulement de jour ?

— De jour.

— D'accord, oubliez tout ça. Vous avez raison d'ouvrir l'œil. Et maintenant, circulez et laissez-moi faire mon boulot.

Après que la camionnette se fut éloignée, elle se retourna vers le portail, l'escalada sans peine et s'avança

---

1. Centre de formation du FBI. *(N.d.T.)*

sur la rampe de service. En descendant vers le lit de la rivière, elle eut l'impression de pénétrer dans une tranchée. Les murs de ciment grandirent peu à peu autour d'elle, supprimant la ville de son champ de vision, et bientôt elle n'aperçut plus que le sommet de quelques gratte-ciel du centre.

Le béton, lisse et plat, s'étirait à perte de vue dans les deux sens, et l'air était figé. La brise de kérosène ne descendait pas si bas. Pollard distinguait les ponts de la Sixième et de la Septième Rue au sud, et au nord celui de la Première. Les murs latéraux de ce tronçon de la rivière formaient des parois verticales de six mètres de haut, sans compter la grille qui les coiffait. Ils rappelaient une prison de haute sécurité, et l'objectif était à peu près le même. Ces murs avaient été conçus et bâtis pour contenir la rivière à la saison des pluies. Pendant les pluies, le ruisseau habituellement pathétique qu'était la Los Angeles River sortait à toute allure de son canal et se lançait à l'assaut des murailles comme une bête furieuse, dévorant tout sur son passage. À la seconde où elle quitta la sécurité de la rampe d'accès, Pollard se dit que ces murs seraient peut-être aussi sa prison à elle. Si une vague d'eau faisait tout à coup déborder le canal, elle n'aurait pas l'ombre d'une chance. Si un véhicule de police s'arrêtait au portail, elle n'aurait aucune possibilité de lui échapper.

Elle s'approcha du pont, quittant le soleil pour plonger dans l'ombre. Il y faisait plus frais. Elle avait apporté le plan de la scène de crime paru dans le *Times* et le dessin de Holman, mais n'eut besoin ni de l'un ni de l'autre pour savoir où les agents étaient tombés. Quatre taches luisantes, aux contours incertains, se découpaient au sol sous le pont, toutes plus claires et moins sales que le ciment environnant. C'était la procédure ordinaire. Après que les corps avaient été emportés et que la police avait levé le camp, une équipe des services de décontamination était venue nettoyer le site. Pollard les avait vus une fois à l'œuvre : des granules absorbants étaient répandus pour boire le sang, puis aspirés dans des sacs spéciaux afin d'éliminer tout reste de tissu humain. Les zones souillées étaient ensuite pulvérisées au désinfectant et aspergées de vapeur sous haute pression. Du coup, plus d'une semaine après les faits, à l'emplacement où chaque agent avait rendu l'âme, le sol brillait comme le halo d'un spectre. Pollard se demanda si Holman avait compris la nature de ces formes. Ne voulant pas marcher dessus, elle prit soin de les contourner.

Elle stoppa entre les formes et se retourna vers la rampe d'accès, qui descendait vers elle plein axe à environ quatre-vingts mètres de là. Pollard la voyait parfaitement d'un bout à l'autre, mais il faisait jour et aucun véhicule ne s'interposait entre la rampe et elle. L'obscurité modifiait souvent les perspectives.

Il n'y avait aucune marque susceptible de lui indiquer la position des véhicules des victimes, et elle déplia le plan du *Times*. Les trois autos, situées sous le pont, y dessinaient une espèce de triangle entre le pilier est et le canal proprement dit ; celle qui constituait le sommet du triangle émergeait en partie du pont côté nord. La voiture de la base gauche était entièrement sous le pont, et la dernière était venue compléter la figure en se garant à hauteur de son pare-chocs arrière, à l'oblique et légèrement plus à l'est. Les corps, repérables sur le plan par rapport aux voitures et aux piles du pont, étaient tous désignés par leur nom.

Mellon et Ash étaient tombés ensemble derrière la voiture de patrouille d'Ash – c'est-à-dire le sommet du triangle. Un pack de six Tecate avait été retrouvé sur la malle arrière, avec quatre bouteilles manquantes. L'auto de Fowler – base gauche du triangle – était la plus proche de la rivière, et entièrement sous le pont. Son corps était situé près de l'aile avant droite. Richard Holman s'était écroulé à mi-chemin entre sa propre voiture, qui formait la base droite du triangle, et celle de Fowler. Pollard en conclut que Mellon et Ash étaient arrivés les premiers, d'où le positionnement de leur véhicule à la lisière nord du pont pour laisser de la place aux autres. Fowler était sans doute arrivé en deuxième, et Holman en dernier.

Elle replia le journal et le rangea. Elle balaya du regard les zones karchérisées – les traces ultimes de quatre vies perdues. Mellon et Ash côte à côte, Richard Holman à deux pas de la pile. Elle se trouvait près de Fowler. Elle s'éloigna, tentant de se représenter leurs véhicules et leurs positions respectives au moment où ils avaient été abattus. Si ces quatre agents avaient été surpris en pleine discussion, Fowler et Holman devaient tous les deux être de dos par rapport à la rampe. Fowler peut-être à moitié assis sur son aile avant droite, Holman adossé à la portière de sa voiture – mais rien ne permettait de l'affirmer. Ce qui était sûr, c'est qu'ils tournaient le dos à la rampe et n'avaient rien vu venir. Le meurtrier était arrivé par-derrière.

Pollard se dirigea vers Mellon et Ash et stoppa là où leur auto avait été garée. Eux devaient avoir fait face au sud, tournés vers Fowler. Elle s'imagina adossée contre une voiture, une canette de bière à la main. Mellon et Ash avaient bénéficié d'une vue imprenable sur la rampe.

Elle contourna la pile du pont, cherchant à repérer un autre accès possible plus au nord, mais les murs continuaient de s'étirer à la verticale bien au-delà de la Quatrième Rue. Elle était encore en train de fouiller du regard le nord du lit bétonné quand une sorte de cliquetis se fit entendre au niveau du portail. Elle revint sous le pont et vit Holman descendre la rampe. Son arrivée la surprit. Elle ne lui avait pas dit qu'elle viendrait et ne s'attendait pas du tout à le voir débarquer. Elle était encore à se demander ce qu'il fichait là quand elle réalisa soudain qu'elle avait entendu le bruit du portail. Et qu'elle entendait distinctement crisser ses semelles sur le ciment rugueux. Ils avaient beau être encore séparés par un bon demi-terrain de football, elle l'entendait comme s'il était à deux pas et comprit tout à coup pourquoi. Les parois de béton emprisonnaient les sons comme elles emprisonnaient l'eau ; le bruit aussi était canalisé.

Elle le laissa approcher en silence, attendant qu'il l'ait rejointe pour lui faire part de son avis d'expert.

— Vous aviez raison, Holman. Ils l'auraient entendu venir comme je viens de vous entendre. Ils connaissaient celui qui les a tués.

Il se retourna vers la rampe.

— Il suffit de descendre ici pour voir qu'il n'y a pas d'autre possibilité. Et la nuit, c'est encore plus calme.

Pollard croisa les bras, l'estomac noué. Tout le problème était là – il n'y avait pas d'autre possibilité, et pourtant la police prétendait en voir une autre.

25

POLLARD S'INTERROGEAIT ENCORE quand Holman la tira de ses pensées. Il avait l'air nerveux.

— Dites, on ferait mieux de ne pas trop traîner dans le coin. Il y a beaucoup de monde sur les quais, et quelqu'un pourrait prévenir la police.

— Comment avez-vous su que je viendrais ici ?

— Je ne le savais pas. J'étais là-haut, sur le pont, quand vous avez descendu la rampe. Je vous ai vue sauter le portail.

— Vous étiez là ? C'est tout ?

— Je suis bien venu une dizaine de fois depuis que c'est arrivé. Venez, on remonte. J'allais vous appeler, et...

Mais Pollard n'avait aucune envie de remonter ; elle voulait comprendre pourquoi les inspecteurs avaient fermé les yeux sur une faille de raisonnement aussi béante en menant leur enquête et réfléchissait à ce que Holman venait de lui dire.

— Minute. Vous êtes aussi venu de nuit ?

Il stoppa à la limite du pont, coupé en deux par l'ombre et la lumière.

— Ouais. Deux ou trois fois.

— Et on y voit comment, de nuit ?

— La lune était aux trois quarts pleine le soir de leur mort, avec des nuages épars. J'ai vérifié la météo. Ils auraient pu lire le journal ici.

Il se tourna de nouveau vers le portail.

— Allons-y. Vous pourriez vous faire gauler.

— Vous aussi.

— Je sais ce que c'est. Ça ne vous plairait pas.

— Holman, si vous tenez à m'attendre en haut, allez-y. Il faut que je comprenne ce qui s'est passé ici.

Il ne bougea pas, mais son malaise était perceptible. Pollard se mit à arpenter en cercle le site du massacre, s'efforçant de visualiser les agents et leurs véhicules. Elle les déplaça comme des mannequins de vitrine, en se retournant chaque fois pour scruter la rampe. Elle modifia aussi l'emplacement des voitures – au cas où elle serait passée à côté d'une explication évidente.

— Qu'est-ce que vous faites ? demanda Holman.

— J'essaie de voir comment ils pourraient ne pas l'avoir vu venir.

— Ils l'ont vu venir. Vous venez de me le dire.

Pollard fit le tour de la pile, mais les murs étaient verticaux et le restaient dans les deux sens, à perte de vue. Le seul accès à la berge était cette rampe de service. Elle s'approcha du bord du canal et le sonda du regard. C'était une espèce de rigole profonde d'une soixantaine de centimètres à peine, au fond de laquelle s'écoulait un filet d'eau malpropre. L'assassin avait pu se planquer là-dedans, ou à la rigueur derrière une pile du pont, mais seulement à condition de savoir où et quand attendre les quatre agents, et aucune de ces deux hypothèses ne tenait vraiment debout. C'était trop tiré par les cheveux. Une des règles de base du travail d'enquête disait que l'explication la plus simple était aussi la plus probable. Il y avait à peu près autant de chances pour que l'assassin leur ait tendu un guet-apens ici que pour qu'il leur soit tombé dessus en bondissant du pont à la ninja.

— Vous m'écoutez ? fit Holman.

— Je réfléchis.

— Écoutez-moi. Je suis passé chez Liz ce matin pour récupérer les rapports d'enquête et lui demander pour la nuit de mardi, mais c'était trop tard. Les flics ont fait le ménage sur le bureau de Richie. Les rapports n'y sont plus.

Pollard fit volte-face, surprise.

— Comment ont-ils pu savoir qu'il les avait ?

— Je ne sais pas s'ils sont venus pour ça, mais ils savaient qu'elle m'a donné un coup de main. Ils lui ont raconté qu'ils devaient fouiller dans ses affaires parce que j'y avais touché – comme s'ils cherchaient à comprendre ce que je magouillais. C'est peut-être à ce moment-là qu'ils ont vu les rapports.

— Qui ça, ils ?

— Cet inspecteur dont je vous ai parlé, Random.

— Random ? Ce type des Homicides qui dirige la cellule spéciale ?

— C'est ça. Au moment où je repartais de chez elle, il m'est tombé dessus avec trois autres costards. Ils m'ont dit que Maria Juarez avait filé et que c'était ma faute, mais je ne crois pas qu'ils m'aient contrôlé pour ça. Ils savent qu'on est allés voir la veuve de Mike Fowler et ça ne leur a pas plu. Ils n'ont pas parlé de vous, mais à mon avis ils sont au courant.

Pollard se fichait éperdument de savoir s'ils étaient au courant ou non de ses faits et gestes, mais elle se demanda pourquoi un inspecteur des Homicides avait jugé bon de saisir de vieux rapports d'enquête des Vols sur Marchenko et Parsons. Ces mêmes rapports qui, d'après April, n'étaient plus disponibles à la brigade spéciale des vols parce qu'ils étaient remontés en haut lieu.

Elle pensait connaître la réponse, mais posa tout de même la question :

— Vous avez eu l'occasion de parler aux proches de Mellon et d'Ash ?

— Je leur ai téléphoné après avoir quitté Liz, mais personne ne veut m'écouter. Random est passé les voir, eux aussi. Ils m'ont demandé de laisser la femme de Richie tranquille. Ils m'ont tous dit de lui foutre la paix.

Elle inspira profondément et refit une dernière fois le tour de la scène de crime en secouant la tête, attentive à ne pas marcher sur les zones luisantes. Elle était soulagée que Holman ne l'ait pas interrogée là-dessus.

— Je veux savoir ce qu'il y a dans ces rapports, dit-elle.

— Ils les ont confisqués.

— C'est bien pour ça que je veux savoir ce qu'il y a dedans. Qu'est-ce qu'elle vous a dit pour la nuit de mardi ?

Pollard tournait toujours en rond. Revenue à son point de départ, elle s'aperçut que Holman ne lui avait pas répondu.

— Vous avez pensé à lui poser la question ?

— Elle m'a dit qu'elle avait retrouvé de la terre et de l'herbe sur le tapis de sol de la voiture de Richie.

— Donc, Richie était bien avec Fowler. Et ils ont marché ensemble dans un endroit boueux.

— Apparemment. Vous pensez qu'ils sont venus ici ?

Pollard avait déjà envisagé et éliminé cette hypothèse.

— Je ne vois pas un brin d'herbe et quasiment pas de boue, Holman. Même s'ils s'étaient amusés à patauger dans le canal, ils n'auraient pas pu ramasser la quantité de boue et d'herbe qu'on a retrouvée sur les grolles de Fowler.

Elle regarda la rampe, puis Holman. Toujours à la limite du pont, il était moitié dans la lumière, moitié dans l'obscurité.

— Holman, on n'est pas des Sherlock Holmes, vous et moi, mais on est pile là où ça s'est passé, et il est clair que le tueur n'a pas pu arriver sans être vu. Il ne se planquait pas dans le canal et il n'y a pas eu de guet-apens. Il est descendu par cette rampe et il les a butés. Le premier novice venu vous le dirait. Fowler, votre fils, Mellon et Ash l'ont laissé venir.

— Je sais.

— C'est le problème. Vous et moi, nous ne sommes pas les deux seuls à être capables de voir un truc aussi évident. Les flics qui sont descendus ici l'ont forcément vu aussi. Ils devraient savoir que ces agents ne sont pas tombés dans un guet-apens tendu par Juarez, et c'est pourtant ce qu'ils ont affirmé aux médias. Donc, soit ils refusent l'évidence, soit ils mentent… soit il y a quelque part un élément modérateur susceptible de tout expliquer mais, très franchement, je ne suis pas foutue d'imaginer ce que ça pourrait bien être.

Holman recula vers l'ombre et cessa d'être coupé en deux.

— Je comprends.

Mais Pollard n'était pas sûre qu'il ait compris. Si l'élément modérateur n'existait pas, la police avait menti sur ce qui s'était passé sous ce pont. Elle ne voulait pas s'autoriser à le penser avant d'avoir eu sous les yeux les rapports disparus. Elle conservait vaguement l'espoir qu'une information couchée noir sur blanc viendrait tout arranger.

— Bon, soupira-t-elle, voilà où on en est. J'ai épluché la liste de témoins de l'affaire Marchenko et j'ai confronté leurs numéros de téléphone à ceux des relevés de votre fils et de Fowler. La mauvaise nouvelle, c'est que Fowler a appelé deux fois la mère de Marchenko.

— Ce qui veut dire qu'ils enquêtaient bien sur cette histoire, dit Holman.

— Exact. Mais ça ne nous dit pas s'ils l'ont fait sur des bases officielles ou pour leur propre compte. Il va falloir qu'on rende visite à cette femme et qu'on essaie de savoir ce que lui voulait Fowler.

Holman réfléchit un instant et détourna le regard.

— Demain, peut-être. Je ne peux pas y aller aujourd'hui.

Pollard consulta sa montre, piquée au vif. Alors qu'elle s'humiliait vis-à-vis de sa mère pour qu'elle lui rende service, ce type refusait de se bouger le cul.

— Vous savez, Holman, je n'ai pas la vie devant moi. Et vu que je suis prête à vous aider aujourd'hui, ça serait bien de régler ça tout de suite.

Il pinça les lèvres et rougit. Il faillit dire quelque chose, jeta un bref regard sur la rampe puis se retourna vers Pollard. Son malaise était palpable.

— Vous vous donnez vraiment un mal de chien. Je m'en rends compte, et…

— Alors allons-y.

— Il faut que je passe voir mon patron. Je n'ai pas mis les pieds au boulot depuis une semaine, et il m'a engueulé au téléphone tout à l'heure. Lui aussi a vraiment été chic avec moi, mais Random est allé le trouver. Je ne peux pas me permettre de perdre ce job, agent Pollard. Si je le perds, ma conditionnelle est foutue.

En le voyant se tortiller, elle regretta de l'avoir secoué. Elle se demanda aussi pourquoi Random mettait une telle pression sur un pauvre bougre dont le fils venait de se faire assassiner. Après un nouveau coup d'œil à sa montre, elle se reprocha d'être à ce point esclave de l'horloge.

— Entendu, reportons à demain notre visite à la mère de Marchenko. Je connais un type qui devrait pouvoir nous aider à récupérer les rapports. J'espère qu'il sera capable de m'arranger ça dès aujourd'hui.

Holman se retourna vers la rampe.

— Allons-y, dit-il. Je ne voudrais pas que vous ayez des ennuis.

Ni l'un ni l'autre ne desserra les dents pendant la remontée, mais leurs chaussures crissaient dans le silence. Et, à chaque bruit de pas, Pollard se sentait un peu plus renforcée dans sa conviction que l'enquête autour du massacre des quatre agents avait été bâclée. Il fallait qu'elle découvre la vérité.

Elle pensa à l'inspecteur Random. Il cherchait à verrouiller toutes les sources d'informations de Holman, ce qui n'était jamais une attitude intelligente de la part d'un policier. Elle-même avait eu affaire à toutes sortes de journalistes et de proches hyper angoissés au cours de ses enquêtes, et les tenir à l'écart s'était toujours avéré la pire des solutions. Random le savait sûrement aussi bien qu'elle, mais il tenait tellement à protéger quelqu'un ou quelque chose qu'il était prêt à courir le risque.

C'était un mauvais calcul. Pollard avait décidé de découvrir ce qu'il cherchait à protéger et rien ne l'arrêterait.

26

POLLARD LAISSA HOLMAN au bord de la Los Angeles River mais n'alla pas bien loin. Après avoir repris en sens inverse le pont de la Quatrième, elle repartit au nord sur Alameda jusqu'à Chinatown et mit le cap sur la tour de verre qui abritait le siège central de la Pacific West Bank. Elle ne voyait plus qu'un seul moyen d'accéder aux documents saisis par Random au domicile de Richard Holman et c'était là qu'il se trouvait – à condition qu'elle réussisse à le mettre en œuvre.

N'ayant plus le numéro de la banque, elle appela les renseignements et fut mise en relation avec une standardiste de la Pacific West.

— J'aimerais parler à Peter Williams, dit-elle. Il est toujours chez vous ?

Il faudrait aussi qu'il se souvienne d'elle douze ans après.

— Oui, madame. Voulez-vous que je vous passe sa secrétaire ?

— S'il vous plaît.

Une deuxième voix prit la ligne.

— Bureau de M. Williams, j'écoute.

— Je suis Katherine Pollard et je voudrais lui parler. Agent spécial Pollard, du FBI.

— Ne quittez pas, s'il vous plaît, je vais voir.

Le coup de filet le plus spectaculaire de Pollard, du temps où elle opérait à la brigade des banques, avait été l'arrestation du gang dit des « Premières Lignes », une bande de truands arméniens composée de Lyle et de Jamison Bepko, de leur cousin Andre Bepko et d'un complice nommé Vlad Stepankutza. C'était Leeds qui les avait affublés de ce surnom avant qu'ils aient été identifiés en raison de leur poids : Andre Bepko, le plus léger de la bande, avait tout de même accusé cent trente-deux kilos sur la balance de l'Identification. L'aiguille était montée à cent quarante pour Stepankutza ; et pour les frères Lyle et Jamison, elle avait affiché respectivement cent cinquante-huit et cent cinquante-neuf kilos. Les Premières Lignes avaient attaqué seize agences de la Pacific West en deux semaines – et failli mener l'enseigne au dépôt de bilan.

La bande se composait de quatre braqueurs opérant en solo, mais de façon simultanée. Ils arrivaient ensemble dans l'agence, se plaçaient chacun dans la queue d'un guichet et intimidaient les autres clients jusqu'à ce qu'on leur laisse la place. Ils se retrouvaient aux caisses en même temps, de manière à former une muraille humaine devant le comptoir, et lançaient alors leurs ultimatums. Les Premières Lignes n'étaient pas du genre à chuchoter ou à glisser discrètement des petits messages comme la plupart de leurs confrères ; ils hurlaient, insultaient et souvent empoignaient ou frappaient les caissières, apparemment sans se soucier d'ameuter la terre entière. Chacun d'eux se contentait de rafler l'argent de sa caisse, et jamais ils n'avaient essayé de se faire ouvrir le coffre. Dès que c'était fait, ils se repliaient groupés, en écartant clients et employés à coups de poing et à coups de pied. Les Premières Lignes avaient dévalisé quatre agences de la Pacific West le jour de leur entrée en activité. Trois jours plus tard, ils s'en étaient payé trois autres. Le feuilleton avait duré deux semaines, répandant sur les ondes télévisées du soir un frisson de terreur qui s'était vite transformé en cauchemar pour les relations publiques de la Pacific West Bank, une petite chaîne régionale d'à peine quarante-deux agences.

Leeds avait confié l'affaire à Pollard après la première série de hold-up. Dès la deuxième, elle s'était fait une idée assez nette de la manière dont elle allait identifier ses braqueurs et boucler l'enquête. Primo, les Premières Lignes ne s'en prenaient qu'à des agences de la Pacific West Bank, ce qui suggérait la présence d'un complice à l'intérieur de la banque, probablement mû par un désir de vengeance – ces types ne se contentaient pas de voler de l'argent, ils cherchaient à détruire l'image de la Pacific West. Secundo, les caissières de la Pacific West étaient formées à glisser des liasses piégées dans le contenu de leur caisse en cas de hold-up. Or, les Premières Lignes reconnaissaient et éliminaient systématiquement ces liasses avant de quitter le guichet. Tertio, à partir du moment où ils avaient atteint leur guichet et réclamé le fric, les Premières Lignes ne s'attardaient jamais plus de deux minutes dans l'agence. Pollard en tira la conclusion qu'un employé bien informé de la Pacific West les avait mis au parfum concernant les liasses piégées et la fameuse règle des deux minutes. Ayant jugé la piste de la vengeance prioritaire, elle commença par passer en revue les employés susceptibles d'en vouloir à la banque. Le matin du jour où les Premières Lignes projetaient de commettre leurs hold-up numéros quinze et seize, April Sanders et elle allèrent interroger une certaine Kanka Dubrov, une femme d'âge moyen qui avait récemment été virée de son poste de directrice adjointe à l'agence de Glendale de la Pacific West. Pollard et Sanders n'eurent besoin de recourir ni à la torture ni au sérum de vérité : dès la seconde où elles mirent leurs insignes sous le nez de Mme Dubrov en disant qu'elles avaient quelques questions à lui poser sur les récents braquages, Kanka fondit en larmes. Vlad Stepankutza était son fils.

Plus tard dans la journée, à leur retour chez eux, Stepankutza et ses comparses furent cueillis par Pollard, Sanders, trois inspecteurs du LAPD, et l'équipe tactique du SWAT qui avait été déployée en renfort pendant l'interpellation. En compagnie du directeur général, le directeur des opérations de la banque, un certain Peter Williams, avait par la suite solennellement remis à Pollard le grand prix du Mérite de la Pacific West Bank.

— Ici Peter. Katherine, c'est vous ?

Le ton était bon. Il semblait content de l'entendre.

— En personne. Je n'étais pas sûre que vous vous rappelleriez.

— Je ne suis pas près d'oublier ces monstres obèses qui ont failli nous faire mettre la clé sous la porte. Vous savez comment on vous a surnommée après leur arrestation ? « Kat la Tombeuse de Géants ».

Excellent, se dit Pollard.

— Peter, il faudrait que je vous voie cinq minutes. Je suis à Chinatown. Vous auriez un petit créneau pour moi ?

— Tout de suite ?

— Oui.

— Je peux vous demander de quoi il s'agit ?

— De Marchenko et Parsons. J'ai besoin d'en discuter avec vous, mais je préfère que ce soit de vive voix. Ça ne sera pas long.

Un silence s'ensuivit. Elle espéra qu'il consultait son agenda.

— Bien sûr, Katherine. C'est possible. Quand pouvez-vous être là ?

— Dans cinq minutes.

Elle laissa sa voiture au parking souterrain de la tour et monta en ascenseur au dernier étage. Elle était anxieuse et agacée d'avoir laissé entendre à Williams qu'elle était toujours au FBI. Elle n'aimait pas mentir mais avait trop peur que la vérité ne lui permette pas d'arriver à ses fins. Et si Williams l'envoyait paître, elle perdrait son dernier espoir de récupérer les rapports que Random cherchait à leur soustraire.

En émergeant de l'ascenseur, elle constata que Peter avait pris du galon. Une plaque de cuivre terni le présentait comme le P-DG de la banque. Elle voulut y voir un coup de pouce du destin – quitte à mentir, autant servir son boniment au patron.

Peter Williams était un homme sur la fin de la cinquantaine, petit, svelte, dégarni et bronzé comme un joueur de tennis. Il parut sincèrement content de la revoir et l'introduisit dans son bureau pour lui faire profiter de la vue panoramique dont il jouissait sur la totalité du bassin de Los Angeles. Il ne se réfugia pas derrière sa table. Il l'entraîna vers un mur couvert de photos et de diplômes encadrés. Il lui indiqua un des clichés, en haut à droite.

— Vous voyez ? C'est vous.

La photo montrait Peter en train de lui remettre le grand prix du Mérite de la Pacific West, douze ans plus tôt. Pollard était beaucoup plus jeune. Et plus mince.

Il l'invita à prendre place sur le canapé et s'assit dans un fauteuil club en cuir.

— Eh bien, agent Pollard... Que puis-je faire pour la Tombeuse de Géants après tant d'années ?

— Je ne suis plus au FBI, Peter. C'est pour ça que j'ai besoin de votre aide.

En le voyant se raidir, elle s'empressa de le gratifier de son plus charmant sourire.

— Je ne suis pas ici pour solliciter un prêt. Rien de ce genre.

Il éclata de rire.

— Les prêts, c'est facile. Que puis-je pour vous ?

— Je postule auprès d'une boîte privée pour être engagée comme responsable de la sécurité. Les braqueurs qui ont le plus fait parler d'eux ces temps derniers sont Marchenko et Parsons, et j'ai besoin de leur montrer que je connais leur histoire sur le bout des doigts.

Peter eut un hochement de tête approbateur.

— Des putains d'animaux.

— Il faudrait que je connaisse tous les détails du contexte de l'affaire, mais le LAPD refuse d'ouvrir ses dossiers aux civils.

— Vous êtes une ancienne du FBI.

— Je peux les comprendre. On leur demande de suivre le règlement au pied de la lettre, c'est encore pis chez les Feds. Leeds ne supporte pas de voir un agent passer dans le privé. Il nous considère comme des traîtres. Mais traître ou pas, j'ai deux mômes à nourrir et il me faut ce poste. Si vous pouviez m'aider, j'apprécierais.

Pollard s'arrêta là. Elle estimait avoir bien joué le coup en lui laissant subtilement entendre que le bien-être de ses enfants était suspendu à sa bonne volonté. La plupart des grandes chaînes bancaires possédaient leur propre service de sécurité, qui travaillait main dans la main avec les autorités pour identifier, localiser et appréhender les braqueurs ainsi que pour prévenir ou déjouer les futures tentatives de hold-up. À cette fin, les banques et les services de police s'échangeaient librement leurs informations selon un processus évolutif qui se mettait en branle dès l'attaque initiale ; des éléments recueillis lors de l'attaque numéro deux, six ou neuf pouvaient fort bien aider la police à capturer les braqueurs au moment de l'attaque numéro douze, seize ou vingt-sept, ou aider les banques à empêcher qu'elles aient lieu. Pollard le savait, ayant elle-même été partie intégrante du processus. Les infos dont disposait le service de sécurité de la Pacific West sur Marchenko et Parsons provenaient très vraisemblablement, pour tout ou partie, des rapports d'enquête du LAPD. La banque n'en avait peut-être pas reçu la totalité, mais il se pouvait qu'elle ait conservé une partie de ces documents, même sous une forme abrégée.

Peter fronça les sourcils. Elle sentit qu'il réfléchissait.

— Vous savez, finit-il par dire, nous sommes liés à la police par des accords de confidentialité.

— Je sais. Je vous ai demandé moi-même de signer un formulaire de ce type quand je profilais le gang des Premières Lignes et que je vous ai remis nos transcriptions d'interrogatoire. En mains propres.

— Tous ces documents sont censés être strictement réservés à notre usage interne.

— Si vous préférez que je les lise dans les locaux de votre service de sécurité, ça me va tout à fait. Rien ne sortira de chez vous.

Pollard soutint un moment son regard avant de lever les yeux sur la photo de Kat la Tombeuse de Géants, qu'elle étudia plusieurs secondes avant de se tourner à nouveau vers lui.

— Et si vous tenez à me faire signer un accord de confidentialité, bien sûr, je ne demande pas mieux.

Elle le fixa de plus belle.

— Je ne sais pas, Katherine.

Pollard sentit que tous ses efforts risquaient de passer à la trappe et eut soudain peur que l'idée ne lui vienne de solliciter la permission du LAPD. Son service de sécurité était en contact quasi quotidien avec des inspecteurs des Vols et des agents du FBI. Si quelqu'un de la brigade spéciale des vols s'apercevait qu'elle cherchait à contourner la fin de non-recevoir que lui avait opposée la police, elle l'aurait dans l'os.

Après avoir lancé un ultime coup d'œil à la photo, elle tira sa dernière cartouche.

— Ces fumiers seront dehors dans deux ans.

Peter eut un haussement d'épaules qui n'était pas de bon aloi.

— Écoutez... Vous n'avez qu'à laisser vos coordonnées à mon assistante. Je vais y réfléchir, et je vous rappellerai.

Il se leva, et Pollard fit de même. Elle ne voyait rien d'autre à dire. Il la raccompagna. Elle donna son numéro à son assistante puis redescendit seule en ascenseur, à peu près aussi enthousiaste qu'un vendeur de brosses à reluire qui vient de boucler sa tournée du jour.

Elle regrettait ses fafs – l'écusson et la carte qui attestaient son statut d'agent du FBI. Ils lui avaient autrefois donné le poids et l'autorité morale indispensables pour poser des questions et exiger qu'on lui réponde ; elle n'avait jamais hésité ni à frapper à une porte, ni à formuler une question, et les réponses étaient presque toujours venues. Non, elle était encore en dessous du vendeur de brosses à reluire. Elle se sentait comme un pique-assiette qui profite d'un dîner en ville pour barboter quelques morceaux de sucre. Elle n'était plus rien.

Elle repartit vers la Simi Valley pour préparer le dîner de ses gosses.

27

HOLMAN VIT LA VOITURE DE POLLARD s'éloigner de la rivière dans une sorte de torpeur. Il ne lui avait pas révélé la vraie raison de sa présence sur le pont : il était en route vers le garage de Chee. Et il avait menti en racontant qu'il y était revenu dix fois : c'était plutôt vingt ou trente. Il se retrouvait ici plusieurs fois par jour et au moins deux ou trois fois par nuit. Parfois, il avait l'impression de s'être endormi au volant et que c'était sa voiture qui l'y avait ramené. Il n'escaladait pas toujours le portail. La plupart du temps, il se contentait de franchir le pont sans s'arrêter mais, à d'autres moments, il se garait un peu plus loin, revenait à pied et se penchait au maximum au-dessus du parapet pour observer sous tous les angles les terribles formes qui luisaient sur le ciment. Holman lui avait caché la vérité sur ses visites et savait qu'il ne pourrait jamais parler à quiconque des minutes atroces qu'il avait passées à contempler ces formes scintillantes de lumière.

À force de penser à tout ce que Pollard lui avait dit, il décida de ne pas aller trouver Chee. Il faudrait qu'il lui parle, mais mieux valait le laisser en dehors de ce qui allait se passer.

Il reprit la route de Culver City et l'appela sur son portable.

— Holman ! Ça gaze, mec ? Alors, comment tu trouves la caisse ?

— Franchement, j'aurais préféré que tes gars n'aillent pas secouer le vieux, Chee. Ça me met dans une sale situation.

— Mec, s'il te plaît ! Cet empaffé te taxe vingt dollars par jour pour une poubelle qui est un aimant à flics, quelqu'un dans ta situation ! Il savait ce qu'il faisait, Holman, on pouvait quand même pas le laisser s'en tirer comme ça.

— C'est un vieil homme, Chee. On s'était mis d'accord, lui et moi. Moi aussi, je savais ce que je faisais.

— Tu savais que cette merde était recherchée de partout ?

— Non, mais là n'est pas la question…

— Tu veux quoi, que je lui envoie des fleurs ? Ou peut-être un petit mot d'excuse ?

— Non, mais…

Holman sentit que la conversation n'allait nulle part et regretta d'avoir levé ce lièvre. Il avait des questions plus importantes à aborder avec son ami.

— Écoute, je ne te demande rien du tout. Je tenais juste à t'en parler, voilà. Je sais que tu as cru bien faire.

— Je suis avec toi, vieux frère, n'oublie jamais ça.

— Il y a autre chose. J'ai entendu dire que Maria Juarez avait disparu.

— Elle n'est plus chez ses cousins ?

— Non. Les flics ont lancé un mandat, et ils disent que c'est ma faute si elle a filé. Tu pourrais te renseigner ?

— Si tu veux. Je vais voir. Tu as besoin d'autre chose ?

Il avait effectivement besoin de quelque chose, mais ce n'était pas Chee qui pouvait le lui procurer.

— Dernier point, dit-il. Tout à l'heure, des flics sont venus me faire chier à propos de Juarez. Ils sont aussi passés te voir ?

— Pourquoi est-ce qu'ils passeraient me voir ?

Holman expliqua que Random avait cité son nom. Chee mit un moment à répondre.

— Je n'aime pas ça du tout, mec, fit-il à mi-voix.

— Moi non plus, je n'aime pas ça. Je ne sais pas s'ils me filent ou si mon téléphone est sur écoutes, mais ne m'appelle plus chez moi. Uniquement sur le portable.

Holman reposa son téléphone sur le fauteuil passager et traversa la ville en silence. Il mit presque une heure à regagner Culver City. La circulation coagulait toujours en fin de journée, quand les gens ordinaires sortaient du boulot. Il craignit un moment d'arriver en retard mais réussit à atteindre l'imprimerie quelques minutes avant l'heure du changement d'équipe.

Il n'entra pas sur le parking : il n'avait aucune intention de voir Tony Gilbert. Il se gara en stationnement interdit le long du trottoir opposé et attendit qu'il soit cinq heures au volant de son quatre-quatre. C'était l'heure de la débauche pour l'équipe de jour.

Il contempla un instant les aiguilles figées de la montre de son père. Peut-être était-ce pour cela qu'il la portait – le temps n'avait aucun sens. Il regarda ensuite les minutes s'égrener sur la pendule du tableau de bord.

À cinq heures pile, des hommes et des femmes commencèrent à quitter l'imprimerie et à se disperser sur le parking en direction de leurs véhicules. Holman vit Gilbert rejoindre une Cadillac et les deux filles du bureau s'installer dans une Subaru. Trois minutes plus tard, Pitchess quitta le bâtiment à son tour et monta à bord d'une vieille Dodge Charger presque aussi pourrie que la Mercury de Perry.

Il attendit que Pitchess soit sorti du parking et se fondit dans le trafic derrière lui en prenant soin de laisser quelques voitures entre eux. Il fila la Dodge sur plus d'un kilomètre pour être sûr et certain qu'il n'y avait plus aucun employé de l'imprimerie en vue. Il accéléra pour dépasser les véhicules qui le séparaient de la Dodge et se rabattit juste derrière Pitchess.

Holman klaxonna et vit l'ancien taulard lever les yeux vers son rétroviseur, sans ralentir.

Il klaxonna de plus belle et, au moment où Pitchess regardait, lui fit signe de s'arrêter.

Cette fois, Pitchess comprit le message et s'engagea sur le parking d'un Safeway. Il stoppa près de l'entrée principale du supermarché mais resta dans sa voiture. Ce fils de pute a la trouille, pensa Holman.

Il se gara derrière lui, mit pied à terre et s'approcha de la Dodge. Pitchess abaissa la vitre de sa portière.

— Tu peux m'avoir un calibre ? demanda Holman.

Pitchess sourit.

— J'étais sûr qu'on se reverrait, mon pote.
— Tu peux m'avoir un calibre, oui ou non ?
— Tu as la thune ?
— Ouais.
— Je peux t'avoir tout ce que tu veux. Monte.

Holman contourna la Dodge et s'assit à côté de lui.

28

QUAND HOLMAN RENTRA AU MOTEL, en fin de soirée, la place de parking habituelle de Perry était vacante ; sa Mercury n'y était plus.

Esquivant les gouttelettes qui ruisselaient des climatiseurs des fenêtres, il entra comme d'habitude par la porte principale. Il était presque dix heures mais Perry était encore à son bureau, les pieds sur la table et un magazine entre les mains.

Holman décida de filer droit vers l'escalier sans lui adresser la parole, mais le vieil homme abaissa son magazine avec un grand sourire.

— Hé, Holman, vos copains sont revenus tout à l'heure ! Faut croire que vous leur avez bien remis les points sur les i. Merci.

— Bien. Tant mieux si ça s'est arrangé.

Il ne tenait pas à en entendre parler pour le moment. Tandis qu'il poursuivait sa marche vers l'escalier, Perry pivota sur son fauteuil et jeta les deux pieds au sol.

— Hé, attendez un peu, on n'est pas aux pièces ! C'est quoi dans ce sac, votre dîner ?

Holman stoppa mais garda son sachet en papier de la supérette Ralph's le long de sa cuisse, comme si de rien n'était.

— Ouais. Bon, il fait frisquet.

Perry posa son magazine et lui sourit si largement que ses lèvres se retroussèrent sur ses gencives.

— Si vous avez envie d'une bière pour accompagner ça, je dois en avoir deux ou trois au frais. On pourrait peut-être dîner ensemble, ce genre-là.

Holman hésita. Il ne voulait ni paraître grossier ni se coltiner Perry. Simplement monter son sac.

— C'est juste un reste de nouilles sautées. J'ai déjà presque tout mangé.

— Ça n'empêche pas qu'on se prenne une bière.

— Je ne bois plus, vous vous souvenez ?

— Ouais. Bon, j'essayais juste de vous remercier. Quand j'ai vu revenir ces gars, je me suis dit : merde, ils vont m'étriper.

Holman eut envie d'en savoir un peu plus. Et plus tôt Perry aurait parlé, plus vite il pourrait rejoindre sa chambre.

— Je ne suis pas au courant, dit-il.

— En tout cas, vous avez dû trouver les mots qu'il fallait. La Mercury n'est plus là, vous avez remarqué ?

— Ouais.

— Ils vont me la réparer, histoire de se faire pardonner. Redresser la tôle froissée, décaniller toute cette rouille qui est en train d'attaquer les phares et remettre un bon coup de barbouille. Ils m'ont dit qu'ils me la ramèneraient comme neuve.

— C'est super, Perry.

— Putain, j'apprécie. Merci, Holman.

— Pas de problème. Bon, il faut que je monte ça.

— Vous gênez pas, chef, c'était juste pour vous mettre au courant. Et si vous changez d'avis pour la bière, vous n'aurez qu'à frapper.

— Bien sûr, Perry. Merci.

Holman rejoignit sa chambre mais laissa la porte ouverte. Il coupa l'air conditionné pour éliminer le bruit de soufflerie, puis revint sur le seuil. Il entendit Perry verrouiller l'entrée principale du motel, se déplacer dans le hall en éteignant les lampes et regagner sa propre chambre. Quand la porte de Perry eut claqué, il ôta ses chaussures, marcha sur la pointe des pieds jusqu'au bout du couloir et ouvrit le placard où Perry rangeait ses serpillières, ses savonnettes et ses produits d'entretien. Il lui était déjà arrivé de venir y prendre du produit à vaisselle ou un déboucheur.

Outre les produits d'entretien, Holman avait remarqué la présence d'un robinet d'arrêt accessible par une trappe rectangulaire aménagée tout en bas dans le mur, entre deux poteaux de ciment. Il glissa son sac à l'intérieur de l'orifice, sous le robinet. Il ne voulait pas garder le pistolet dans sa chambre, ni dans sa voiture. Si les flics avaient trouvé quoi que ce soit dans le Highlander ce matin, il aurait déjà été de retour dans une cellule fédérale.

Il referma soigneusement le placard et revint à sa chambre. Il était trop vanné pour prendre une douche. Il fit un brin de toilette dans le lavabo, rebrancha l'air conditionné et se mit au lit.

Quand Holman avait commencé à mettre en doute la façon dont les flics expliquaient la mort de Richie, il avait d'abord cru à de l'incompétence ; il était désormais certain d'avoir affaire à un assassinat et à une affaire d'association de malfaiteurs. Richie et ses amis avaient peut-être tenté de mettre la main sur les seize millions disparus, mais ils n'étaient sûrement pas les seuls en cause. Et, vu le secret qui avait toujours entouré la disparition de ce pactole, seuls des policiers pouvaient être au courant de son existence.

Il tâcha de visualiser seize millions de dollars en cash mais n'y parvint pas. Le plus gros butin qui lui soit passé entre les mains s'élevait à trois mille deux cents dollars. Il se demanda si une aussi grosse somme était transportable par un seul homme. Et si elle tiendrait dans un coffre de voiture. Certaines personnes feraient n'importe quoi pour une fortune pareille. Il se demanda si Richie en faisait partie, mais la question fit naître une telle douleur dans sa poitrine qu'il s'efforça aussitôt de la chasser de son esprit.

Il se concentra sur Katherine Pollard et les sujets qu'ils avaient abordés sous le pont. Elle lui plaisait, et ça le gênait de l'avoir mêlée à toute cette histoire. Il se dit qu'il aurait peut-être aimé la connaître un peu plus, mais il ne fallait pas trop rêver. Il avait un calibre, maintenant. Il espérait ne pas avoir à s'en servir tout en sachant qu'il n'hésiterait pas à le faire, même si ça impliquait de retourner en taule. Il s'en servirait dès qu'il aurait mis la main sur l'assassin de son fils.

29

LE LENDEMAIN MATIN, Pollard appela Holman pour le prévenir qu'elle leur avait arrangé un rendez-vous avec Leyla Marchenko. Celle-ci vivait à Lincoln Heights, non loin de Chinatown ; elle passerait donc le prendre à Union Station et ils feraient la route ensemble.

— Voilà le topo, Holman : cette femme ne peut pas blairer les flics, et je lui ai raconté qu'on était journalistes.

— Je ne connais rien à ce métier.

— Il n'y a rien à savoir. Elle déteste la police, ça sera notre ticket d'entrée. Je lui ai dit qu'on préparait un papier sur la façon dont les flics l'ont traitée pendant leur enquête sur son fils. C'était la seule solution pour qu'elle accepte de nous parler.

— Bon. D'accord.

— Je devrais peut-être y aller sans vous. Ça ne m'apportera rien de vous traîner là-bas comme un boulet.

— Non, non, je veux venir.

Holman était déjà assez embarrassé de la faire bosser à l'œil ; il ne voulait pas qu'elle pense en plus qu'il lui laissait faire tout le boulot.

Après une douche rapide, il attendit que Perry ait

commencé à arroser son trottoir pour retourner au placard. Il avait passé la nuit à se retourner dans son lit, regrettant de s'être adressé à Pitchess pour se procurer le flingue. Pitchess savait désormais qu'il était armé et, s'il se faisait pincer pour une raison quelconque, il n'hésiterait pas à le balancer pour sauver sa peau. Holman savait avec certitude que Pitchess se ferait pincer, parce que les types dans son genre se faisaient toujours pincer. Ce n'était qu'une question de temps.

Il tenait à vérifier que sa cachette était bonne à la lumière du jour. Le robinet d'arrêt et la partie visible des tuyaux étaient recouverts d'une couche épaisse de poussière et de toiles d'araignée ; il était peu probable que Perry ou quelqu'un d'autre s'amuse à aller farfouiller à l'intérieur de la trappe. Holman était rassuré. Si Pitchess le dénonçait, il nierait en bloc et les flics seraient obligés de retrouver l'arme. Après avoir remis le seau à serpillière et le balai devant le robinet, il partit retrouver Pollard.

La vieille gare d'Union Station lui avait toujours plu, même si elle n'était qu'à un bloc d'une prison. Il aimait bien son côté vieille mission espagnole, le stuc, les tuiles et les arches, car ça lui rappelait les origines de la ville, à la grande époque du Far West. Enfant, Holman adorait regarder des westerns à la télé – c'était même la seule activité qu'il se rappelait avoir partagée avec son père. Le vieux l'amenait quelquefois sur Olvera Street, rien que pour reluquer les Mexicains qui s'y baladaient sapés comme des *vaqueros* à l'ancienne. Ils s'achetaient des *churros* et traversaient ensuite la rue pour aller voir les trains à Union Station. Tout lui paraissait être à sa place – Olvera Street, les *vaqueros*, Union Station – dans ce lieu qui était le berceau de Los Angeles. Sa mère, elle, ne l'y avait conduit qu'une fois, la fameuse fois. Elle l'avait emmené dans le grand hall, avec son plafond vertigineux, et ils s'étaient assis sur un de ces longs bancs de bois où les gens attendaient. Elle lui avait payé un soda et un Chupa Chup. Holman avait cinq ou six ans, par là ; au bout de quelques minutes, elle lui avait demandé d'attendre pendant qu'elle allait aux toilettes, et elle était partie. Il avait attendu cinq heures. Son père avait fini par le récupérer au bureau d'accueil de la gare parce qu'elle n'était toujours pas revenue. Elle était morte deux ans après, et son vieux avait fini par lui avouer qu'elle avait essayé de l'abandonner. Elle était montée dans un train, mais elle n'était pas allée plus loin qu'Oxnard avant de se dégonfler. C'était ce qu'il avait dit – qu'elle s'était dégonflée. Holman continuait quand même à bien aimer Union Station.

Il se gara sur le parking attenant à la gare et revint devant l'entrée principale. Pollard passa le prendre peu après et ils redémarrèrent en direction de Lincoln Heights. Ils n'étaient qu'à quelques minutes de route.

La mère d'Andre Marchenko vivait dans un quartier minable, entre Main et Broadway, près de Chinatown. Les maisons étaient minuscules et mal entretenues parce que leurs habitants n'avaient pas de fric. Deux ou trois générations s'entassaient souvent dedans, et parfois plusieurs familles, qui arrivaient péniblement à joindre les deux bouts en y mettant tout ce qu'elles pouvaient. Holman, qui avait grandi dans un quartier semblable, trouva la rue déprimante. Du temps où il était cambrioleur, il avait toujours ignoré ce genre de quartier parce qu'il savait qu'il n'y avait rien à voler chez ces gens-là.

— Bon, dit Pollard après s'être garée, écoutez-moi. Elle devrait commencer par une tirade contre ces salauds de flics qui ont assassiné son fils, et on se contente de l'écouter. Laissez-moi la ramener sur Fowler.

— C'est vous le chef.

Elle tendit le bras vers la banquette arrière et attrapa une chemise cartonnée qu'elle plaça sur les genoux de Holman.

— Prenez ça. C'est là, sur la droite. Essayez de vous mettre dans la peau d'un journaliste.

Leyla Marchenko, petite et obèse, avait un visage large de Slave, fendu par deux petits yeux et une bouche étroite. Elle était vêtue d'une épaisse robe noire et chaussée de pantoufles pelucheuses. Elle commença par entrouvrir sa porte. Holman lui trouva l'air suspicieux.

— Vous êtes les gens du journal ?
— C'est ça, dit Pollard. On s'est parlé au téléphone.
— On est des journalistes, ajouta Holman.

Pollard se raidit en faisant entendre un raclement de gorge, mais Mme Marchenko ouvrit entièrement sa porte et les pria d'entrer.

Son salon, plus petit que le studio de Holman, était garni de meubles ringards, récupérés dans des vide-greniers et autres dépôts-ventes. Il n'y avait pas de climatisation. Trois ventilateurs de table touillaient l'air brûlant en pivotant sur leur axe. Un quatrième était paralysé dans un angle ; sa grille de sécurité, à moitié décrochée, pendait sous les pales. Les ventilateurs exceptés, ce décor rappela à Holman de mauvais souvenirs et le mit d'emblée mal à l'aise. Cet espace confiné avait tout d'une cellule. Il mourait déjà d'envie de s'en aller.

Mme Marchenko s'écroula dans un fauteuil comme un poids mort. Pollard prit place sur le canapé et Holman s'assit à côté d'elle.

— Bien, madame Marchenko, attaqua Pollard. Comme je vous l'ai expliqué au téléphone, nous préparons un article sur la brutalité du traitement que la police vous a réservé dans…

Elle n'eut pas besoin d'en dire plus. Mme Marchenko devint écarlate et se lança dans sa complainte.

— Ils ont été méchants, grossiers. Ils sont entrés et ils ont fouillé partout alors que j'étais toute seule, moi, une pauvre vieille dame. Ils ont cassé une lampe dans ma chambre. Ils ont fait tomber mon ventilateur…

Elle indiqua l'appareil hors d'usage.

— … Ils ont débarqué chez moi, j'ai même pensé qu'ils allaient me violer. J'ai pas cru un mot de ce qu'ils disaient et j'y crois toujours pas. Mon Andre a pas commis tous ces crimes, peut-être le dernier, mais pas les autres. Ils l'ont accusé pour pouvoir dire qu'ils avaient résolu toutes ces affaires de hold-up. Ils l'ont assassiné. Ce monsieur de la télé, il a bien dit qu'Andre essayait de se rendre quand ils l'ont tué. Ils ont paniqué, c'est ce qu'il a dit. Et après leur bavure, ils ont inventé ces horribles mensonges pour se couvrir. Je vais porter plainte contre la ville. Je vais les faire payer.

Les yeux de la vieille dame avaient rougi au même rythme que ses joues, et Holman se surprit à contempler le ventilateur cassé. C'était moins dur à regarder que la douleur de cette femme.

— Max ?
— Quoi ?
— Le dossier ? Vous pouvez me passer le dossier, s'il vous plaît ?

Pollard attendait, la main tendue. Holman lui remit la chemise. Elle en tira une feuille de papier qu'elle tendit à Mme Marchenko.

— J'aimerais vous montrer quelques photos. Reconnaissez-vous un de ces hommes ?

— C'est qui ?

— Des policiers. Est-ce que l'un d'eux est venu vous voir ?

Après avoir découpé les photos de Richie, de Fowler et des autres dans le journal, Pollard les avait scotchées sur une feuille. Une sacrée bonne idée, songea Holman. Il n'y aurait sûrement pas pensé.

Mme Marchenko examina les portraits, tapota de l'index celui de Fowler.

— Celui-là, peut-être. Il était pas en uniforme. Il portait un complet.

Holman observa discrètement Pollard, qui ne manifesta aucune réaction. L'information était décisive. Fowler s'était présenté en civil parce qu'il voulait qu'on le prenne pour un inspecteur.

— Et les autres ? interrogea Pollard. Est-ce que l'un d'eux est aussi venu vous voir, que ce soit avec cet homme ou à un autre moment ?

— Non. Il y en avait un autre avec lui, mais vous avez pas sa photo.

Ce fut au tour de Pollard de chercher le regard de Holman, lequel haussa les épaules. Il se demanda qui pouvait être ce cinquième homme et si cette vieille dame n'était pas en train de s'égarer.

— Vous êtes sûre que ce n'était pas un de ces types ? intervint-il. Si vous jetiez encore un coup d'œil ?

Mme Marchenko, agacée, plissa les yeux.

— Pas besoin de vérifier. Il y en avait un autre, mais rien à voir avec ceux-là.

Pollard s'éclaircit la voix et prit le relais. Holman lui en fut reconnaissant.

— Vous vous souvenez de son nom ?

— J'ai pas fait attention à ces salauds. Je saurais pas vous dire, non.

— Grosso modo, ils sont venus quand ? Il y a combien de temps ?

— Pas longtemps. Deux semaines, je dirais. Pourquoi vous me parlez d'eux ? C'est pas ceux-là qui m'ont cassé ma lampe et mon ventilo. C'est les autres.

Pollard récupéra les photos.

— Disons que ceux-là sont peut-être encore plus vicieux que la moyenne, mais on parlera de tout le monde dans l'article.

Holman était impressionné par sa capacité à mentir, une qualité qu'il avait déjà remarquée chez les flics. Ils mentaient souvent mieux que les criminels.

— Qu'est-ce qu'ils voulaient ? demanda-t-elle.

— Ils m'ont posé des questions sur Allie.

— Et qui est Allie ?

— La copine d'Andre.

Holman sentit que Pollard était aussi surprise que lui. Les journaux avaient tous présenté Marchenko et Parsons comme un duo de solitaires dépourvus d'amis, allant même parfois jusqu'à suggérer une relation de type homosexuel. Pollard passa un bon moment à fixer son dossier, puis :

— Andre avait une petite amie ?

Les traits de la vieille dame se contractèrent ; elle se pencha soudain en avant.

— Je vous raconte pas d'histoires ! Mon Andre n'avait rien d'une tapette comme ils l'ont dit, ces salauds ! Il y en a plein, des jeunes qui se mettent en colocation pour partager le loyer. Plein !

— Je n'en doute pas, madame Marchenko. Un si beau garçon... Et qu'est-ce que ces policiers vous ont demandé sur Allie ?

— Ils m'ont juste posé des questions, si Andre la voyait beaucoup et où elle habitait, tout ça, mais je suis pas du genre à aider des gens qui ont assassiné mon fils. J'ai fait comme si je la connaissais pas.

— Vous ne leur avez rien dit ?

— J'ai dit que je connaissais aucune Allie. Je suis pas du genre à aider des assassins.

— Nous aimerions lui parler en vue de notre article, madame Marchenko. Vous pourriez nous donner son numéro de téléphone ?

— Je l'ai pas.

— Ce n'est pas grave. Ça se retrouve. Vous avez son nom de famille ?

— Je vous raconte pas d'histoires ! Il l'appelait des fois quand il était ici et qu'on regardait la télé ensemble. Elle était adorable, une gentille fille, elle rigolait quand il me la passait.

Mme Marchenko s'était remise à rougir, et Holman comprit qu'elle avait désespérément besoin d'être crue. Après la mort de son fils, elle s'était retrouvée coincée dans sa petite maison ; personne ne l'écoutait plus, personne ne l'avait plus écoutée depuis trois mois, elle était seule. Il se sentait tellement mal qu'il eut envie de prendre ses jambes à son cou, mais il réussit à sourire et dit d'une voix douce :

— On vous croit, petite mère. On aimerait juste dire quelques mots à cette demoiselle. Quand est-ce que vous lui avez parlé ?

— Avant qu'ils assassinent Andre. Ça fait longtemps. Andre venait me voir et on regardait la télé. Des fois, il lui téléphonait et il me la passait au téléphone : tiens, maman, dis bonjour à ma copine.

La bouche en cœur, Pollard réfléchit un instant, puis elle lança un coup d'œil au téléphone qui trônait au bout du canapé.

— Peut-être que si vous nous montriez vos vieilles

factures, on pourrait retrouver son numéro par élimination. Ça nous permettrait de savoir si l'inspecteur Fowler l'a aussi mal traitée que vous.

Le regard de Mme Marchenko s'éclaira.

— Ça m'aiderait à porter plainte ?

— Oui, madame, je pense que oui.

Mme Marchenko s'arracha à son fauteuil et quitta la pièce d'une démarche incertaine. Holman se pencha vers Pollard et, baissant le ton :

— Ça pourrait être qui, ce cinquième homme ?

— Aucune idée.

— Les journaux n'ont jamais parlé d'une petite amie.

— Je n'en sais rien. En tout cas, elle n'apparaît pas sur la liste de témoins du FBI.

Mme Marchenko les interrompit en revenant avec une boîte à chaussures.

— Les factures, je les mets là-dedans une fois qu'elles sont payées. Tout est mélangé.

Holman se laissa aller contre le dossier du canapé et regarda les deux femmes éplucher les relevés. Mme Marchenko ne passait pas beaucoup de coups de fil et appelait peu de numéros – son propriétaire, ses médecins, deux ou trois autres vieilles dames de sa connaissance, un frère cadet à Cleveland, et son fils. Chaque fois que Pollard repérait un numéro que l'autre ne parvenait pas à identifier, elle l'appelait sur son portable, mais ses trois premiers essais la mirent en contact avec deux réparateurs de matériel électroménager et un service de livraison de pizzas à domicile. Mme Marchenko se souvenait des réparateurs, mais fronça les sourcils quand Pollard tomba sur la pizzeria.

— Je commande jamais de pizza. C'est sûrement Andre.

L'appel à la pizzeria remontait à cinq mois. Le numéro suivant sur la liste était lui aussi inconnu de Mme Marchenko, mais elle hocha brusquement la tête.

— Ça doit être celui d'Allie. Ça me revient pour la pizza, maintenant. J'ai même dit à Andre qu'elle avait un drôle de goût. Quand le livreur a sonné, il m'a passé le téléphone le temps d'aller ouvrir.

Pollard sourit à Holman.

— Bon, nous y voilà. On va voir qui répond.

Elle composa le numéro. Sous le regard de Holman, son sourire se désagrégea. Elle referma son portable.

— Plus attribué.

— C'est embêtant ? demanda Mme Marchenko.

— Peut-être pas. Même avec un ancien numéro, je devrais pouvoir la retrouver.

Après l'avoir recopié dans son carnet ainsi que l'heure, la date et la durée de l'appel, Pollard passa en revue les factures restantes mais ne repéra qu'une seule occurrence du même numéro – un appel antérieur, passé trois semaines avant le premier.

Elle glissa un regard à Holman et sourit à Mme Marchenko.

— On vous a pris assez de temps comme ça, madame. Merci beaucoup.

La déception creusa les rides de la vieille dame.

— Quoi, vous voulez pas qu'on parle du ventilo et de tous ces mensonges qu'ils ont racontés ?

Voyant Pollard se lever, Holman l'imita.

— Je crois qu'on en a assez pour aujourd'hui. On va voir ce qu'Allie a à nous dire, et on vous rappelle. Venez, Holman.

Mme Marchenko les raccompagna en tanguant jusqu'à la porte.

— Ils avaient pas le droit de tuer mon fils. Je crois

pas un mot de ce qu'ils ont raconté. Vous marquerez ça dans votre article, hein ?

— Au revoir et merci encore.

— Andre voulait se rendre, insista Mme Marchenko. Marquez bien dans votre article qu'ils l'ont assassiné.

Pollard fit signe à Holman de la suivre, mais cette vieille femme les fixait de ses yeux suppliants, persuadée qu'ils l'aideraient alors qu'ils allaient la laisser en rade. Il avait honte. Il se retourna vers le ventilateur en panne.

— Vous n'avez pas réussi à le réparer ?

— Comment j'aurais pu ? Andre est mort. Comment voulez-vous que je le fasse réparer avant d'avoir touché l'argent de ma plainte ?

Pollard klaxonna. Holman lui lança un coup d'œil, puis se retourna vers Mme Marchenko.

— Laissez-moi voir ça.

Il revint dans le séjour et examina le ventilateur. La petite vis censée relier la grille de sécurité à l'arrière du bloc-moteur était cassée. Elle avait probablement cédé quand les flics avaient fait tomber l'appareil. La tête n'y était plus, mais le corps était resté dans le trou. Il aurait fallu l'extraire et refaire un pas de vis. S'acheter un nouveau ventilo lui coûterait moins cher.

— Je ne peux pas vous le réparer, madame Marchenko. Je regrette.

— C'est une honte, ce qu'ils ont fait à mon fils. Je vais porter plainte.

Pollard klaxonna.

Holman revint sur le seuil et la vit qui lui faisait signe, mais il n'arrivait toujours pas à laisser cette vieille dame dont le fils avait attaqué treize banques, tué trois personnes et fait quatre blessés ; dont le petit garçon avait modifié des fusils semi-automatiques pour obtenir un débit de mitrailleuse. Dans son déguisement de fou furieux, il avait ouvert le feu sur la police, mais elle le défendrait jusqu'au bout.

— C'était un bon fils ? demanda-t-il.

— Il venait me voir et on regardait la télé.

— C'est tout ce que vous avez besoin de savoir, petite mère. Accrochez-vous à ça.

Holman la quitta sur ces mots et sortit rejoindre Pollard.

30

DÈS QUE HOLMAN EUT REFERMÉ LA PORTIÈRE, Pollard démarra en trombe et manœuvra en pleine rue pour faire demi-tour en direction de la gare.

— Qu'est-ce que vous fichiez ? Pourquoi êtes-vous retourné chez elle ?

— Pour voir si je pouvais réparer son ventilateur.

— On vient d'apprendre quelque chose de capital et vous perdez votre temps à ça ?

— Cette dame croit qu'on est là pour l'aider. Ça me gênait de partir comme ça.

Toujours aussi mal à l'aise, il ne s'aperçut pas que Pollard se repliait dans le silence. Lorsqu'il lui jeta enfin un regard, il remarqua la ligne dure de sa bouche, le sillon vertical qui lui barrait le front.

— Qu'est-ce qu'il y a ? dit-il.

— Peut-être que vous ne vous en êtes pas rendu compte, mais ça ne m'a pas plu non plus. Ça ne m'emballe pas de mentir à une pauvre vieille qui a perdu son fils, ni de frapper chez les gens en me faisant passer pour quelqu'un que je ne suis pas. C'était plus simple quand j'étais chez les Feds, mais je n'y suis plus, donc voilà. Pas besoin d'appuyer là où ça fait mal.

Holman la dévisagea, de plus en plus embarrassé. Il

avait passé une bonne partie de la nuit à regretter de l'avoir entraînée dans son histoire et se sentait tout con.

— Excusez-moi. Je ne l'entendais pas dans ce sens-là.

— Laissez tomber. Je sais.

Elle était manifestement de mauvais poil ; il ne trouva rien d'autre à dire. Plus il repensait à tout ce qu'elle avait fait pour lui, plus il se sentait con.

— Excusez-moi.

En la voyant pincer les lèvres, il décida qu'il valait mieux s'en tenir là et changea de sujet.

— Dites, je sais que c'est important, cette histoire de copine. Vous êtes vraiment capable de retrouver Allie grâce à son ancien numéro ?

— Je vais demander à une amie chez les Feds. Ils ont accès à une base de données qui liste tous les ex-titulaires d'un numéro, même quand il n'est plus attribué.

— Ça prendra combien de temps ?

— C'est de l'informatique. Quelques millièmes de seconde.

— Pourquoi est-ce qu'elle n'est pas sur la liste des témoins ?

— Parce qu'ils ne connaissaient pas son existence, pardi.

— Excusez-moi.

— C'est même pour ça que c'est important. Ils ne la connaissaient pas, mais Fowler, si. Ce qui veut dire qu'il a obtenu ses infos d'une autre source.

— Fowler et le cinquième homme.

Elle se tourna brièvement vers lui.

— Ouais, le cinquième homme. Vivement qu'on voie cette fille, Holman. J'ai très envie de savoir ce qu'elle leur a raconté.

Il repartit dans ses pensées. Ils fonçaient à l'ouest sur

Main Street, en direction de la L.A. River. Lui aussi se demandait ce qu'elle pouvait leur avoir raconté.

— Peut-être qu'elle leur a donné rendez-vous sous le pont pour leur remettre leur part du butin, finit-il par lâcher.

Pollard ne le regardait plus. Après être restée un moment muette, elle haussa les épaules.

— On verra bien. Je vais réétudier les relevés téléphoniques pour voir s'ils ont été en contact – et si oui, quand – et je vais faire mon possible pour la localiser. Je vous rappellerai pour vous dire ce que j'aurai trouvé.

Holman la regarda conduire en silence ; savoir qu'elle allait lui sacrifier son après-midi accentua son sentiment de culpabilité.

— Écoutez, dit-il enfin, je tiens à vous remercier encore une fois de vous donner autant de mal. Mon but n'était pas de mettre les pieds dans le plat, tout à l'heure.

— Pas de problème. Oubliez ça.

— Je sais que vous m'avez déjà dit non, mais j'aimerais quand même vous dédommager. Ne serait-ce que les frais d'essence, vu que vous ne me laissez pas conduire.

— Si on doit faire le plein, je vous laisserai régler. Ça vous aidera à vous sentir mieux ?

— Ne le prenez pas mal. C'est juste que ça me gêne de vous prendre tout ce temps.

Pollard ne réagit pas.

— Ça ne dérange pas votre mari ?

— Ne parlons pas de mon mari.

Sentant qu'il avait franchi une ligne jaune, Holman préféra se taire. Il avait remarqué qu'elle ne portait pas d'alliance lors de leur premier rendez-vous au Starbucks, mais elle avait mentionné ses enfants, et il ne savait pas trop qu'en penser. Il se reprocha d'avoir abordé le sujet.

Ils poursuivirent leur trajet en silence. Au moment où ils traversaient la rivière, Holman essaya de voir le pont de la Quatrième Rue, mais il était trop loin. Il fut surpris quand Pollard reprit tout à coup la parole.

— Je n'ai plus de mari. Il est mort.

— Excusez-moi. Ça ne me regarde pas.

— C'est moins terrible qu'il n'y paraît. On était séparés. On allait tout droit vers un divorce qu'on souhaitait l'un et l'autre.

Elle haussa les épaules, toujours sans le regarder.

— Et vous ? Qu'est-ce que ça a donné avec votre femme ?

— La maman de Richie ?

— Ouais.

— On ne s'est jamais mariés.

— Typique.

— Si c'était à refaire, je l'épouserais, mais je n'étais pas prêt. Il a fallu que je me retrouve en prison pour apprendre la leçon.

— Il y en a qui n'apprennent jamais, Holman. Vous, au moins, vous avez fini par percuter. Le plus dur est peut-être derrière.

Alors qu'il se sentait aspiré dans une spirale de déprime inévitable, il lança un coup d'œil à Pollard et constata qu'elle souriait.

— Je n'arrive pas à croire que vous soyez retourné lui réparer son ventilo.

Il se contenta de hausser les épaules.

— C'était sympa, Holman. Vraiment très sympa.

À l'instant où Union Station arriva en vue, il se rendit compte qu'il souriait aussi.

31

HOLMAN NE QUITTA PAS LA GARE dès que Pollard l'eut déposé. Il attendit qu'elle soit repartie pour traverser la rue en direction d'Olvera Street. Une troupe de danseurs mexicains parés de plumes chatoyantes exécutait, au son des tambourins, une danse toltèque adaptée au goût du jour. La ligne rythmique était primaire et endiablée, et les danseurs se tournaient autour à une telle vitesse qu'ils donnaient l'impression de voler.

Après les avoir observés un certain temps, Holman s'offrit un *churro* et s'éloigna. Des touristes du monde entier se bousculaient dans les ruelles et les échoppes, achetant des sombreros et de l'artisanat mexicain. Il se laissa porter par la foule, humant les senteurs, jouissant de la caresse du soleil et dégustant son *churro*. Il longea une enfilade de boutiques, entra dans celles qui lui faisaient envie et évita les autres. Il y avait des lustres qu'il ne s'était pas senti aussi léger. Dans les premiers temps de leur remise en liberté, les « longue-peine » ressentaient fréquemment une forme d'agoraphobie. Les psychologues de la prison avaient même une expression pour désigner ce type de pathologie lorsqu'elle frappait les détenus : la peur de la vie. La liberté offrait à tout un chacun une série de choix qui pouvaient se révéler terrifiants. Chaque choix recelait un échec potentiel. Chaque choix pouvait être un pas vers le retour à la case prison. Des décisions aussi simples que celle de sortir d'une pièce ou demander son chemin pouvaient humilier un homme et le priver de sa capacité d'action. Mais, à présent qu'il éprouvait cette sensation de légèreté, Holman comprit que tout ça était derrière. Il était en train de redevenir libre et ça faisait du bien.

L'idée l'effleura qu'il aurait pu proposer à Pollard de déjeuner avec lui. Puisqu'elle refusait d'être payée pour son travail, il aurait au moins pu lui offrir le casse-croûte. Il s'imagina en train de manger avec elle des amuse-gueule français chez Philippe ou une assiette de *tacos* dans un rade mexicain, mais ça ne rimait à rien. Elle aurait mal pris son invitation, et ils en seraient restés là. Holman se promit de faire attention à ce genre de détail. Peut-être n'était-il pas aussi libre qu'il le croyait.

Il n'avait plus faim. Il récupéra son Highlander et roulait vers le motel quand son portable sonna. Il aurait aimé que ce soit Pollard, mais le nom de Chee s'afficha sur l'écran. Il prit l'appel.

— Salut, vieux frère.
— Où t'es, mec ?

Sa voix était étouffée.

— Je rentre. Je viens de quitter Union Station.
— Passe me voir. Fais un crochet par le garage.

Le ton déplut à Holman.

— Qu'est-ce qui ne va pas ?
— Rien. Passe me voir, OK ?

Persuadé qu'il y avait un problème, Holman se demanda si Random ne lui avait pas rendu visite.

— Tu es sûr que ça va ?
— Je t'attends.

Chee raccrocha sans attendre sa réponse.

Holman rattrapa le freeway et partit vers le sud. Il n'était pas très loin du garage quand il faillit rappeler Chee, mais il se ravisa : celui-ci ne voulait pas parler au téléphone. Cela ne fit qu'accroître son inquiétude.

Arrivé au garage, il s'engagea sur le parking et était en train d'effectuer sa manœuvre quand Chee sortit du bâtiment. Au premier coup d'œil, Holman comprit que ça n'allait pas du tout. Le visage fermé, son ami n'attendit pas que le Highlander soit garé. Il lui fit signe de stopper et grimpa sur le fauteuil passager.

— Démarre, mec. T'auras qu'à tourner autour du bloc.

— Qu'est-ce qui ne va pas ?

— Roule. On peut pas rester ici.

Tandis qu'ils rejoignaient le flot du trafic, Chee tourna plusieurs fois la tête à droite et à gauche, comme pour surveiller les véhicules environnants. Il régla son rétro extérieur de manière à voir ce qui se passait derrière.

— C'est les poulets qui t'ont dit que Maria Juarez s'était tirée ? demanda-t-il.

— Ouais. Ils ont lancé un mandat.

— C'est un bobard, mec. Ils t'ont servi un bobard.

— Qu'est-ce que tu racontes ?

— Elle est pas en cavale. Ces enfoirés de flics l'ont embarquée.

— Ils m'ont dit qu'elle avait filé. Ils m'ont parlé d'un mandat.

— Avant-hier soir ?

— Ouais, ça a dû se passer... c'est ça, avant-hier soir.

— Leur mandat, tu peux te le foutre au cul. Ils l'ont cueillie en pleine nuit. C'est des voisins qui me l'ont dit, ils ont tout vu. Il y a eu du bruit, et ils ont vu ces deux fils de pute la faire monter de force dans leur voiture.

— Une voiture de police ?

— Une voiture banalisée.

— Comment ils savent que c'était les flics ?

— Il y avait le rouquin, mec – celui qui t'a serré l'autre jour. C'est comme ça que les voisins ont pigé. C'est les mêmes qui m'ont prévenu que tu t'étais fait gauler, mec ! Ils ont reconnu le putain d'enfoiré qui t'a serré l'autre jour !

Holman roula quelques secondes en silence. Le rouquin était Vukovich, or Vukovich travaillait pour Random.

— Ils ont relevé le numéro de plaque ?

— Tu rigoles, mec, au milieu de la nuit ?

— Quel genre de voiture ?

— Une Crown Victoria, bleu foncé ou marron. Tu connais beaucoup de gens qui roulent en Crown Vic, toi, à part les flics ?

Il ne répondit pas. Chee secoua la tête.

— Mais qu'est-ce qu'ils branlent, ces putains de condés ? Dans quoi tu t'es fourré, mec ?

Holman roulait toujours. Il réfléchissait. Il devait prévenir Pollard.

32

POLLARD APPELAIT ÇA « les fourmis dans le sang ». Elle remonta à fond de train le Hollywood Freeway, tantôt abattant triomphalement sa paume sur le tableau de bord, tantôt brandissant le poing, les doigts et les jambes envahies de ces picotements électriques qui avaient toujours accompagné les progrès clés de ses enquêtes – les fourmis dans le sang. Il ne s'agissait plus de courir après les vieux rapports d'un collègue – la petite amie, c'était de l'inédit. Elle venait de découvrir une piste vierge, et l'enquête, d'un seul coup relancée, était maintenant la sienne.

Elle appela April Sanders de Hollywood, au moment de s'élancer à l'assaut de la Cahuenga Pass.

— Salut, ma belle, tu es où ?

April répondit d'une voix tellement basse que Pollard eut du mal à l'entendre.

— Au bureau. Tu as des donuts ?

— Non, mais j'ai un numéro de bigo désactivé et je suis en voiture. Tu peux me retrouver l'abonné ?

— Ouais, je crois, ne quitte pas.

Pollard sourit. Sanders devait être en train de jeter un coup d'œil par-dessus la cloison de son box pour vérifier que personne ne l'espionnait.

— Ouais, c'est bon, reprit-elle. Envoie.

Pollard lui dicta le numéro.

— C'est un préfixe trois cent dix.

— Attends voir. J'ai un abonnement Verizon au nom d'une certaine Alison Whitt, W-H-I-T-T. Domiciliée à Hollywood, on dirait une boîte postale. Tu veux l'adresse ?

— Ouais. Donne.

Alison Whitt avait apparemment donné l'adresse d'une messagerie privée de Sunset Boulevard.

— Tu as la date de résiliation ?

— La semaine dernière... il y a six jours.

Pollard réfléchit. À supposer que Fowler se soit procuré le numéro d'Allie vers l'époque de sa visite à Leyla Marchenko, il avait sûrement dû essayer de la contacter. Et son coup de fil était peut-être à l'origine de la résiliation de l'abonnement.

— Tu peux regarder si elle est abonnée ailleurs, April ?

— Oh... ne quitte pas. Non, négatif. Aucune Alison Whitt sur nos annuaires.

Pollard n'en fut qu'à moitié surprise. Les numéros sur liste rouge n'apparaissaient pas sur la base de données standard, et c'était probablement le cas du nouvel abonnement de Whitt. Par ailleurs, elle avait pu s'inscrire sous un autre nom ou partager une ligne attribuée à quelqu'un d'autre. Elle risquait d'avoir du mal à la retrouver.

— Dernier truc, reprit Pollard. Ça m'emmerde de devoir te demander ça, mais tu pourrais voir s'il y a quelque chose sur elle dans le système ?

— Le NCIC[1] ?

— N'importe. Le DMV me suffirait. J'ai juste besoin de la loger.

— Il s'agit d'une affaire dont je devrais être informée ?

— Si c'est le cas, je te le ferai savoir.

April marqua un temps d'arrêt, et Pollard supposa qu'elle regardait à nouveau au-dessus de la cloison. Consulter une base de données gouvernementale n'était pas possible à partir de son box. April revint en ligne.

— Je ne peux pas faire ça tout de suite. Je ne vois pas Leeds, mais il est dans le coin. Je ne voudrais pas qu'il me prenne la main dans le sac.

— Tu n'as qu'à me rappeler plus tard.

— Terminé.

Pollard se réjouissait des progrès accomplis. Le peu de temps écoulé entre la résiliation de l'abonnement téléphonique d'Alison et la visite de Fowler à Mme Marchenko était une coïncidence trop belle pour n'être que le fruit du hasard. Les coïncidences existaient mais, comme tous les flics, elle avait appris à s'en méfier. Elle rempocha son téléphone, impatiente de relire le relevé de Fowler et de recevoir la réponse de Sanders. Si celle-ci faisait chou blanc, Pollard savait qu'elle pourrait encore essayer de se renseigner auprès de la société de messagerie où Alison avait loué une boîte aux lettres. Ce ne serait pas facile de soutirer quoi que ce soit à ces gens-là sans ses fafs, mais un boulevard d'investigation venait tout de même de s'ouvrir devant elle et elle se surprit de nouveau à sourire.

Sachant qu'April ne la rappellerait pas avant la fin de

---

1. National Crime Information Center, base de données fédérale. (*N.d.T.*)

la journée, elle livra sa Subaru à la moulinette d'un robot de lavage automatique et fit quelques courses dans un Ralph's. Elle acheta tout un stock de bouffe et de papier toilettes ainsi qu'un complément de sucreries pour les gosses. Ces deux-là dévoraient comme des loups affamés et semblaient gagner un peu plus en appétit chaque jour. Elle se demanda si autrefois Holman avait acheté des sachets de bonbons à son fils et conclut que non, vraisemblablement pas. Ça l'attrista. Il lui apparaissait comme quelqu'un de bien depuis qu'elle avait appris à le connaître, mais elle n'oubliait pas qu'il s'était comporté le plus clair de sa vie comme un criminel dégénéré. Tous les truands qu'elle avait coffrés traînaient une histoire lourde – dettes, toxicomanie, violences parentales ou absence de famille, difficultés d'apprentissage, pauvreté ou autres. Ça ne comptait pas. Ce qui comptait, c'était de savoir si on violait la loi ou non. Ceux qui commettaient un crime devaient le payer, et Holman avait purgé sa peine. Pollard trouvait terrible qu'il n'ait pas eu droit à l'ombre d'une seconde chance avec son fils.

Après avoir rangé ses emplettes, elle fit un peu de ménage chez elle, puis s'installa sur le canapé du salon avec les relevés téléphoniques de Fowler. Elle éplucha tous les appels sortants à partir de la date de sa visite chez Mme Marchenko et trouva le numéro d'Alison Whitt à peine quelques jours plus tard. Fowler l'avait appelée le mardi où le fils Holman et lui-même étaient rentrés tard chez eux avec de la boue aux pieds. Il l'avait appelée alors que Mme Marchenko avait juré ne lui avoir donné aucune information sur Allie. Fowler s'était donc procuré le numéro de la jeune femme par une autre source. Pollard parcourut la suite du relevé, mais l'appel du mardi ne s'était pas renouvelé. Elle étudia ensuite la note de Richard Holman, mais ne trouva rien.

Se demandant comment Fowler s'était renseigné sur Alison Whitt, elle relut la liste des témoins du FBI. Celle-ci mentionnait le propriétaire et les voisins de Marchenko, mais pas trace d'Alison. Si un des voisins leur avait signalé que Marchenko ou Parsons avait une petite amie, les enquêteurs auraient retrouvé sa piste et son nom serait apparu dans la liste des témoins, mais il s'était produit précisément le contraire – tous les voisins avaient déclaré à l'unisson qu'aucun des deux hommes ne recevait jamais chez eux ni amis, ni petites amies, ni visiteurs d'aucune sorte. Et pourtant, Fowler s'était débrouillé pour connaître l'existence de Whitt avant d'aller frapper à la porte de Mme Marchenko. Peut-être par le cinquième homme. Peut-être le numéro du cinquième homme figurait-il quelque part sur son relevé.

Elle en était à ce stade de sa réflexion quand on sonna à la porte. Il était encore trop tôt pour que ce soit sa mère et les garçons. Elle rassembla les documents, se dirigea vers l'entrée, ferma un œil pour scruter le judas.

Leeds et Bill Cecil se tenaient sur le seuil. Leeds regardait vers le bout de la rue, la mine renfrognée. Il n'avait pas l'air heureux. Il consulta sa montre en fronçant les sourcils, se gratta le menton et pressa de nouveau le bouton.

Si Cecil était venu plusieurs fois chez elle à l'époque où Marty et elle recevaient des amis, Leeds n'y avait jamais mis les pieds. Elle ne l'avait plus revu ailleurs qu'au bureau depuis son départ des Feds.

Il tendait encore une fois le bras vers la sonnette quand Pollard ouvrit.

— Chris, Bill, c'est... quelle surprise !

Leeds ne paraissait pas particulièrement ravi de la voir. Sa haute carcasse voûtée flottait dans son costume bleu, et il la toisa comme un épouvantail qui ne croit plus à sa mission. Cecil, en retrait d'un demi-pas, était de marbre.

— J'imagine, dit Leeds. On peut entrer ?

— Bien sûr. Absolument.

Elle s'effaça pour les laisser passer, sans trop savoir quoi dire ni quoi faire. Leeds s'avança le premier. Entrant à son tour, Cecil haussa les sourcils pour la prévenir que le patron était de sale humeur. Elle suivit Leeds dans le séjour.

— Je n'en reviens pas, dit-elle. Vous passiez dans le quartier ?

— Non, j'ai fait le trajet spécialement pour vous voir. C'est charmant, Katherine. Vous avez une très jolie maison. Vos garçons sont ici ?

— Non. Ils sont au centre aéré.

— Dommage. J'aurais aimé les rencontrer.

Elle avait la pénible sensation d'être retombée en enfance et de faire face à son père. Leeds regarda autour de lui comme s'il inspectait les lieux tandis que Cecil restait immobile près du seuil. À la fin de leur tour d'horizon, les yeux de Leeds se fixèrent lentement sur elle, comme un navire naufragé qui touche le fond de l'océan.

— Vous avez perdu les pédales ? lâcha-t-il.

— Je vous demande pardon ?

— Qu'est-ce qui vous a pris de vous compromettre avec un criminel condamné ?

Pollard sentit le sang lui embraser les joues et son estomac se nouer. À peine eut-elle ouvert la bouche qu'il l'arrêta d'un signe de tête.

— Vous aidez Max Holman, dit-il. Je le sais.

— Je n'avais aucune intention de le nier, mentit-elle. Il vient de perdre son fils, Chris. Il m'a demandé d'en parler à la police, et…

— Je suis au courant. Katherine, cet homme est un criminel. Vous auriez mieux fait de vous abstenir.

– M'abstenir de quoi ? Je ne comprends pas ce que vous faites ici, Chris.

— Je suis ici parce que vous avez fait partie de mon équipe pendant huit ans. Je misais beaucoup sur vous et j'ai eu du mal à digérer votre départ. Je ne me pardonnerais jamais de vous laisser vous infliger ça à vous-même sans réagir.

— M'infliger quoi ? J'essaie juste d'aider ce type à obtenir des réponses sur son fils.

Leeds secoua la tête comme s'il avait affaire à une novice stupide, dont il n'avait aucun mal à percer les secrets les plus intimes.

— Vous êtes passée chez les Indiens, ou quoi ?

Pollard sentit un nouvel afflux de sang lui envahir le visage en réentendant cette vieille expression. Un flic passait chez les Indiens quand il virait truand… ou se maquait avec quelqu'un de la pègre.

— Absolument pas !

— J'espère bien.

— Je ne vois pas en quoi ça vous regarde et…

— Votre vie privée ne me regarde pas dans l'absolu, vous avez raison, mais je pense encore à vous, et c'est pour ça que je suis ici. Vous avez laissé entrer ce type chez vous ? Vous l'avez mis au contact de vos enfants, vous lui avez donné de l'argent ?

— Chris ? Vous savez quoi ? Vous devriez repartir.

— On ferait peut-être mieux d'y aller, Chris, intervint Cecil.

— Quand j'aurai fini.

Leeds ne bougea pas. Il fixa Pollard, et elle se souvint des papiers laissés sur son canapé. Elle fit un pas vers la porte pour attirer son regard dans la direction opposée.

— Je ne fais rien de mal, dit-elle. Je n'ai enfreint aucune loi, ni fait la moindre chose qui puisse faire honte à mes enfants.

Leeds joignit les paumes comme pour prier, mais en pointant les doigts sur elle.

— Vous savez vraiment ce que veut cet homme ?
— Il veut savoir qui a tué son fils.
— Mais est-ce bien ce qu'il veut *vraiment* ? J'en ai parlé aux enquêteurs de la police, je sais ce qu'il leur a dit et je suis sûr qu'il vous a tenu le même discours, mais pouvez-vous être certaine que c'est vrai ? Vous l'avez mis à l'ombre pour dix ans, Katherine. Comment se fait-il que ce soit justement à vous qu'il soit venu demander de l'aide ?

— Peut-être parce que j'ai aidé à lui obtenir une réduction de peine.

— Et peut-être aussi parce qu'il savait pouvoir vous attendrir. Peut-être qu'il s'est dit qu'il allait se servir de vous une deuxième fois.

Pollard sentit monter en elle une bouffée de colère. Leeds avait piqué sa crise quand le *Times* avait qualifié Holman de « Gentleman Braqueur » et lui avait fait la gueule en apprenant qu'elle avait plaidé sa cause devant le procureur fédéral.

— Il ne s'est jamais servi de moi. On ne s'était pas concertés et il ne m'a pas demandé d'intervenir. Il méritait cette réduction de peine.

— Il ne vous dit pas la vérité, Katherine. Vous ne devez pas lui faire confiance.

— Et sur quoi ne me dit-il pas la vérité ?
— Le LAPD pense qu'il est en cheville avec un autre

criminel, qui a été condamné lui aussi, Gary Mareno, dit « Little Chee » ou « le Chee », un membre actif du gang de White Fence. Ça vous évoque quelque chose ?

— Non.

Pollard commençait à avoir peur. Leeds dirigeait la conversation. Il jaugeait ses réactions et cherchait à lire en elle comme s'il la soupçonnait de mentir.

— Demandez-lui, suggéra-t-il. Mareno a été le complice de Holman d'un bout à l'autre de sa carrière. Le LAPD soupçonne Mareno de lui avoir fourni de l'argent, un véhicule, et peut-être autre chose pour mener à bien un projet criminel.

Elle fit de son mieux pour contrôler sa respiration. À peine sorti de détention, Holman se promenait avec un quatre-quatre et un téléphone portable flambant neufs. La voiture lui avait été louée par un ami, à ce qu'il lui avait dit.

— Quel projet ?

— Vous savez lequel. Vous le sentez. Là... (Leeds se mit une main sur le ventre avant d'ajouter :) Il cherche à récupérer les seize millions de dollars de Marchenko et Parsons.

Elle réussit à rester impassible. Elle ne voulait rien lâcher avant de s'être accordé le temps de la réflexion. Si Leeds disait vrai, elle risquait d'avoir besoin de consulter très vite un avocat.

— Je n'y crois pas. Il ne connaissait même pas l'existence de ce butin avant que...

Pollard comprit qu'elle en avait trop dit en voyant apparaître un sourire triste mais entendu sur les lèvres de Leeds.

— Avant que vous lui en parliez ?

Elle s'obligea à inspirer lentement, mais son ancien patron parut lire sa peur.

— Il n'est jamais facile de réfléchir quand les sentiments s'en mêlent, mais vous allez devoir reconsidérer tout ça, Katherine.

— Mes sentiments n'ont rien à voir là-dedans.

— Vous avez ressenti quelque chose pour cet homme il y a dix ans, et vous êtes en train de le laisser revenir dans votre vie. Ne vous perdez pas pour un type pareil, Katherine. Vous valez mieux que ça, et vous le savez.

— Ce que je sais, c'est que j'aimerais que vous sortiez d'ici.

Pollard parvint à garder la tête haute et soutenait le regard de Leeds quand le téléphone sonna. Pas le fixe, son portable. La stridulation rompit le silence, et ce fut comme si un inconnu avait fait irruption dans la pièce.

— Répondez, dit Leeds.

Elle ne bougea pas. Sur le canapé, à côté du dossier de Holman, son portable sonnait.

— S'il vous plaît, Chris, partez. Vous m'avez donné de quoi réfléchir.

Cecil, mal à l'aise, s'approcha de la porte d'entrée. Il l'ouvrit, cherchant à attirer Leeds à l'extérieur.

— Venez, Chris. Vous avez dit ce que vous aviez à dire.

Le portable sonnait toujours. Leeds le regarda un moment comme s'il envisageait de répondre lui-même, puis rejoignit Cecil à la porte. Il se retourna vers Pollard.

— Vous ne bénéficierez plus de l'aide de l'agent Sanders.

Il sortit, mais Cecil s'attarda un instant sur le seuil, la mine triste.

— Désolé, princesse. Le patron… je ne sais pas, il n'est plus lui-même. Il a cru bien faire.

— Au revoir, Bill.

Elle suivit des yeux le départ de Cecil, puis referma sa porte à double tour.
Elle revint vers le téléphone.
C'était Holman.

33

APRÈS AVOIR DÉPOSÉ CHEE à un bloc de son garage, Holman reprit la route de Culver City. Il tourna et retourna dans sa tête ce qu'il venait d'apprendre sur Maria Juarez, en cherchant à projeter cette nouvelle sous un éclairage susceptible de lui donner du sens. L'envie le démangeait de retourner voir les cousins de la jeune femme, mais il avait trop peur que les policiers qui l'avaient embarquée ne soient toujours là-bas en surveillance. Pourquoi lui avait-on raconté qu'elle s'était enfuie ? Pourquoi avoir lancé un mandat d'arrêt – la nouvelle était sortie dans la presse – si Maria était déjà entre leurs mains ?

Cette histoire sentait mauvais. Les flics qui l'avaient serrée avaient menti à ceux qui la croyaient en fuite. Les flics qui étaient à l'origine du mandat ignoraient que des collègues à eux savaient où la trouver. Si des flics cachaient une telle chose à d'autres flics, c'est qu'il y avait des ripoux parmi eux.

À plus d'un kilomètre du garage, Holman se gara sur un parking. Il appela Pollard sur son portable et attendit. La sonnerie se répéta interminablement, mais elle finit par prendre son appel.

— Ce n'est pas le moment.

On aurait dit quelqu'un d'autre. Sa voix était lointaine, flageolante, et Holman crut un instant s'être trompé de numéro.

— Katherine ? Agent Pollard, c'est vous ?
— Quoi ?
— Ça ne va pas ?
— Ce n'est pas le moment.

Le ton était effrayant, mais Holman pensait avoir à lui dire quelque chose de suffisamment important pour passer outre.

— Maria Juarez n'est pas en fuite, dit-il. Elle a été arrêtée. Par le même flic qui m'a interpellé l'autre jour – Vukovich, le roux. Ça ne s'est pas du tout passé comme ils disent. Vukovich et un autre l'ont embarquée en pleine nuit.

Il attendit. Un silence de mort lui répondit.

— Vous m'entendez ?
— Et d'où est-ce que vous tenez ça ?
— D'un ami à moi. Il connaît des gens qui habitent dans cette rue. Ils ont tout vu. Ils ont reconnu les flics qui me sont tombés dessus l'autre jour.
— Quel ami ?

Il hésita.

— Qui ?

Il ne savait toujours pas quoi dire.

— Juste... un ami.
— Gary Mareno ?

Il sentit qu'il ne fallait surtout pas lui demander d'où elle tenait cette information pour ne pas avoir l'air d'être sur la défensive : une réaction défensive pouvait être prise comme un aveu de culpabilité.

— Ouais. C'est ça, Gary Mareno. C'est un ami, Katherine, on a grandi ensemble, et...

— Un ami tellement proche qu'il vous a donné une voiture ?

— Il est patron d'un garage. Des voitures, il en a plein...

— Et qui vous donne tellement de fric que vous n'avez plus besoin de bosser ?

— Il a connu mon fils tout petit...

— Ce mec est membre d'un gang. C'est un criminel récidiviste, et vous trouvez que ça ne vaut pas la peine d'être mentionné ?

— Katherine... ?

— Qu'est-ce que vous cherchez à faire, Holman ?

— Rien, je...

— Ne me rappelez plus.

La ligne fut coupée.

Holman appuya aussitôt sur la touche de rappel, mais un message enregistré lui répondit. Pollard avait éteint son portable. Il parla aussi vite qu'il put.

— Katherine, écoutez-moi, qu'est-ce que vous auriez voulu que je vous dise ? Oui, Chee est mon ami – c'est le surnom de Gary, Chee – et c'est vrai, il a été condamné, mais moi aussi. J'ai passé ma vie à commettre des crimes. Les seules gens que je connaisse sont des criminels.

Un bip lui coupa la parole. Il lâcha un juron et pressa de nouveau la touche de rappel.

— ... sauf que, maintenant, il est réglo comme j'essaie de l'être, et c'est mon ami. Je suis allé le voir pour qu'il me donne un coup de main. Je ne connais personne d'autre. Je n'ai personne d'autre. Katherine, s'il vous plaît, rappelez-moi. J'ai besoin de vous. J'ai besoin de votre aide pour en finir avec tout ça. Agent Pollard, s'il vous plaît...

Le bip de la messagerie l'interrompit encore et, cette

fois, il referma son téléphone. Il resta sur le parking, à attendre. Il ne voyait pas quoi faire d'autre. Il ne savait ni où elle habitait, ni comment la joindre autrement que sur ce numéro. Elle avait tenu à ce qu'il en soit ainsi, pour se protéger. Assis dans son quatre-quatre à l'arrêt, il se sentait aussi seul qu'au soir de sa première nuit en prison. Il fallait qu'il la joigne, mais l'agent Pollard avait coupé son téléphone.

34

POLLARD REÇUT LE COUP DE FIL de sa mère à l'heure du dîner, comme prévu. Sa mère devait venir chercher les garçons à leur retour du centre aéré, puis les conduire à son appartement de Canyon Country où ils pourraient barboter dans la piscine de la résidence pendant qu'elle-même jouerait au poker en ligne. Le Texas Hold'em.

Elle s'était préparée à ce que ce soit une épreuve. Prenant son courage à deux mains, elle lança :

— Tu pourrais me les garder pour la nuit ?
— Tu as amené un homme à la maison, Katie ?
— Je suis fatiguée, maman. Je n'en peux plus, c'est tout. J'ai besoin de souffler.
— Comment ça se fait que tu sois tellement fatiguée ? Tu n'es pas malade, dis ?
— Tu peux les garder ?
— Tu n'as rien attrapé, au moins ? Tu as attrapé quelque chose avec un homme ? Tu as besoin d'un mari, mais ce n'est pas une raison pour te conduire comme une roulure.

Pollard baissa le combiné et le regarda fixement. Sa mère parlait toujours, mais elle n'entendait plus.

— Maman ?
— Quoi ?

— Tu peux les garder ?

— Je devrais pouvoir, mais... et le centre aéré ? Ça va leur fendre le cœur de manquer la journée de demain.

— Ça ne les tuera pas, maman. Ils détestent y aller.

— Je ne comprends pas qu'une mère puisse avoir besoin de souffler en se débarrassant de ses enfants. Je n'ai jamais eu ni besoin ni envie de souffler quand je m'occupais de toi.

— Merci, maman.

Pollard raccrocha et leva les yeux sur la pendule au-dessus de l'évier. Elle se tenait immobile dans sa cuisine. La maison était à nouveau silencieuse. Suivant des yeux le mouvement de la trotteuse, elle attendit le tac.

TAC !

Comme un coup de fusil.

Elle se leva, retourna au séjour en se demandant si Leeds avait raison. Elle avait effectivement éprouvé une espèce d'admiration pour Holman à l'époque et l'éprouvait encore aujourd'hui, autant pour la manière dont il était tombé que pour celle dont il avait réussi à se relever. Et une forme d'attirance, aussi. Ça, c'était moins facile à admettre. Elle se sentait stupide. Peut-être était-elle passée chez les Indiens sans s'en rendre compte. Peut-être était-ce toujours de cette façon qu'on passait chez les Indiens. Ça démarrait insidieusement, pendant qu'on regardait ailleurs, et on se retrouvait sous influence avant d'avoir eu le temps de dire ouf.

Elle jeta un œil à la pile de documents sur le canapé, dégoûtée d'elle-même. Le dossier de Holman.

— Putain de merde !

Seize millions de dollars. C'était une fortune. Une cassette enfouie, un ticket de loto gagnant, un trésor au bout de l'arc-en-ciel. La mine perdue du Hollandais et le trésor de la sierra Madre. Holman avait braqué neuf banques pour un butin cumulé inférieur à vingt mille dollars. Il avait pris dix ans et était ressorti sans rien ; pourquoi n'aurait-il pas eu envie d'un tel pactole ? Elle en avait bien eu envie, elle. Elle en avait rêvé – dans son rêve, elle soulevait la porte d'un garage minable, plein de crasse, dans un quartier sordide ; et là, elle découvrait le fric, ce tas énorme de liasses sous cellophane, seize millions de dollars. Elle serait blindée pour la vie. Ses fils seraient blindés. Ses problèmes seraient résolus.

Pollard n'avait évidemment aucune intention de garder l'argent de Marchenko pour elle. C'était un pur fantasme. Comme celui de rencontrer le prince charmant.

Mais Holman, lui, avait passé sa vie de criminel dégénéré à faucher des voitures, piller des entrepôts et attaquer des banques – et il n'y réfléchirait probablement pas à deux fois avant de le voler.

Le téléphone sonna. Le fixe, pas son portable.

Son estomac se noua : c'était sûrement sa mère. Les garçons avaient dû la tanner pour ne pas rester dormir chez elle, et elle la rappelait pour lui remettre sur le dos deux louches supplémentaires de culpabilité.

Elle revint à la cuisine. Elle n'avait pas envie de répondre, mais décrocha quand même. Elle se sentait déjà assez coupable comme ça.

— C'est vrai que tu aides le Gentleman ?

Sanders. Pollard ferma les yeux et se sentit encore plus coupable.

— Je te fais mes excuses, April. Tu es dans la merde ?

— Oh, Leeds ? Qu'il aille se faire foutre. Alors, c'est vrai, pour le Gentleman ?

Elle soupira.

— Oui.

— Tu le baises ?

— Non ! Comment oses-tu me poser cette question ?

— Je le baiserais moi.

— April, la ferme !

— Je ne l'épouserais pas, mais je le baiserais.

— April…

— Je t'ai retrouvé Alison Whitt.

— Tu es toujours partante pour m'aider ?

— Bien sûr que je vais t'aider, Pollard. Tu pourrais quand même faire un peu confiance à ta frangine.

Pollard attrapa un stylo.

— OK. Je te revaudrai ça, ma belle. Elle est où ?

— À la morgue.

Le stylo se figea à mi-hauteur.

— Dans quoi tu t'es fourrée, Kat ? demanda April d'un ton froidement professionnel. Pourquoi est-ce que tu recherches une morte ?

— C'était la copine de Marchenko.

— Marchenko n'avait pas de copine.

— Il la voyait souvent. La mère de Marchenko l'a eue au bout du fil au moins deux fois.

— Cette grosse vache ? Elle ne m'a rien dit alors que je l'ai interrogée précisément là-dessus.

— Il faisait appel à ses services en tant que prostituée. Il ne l'a jamais amenée chez lui ; cela explique qu'aucun de ses voisins ne l'ait jamais vue ni n'ait entendu parler d'elle.

— Bill et moi, on a étudié ses relevés en rappelant tous les numéros, Kat. Si on avait identifié une possible petite amie, on l'aurait retrouvée.

— Je ne sais pas quoi te dire. Peut-être qu'il ne l'appelait jamais chez elle. Peut-être qu'il ne l'appelait que de chez sa mère.

Il y eut un silence. Pollard sentit que son amie réfléchissait.

— Peu importe, dit Sanders. En tout cas, sa fiche mentionne deux ou trois interpellations pour prostitution, vol à l'étalage et détention de drogue – la routine. C'était une gamine – vingt-deux ans – et elle vient de se faire tuer.

Le sang de Pollard se remit aussitôt à fourmiller.

— Un meurtre ?

— Le corps a été retrouvé dans un bac à ordures de Hollywood, sur Yucca. Avec des traces de ligature au cou qui indiquent une strangulation, mais la cause du décès est un arrêt cardiaque consécutif à une hémorragie massive. Elle s'est pris douze coups de couteau dans la poitrine et l'abdomen. Ouais, j'appellerais ça un meurtre.

— Quelqu'un a été arrêté ?

— Niet.

— Elle est morte quand ?

— La même nuit que le fils Holman.

Le silence tomba. Pollard repensa à la disparition de Maria Juarez. Elle se demanda si cette femme allait, elle aussi, finir dans une poubelle. Sanders en vint à poser l'inévitable question :

— Kat ? Tu sais ce qui lui est arrivé ?

— Non.

— Si tu le savais, tu me le dirais ?

— Oui, je te le dirais. Bien sûr que oui.

— Bon.

— Tu as l'heure du décès ?

— Entre vingt-trois heures et vingt-trois heures trente.

Pollard hésita, ne sachant pas trop ce que cette

information pouvait signifier ni jusqu'où elle avait intérêt à se confier à son amie, mais elle lui devait la vérité.

— Mike Fowler essayait de la retrouver. Tu sais qui c'est ?

— Non. Qui est-ce ?

— Un des policiers abattus avec Richard Holman. Le plus gradé des quatre.

Elle sentit que Sanders s'était mise à prendre des notes. Tout ce qu'elle lui dirait dorénavant serait consigné sur le carnet de son amie.

— Fowler a rencontré la mère de Marchenko il y a environ deux semaines et demie. Il est allé l'interroger à propos d'une certaine Allie. Il savait que cette fille avait connu Andre Marchenko et il voulait la retrouver.

— Mme Marchenko a répondu quoi ?

— Elle a nié connaître Allie.

— Et qu'est-ce qu'elle t'a dit à toi ?

— Elle nous a donné son prénom et nous a montré les relevés téléphoniques de son fils.

— Nous, c'est le Gentleman et toi ?

Pollard ferma les yeux.

— Ouais. Holman et moi.

— Mmm…

— Arrête.

— À quelle heure les quatre agents se sont-ils fait descendre ?

Pollard comprit où Sanders voulait en venir. Elle s'était posé la même question.

— À une heure trente-deux du matin. Un plomb de chevrotine a cassé la montre de Mellon à une heure trente-deux, c'est ce qui nous donne l'heure exacte.

— Donc, il est possible que Fowler et les autres aient

planté la fille avant. Ça leur laissait largement le temps de la tuer et de descendre ensuite à la rivière.

— Ou bien il est possible que quelqu'un ait tué la fille et soit ensuite descendu à la rivière pour flinguer les quatre agents.

— Et le Gentleman ? Il était où, cette nuit-là ?

Cette question aussi, Pollard se l'était posée.

— Il a un nom, April. Holman était encore écroué. Il a été libéré le lendemain matin.

— Heureusement pour lui.

— Tu pourrais m'avoir la fiche d'Alison Whitt ?

— Je l'ai déjà. Je te la faxerai de chez moi. Je ne peux pas le faire ici.

— Merci, trésor.

— Le Gentleman et toi. Eh, mais c'est le grand frisson…

Pollard raccrocha et revint au séjour. Sa maison ne lui paraissait plus aussi silencieuse, mais le vacarme venait de son cœur. Elle regarda les documents empilés sur le canapé et se dit que d'autres viendraient bientôt s'y ajouter. Le dossier commençait à s'épaissir. Non seulement une fille avait été assassinée la veille de sa libération, mais Holman semblait persuadé que la police lui avait menti à propos de Maria Juarez. Pollard se demanda une fois de plus si la jeune femme n'allait pas être retrouvée morte et si le cinquième homme n'aurait pas quelque chose à voir là-dedans.

Elle revint sur la chronologie des faits et se surprit à espérer que le fils de Max Holman n'était pas impliqué dans le meurtre d'Alison Whitt. Elle l'avait vu en proie au terrible sentiment de culpabilité que lui inspirait la mort de Richard. Et c'était pour lui une véritable torture que d'imaginer son fils impliqué dans une tentative illégale de récupération du butin volé de Marchenko et

Parsons. S'il se confirmait que son fils était un assassin, Holman ne s'en remettrait pas.

Il fallait qu'elle l'appelle. Il fallait qu'elle lui parle d'Alison Whitt et qu'elle essaie d'en savoir un peu plus sur Maria Juarez. Elle ouvrit son portable, mais hésita. La visite surprise de Leeds l'avait sonnée. L'allusion à son passage chez les Indiens avait fait naître en elle un sentiment de doute et de honte. Non, elle n'était pas passée chez les Indiens, mais il lui était arrivé d'avoir vis-à-vis de Holman des pensées troublantes. Même Sanders s'en était amusée. *Le Gentleman et toi. Eh, mais c'est le grand frisson !*

Elle le rappellerait, mais pas tout de suite. Elle laissa son mobile sur le canapé et retraversa la cuisine pour aller au garage. Il y régnait une chaleur infernale bien que la nuit soit tombée. Elle zigzagua entre les vélos, les planches à roulettes et l'aspirateur pour atteindre une vieille armoire à dossiers grise, cabossée et poussiéreuse. Elle n'avait pas rouvert cette saleté depuis des années.

Elle fit coulisser le tiroir supérieur et retrouva le dossier où elle avait rangé tous les articles que la presse avait consacrés à ses diverses enquêtes. Elle avait tout conservé, bien qu'elle ait failli balancer ce dossier une centaine de fois. Heureusement, elle n'était jamais passée à l'acte. Elle ressentait à présent le besoin de relire tout ce qui avait été écrit sur Holman. Elle ressentait le besoin de se remémorer pourquoi le *Times* l'avait surnommé le « Gentleman Braqueur » – et pourquoi il méritait une deuxième chance.

Elle tomba sur la coupure jaunie, dont le titre la fit sourire. Leeds avait balancé le journal à travers la salle de la brigade et passé ensuite une bonne semaine à traiter le *Times* de tous les noms – ce qui, à l'époque, l'avait beaucoup amusée. *Rat de Plage et Gentleman*, annonçait la manchette.

Elle lut l'article à la table de la cuisine et se trouva soudain replongée dans les circonstances de leur rencontre...

Le Rat de Plage

La dame qui attend devant lui, irritée, ne tient plus en place ; elle lâche un grognement de dégoût en se retournant vers lui pour la quatrième fois. Holman, la sentant sur le point de dire quelque chose, l'ignore. Ça ne suffit pas. Elle finit par exploser.

— Je commence à en avoir marre, de cette banque. À peine trois caissières, et encore, on dirait des somnambules. Pourquoi trois alors qu'il y a dix guichets ? Vous ne trouvez pas qu'ils devraient embaucher plus de monde, en voyant des queues pareilles ? Chaque fois que je viens ici, c'est le même bordel !

Holman garde la tête basse de manière à ce que la visière de sa casquette dissimule son visage aux caméras de surveillance.

La dame finit par hausser le ton pour être entendue des autres personnes de la queue.

— J'ai autre chose à faire que de passer toute la journée dans cette banque !

Son comportement attire l'attention. Tout en elle attire l'attention. C'est une grosse dame vêtue d'une sorte de boubou violet, aux ongles peints en orange, avec une énorme crinière de cheveux frisottés. Holman croise les bras sans répondre et essaie de se faire tout petit. Il porte une vieille chemise hawaïenne Tommy Bahama, un pantalon Armani crème, des sandales, une casquette « Santa Monica Pier » enfoncée au ras des sourcils... sans compter les lunettes de soleil, mais il en va de même pour la moitié des gens de la queue. On est à L.A.

La femme se racle à nouveau la gorge.

— Ah, quand même ! C'est pas trop tôt !

Un homme âgé en chemise rose, et à la peau grêlée, s'avance vers la caisse qui vient de se libérer. La grosse dame est la suivante, puis ce sera au tour de Holman. Il s'efforce de respirer normalement en espérant que le personnel ne verra pas à quel point il transpire.

— Monsieur ? Par ici, s'il vous plaît...

La caissière du bout est une femme sèche au visage étroit, trop maquillée, avec des bagues aux pouces. Holman se dirige vers le guichet et s'en approche aussi près que possible. Il tient dans la même main une feuille de papier pliée en deux et un petit sac en papier brun. Il place le sac et la feuille sur le comptoir juste devant la caissière. Son message est un collage de lettres découpées dans un magazine. Il attend qu'elle l'ait lu.

C'EST UN HOLD-UP
METTEZ L'ARGENT
DANS LE SAC

— Pas de liasses piégées, chuchote Holman pour éviter d'être entendu. Mettez juste les vrais billets, et tout ira bien.

Le visage étroit se durcit encore. Elle le fixe, Holman soutient son regard ; puis elle s'humecte les lèvres et ouvre son tiroir. Il jette un coup d'œil à la pendule, derrière elle. Il suppose qu'elle a actionné sa pédale d'alarme et que la société de gardiennage est déjà alertée. Un taulard lui a expliqué un jour qu'on avait deux minutes maxi pour prendre l'oseille et quitter une banque. Deux minutes, ce n'est peut-être pas long, mais ça lui a suffi déjà huit fois.

L'agent spécial du FBI Katherine Pollard est immobile sur le parking d'une supérette de North Hollywood, en nage sous le soleil de l'après-midi. Assis côté passager dans leur voiture banalisée beige, Bill Cecil l'apostrophe par la fenêtre.
— *Tu vas te prendre une insolation.*
— *Tout ce temps assise, je n'en peux plus.*
Ils attendent sur ce parking depuis huit heures et demie du matin, soit une demi-heure avant l'ouverture des banques du quartier. Pollard a mal aux reins ; elle sort de la voiture toutes les vingt minutes environ pour s'étirer. Et, chaque fois, elle prend soin de baisser sa vitre côté chauffeur pour ne pas perdre une miette d'un éventuel appel des deux émetteurs-récepteurs laissés sur son siège, malgré la présence de Cecil dans la voiture. Celui-ci a beau être plus gradé qu'elle, il n'est là qu'en soutien. Le Rat de Plage, c'est l'affaire de Pollard.

Elle se plie en deux, se touche les orteils. Elle déteste s'étirer en public à cause de ses fesses qu'elle juge trop grosses, mais cela fait trois jours qu'ils sont là à poireauter sur ce parking, priant pour que le Rat de Plage repasse enfin à l'action. Leeds l'a surnommé ainsi parce qu'il braque toujours en chemise hawaïenne et sandalettes, et aussi à cause de sa tignasse réunie en queue-de-cheval.

Soudain, un des émetteurs crépite :
— *Pollard ?*
— *Hé, princesse ! dit Cecil. Le patron veut te parler.*
C'est Leeds, sur le canal du FBI.
Pollard réintègre l'auto et empoigne le talkie-walkie.

— J'écoute, patron.
— Le LAPD a besoin de ses gars ailleurs. Je suis d'accord. On lève le camp.

Pollard jette un coup d'œil à Cecil, qui se borne à hausser les épaules en secouant la tête. Elle redoutait ce moment. Quarante-deux braqueurs en série officiellement recensés sévissent actuellement à travers la ville. La plupart sont armés, n'hésitent pas à recourir à la violence, et ont dévalisé nettement plus de banques que le Rat de Plage.

— Mais, patron... il va attaquer une de mes agences, c'est sûr. La probabilité augmente chaque jour. On a juste besoin d'un peu plus de temps.

Pollard a étudié la majorité des braqueurs en série opérant à Los Angeles, et le profil du Rat de Plage lui semble plus lisible que celui de la plupart des autres. Les agences bancaires qu'il attaque sont toutes localisées sur un grand carrefour permettant un accès facile à deux freeways au moins ; elles n'emploient pas de vigiles et ne sont équipées ni de barrières en plexiglas, ni de porte d'entrée antibraquage ; et tous ses hold-up se sont déroulés en bordure de la ceinture périphérique de Los Angeles, selon une trajectoire qui va dans le sens inverse des aiguilles d'une montre. Pollard, persuadée que sa prochaine cible se situera à proximité de l'échangeur Ventura/Hollywood, a identifié six agences comme cibles potentielles. Le « barrage roulant » dont elle assure actuellement la coordination couvre ces six établissements.

— Ce n'est pas prioritaire, répond Leeds. Le LAPD a des tueurs à mettre sous les verrous, et je ne peux pas me permettre d'immobiliser plus longtemps deux éléments comme Cecil et vous. Les Rock Stars viennent de remettre ça à Torrance.

Pollard sent son cœur se serrer. Les Rock Stars sont une bande de braqueurs qui doit son surnom au fait qu'un de ses membres a pour habitude de chanter dans le feu de l'action. Une manie qui peut paraître stupide, sauf quand on sait que le chanteur en question est toujours raide défoncé et qu'il mime ses solos de guitare sur un pistolet-mitrailleur MAC-10. Les Rock Stars ont tué deux personnes en seize hold-up.

— *Laissez-lui encore un jour, patron, plaide Cecil. Elle le mérite.*

— *Je regrette, mais c'est plié, Katherine. J'ai donné mon feu vert.*

Pollard cherche encore un argument quand le second émetteur-récepteur se fait entendre. Celui-là les relie à Jay Dugan, le responsable de l'équipe de surveillance du LAPD chargée de participer au barrage.

— *Deux-onze à la Bank of America. En cours.*

Pollard balance l'émetteur du FBI sur les genoux de Cecil, déclenche le compte à rebours de son chronomètre et remet le contact de la banalisée.

— *Temps écoulé ? demande-t-elle à Dugan.*

— *Une trente, plus dix. On roule.*

Cecil est déjà en train d'avertir Leeds :

— *C'est parti, Chris. On y va. Allez, princesse, bouge-moi cette bagnole !*

La Pacific West Bank n'est qu'à quatre blocs de distance, mais le trafic est dense. Le Rat de Plage a au moins quatre-vingt-dix secondes d'avance sur eux et est peut-être déjà en train de quitter l'agence. Pollard enclenche la première et se jette dans le flot de la circulation.

— *Temps écoulé, Jay ?*

— *On est à six blocs. Il ne doit plus manquer grand-chose.*

Pollard slalome dans le trafic, conduisant d'une main et klaxonnant de l'autre. Elle roule aussi vite que possible vers la banque en priant pour qu'ils arrivent à temps.

Holman regarde la caissière vider ses tiroirs et remplir son sac en papier liasse par liasse. Elle cherche à gagner du temps.
— Plus vite.
Elle accélère le rythme.
Il jette un coup d'œil à la pendule et sourit. La trotteuse n'a parcouru que soixante-dix secondes. Il sera ressorti en moins de deux minutes.
La caissière dépose une dernière liasse. Elle s'applique à éviter le regard de ses collègues. Après avoir tout mis dans le sac de Holman, elle attend ses consignes.
— Super, dit-il. Vous n'avez qu'à le pousser vers moi. Surtout ne criez pas. Ne dites rien à personne avant que je sois à la porte.
Elle pousse le sac vers lui, comme prévu, mais c'est alors que la directrice de la banque s'approche avec un bordereau à remplir. Elle voit le sachet en papier, l'expression de sa caissière, et il ne lui en faut pas plus. Elle s'arrête net. Elle ne hurle pas et ne cherche pas à intervenir, mais Holman sent instantanément sa peur.
— Ne vous inquiétez pas, dit-il. Tout va bien se passer.
— Prenez l'argent et allez-vous-en. Je vous en prie, ne faites de mal à personne.
Le vieil homme en chemise rose vient de terminer son opération. Il passe juste derrière Holman quand la directrice supplie celui-ci de ne faire de mal à personne. Le vieil homme se retourne pour voir ce qui se passe et,

comme la directrice, comprend qu'un hold-up est en cours. Mais, à la différence de la directrice, il se met à crier :

— Au secours ! Un hold-up !

Son visage vire à l'écarlate. Il plaque les deux mains contre sa poitrine et fait entendre un gargouillis de souffrance.

— Eh là ! s'exclame Holman.

Le vieil homme titube, tombe en arrière. Au moment où il heurte le sol, ses yeux se révulsent et son gargouillis se mue en une sorte de soupir de moins en moins audible.

— Oh, mon Dieu ! s'écrie la dame en boubou.

Holman rafle son sac plein de billets et se replie vers la sortie, mais personne n'a esquissé le moindre geste pour aider le vieil homme.

— Je crois qu'il est mort ! mugit la grosse dame. Appelez les pompiers, quelqu'un ! Il est en train de mourir !

Holman court vers la porte mais ne peut s'empêcher de jeter un regard en arrière. Le visage du vieil homme est passé du cramoisi au violet foncé, et il ne bouge plus. Holman comprend qu'il vient d'avoir une crise cardiaque.

— Bon sang, il y a quelqu'un qui s'y connaît en massage cardiaque, ici ? crie-t-il. Aidez-le, vite !

Personne ne bouge.

Holman sait que son temps est compté. Il a déjà franchi la barre des deux minutes. Il se retourne vers la porte mais ne peut se résoudre à la franchir. Personne n'essaie d'intervenir.

Holman court vers lui, tombe à genoux et entreprend de lui sauver la vie. Il est encore en plein bouche-à-bouche quand une femme déboule dans l'agence, le pistolet au poing, suivie par un Noir au crâne rasé de carrure surhumaine. La femme s'identifie comme un agent du FBI et lui signifie son arrestation en le tenant en joue.

— Vous voulez que j'arrête ça ? demande Holman entre deux séries de bouche-à-bouche.

Après une seconde de réflexion, elle baisse son arme.

— Non, répond-elle. Vous vous débrouillez bien.

Holman poursuit son bouche-à-bouche jusqu'à l'arrivée des secours. Il a violé la règle des deux minutes en restant trois minutes quarante-six secondes de trop dans l'agence.

Le vieil homme survivra.

QUATRIÈME PARTIE

35

HOLMAN ÉTAIT EN PLEINE SÉANCE de pompes quand on frappa à sa porte. Il avait passé l'essentiel de sa matinée à s'entraîner, enchaînant les séries mécaniquement, les unes après les autres. Il avait laissé deux messages supplémentaires sur la boîte vocale de Pollard la veille au soir et cherchait à se mettre en condition avant de la rappeler. En entendant frapper, il crut que c'était Perry. Personne d'autre n'était jamais venu le voir.

— Minute.

Il sauta dans son pantalon et alla ouvrir mais, à sa grande stupéfaction, c'est Pollard qu'il trouva sur le seuil. Il la dévisagea d'un air sidéré.

— Il faut qu'on parle, dit-elle.

Elle ne souriait pas. Elle semblait irritée et tenait à la main la chemise contenant tous les documents qu'il lui avait confiés. Il prit brutalement conscience de son torse nu luisant de sueur, de sa peau blanche et flasque.

— Je m'attendais à ce que ce soit quelqu'un d'autre, dit-il en regrettant de ne pas avoir pensé à passer une chemise.

— Laissez-moi entrer, Holman. Il faut qu'on parle de ça.

Il s'effaça pour lui permettre de passer, puis se pencha

dans le couloir pour jeter un œil et vit la tête de Perry disparaître à l'angle de l'escalier. Il réintégra la chambre mais laissa la porte ouverte. Il avait honte de sa tenue et de sa chambre pouilleuse et pensait qu'elle serait mal à l'aise enfermée seule ici avec lui. Il enfila un tee-shirt pour cacher sa nudité.

— Vous avez eu mes messages ?

Elle revint vers la porte et la ferma, en laissant une main sur la poignée.

— Oui, et j'ai une question à vous poser. Qu'est-ce que vous comptez faire de l'argent ?

— De quoi est-ce que vous me parlez ?

— Si on retrouve les seize millions. Vous avez l'intention d'en faire quoi ?

Il la fixa. Elle avait l'air sérieuse. Son expression était intense, sa bouche dessinait un petit nœud serré. Comme si elle était là pour se mettre d'accord avec lui sur le partage du gâteau.

— Vous vous foutez de moi ?

— Je ne me fous pas de vous.

Il l'étudia encore un instant avant de s'asseoir au bord du lit. Il entreprit de mettre ses chaussures pour se donner une contenance.

— Je veux juste savoir ce qui est arrivé à mon fils. Si on retrouve l'argent, vous n'aurez qu'à le garder. Je ne veux pas savoir ce que vous en ferez.

Il aurait été bien en peine de dire si Pollard était déçue ou soulagée. D'ailleurs, il s'en fichait – à ceci près qu'il avait encore besoin de son aide.

— Si vous avez envie de le garder, reprit-il, ce n'est pas moi qui vous balancerai. Mais il y a juste une chose, il n'est pas question qu'une histoire de pognon m'empêche de retrouver l'assassin de Richie. S'il faut choisir entre l'argent et savoir ce qui s'est passé, l'argent passe à la trappe.

— Et qu'en pense votre ami Mareno ?

— Vous avez écouté mes messages, oui ou non ? Il m'a prêté une voiture, et alors ? Qu'est-ce que ça peut faire ?

— Peut-être qu'il espère toucher sa part.

— Mais qu'est-ce que vous lui voulez, à Mareno ? riposta Holman, irrité. Où est-ce que vous avez entendu parler de lui ?

— Contentez-vous de répondre à ma question.

— Vous n'en avez pas posé, putain. Je ne lui ai jamais parlé de ce fric, mais je m'en foutrais autant si c'était lui qui devait le garder. Qu'est-ce que vous croyez, qu'on prépare le crime du siècle, lui et moi ?

— Ce que je crois, c'est que les flics ont fait le lien entre Mareno et vous. Comment expliquez-vous ça ?

— Je suis passé le voir trois ou quatre fois. Peut-être qu'ils l'ont mis sous surveillance.

— Et pourquoi est-ce qu'ils le surveilleraient s'il s'est rangé ?

— Ils ont peut-être pigé que c'est lui qui m'a aidé à retrouver Maria Juarez.

— Il connaissait Juarez ?

— C'est moi qui lui ai demandé de m'aider, bon Dieu ! Écoutez, je regrette de ne pas vous avoir dit que cette putain de bagnole m'a été prêtée par Chee. Je ne cours pas après le fric, je cherche le fils de pute qui a tué mon fils.

Holman en avait fini avec ses lacets ; il leva la tête. Elle le fixait toujours et il soutint son regard. Il sentit qu'elle essayait de lire en lui mais ne savait pas vraiment pourquoi. Elle parut prendre une décision et lâcha le bouton de la porte.

— Ce fric, dit-elle, personne ne va le garder. Si on le retrouve, on le rend.

— Parfait.

— Ça vous va ?

— J'ai dit parfait.

— Ça ira aussi à votre ami Chee ?

— Chee m'a prêté une bagnole et c'est tout. Autant que je sache, il n'est même pas au courant pour les seize millions. Si vous voulez qu'on aille le voir, allons-y. Vous n'aurez qu'à lui demander vous-même.

Après l'avoir regardé encore un moment, Pollard sortit plusieurs pages du dossier.

— La copine de Marchenko s'appelait Alison Whitt. C'était une prostituée.

Elle s'approcha et lui tendit les feuillets. Holman parcourut le premier pendant qu'elle parlait et constata que c'était la copie d'une fiche d'identification du LAPD au nom d'Alison Whitt. La photocopie en noir et blanc du cliché de l'identité judiciaire était grossière, mais elle montrait une gamine blanche aux cheveux couleur de sable qui pouvait être originaire du Midwest.

— Environ deux heures avant le meurtre de votre fils et des trois autres, Whitt a été assassinée, elle aussi.

Pollard poursuivit sur sa lancée, mais Holman n'entendait plus. Des images effroyables crépitèrent dans son esprit, couvrant le flot de paroles : Fowler et Richie dans une ruelle obscure, le visage fugacement enflammé par l'éclair de leur arme. C'est tout juste s'il s'entendit dire :

— Ils l'ont tuée, c'est ça ?

— Je n'en sais rien.

Il ferma convulsivement les paupières puis les rouvrit, luttant pour bloquer les images, mais le visage de Richie ne fit que grossir, illuminé par le flamboiement silencieux de son pistolet.

— Fowler lui a téléphoné le mardi d'avant la tuerie, continua-t-elle. Ils se sont parlé douze minutes, cet après-midi-là. Le même soir, Richard et lui sont ressortis tard et sont rentrés chez eux avec de la boue aux pieds.

Holman se leva et contourna son lit en direction du climatiseur, fuyant le cauchemar qui était en train de lui emplir le crâne. Il se concentra sur la photo de Richie sur la commode, à huit ans, avant qu'il soit devenu un voleur et un assassin.

— Ils l'ont tuée. Elle leur a dit où était le fric, à moins qu'elle ait menti ou je ne sais quoi, et ils l'ont tuée.

— N'allez pas trop vite en besogne, Holman. La police se concentre pour le moment sur les proxos et les clients qu'elle aurait pu connaître pendant son service de jour. Le tapin n'était pour elle qu'un truc occasionnel, elle était aussi serveuse dans un bistrot de Sunset, le Mayan Grille.

— C'est de la connerie. Elle se serait fait tuer la même nuit qu'eux ? La coïncidence est trop énorme.

— Moi aussi, je crois que c'est de la connerie, mais les gars qui bossent sur cette affaire ne savent sans doute pas qu'elle connaissait Marchenko. N'oubliez pas le cinquième homme. On a maintenant cinq personnes dans le groupe Fowler, et seulement quatre sont mortes. Le cinquième homme pourrait bien être notre meurtrier.

Holman, qui avait oublié le cinquième homme, s'agrippa à cette idée comme à une planche de salut. Le cinquième homme avait, lui aussi, tenté de retrouver Allie, et tout le monde était mort dans la foulée, sauf lui. Il repensa soudain à Maria Juarez.

— Vous vous êtes rencardée sur la femme de Juarez ?

— J'en ai parlé à une amie ce matin. Le LAPD maintient qu'elle a pris la fuite.

— Elle n'a pas pris la fuite ; elle a été arrêtée. Par le même mec qui m'a embarqué l'autre jour – Vukovich. Il roule pour Random.

— Mon amie travaille là-dessus. Elle va essayer d'obtenir la vidéo de Juarez filmée par Maria. Je sais que Random vous a dit qu'elle était truquée, mais nos techniciens pourront peut-être l'examiner quand même – et nous avons les meilleurs du monde.

Nous. Comme si elle était encore chez les Feds.

— Vous avez l'intention de continuer à m'aider ? interrogea Holman.

Après une hésitation, elle se retourna vers la porte avec son dossier.

— Je vous conseille de ne pas me mentir, dit-elle.

— Je ne mens pas.

— Vous avez intérêt. Préparez-vous. Je vous attends en bas dans ma voiture.

Holman la regarda sortir et se hâta de prendre une douche.

36

LE MAYAN GRILLE était un petit restau de Sunset, à hauteur de Fairfax, qui n'ouvrait que le matin et à midi. Les affaires marchaient bien. La queue débordait sur le trottoir et les tables en terrasse étaient prises d'assaut par une clientèle jeune et friquée qui commandait des crêpes et des omelettes. Holman détesta immédiatement et le troquet, et les gens qui le fréquentaient. Il n'y attacha pas beaucoup d'importance sur le coup, mais leur présence l'emplit de dégoût.

Il n'avait pas pipé mot pendant leur trajet en voiture vers le Mayan Grille. Il avait fait semblant d'écouter ce que lui disait Pollard d'Alison Whitt, mais toutes ses pensées étaient rivées sur Richie. Il se demandait si les tendances criminelles se transmettaient de père en fils, comme Donna l'avait craint jadis, ou si un cadre familial pitoyable suffisait à pousser quelqu'un au crime. Dans un cas comme dans l'autre, sa responsabilité était totale. Résultat, il était d'humeur massacrante quand il fendit la foule derrière Pollard pour entrer dans la salle.

À l'intérieur, c'était encore plus bondé. Holman et Pollard se retrouvèrent derrière une muraille de clients qui attendaient tous d'être placés. Pollard avait du mal à voir au-delà de la foule, mais Holman, quasiment plus grand que tout le monde, bénéficiait d'une vue dégagée. La plupart des mecs étaient en tee-shirt et jean baggy, la plupart des filles portaient un pantalon taille basse découvrant le sommet d'un tatouage en haut de leurs fesses. Tout ce joli monde semblait plus préoccupé de bavasser que de se nourrir, vu que la majorité des assiettes desservies revenaient pleines. Soit personne ne travaillait, soit ils étaient tous dans le show-biz, soit les deux à la fois, pensa Holman. Chee et lui avaient beaucoup maraudé aux alentours de ce genre de rade dans le temps, à l'affût d'une caisse à bouger. Pollard se retourna vers lui.

— Le rapport d'enquête parle d'une serveuse, une certaine Marki Collen, proche de Whitt. C'est elle qu'on veut voir.

— Et si elle n'est pas là ?

— J'ai passé un coup de fil pour vérifier. Il faut juste qu'on l'amène à parler. Ça ne va pas être facile en plein coup de feu.

Pollard lui ordonna d'attendre puis se faufila jusqu'à l'hôtesse chargée de superviser le placement des clients en attente. Holman les regarda palabrer et vit un type qui avait tout du gérant les rejoindre. Celui-ci finit par tendre le doigt vers une serveuse en train d'aider un commis à débarrasser une des tables du fond, puis secoua la tête. Pollard n'avait pas l'air ravie quand elle rebroussa chemin.

— Ils ont vingt personnes en attente, ils manquent de personnel, et le patron refuse de lui accorder sa pause maintenant. On risque de ne pas pouvoir lui parler avant un bon bout de temps. Vous voulez qu'on aille prendre un café quelque part et qu'on revienne à la fin de son service ?

Holman ne voulait ni attendre ni aller nulle part. On

lui demandait de faire le pied de grue pendant que tous ces branleurs, qui rêvaient sans doute d'une carrière à Hollywood et n'avaient rien de mieux à faire que parler de leur dernière audition, commandaient des plats qu'ils ne bouffaient même pas. Son humeur déjà sinistre s'assombrit encore.

— C'est la fille du fond ? Celle qu'il a montrée du doigt ?

— Ouais, Marki Collen.

— Venez.

Holman se fraya un chemin dans la foule à coups d'épaule, dépassa l'hôtesse et marcha vers la table. Le commis était en train de passer l'éponge et de disposer des sets propres. Holman tira une chaise et s'assit, mais Pollard hésita. L'hôtesse, qui avait déjà indiqué cette table à deux hommes, vit que Holman s'était installé et les fusilla du regard.

— Ça ne se fait pas, murmura Pollard. Vous allez nous faire jeter.

Qu'ils essaient un peu, pensa Holman.

— Ne vous en faites pas.

— On a besoin de leur coopération.

— Faites-moi confiance. Ce sont des acteurs.

Marki Collen était en train de servir les commandes de la table située juste derrière eux. Elle avait l'air hagarde et sous pression, comme tout le personnel. Holman sortit son portefeuille gonflé par les billets de Chee, en prenant soin de le laisser sous la table. Il se pencha en arrière et effleura la hanche de Marki.

— Je suis à vous dans une seconde, monsieur.

— Regardez ça, Marki.

Elle se retourna en entendant son prénom, et Holman lui montra un billet de cent plié en quatre. Ayant lu dans ses yeux qu'elle avait bien enregistré le Franklin, il le glissa dans la poche de son tablier.

— Allez dire à l'hôtesse que je suis un ami et que c'est vous qui m'avez indiqué cette table.

L'hôtesse avait alerté le gérant, et tous deux venaient dans leur direction, furieux et talonnés par le duo de clients. Holman regarda Marki les intercepter, espérant au fond que les deux petits cons qui briguaient la table arriveraient jusqu'à lui. Il mourait d'envie de les renvoyer sur Sunset Boulevard à coups de pied au cul.

Pollard lui posa une main sur le bras.

— Arrêtez. Arrêtez de les fixer comme ça. Holman, merde, ça rime à quoi, cette hostilité ?

— Je ne vois pas de quoi vous parlez.

— Vous avez envie de vous battre pour cette table ? Vous n'êtes plus dans une cour de prison, Holman. On a besoin de parler à cette fille.

Holman sentit qu'elle était dans le vrai. Il regardait ces types avec ses yeux de taulard. Il se força à détourner la tête et s'intéressa aux tables avoisinantes. Presque tous les clients avaient à peu près l'âge de son fils. Il comprit alors pourquoi il était en colère. Ces gosses se bâfraient de crêpes pendant que Richie était enfermé dans un sac à la morgue.

— Vous avez raison. Excusez-moi.

— Allez-y mollo.

Marki avait apparemment réussi à arrondir les angles avec le gérant ; elle revint à leur table avec un large sourire et deux menus.

— C'est vraiment sympa de votre part, monsieur. Je vous ai déjà servi ?

— Non, ce n'est pas ça. On a juste quelques questions à vous poser sur Alison Whitt. Il paraît que vous étiez amies.

Marki n'eut pas l'air plus émue que ça quand Holman prononça le nom de la défunte. Elle se contenta d'un haussement d'épaules et leva son carnet, attendant leur commande.

— Euh, ouais, plus ou moins. Disons qu'on se parlait ici, au boulot. Mais bon, ce n'est pas le meilleur moment. J'ai toutes ces tables.

— Un billet de cent, chérie, ça fait un paquet de pourboires.

Marki haussa de nouveau les épaules et changea de pied d'appui.

— Des policiers sont déjà venus. Ils ont posé des questions à tout le monde. Je ne vois pas ce que je pourrais vous dire d'autre.

— Ce n'est pas tellement du meurtre qu'on voudrait parler, dit Pollard, plutôt d'un ancien petit ami à elle. Vous savez qu'il lui arrivait de se prostituer ?

Marki lâcha un gloussement nerveux et se tourna vers les tables voisines pour s'assurer que personne n'écoutait.

— Euh, ouais, bien sûr, répondit-elle, baissant le ton. Les flics se sont pas gênés pour le dire. C'est même là-dessus qu'ils nous ont posé des questions.

— Son dossier fait état de deux interpellations, il y a à peu près un an, mais depuis, plus rien. Elle tapinait toujours ?

— Oh, ça ouais. Cette fille était trop délire, elle vivait pour l'éclate. Il lui arrivait tout le temps des histoires hallucinantes.

Holman gardait un œil sur le gérant, qui les observait en faisant la gueule. Il y avait quatre-vingt-quinze chances sur cent pour qu'il rapplique parce que Marki discutait au lieu de travailler.

— Vous savez quoi, Marki ? proposa-t-il. Allez

prendre deux ou trois commandes, histoire que votre patron ne pète pas les plombs, et vous reviendrez ensuite nous parler de ces histoires. On va lire le menu.

Dès qu'elle se fut éloignée, Pollard se pencha vers lui.

— Vous lui avez donné cent dollars ?

— Et alors ?

— Je ne suis pas en train de vous agresser, Holman.

— Oui. Un billet de cent.

— Putain. J'aurais peut-être dû me faire payer.

— C'est le fric de Chee. Je croyais que vous ne vouliez surtout pas être contaminée.

Elle lui jeta un regard noir. Holman se sentit rougir et détourna la tête. Il était temps qu'il se reprenne. Il se mit à étudier la carte.

— Vous avez envie de manger quelque chose ? Puisqu'on est là, autant en profiter pour casser la graine.

— Allez vous faire foutre.

Holman resta plongé dans la carte jusqu'au retour de Marki. Celle-ci annonça qu'elle avait une minute à leur consacrer, et Pollard reprit le fil de leur conversation comme si de rien n'était.

— Elle vous parlait de ses clients ?

— Elle racontait un tas d'histoires marrantes sur eux. Il y en avait des célèbres.

— On cherche à se renseigner sur un type qu'elle voyait il y a quatre ou cinq mois. Peut-être son petit ami, mais, à notre avis, c'était plutôt un micheton. Un nom pas courant, Andre Marchenko. Un Russe, ça vous rappelle quelque chose ?

Marki réagit sur-le-champ et sourit.

— Ah, ouais, le pirate. Martin, Marko, Mar-quelque chose.

— Marchenko.

— Pourquoi le pirate ? demanda Holman.

Le sourire de Marki se mua en gloussement.

— Parce que c'était son trip. Allie disait que ce mec pouvait pas prendre son pied sans faire semblant d'être une espèce de méchant pirate, vous savez, ho-ho-ho et la bouteille de rhum, le genre aventurier assis sur un trésor enfoui.

Holman échangea un regard avec Pollard et la vit retrousser le coin des lèvres. Elle hocha la tête. Ils tenaient quelque chose.

Il se retourna vers Marki et lui offrit son plus chaleureux sourire.

— Sans déconner ? Il lui a parlé d'un trésor enfoui ?

— Il disait plein de trucs débiles. Il aimait bien l'emmener au pied des lettres géantes, à Hollywood. Il voulait toujours faire ça là-haut. Il l'emmenait jamais chez lui et ça l'intéressait pas de s'envoyer en l'air dans une bagnole ou au motel. Non, il fallait que ça se passe tout là-haut, histoire qu'il surplombe son royaume et puisse se faire son cinéma.

Marki se remit à glousser. Holman, lui, sentit qu'il y avait un hic.

— C'est Allie qui vous a raconté qu'il l'emmenait là-haut ?

— Ouais. Quatre ou cinq fois, elle m'a dit.

— On ne peut pas aller au pied des lettres. Il y a une clôture, et toute la zone est balayée par des caméras de surveillance.

Apparemment surprise, Marki haussa les épaules comme si ce détail n'avait aucune importance à ses yeux.

— C'est ce qu'elle m'a dit. Elle m'a dit que c'était chiant parce qu'il fallait se taper la montée à pied, mais que le mec en question était pété de thune. Il lui refilait mille dollars rien que pour... enfin, vous savez, une pipe. Allie disait qu'elle aurait passé ses journées à grimper là-haut pour mille dollars.

Marki fut appelée à une table voisine, les laissant seuls. Holman commençait à douter de l'histoire d'Allie et des lettres.

— Je connais le coin, dit-il. On peut s'approcher du site, mais il n'y a pas moyen d'accéder au pied des lettres. Ils ont mis des caméras vidéo partout. Et même des détecteurs de mouvement.

— Attendez un peu, Holman, son truc tient la route. Marchenko et Parsons vivaient à Beachwood Canyon. Les lettres sont juste au-dessus. Ils ont peut-être planqué leur butin là-haut.

— Personne n'irait enterrer seize millions de dollars là-haut. Ça prend de la place, seize millions.

— On verra sur place. On va monter y faire un tour.

Holman doutait toujours au retour de la serveuse, mais Pollard reprit le feu de ses questions.

— On a presque fini, Marki. Encore une minute et on vous laisse tranquille.

— Comme il disait tout à l'heure, cent dollars, ça fait un paquet de pourboires.

— Allie savait pourquoi il tenait tant à l'emmener là-haut ?

— Aucune idée. Je sais juste que c'était son truc.

— Tout à l'heure, vous nous avez parlé de cinéma. Quel genre de cinéma ?

Marki plissa le front, pensive.

— Peut-être pas du cinéma, mais disons qu'il aimait jouer un rôle. Lui, c'était le pirate, elle la belle captive, et ils baisaient sur son trésor volé. Elle devait faire comme si ça l'excitait grave, vous comprenez, comme si c'était le summum de l'éclate de se faire sauter sur un tas de pièces d'or trébuchantes.

Pollard l'encouragea d'un hochement de tête.

— C'était comme ça qu'il prenait son pied ? En baisant sur un tas de fric ?

— Faut croire.

Pollard décocha un regard à Holman, qui se contenta de hausser les épaules. Prendre son pied sur un tas de fric avait peut-être été le grand fantasme de Marchenko, mais il n'arrivait toujours pas à se l'imaginer enterrant seize millions de dollars en billets dans un lieu public de ce genre. Il se souvint alors que Richie et Fowler étaient rentrés chez eux les semelles pleines d'herbe et de boue.

— Quand les policiers sont venus, vous leur avez parlé de Marchenko ? interrogea-t-il.

Marki fit l'étonnée.

— J'aurais dû ? C'est tellement vieux, cette histoire.

— Non. Je me demandais juste s'ils vous avaient posé la question.

Holman était prêt à partir, mais Pollard ne le regardait pas.

— Dernière chose, dit-elle. Vous savez comment Allie a fait sa connaissance ?

— Euh, non.

— Elle avait un mac ? Elle bossait pour une agence ?

Le front de Marki se creusa de nouveau.

— Elle avait quelqu'un qui la protégeait, mais ce n'était pas un mac, ni rien.

— Comment ça, intervint Holman, quelqu'un qui la protégeait ?

— Ça peut paraître idiot, mais… elle m'avait dit de n'en parler à personne.

— Allie nous a quittés. Maintenant, ça n'a plus d'importance.

Après un regard en direction des tables voisines, Marki murmura :

— Bon, d'accord. Allie collaborait avec la police. Elle disait qu'elle n'avait rien à craindre question P-V grâce à cet ami qui pouvait tout lui faire sauter. Ça lui arrivait même de se faire payer pour parler de ses clients.

Holman jeta un coup d'œil à Pollard. Elle avait pâli.

— Alison était un informateur rémunéré ?

Marki haussa les épaules avec un petit sourire gêné.

— C'est pas ça qui l'aurait rendue riche, ni rien. Elle m'a expliqué qu'il y avait un plafond ou je ne sais pas quoi sur les sommes qu'elle touchait. Avant de la payer, le mec était obligé de demander un genre d'accord préalable.

— Elle vous a dit le nom du mec ? demanda Holman.

— Non.

Il se tourna vers Pollard, toujours aussi blême. Il lui toucha le bras.

— Autre chose ?

Elle secoua la tête.

Holman sortit un second billet de cent et le fourra dans la main de Marki.

37

UNE ACTRICE DÉPRESSIVE, PEG ENTWISTLE, s'était suicidée en se jetant du haut du H. Les lettres mesuraient quinze mètres et, aujourd'hui encore, le mot HOLLYWOOD [1] s'étire sur plus de cent trente mètres juste sous le sommet du mont Lee, dans les collines de Hollywood. Après des décennies de négligence, ces lettres géantes ont été reconstruites à la fin des années soixante-dix, mais les vandales et autres fumeurs de joints étant passés par là, la municipalité en a rapidement interdit l'accès au public. Elles ont été entourées d'un grillage, de caméras à infrarouge en circuit fermé et de détecteurs de mouvement. Une sorte de Fort Knox, et le parallèle n'échappa pas à Holman tandis qu'il indiquait à Pollard comment rejoindre le sommet de Beachwood Canyon. Il était monté sur cette colline un nombre incalculable de fois depuis son enfance.

— Vous connaissez vraiment le chemin ? demanda Pollard, visiblement inquiète.

— Ouais. On y est presque.

— Je pensais qu'il faudrait passer par Griffith Park.

---

1. À l'origine, c'était HOLLYWOODLAND : les lettres faisaient office de publicité pour un projet immobilier. *(N.d.T.)*

— C'est plus court par ici. On va prendre une petite route que je connais.

Holman demeurait persuadé qu'ils ne trouveraient rien mais savait qu'ils devaient tout de même aller voir. Chacune de leurs découvertes les ramenait régulièrement à la police, et Alison Whitt n'échappait pas à la règle. Si elle avait parlé à son policier d'Andre Marchenko, les flics pouvaient avoir eu vent de l'histoire des lettres géantes – et être allés fouiller le secteur, étant donné la nature du fantasme de Marchenko. Richie lui-même avait peut-être participé à la fouille. Il se demanda si Alison Whitt avait reconnu Marchenko aux actualités. C'était probable. Il y avait de fortes chances pour qu'elle se soit rendu compte que le braqueur abattu n'était autre que son « pirate » et qu'elle ait alors décidé de répéter tout ce qu'elle savait de lui à son pote flic, signant sans doute ainsi son arrêt de mort.

— Ils font chier, ces canyons, bougonna Pollard. Mon portable ne passe plus.

— Vous voulez faire demi-tour ?

— Non, Holman, je ne veux pas faire demi-tour. J'aurais juste aimé vérifier si oui ou non cette fille était une indic.

— Vous pouvez le savoir en téléphonant ? Il y a une hotline spéciale indics ?

— Épargnez-moi votre humour, Holman. S'il vous plaît.

Ils poursuivirent leur ascension de Beachwood Canyon en serpentant sur d'étroites rues résidentielles. Les lettres géantes grandissaient devant eux, tantôt visibles entre les maisons et les arbres, tantôt masquées par les contreforts de la montagne. Quand ils eurent atteint la ligne de crête, Holman lui montra où tourner.

— Ralentissez. On arrive. Vous n'avez qu'à vous garer devant ces baraques, là.

Pollard s'exécuta et ils mirent pied à terre. La rue s'arrêtait brutalement au pied d'un haut portail métallique fermé à clé, sur lequel était placardé un écriteau indiquant ACCÈS INTERDIT AU PUBLIC. L'asphalte n'allait pas au-delà ; de l'autre côté de la grille, ce n'était plus qu'une piste de terre et de gravier.

Pollard considéra le panneau d'un œil dubitatif.

— C'est ça, votre raccourci ? Ce truc est fermé.

— C'est un chemin coupe-feu. En continuant à pied, on peut contourner le sommet et arriver au-dessus des lettres. Ça nous évitera plusieurs kilomètres de grimpette à travers Griffith Park. Je venais déjà ici tout gosse.

Pollard tapota les mots ACCÈS INTERDIT.

— Vous n'avez donc *jamais* respecté la loi ?

— Franchement, non.

— Je rêve.

Elle passa de l'autre côté en se faufilant entre le portail et la roche. Holman la suivit, et ils partirent à l'assaut de la piste. Ça montait plus sec que dans ses souvenirs, mais il avait vieilli et n'était pas en grande forme physique. Il se retrouva très vite essoufflé, alors que Pollard semblait très à son aise. Ils avaient démarré assez loin en contrebas des lettres mais progressaient régulièrement vers le sommet. La terre et les graviers du chemin coupe-feu cédèrent progressivement la place à un goudron abîmé, et ils croisèrent plusieurs autres chemins, eux aussi défendus par un portail fermé à clé. La pente s'accentua en même temps que la piste s'incurvait pour contourner le mamelon. Les lettres géantes disparurent à nouveau, mais l'antenne de la station émettrice perchée au-dessus d'eux grandissait à vue d'œil.

— Ces types n'ont certainement pas transporté leur butin jusqu'ici, fit Holman.

— Marchenko est bien venu avec sa petite amie.

— Elle avait des jambes. Vous auriez laissé traîner seize millions dans un coin pareil, vous ?

— Non, mais je n'aurais pas non plus braqué treize banques. Ni tiré sur les flics.

La piste basculait sur le versant opposé de la montagne à l'approche du sommet et, brusquement, tout Los Angeles se déploya sous leurs yeux, à perte de vue. L'île Catalina flottait dans la brume à près de quatre-vingts kilomètres. L'épais cylindre du Capitol Records Building balisait Hollywood, et des bouquets de gratte-ciel parsemaient comme autant d'îlots la surface de l'océan urbain.

— Wouah ! s'exclama Pollard.

Holman se fichait éperdument de la vue. La station émettrice trônait au bout de la piste, hérissée d'antennes et de paraboles, cernée de grillages. Une autre clôture métallique haute de trois mètres bordait le chemin côté aval, et le sommet des lettres était visible à travers les mailles. Il les montra du doigt.

— Voilà, dit-il. Vous croyez encore qu'ils ont enterré leur butin ici ?

Pollard glissa ses doigts à travers le grillage et baissa les yeux sur les lettres. La pente était raide. Leur base était trop en contrebas pour être visible.

— Bon Dieu. On peut descendre ?

— Il faudrait escalader la clôture, mais le vrai problème n'est pas là. Vous avez remarqué les caméras ?

Des caméras de vidéosurveillance étaient fixées sur des poteaux métalliques hauts de cinq mètres plantés à intervalles réguliers le long de la clôture, jusqu'à l'antenne émettrice. Leurs objectifs étaient braqués sur les lettres.

— Ces caméras surveillent la zone vingt-quatre heures sur vingt-quatre, expliqua-t-il. Il y en a sur toute la longueur des lettres, et ils en ont mis d'autres en bas pour couvrir tous les angles. Elles sont équipées de détecteurs de mouvement et aussi d'un système infrarouge pour pouvoir filmer de nuit.

Pollard se hissa sur la pointe des pieds afin de voir aussi loin que possible en aval, puis pivota sur elle-même pour observer le chemin de la station émettrice. Côté amont, huit ou dix mètres de pente escarpée les séparaient du sommet. Elle balaya le relief du regard avant de reporter son attention sur les caméras.

— Qui y a-t-il derrière ces caméras ?

— Le service des parcs. Les rangers. Ils surveillent le coin vingt-quatre heures sur vingt-quatre et sept jours sur sept.

Elle jeta un nouveau coup d'œil vers le sommet.

— Et là-haut, il y a quoi ?

— Des broussailles. C'est juste le sommet.

Holman la vit s'ébranler en direction de la station émettrice et lui emboîta le pas. Elle s'arrêtait de temps en temps pour se retourner vers les lettres.

— Il y a moyen d'arriver ici en partant d'en bas ?

— C'est pour ça qu'ils ont mis des détecteurs. Les caméras du bas balaient toutes les voies d'approche possibles.

— Ça descend fort. C'est moins raide au pied des lettres ?

— Un peu, mais pas beaucoup. Il y a un vague replat, de la largeur d'un gros sentier. Les lettres sont pratiquement plantées dans la pente.

La station émettrice était, elle aussi, ceinte d'une

clôture métallique qui coupait la piste comme un rempart. Le bâtiment était construit juste sous le mamelon du sommet.

— Il paraît qu'il y a un héliport derrière l'antenne, dit Holman, mais je ne l'ai jamais vu. C'est là qu'ils débarquent en cas d'alarme. Ils montent en hélico.

Après avoir observé les caméras les plus proches, Pollard se retourna vers le chemin qu'ils venaient de gravir. Tout était clôturé, surveillé, protégé. Elle paraissait déçue.

— Vous aviez raison, Holman. On se croirait dans un putain de camp de prisonniers.

Il s'efforça de visualiser Richie, Fowler et leurs collègues montant ici en pleine nuit – mais ça ne collait pas. Même s'ils avaient soupçonné Marchenko d'avoir planqué son butin au pied ou à proximité des lettres, où et comment auraient-ils cherché ? Le monument mesurait cent trente-cinq mètres de long. Il couvrait une immense superficie, et il était impossible à quiconque, même des policiers, de s'en approcher sans se faire repérer par les rangers. Ils pouvaient avoir raconté aux rangers qu'ils agissaient dans le cadre d'une enquête de police officielle, mais il y avait peu de chances. L'argument ne tenait pas la route, surtout s'ils avaient fouillé de nuit. Les rangers leur auraient posé des questions, et la rumeur de leur virée nocturne n'aurait pas tardé à se répandre au-delà des limites du parc. S'ils avaient voulu bluffer les rangers, ils auraient fouillé de jour. Or ils étaient ressortis en pleine nuit, ce qui prouvait leur intention d'agir en secret.

— Vous savez à quoi je pense ? lança Pollard.
— À quoi ?
— À une pipe.

Holman se sentit rougir. Il détourna les yeux et s'éclaircit la voix.

— Ah ?

Elle tourna lentement sur elle-même, en balayant le site d'un geste circulaire.

— Bon, Marchenko amène cette fille ici pour un plan cul. Qu'est-ce qu'il fait ? Il se contente de baisser son froc pour se faire sucer ici, sur la piste ? Il y a des caméras partout. Des gens pourraient arriver à pied. C'est le degré zéro de l'intimité. Il y a mieux pour se faire tailler une pipe.

Holman était gêné de l'entendre parler de sexe. Il l'observa à la dérobée sans pouvoir se résoudre à croiser son regard. Elle fit soudain volte-face et étudia la pente escarpée qui se dressait au-dessus d'eux.

— Il est possible d'accéder au sommet ?

— Ouais, mais il n'y a rien à voir, là-haut.

— C'est bien pour ça que je veux y aller.

Holman sentit que cette intuition était juste : le sommet était le seul coin vraiment tranquille du site.

Ils se glissèrent de l'autre côté du portail de la station émettrice puis gravirent l'étroit sentier qui contournait la base du mamelon. Ce ne fut pas aussi facile que sur le chemin coupe-feu. La terre était meuble, la pente abrupte. Pollard tomba deux fois à genoux, mais ils gagnèrent assez vite le haut et, émergeant des broussailles, découvrirent une petite clairière au sommet de la montagne. Pollard embrassa du regard le panorama à trois cent soixante degrés qui s'offrait à eux et sourit.

— Voilà ce que je cherchais ! S'ils sont venus pour la bagatelle, c'est ici qu'ils ont fait ça. Ici et pas ailleurs.

Elle avait raison. De cet endroit, on pouvait voir n'importe qui approcher sur le chemin coupe-feu. Les caméras qui ponctuaient la clôture se trouvaient toutes en contrebas, et pointées vers l'aval. Personne ne surveillait le sommet.

Holman persistait pourtant à ne pas croire que Marchenko et Parsons aient pu enterrer leur butin ici. Transporter un tel volume de cash aurait exigé plusieurs voyages, et chacun d'eux aurait accru le risque d'être surpris. Même s'ils avaient été assez idiots pour monter les seize millions ici, il leur aurait fallu creuser un trou énorme, capable de contenir l'équivalent de cinq ou six grosses valises. Or le sol était rocheux et difficile à percer, et n'importe quel promeneur aurait tout de suite remarqué une trace aussi large de terre fraîchement retournée.

Il montra à Pollard les nombreuses traces de pas visibles dans la clairière.

— Peut-être que Marchenko est venu avec cette fille, mais ce n'est sûrement pas ici qu'il a caché son fric. Vous avez vu toutes ces empreintes ? Il y a plein de randonneurs qui passent dans le coin.

Pollard étudia les traces et se mit à longer le bord de la clairière, comme pour l'étudier sous tous les angles.

— Ce mamelon n'est pas énorme. Il n'y a pas trente-six cachettes possibles.

— C'est bien ce que je dis.

Elle contempla un moment Hollywood.

— Mais pourquoi fallait-il qu'il vienne ici ? Il aurait pu se la jouer pirate n'importe où.

Il haussa les épaules.

— Pourquoi est-ce qu'il a braqué treize banques en treillis de commando ? Les tarés, ça existe.

Il n'était pas sûr qu'elle l'ait entendu. Elle gardait les yeux rivés sur Hollywood, pensive.

— Non, Holman, finit-elle par répondre en secouant la tête, monter ici signifiait forcément quelque chose d'important pour lui. Ça avait un sens. Ça fait partie des trucs qu'on nous apprend à Quantico. Même la folie a un sens.

— Vous croyez qu'il a enfoui son butin ici ?

Elle secoua la tête sans cesser de fixer les profondeurs du canyon.

— Non. Non, vous avez raison là-dessus. Les seize millions n'ont jamais été enfouis ici – ni déterrés par Fowler et votre fils. Le trou ressemblerait à un cratère d'obus.

— Bon.

Elle darda son index sur la ville.

— Mais Marchenko vivait au pied de cette colline, dans Beachwood Canyon. Vous voyez ? Tous les jours, en sortant de chez lui, il n'avait qu'à lever les yeux pour voir ces putains de lettres. Peut-être qu'il n'a pas caché son butin ici, mais il y a quelque chose, ici, qui lui donnait un sentiment de sécurité, de puissance. C'est pour ça qu'il y amenait la fille.

— On voit jusqu'au bout du monde. Peut-être qu'il se croyait dans un nid-de-pie, comme les types qui faisaient le guet sur ces vieux rafiots de l'ancien temps.

Pollard ne le regardait pas. Elle scrutait toujours Beachwood Canyon comme si les réponses à toutes leurs questions se cachaient là-bas, n'attendant plus que d'être trouvées.

— Je ne pense pas, Holman. Souvenez-vous de ce qu'Alison a dit à Marki : il fallait que ça se passe ici. Il avait besoin de fantasmer pour prendre son pied, et son fantasme était une histoire de trésor – de sexe sur un tas d'argent. Argent égale pouvoir. Pouvoir égale sexe. Ici, il avait le sentiment d'être proche de son fric, et le fric lui donnait la puissance sexuelle.

Elle se tourna vers lui.

— Fowler et votre fils auraient pu ramasser de la boue et de l'herbe sur n'importe quel terrain vague de L.A., mais s'ils ont découvert ce que savait Alison, c'est forcément ici qu'ils sont venus. Jetons un coup d'œil. Ce n'est pas si grand. Juste un coup d'œil.

Elle s'enfonça dans les broussailles en explorant le sol du regard comme si elle avait perdu ses clés de voiture. Sans trop y croire, Holman partit dans la direction opposée.

La seule trace d'intervention humaine au sommet de la colline était une cage métallique encastrée dans le sol. Elle était là depuis des années, et Holman l'avait déjà vue. Elle protégeait ce qui ressemblait à un appareil scientifique sommaire, frappé du sigle de l'USGS [1]. Il avait toujours supposé, sans en avoir la certitude, qu'il servait à mesurer l'activité sismique. L'appareil et le système de verrouillage de la cage paraissaient intacts.

Il venait d'entrer dans une zone broussailleuse, à trois mètres de la cage, quand il aperçut de la terre retournée.

— Pollard ! Agent Pollard !

C'était une petite dépression de forme ovoïde, d'une trentaine de centimètres de diamètre. La terre y était nettement plus sombre que tout autour.

Pollard le rejoignit, s'agenouilla au bord de la dépression. Elle tâta du bout des doigts la zone meuble, puis sa périphérie. Elle retira une poignée de terre du centre de la dépression, puis une autre. En déblayant la terre fraîchement remuée, elle finit par mettre en évidence le périmètre de la cavité. Elle continua de creuser, finit par s'accroupir. Elle n'en eut pas pour longtemps.

— Qu'est-ce que c'est ? demanda-t-il.

---

1. United States Geological Survey, agence d'étude des séismes et de la géologie. *(N.d.T.)*

Elle leva les yeux sur lui.

— Un trou, Holman. Vous voyez le côté dur, là où la pelle a laissé une marque ? Quelqu'un a déterré quelque chose ici. Vous voyez la forme du trou ? Après avoir retiré ce qu'il cherchait, ce quelqu'un n'a pas eu assez de terre pour tout combler quand il a voulu reboucher le trou. D'où la légère dépression.

— N'importe qui pourrait l'avoir creusé.

— C'est vrai. Mais combien de personnes avaient une bonne raison de monter jusqu'ici pour creuser un trou ? Et qu'est-ce que ce trou pouvait bien contenir pour que quelqu'un puisse avoir envie de le déterrer ?

— Marchenko et Parsons avaient seize millions de dollars. Vous ne ferez jamais tenir seize millions dans un trou aussi petit.

Pollard se redressa. Tous deux avaient le regard plongé au fond du trou.

— Non, mais il y avait de quoi cacher un objet pouvant mener aux seize millions – un GPS, une adresse, des clés…

— Une carte au trésor ?

— Ouais. Même une carte au trésor.

Quand Holman releva la tête, Pollard s'éloignait déjà. Il fixa de nouveau le trou pendant qu'un vide envahissait son cœur. Le vide de son cœur était bien plus grand que ce trou-là, plus grand que le canyon qui louvoyait sous les neuf lettres géantes. C'était le vide d'un père qui, à force de manquements envers son seul enfant, lui avait fait perdre la vie.

Richie n'avait pas été quelqu'un de bien.

Richie avait essayé de mettre la main sur le butin.

Et Richie en avait payé le prix.

Il entendit la voix de Donna résonner dans ce vide

immense et caverneux – quatre mots, toujours les mêmes, à l'infini :

« Tel père, tel fils. »

38

POLLARD SE FROTTA LES MAINS en regrettant de ne pas avoir de lingettes. Elle allait avoir un mal de chien à enlever la terre qui s'était glissée sous ses ongles, mais ce n'était pas grave. L'hypothèse selon laquelle ce trou avait quelque chose à voir avec le butin de Marchenko et Parsons bénéficiait à son avis d'un indice de crédibilité extrêmement élevé – lequel ne constituait pas une preuve en soi. Elle ouvrit son portable. Le nombre de barres semblait promettre une excellente liaison, mais elle ne téléphona pas tout de suite. Un homme accompagné d'un chien blanc était en train de monter sur le chemin coupe-feu en contrebas. Après l'avoir suivi des yeux, elle étudia les caméras perchées sur leurs poteaux de cinq mètres. Elle estima que l'une d'elles au moins avait le chemin dans son champ. Le service des parcs enregistrait presque certainement le flux vidéo de ses caméras, mais les images de surveillance de ce type étaient en général stockées sur un disque dur qui les effaçait automatiquement au fur et à mesure que sa mémoire se remplissait. La plupart des bandes de sécurité, elle le savait d'expérience, n'étaient pas conservées plus de quarante-huit heures. Il était peu probable qu'il y ait encore des images de Fowler et des autres en train de gravir le chemin coupe-feu en pleine nuit – si tant est que ces images aient existé. Un des agents au moins avait dû venir ici de jour en reconnaissance. Il avait forcément vu les caméras et cherché un moyen de leur échapper, en même temps qu'il repérait le site de leurs futures fouilles.

En observant les lieux, Pollard décida que ce devait être possible. Holman et elle étaient montés par le chemin coupe-feu, qui contournait le sommet pour mener à la station émettrice nichée au-dessus des neuf lettres. Le chemin était probablement lui aussi dans le champ des caméras à proximité des lettres et de l'antenne, mais personne ne surveillait la route sur l'autre versant de la montagne. Pollard s'approcha du bord et étudia la pente opposée. Elle était raide et broussailleuse, mais monter par là paraissait faisable malgré le peu d'appuis. Une telle ascension, par une nuit de bruine, pouvait même expliquer la boue sur les Pataugas de Fowler. Peut-être bien que les agents avaient esquivé la surveillance vidéo, mais elle se promit de vérifier aux archives du parc.

Elle ressortit son téléphone, sélectionna le numéro de portable de Sanders dans la mémoire. April n'était pas dans les locaux de la brigade, Pollard le sentit sur-le-champ à sa voix, qui était normale.

— Permets-moi de te poser une question, Kat, qu'est-ce que vous fricotez, le Gentleman et toi ?

Elle jeta un coup d'œil à Holman, à l'autre bout de la clairière. Il était toujours planté devant le trou.

— La même chose qu'hier et avant-hier, répondit-elle en baissant le ton. Pourquoi ?

— Parce que la police commence à mettre sérieusement la pression sur Leeds, voilà pourquoi. Parker Center n'arrête pas de téléphoner. Leeds s'en va à des réunions dont il ne veut rien dire à personne et on dirait qu'il va péter les plombs.

— Est-ce qu'il a parlé spécifiquement de moi ?

— Tu m'étonnes ! Il a dit que si tu essayais de contacter l'un de nous, on devait le lui signaler séance tenante. Il a aussi dit que si l'un de nous utilisait son temps de travail ou les ressources gouvernementales afin de participer à une initiative privée – il n'a pas cessé de me regarder en le disant –, il n'hésiterait pas à prendre des sanctions disciplinaires et qu'il l'enverrait se les geler en Alaska.

Pollard hésita, se demandant jusqu'où elle pouvait parler à son amie.

— Tu es où ?

— À la marina. Un SDF a braqué une banque en faisant semblant d'être armé, et ensuite, il n'a rien trouvé de mieux à faire que d'aller piquer un roupillon dans le parc en face de l'agence.

— Tu as l'intention de signaler mon appel ?

— Est-ce que tu violes la loi ?

— Pour l'amour du ciel, non, je ne viole pas la loi.

— Alors, merde à Leeds. J'ai juste besoin de savoir ce qui se passe.

— Je vais te le dire, mais laisse-moi d'abord te poser une question : tu as réussi à avoir une copie de la vidéo de Juarez ?

Sanders ne répondit pas sur-le-champ.

— Il paraît que la cassette a été effacée, finit-elle par lâcher du bout des lèvres. Un malencontreux accident, à ce qu'on m'a dit.

— Répète un peu. L'alibi de Juarez a été détruit ?

— C'est ce qu'on m'a dit.

Pollard prit le temps de respirer. Non seulement Maria Juarez s'était évaporée, mais voilà que sa vidéocassette, qui selon elle constituait l'alibi de son mari, n'existait plus. Elle se surprit à sourire, quoique sans joie. La brise chaude qui venait de se lever traçait comme une caresse sur son visage. Elle se sentait bien sur cette hauteur.

— Je vais te dire quelque chose, annonça-t-elle. Mais surtout ne va pas le répéter, je ne sais pas encore tout.

— Vas-y.

— Tu sais qui téléphone à Leeds ?

— Aucune idée. Ça vient de Parker Center, et il ne nous dit rien. De toute façon, il n'a pas mis les pieds au bureau depuis deux jours.

— OK. Je crois qu'on a affaire à une conspiration criminelle de policiers, qui s'est formée suite aux braquages de Marchenko et Parsons. C'est de là que découle le meurtre du fils de Holman et de ses trois collègues sous le pont de la Quatrième Rue.

— Tu te fiches de moi ?

Le portable de Pollard bipa : quelqu'un d'autre l'appelait.

— C'était quoi, ce bruit ? fit Sanders.

— Un double appel.

N'ayant pas reconnu le numéro, elle laissa son autre correspondant basculer sur sa boîte vocale et reprit sa discussion avec Sanders :

— Nous pensons que les quatre agents assassinés, plus un autre officier de police au moins, ont mené pour leur propre compte une enquête destinée à retrouver les seize millions de dollars manquants.

— Ils ont réussi ?

— Je crois que oui – en tout cas, ils les ont localisés. Et, à mon avis, une fois que le butin a été découvert, au moins un des membres de la bande a décidé de tout garder pour lui. Je n'en ai pas encore la certitude, mais je suis affirmative en ce qui concerne l'existence de cette conspiration. Et je parierais que ce cinquième homme était en contact avec Alison Whitt.

— Qu'est-ce qu'elle vient faire là-dedans ?

— Whitt se vantait d'être une informatrice de la police. Si c'est vrai, elle a pu dire à son contact ce qu'elle savait de Marchenko. Ce policier a toutes les chances d'avoir été membre de la conspiration.

Sanders hésita, puis :

— Et tu me demandes de l'identifier.

— Si Whitt a dit vrai, elle doit être inscrite sur une liste d'informateurs répertoriés. Et le nom de son contact aussi.

— Il va falloir la jouer fine, Kat. Je t'ai déjà dit qu'on a les flics sur le dos.

— C'est Parker Center que vous avez sur le dos. Le meurtre de Whitt a été pris en charge au niveau divisionnaire par le commissariat de Hollywood. Tu devrais réussir à obtenir un minimum de coopération.

— Ouais. Bon, je vais voir ce que je peux faire. Tu crois vraiment que ces agents ont été assassinés par des flics ?

— C'est comme ça que ça se présente.

— Tu ne peux pas garder pour toi une info pareille, putain. Tu es une civile. Il y a eu cinq meurtres.

— Dès que j'aurai du solide, je te le donnerai. Tu n'auras plus qu'à lancer l'affaire par le canal du FBI. Ah, dernière chose…

— Quoi, ce n'est pas fini ?

— Je veux que tu notes ça. Mike Fowler a laissé une paire de Pataugas sales sur sa terrasse. Il faudrait que des échantillons de terre et de végétation soient prélevés dessus et comparés à des prélèvements de même type effectués au sommet du mont Lee, au-dessus des lettres géantes.

— À Hollywood ? Pourquoi là, bordel ?

— Parce que c'est là que je suis. Marchenko et Parsons y ont caché un objet ayant un rapport avec leurs braquages. Je crois que Fowler et Richard Holman sont venus fouiller ici, et je crois qu'ils ont trouvé cet objet. Si tu récupères l'affaire, tu auras sûrement envie de voir si ces échantillons correspondent.

— Bon, je m'en occupe. Tu me tiens au courant, hein ? Reste en contact.

— Et toi, préviens-moi dès que tu auras quelque chose sur Whitt.

Aussitôt après avoir coupé la communication, Pollard écouta sa boîte vocale : c'était la secrétaire de Peter Williams, de la Pacific West Bank, qui l'avait appelée.

« M. Williams a obtenu que vous ayez accès au dossier qui vous intéresse. Vous devrez le consulter dans nos locaux, et uniquement pendant les heures ouvrables. Vous pouvez soit me rappeler, soit vous adresser directement à la responsable de notre service de sécurité, Alma Wantanabe, pour prendre rendez-vous.

En rangeant son portable, elle eut envie de brandir le poing. Williams avait répondu présent et tout commençait à se mettre en place. Une avancée décisive se profilait ; elle devait lire au plus tôt le dossier de la Pacific West.

Elle se retourna vers Holman, le vit accroupi devant le trou et se dépêcha de le rejoindre.

— Qu'est-ce que vous faites ?

— Je rebouche. Quelqu'un pourrait se casser la jambe.

Il remettait lentement la terre dans le trou, d'un geste mécanique.

— Arrêtez de jouer au bac à sable, il faut qu'on y aille. La Pacific West a un double d'une partie du rapport d'enquête sur Marchenko et Parsons. Ça se précise, Holman. Si on arrive à faire le lien entre les pages de titre que vous avez photocopiées et ce rapport, on saura ce que Random a pris sur le bureau de votre fils.

Holman se releva lourdement et partit vers le chemin. Pendant la descente, Pollard lui répéta ce qu'elle venait d'apprendre sur la cassette de Maria Juarez. C'était, selon elle, un événement significatif, et l'absence de réaction d'Holman l'irrita.

— Vous avez entendu ?
— Ouais.
— On est tout près, Holman. Encore une touche sur le rapport d'enquête ou le statut d'informatrice répertoriée de Whitt, et le tableau sera complet. C'est ce que vous vouliez, non ?

Face à son silence, elle sentit son exaspération monter d'un cran. Elle allait protester quand Holman se décida enfin à parler.

— Je crois qu'ils étaient mouillés jusqu'au cou.

Pollard comprit ce qui le tourmentait mais ne savait trop que lui dire. Il avait sans doute continué à s'accrocher jusqu'au bout à l'espoir que son fils n'était pas un ripou, mais cet espoir venait de s'envoler.

— Il faut quand même qu'on sache ce qui s'est passé, Max.
— Je sais.
— Je suis désolée.

Il ne ralentit pas.

De retour à la voiture, il s'installa sans un mot, mais Pollard tâcha de rester encourageante. Elle fit demi-tour et redescendit dans le canyon vers Hollywood en expliquant ce qu'elle espérait trouver à la Pacific West Bank.

— Écoutez, finit-il par lâcher, je n'ai aucune envie d'aller à Chinatown. Je voudrais que vous me rameniez chez moi.

Pollard ressentit une nouvelle bouffée de colère, même si elle avait de la peine pour lui. Avec ses épaules tellement larges qu'elles emplissaient la moitié de l'habitacle, on aurait dit un colosse anéanti par la déprime. Il ne la regardait même plus. Elle se revit plantée dans sa cuisine, les yeux rivés sur cette foutue pendule.

— On n'en a pas pour longtemps, dit-elle.

— J'ai autre chose à faire. Déposez-moi d'abord chez moi.

Ils roulaient sur Gower, au sud du freeway, et s'arrêtèrent à un feu rouge. Pollard avait prévu de rattraper la 101 et de descendre ensuite en roue libre jusqu'à Chinatown.

— Holman, écoutez-moi, on touche au but, d'accord ? On est vraiment à deux doigts de faire éclater l'affaire.

Il ne la regardait toujours pas.

— Ça peut attendre un peu.

— Mais bon Dieu, on a déjà fait la moitié du trajet ! Ça m'obligerait à faire un sacré détour de vous ramener à Culver City !

— Oubliez ça. Je vais prendre le bus.

Sans préavis, il ouvrit sa portière et descendit au milieu de la chaussée. Pollard, désarçonnée, tira le frein à main.

— Holman !

Dans un concert de Klaxon, il s'élança au trot entre les véhicules.

— Holman ! Revenez, merde ! Qu'est-ce qui vous prend ?

Il ne se retourna pas. Il s'éloignait toujours.

— REMONTEZ !

Il marchait en direction du sud – et de Hollywood – sur le trottoir de Gower. Les voitures derrière Pollard klaxonnèrent de plus belle, et elle finit par redémarrer. Roulant au pas, elle suivit Holman des yeux en se demandant ce qu'il pouvait avoir de si urgent à faire en un moment pareil. Il ne ressemblait plus à un zombie et n'avait plus l'air amorphe. Plutôt fou de rage, se dit Pollard. Elle avait déjà vu cette expression sur d'autres visages, et la peur lui noua l'estomac. On aurait dit que Holman avait des envies de meurtre.

Pollard ne rattrapa pas le freeway. Elle attendit que les autres automobilistes l'aient dépassée, se rabattit le long du trottoir et se mit à suivre Holman, sans chercher à le rattraper mais sans le perdre de vue.

Il n'avait pas menti. Sur Hollywood Boulevard, elle le vit grimper dans un bus en partance vers l'ouest. Elle en bava pour le filer, parce que ce putain de bus stoppait à tous les coins de rue. À chaque arrêt, elle se retrouvait obligée de coller sa Subaru contre le trottoir même quand il n'y avait pas de quoi stationner, puis de se tordre le cou pour surveiller les portes au cas où cet abruti de Holman en descendrait.

Il finit par le faire sur Fairfax, où il prit un autre bus allant vers le sud. Il resta dedans jusqu'à Pico, puis changea encore, cette fois pour remettre le cap à l'ouest. Pollard commençait à croire qu'il rentrait effectivement chez lui, mais elle maintint tout de même sa filature, furieuse contre elle-même de perdre autant de temps.

Holman quitta son troisième bus à deux blocs de son motel. Pollard eut peur qu'il ne la repère, mais à aucun moment il ne tourna la tête. Ça aussi, c'était bizarre, comme s'il n'avait plus aucune conscience de son environnement – ou peut-être qu'il ne s'y intéressait plus.

Il arriva à hauteur du motel. Elle s'attendait à le voir disparaître à l'intérieur, mais il n'entra pas. Il contourna l'immeuble et monta dans son quatre-quatre. Pollard se retrouva à nouveau en train de le filer.

Il prit Sepulveda Boulevard puis décrocha vers le sud, comme pour traverser la ville. Pollard se maintenait à cinq ou six voitures en retrait et le suivit sans accroc jusqu'au moment où il fit quelque chose à quoi elle ne s'attendait pas. Il stoppa sur une bretelle de sortie du freeway et acheta un bouquet de fleurs à un de ces vendeurs à la sauvette qui infestaient les trottoirs.

Mais qu'est-ce qu'il fout ? se demanda Pollard.

La réponse lui fut donnée quelques blocs plus loin, quand Holman s'engagea sous le portail d'un cimetière.

39

LE SOLEIL, EN CETTE FIN DE MATINÉE, dégageait une chaleur suffocante quand Holman pénétra dans l'enceinte du cimetière. Les stèles polies captaient ses rayons comme des pièces d'or serties dans le gazon, et les vagues de pelouse immaculée étaient d'un vert si éclatant qu'il dut plisser les yeux malgré ses lunettes noires. Le thermomètre du tableau de bord annonçait trente-six degrés cinq. La pendule, onze heures dix-neuf. Il se figea en entrevoyant son reflet dans le rétroviseur – les Ray Ban Wayfarer démodées et les mèches hirsutes de ses tempes le ramenèrent d'un seul coup face à son ancien moi : un Holman toujours avide de faire les quatre cents coups avec Chee, qui à force de défonce et de voitures volées avait totalement perdu le contrôle du tourbillon de sa vie. Il ôta les Wayfarer. Il fallait vraiment qu'il soit crétin pour s'être racheté les mêmes lunettes.

Entre la chaleur et le fait qu'on était en milieu de semaine, il n'y avait pas grand monde. Une cérémonie d'inhumation était en cours à l'autre bout du parc, avec un petit noyau de proches réunis sous un auvent, mais c'était à peu près tout.

Il retrouva l'allée menant à la tombe de Donna et se

gara exactement au même endroit que la première fois. Dès qu'il ouvrit sa portière, la canicule l'inonda comme une lame de fond et la lumière le fit grimacer. Il tendit la main vers ses lunettes noires mais se dit que non : il ne devait surtout pas rappeler à Donna l'homme qu'il avait été.

Il s'approcha à pied de sa tombe, ses fleurs à la main. Son précédent bouquet reposait toujours sur la stèle, noirci et séché. Il s'accroupit, chassa d'une main les pétales et feuilles mortes et alla jeter les tiges dans une poubelle au bord de l'allée. Il revint sur ses pas et déposa les fleurs fraîches sur la stèle.

Il se reprocha de ne pas avoir pensé à apporter un vase. Sous un tel cagnard, sans eau, son bouquet serait fané d'ici la fin de journée.

Sa colère envers lui-même monta d'un cran en pensant qu'il n'était probablement qu'un de ces types qui font foirer tout ce qu'ils touchent.

Il s'accroupit et posa sa main sur le nom de Donna. Le métal chauffé à blanc lui mordit furieusement la paume, mais il appuya encore plus fort, laissant sa main brûler.

— Pardonne-moi, murmura-t-il.
— Holman ?

Il ne fut pas surpris d'entendre sa voix. D'un coup d'œil par-dessus son épaule, il vit Pollard venir à lui. Il se redressa lentement, sans enthousiasme ni déception.

— Vous vous attendiez peut-être à ce que j'aille braquer une banque ?

Pollard s'arrêta devant lui et baissa les yeux sur la stèle.

— La mère de Richard ?
— Ouais. Donna. J'aurais dû l'épouser, mais... bref.

Il n'alla pas plus loin. Pollard releva la tête et le dévisagea.

— Ça va ?
— Ça pourrait aller mieux.

Il regardait toujours le nom de Donna, sur la stèle. Donna Banik. Elle aurait dû s'appeler Holman.

— Elle était très fière de lui. Moi aussi, mais je crois que le petit n'a jamais vraiment eu sa chance. Pas avec un père comme moi.

— Ne dites pas ça, Max.

Elle lui posa une main sur le bras, mais Holman la sentit à peine – un geste à peu près aussi dénué de poids que la vibration d'une voiture qui passe. Il l'observa, cruellement conscient d'avoir affaire à une femme intelligente et instruite.

— J'ai essayé de croire en Dieu quand j'étais en taule. Ça fait partie de leur truc en douze étapes – on doit s'en remettre à une puissance supérieure. Ils disent que ce n'est pas forcément Dieu, mais bon, ils nous prennent pour qui ? J'aurais bien aimé qu'il y ait un paradis, bon sang, un paradis, des anges, Dieu sur un trône…

Il haussa les épaules et relut l'épitaphe. Donna Banik. Il se demanda si ça la choquerait qu'il la fasse changer. Il allait économiser de quoi en payer une neuve. Donna Holman. Mais sa vue se brouilla lorsqu'il pensa, non, elle aurait sûrement honte.

Il s'essuya les yeux.

— J'ai reçu une lettre – Donna me l'a écrite quand Richie est sorti de l'académie. Elle disait qu'elle était fière qu'il ne soit pas comme moi, qu'il venait d'être admis dans la police et qu'il ne me ressemblait pas du tout. On pourrait trouver ça cruel, mais au contraire. J'étais reconnaissant. Donna avait réussi à faire de notre fils quelqu'un de bien, et toute seule. Je ne leur ai jamais rien donné. Je les ai laissés sans un rond. Et j'espère du fond du cœur que ce putain de paradis n'existe pas. Je ne veux pas qu'elle assiste à tout ça de là-haut. Je ne veux pas qu'elle sache qu'il a suivi mes traces.

Holman eut honte de ce qu'il venait de dire. Pollard était aussi raide qu'une statue. Sa bouche dessinait un trait mince et son expression était sinistre. Une larme échappée de derrière ses lunettes noires roulait sur sa joue.

Il perdit pied en voyant cette larme et un sanglot lui ébranla le corps. Il tenta de le combattre mais se mit à hoqueter bruyamment tandis que ses yeux débordaient et, d'un seul coup, plus rien n'exista que l'accumulation des souffrances qu'il avait causées.

Il sentit les bras de Pollard. Elle chuchota des mots auxquels il ne comprit rien. Elle le serra fort. Il lui rendit son étreinte sans être conscient d'autre chose que de ses propres sanglots. Il aurait été incapable de dire combien de temps il passa à pleurer. Il se calma peu à peu mais la serrait toujours. Ils demeurèrent immobiles, dans les bras l'un de l'autre. Holman finit par s'en apercevoir. Il recula.

— Excusez-moi.

Pollard garda une main sur son bras. Il se tut, croyant qu'elle allait parler mais elle tourna la tête pour se sécher les yeux.

Il s'éclaircit la gorge. Il avait encore des choses à dire à Donna et ne voulait pas que Pollard les entende.

— Si ça ne vous ennuie pas, dit-il, je vais rester encore un peu. Ne vous en faites pas pour moi.

— Bien sûr. Je comprends.

— Si on s'en tenait là pour aujourd'hui ?

— Non. Non, il faut que je voie ce rapport. Je peux y aller sans vous.

— Ça ne vous ennuie pas ?

— Bien sûr que non.

Pollard lui toucha de nouveau le bras et il esquissa un geste pour lui prendre la main, mais elle rebroussa chemin à ce moment-là. Il la vit remonter l'allée dans la chaleur monstrueuse, suivit des yeux le départ de sa voiture, puis se retourna vers la stèle de Donna.

Ses yeux se brouillèrent à nouveau, et il sut gré à Pollard de l'avoir laissé seul. Il s'accroupit pour arranger les fleurs. Elles commençaient déjà à se recroqueviller.

— Ripou ou pas, c'était notre fils. Je ferai ce que j'ai à faire.

Il sourit, persuadé qu'elle n'apprécierait pas ce qu'il allait dire, mais il se sentait en paix avec son destin. On ne pouvait rien contre le mauvais sang.

— Tel père, tel fils.

Une portière claqua dans son dos, et il leva les yeux face au soleil. Deux hommes marchaient vers lui quand il entendit un troisième l'apostropher :

— Max Holman.

Deux autres se rapprochaient du côté de la cérémonie d'enterrement en cours. L'un d'eux était roux comme de l'or brûlé.

40

VUKOVICH ET FUENTES ARRIVAIENT d'un côté, les deux inconnus de l'autre. Holman n'avait aucune chance d'atteindre sa voiture. Plus ils se rapprochaient, plus ils s'écartaient, comme s'ils s'attendaient à ce qu'il prenne la fuite, prêts à cette éventualité. Holman se releva tout de même, le cœur battant. Il était aussi visible que le nez au milieu de la figure dans la plaine déserte du cimetière et n'avait nulle part où se cacher, ni aucune possibilité de les semer.

— Tout doux, lança Vukovich.

Holman se dirigea vers le portail. Fuentes et un des deux types qui arrivaient par-derrière ouvrirent les bras.

— Faites pas le con, dit Vukovich.

Holman se mit au trot, et les quatre hommes convergèrent aussitôt sur lui.

— Au secours ! hurla-t-il en direction de l'enterrement. À l'aide !

Il rebroussa chemin vers son quatre-quatre tout en sachant qu'il ne l'atteindrait pas.

— Par ici ! À l'aide !

Les gens qui se recueillaient sous l'auvent se retournèrent au moment où les deux premiers flics le prenaient en tenaille. Holman baissa l'épaule à la dernière seconde, heurta de plein fouet le plus petit des deux, fit demi-tour et piqua un sprint en direction de sa voiture.

— Plaquez-le ! cria Vukovich.

— Au secours ! À l'aide !

Quelqu'un le percuta par-derrière, mais il réussit à rester debout et pivotait à nouveau sur lui-même quand Fuentes le chargea latéralement.

— Arrêtez vos conneries, bon Dieu de merde ! glapit Vukovich. Laissez tomber !

Tout se brouilla en une mêlée de corps et de bras. Il expédia un puissant crochet qui atteignit Fuentes à l'oreille, un pied lui faucha sa jambe d'appui, et il se retrouva au sol. Un genou s'enfonça dans sa colonne vertébrale et quelqu'un lui tordit les bras dans le dos.

— À l'aide ! À l'aide !

— Bouclez-la, connard ! Qu'est-ce que vous voulez qu'ils fassent ?

— Il y a des témoins ! Tous ces gens vous regardent, bande d'enculés !

— Du calme, Holman. Pas la peine d'en rajouter des tonnes.

Il ne cessa de se débattre qu'en sentant les entraves en plastique lui mordre les poignets. Vukovich l'empoigna par les cheveux et lui tourna la tête pour le forcer à le regarder.

— On se calme. Tout va bien se passer.

— Qu'est-ce que vous faites ?

— On vous embarque. Du calme.

— Je n'ai rien fait, merde !

— Vous foutez la merde, Holman. On a essayé de vous le dire gentiment, mais vous n'avez pas bien compris, on dirait. Vous foutez la merde.

Quand ils l'eurent remis debout, il vit que tous les gens de l'enterrement les regardaient. Les deux flics à moto qui avaient assuré l'escorte du corbillard étaient en train de s'approcher à pied, mais Fuentes s'empressa d'aller à leur rencontre en trottinant.

— Il y a des témoins, bordel ! rugit Holman. Ils ne risquent pas d'oublier ça.

— Tout ce qu'ils se rappelleront, c'est qu'un connard s'est fait coffrer. Arrêtez de faire le con.

— Vous m'emmenez où ?

— On vous emmène.

— Pourquoi ?

— Détendez-vous, mon pote. Tout va bien se passer.

Holman n'aima pas la façon dont Vukovich lui répondit que tout allait bien se passer. C'était le genre de phrase qu'on sortait à quelqu'un avant de le buter.

Ils le plaquèrent contre leur auto et lui firent les poches. Ils le soulagèrent de son portefeuille, de ses clés et de son portable avant de lui palper les chevilles, la ceinture et l'entrejambe. Fuentes les rejoignit pendant que les motards repartaient vers l'auvent. Holman les suivit des yeux comme deux bouées qui s'éloignent dans le courant.

— C'est bon, dit Vukovich, embarquez-le.

— Et ma voiture ? demanda Holman.

— On s'en occupe. Vous, vous avez droit à la limousine.

— Il y a des gens qui savent, bordel de merde. Il y a des gens qui savent ce que je fais.

— Non, Holman, personne ne sait rien. Et maintenant, fermez votre putain de gueule.

Fuentes démarra au volant du Highlander tandis que les deux inconnus le poussaient sur la banquette arrière de leur voiture. Le plus costaud monta à côté de lui et son collègue prit les commandes. Il mit le contact dès que les portières furent refermées.

Holman comprit qu'ils allaient le tuer. Les deux hommes ne se parlaient pas, ne le regardaient pas. Il se força à réfléchir. Ils étaient dans une Crown Victoria typique des flics en civil. Comme dans toutes les voitures de police, les vitres et portières arrière se verrouillaient de l'avant. Même s'il réussissait à libérer ses mains, il ne pourrait pas s'échapper. Il allait devoir attendre qu'on le sorte de l'auto, mais peut-être serait-il trop tard à ce moment-là. Il tenta de tourner les poignets. Les entraves en plastique ne lui laissaient pas la moindre marge et ne glissaient même pas sur sa peau. Il avait entendu dire par un compagnon de cellule que ces nouvelles entraves étaient plus résistantes que l'acier, mais lui-même n'y avait jamais eu droit. Il se demanda s'il y aurait moyen de les faire fondre.

Il observa les flics. Tous deux étaient âgés d'une trentaine d'années, solidement bâtis, avec la peau burinée des gens qui passent leur temps au grand air. Des hommes dans la force de l'âge, et en pleine forme, mais il était plus grand et plus lourd. Son voisin portait une alliance.

— Il y en a un de vous qui a connu mon fils ?

Le chauffeur lui décocha un bref coup d'œil dans son rétroviseur, mais personne ne répondit.

— C'est vous qui l'avez tué, sales fumiers ?

Nouveau regard du chauffeur, qui s'apprêtait à dire quelque chose quand le type de la banquette arrière lui coupa la parole :

— C'est à Random de lui parler.

Holman se dit que Random était probablement le cinquième homme – sauf que, maintenant, Vukovich, Fuentes et ces deux connards faisaient eux aussi partie du tableau. Ajoutés à Fowler, à Richie et aux deux autres agents assassinés, ça faisait neuf. Il se demanda si d'autres flics étaient impliqués. Seize millions, c'était une sacrée somme. De quoi satisfaire pas mal de monde. Il se demanda ce qu'ils savaient sur Pollard. Ils avaient dû le suivre depuis le motel et avaient donc dû la voir au cimetière. L'idée de chatouiller les gens du FBI ne leur plaisait sûrement pas, mais ces gens-là ne prendraient aucun risque. Après s'être débarrassés de lui, ils se débarrasseraient d'elle.

Ils roulèrent un petit quart d'heure. Holman s'attendait à être conduit sur un terrain vague, ou peut-être dans un entrepôt, mais ils quittèrent Centinela à Mar Vista pour s'engager dans une rue étroite d'un quartier de la classe moyenne. Des maisons nettes, construites sur des parcelles exiguës, délimitées par des haies ou des buissons, s'alignaient en retrait de chaque trottoir. Fuentes était déjà arrivé. Holman vit le Highlander parqué un peu plus loin au bord du caniveau. Fuentes n'était plus dedans et il n'y avait personne en vue. Son cœur se mit à cogner, ses paumes devinrent moites. Un peu comme dans le temps, quand il entrait dans une banque ou rôdait autour d'une Porsche. Il jouait sa vie.

Ils se garèrent devant une petite maison jaune. Une allée étroite la bordait d'un côté, passant sous un abri de voiture en forme d'arche qui se prolongeait ensuite jusqu'au garage situé tout au fond de la propriété. Une berline bleue était stationnée sous l'arche. Il ne la reconnut pas. Fuentes devait être déjà dans la maison, mais il ne savait pas où étaient Vukovich et Random. Il y avait peut-être foule à l'intérieur.

Le chauffeur coupa le moteur et déverrouilla les portières arrière. Il descendit le premier, mais le voisin de Holman ne bougea pas. Le chauffeur vint ouvrir sa portière mais resta juste devant comme s'il voulait lui bloquer le passage.

— OK, mon pote. Tu vas sortir, mais tu restes à côté de la bagnole. Une fois dehors, tu te tiens bien droit et tu te retournes face à la portière. Tu comprends ce que je dis ?

— Je devrais pouvoir y arriver.

Ils ne voulaient pas que des voisins voient qu'il avait les mains attachées dans le dos.

— Sors et retourne-toi.

Il sortit et se retourna. Le chauffeur s'approcha aussitôt par-derrière et lui saisit les poignets.

— C'est bon, John.

John était celui de la banquette arrière. Il sortit à son tour et alla se poster à l'avant de l'auto pour attendre Holman et le chauffeur.

Holman balaya les environs du regard. Les vélos dans les jardins, les cordes à nœuds attachées aux arbres confirmèrent son impression sur le quartier. Un hors-bord était parqué dans une allée à deux maisons de là et on distinguait, entre les buissons, des reflets de clôtures basses en métal. On ne voyait pas âme qui vive mais il devait quand même y avoir du monde dans la fraîcheur climatisée des baraques, surtout des femmes et des enfants en bas âge à cette heure de la journée. Il pourrait toujours crier comme un putois, personne ne l'entendrait. S'il prenait la fuite, il aurait des clôtures à sauter. Il espéra qu'aucun de ces gens n'avait de pitbull dans son jardin.

— Vous feriez mieux de me dire ce que vous voulez que je fasse, fit-il, ça m'évitera de m'emmêler les pinceaux.

— On va contourner l'avant de la bagnole.

— On entre par la porte principale ?

— On longe l'allée jusqu'à l'abri.

Cela ne le surprit pas. L'entrée principale était

pleinement visible de la rue, alors que la porte de la cuisine était sans doute sous l'arche. Donc cachée. Holman n'avait pas l'intention de se laisser conduire à l'intérieur de cette maison. Quitte à risquer la mort, autant que ce soit à découvert, au vu et au su d'un maximum de gens, mais il n'avait pas non plus l'intention de mourir ce jour-là. Il jeta un coup d'œil au horsbord, puis au Highlander.

Il s'écarta de la voiture. Le chauffeur claqua la portière et le poussa vers l'avant. Holman s'ébranla lentement. John, qui les attendait au bord de l'allée, fit quelques pas vers la maison ; il arriverait le premier à la porte de la cuisine.

— Bon Dieu, grommela le chauffeur, essaie d'accélérer un peu.

— Vous me marchez sur les talons. Faites-moi de la place, putain. Vous allez me faire tomber.

— Mon cul.

Comme l'espérait Holman, le chauffeur le serra d'encore plus près. Il tenait à l'avoir aussi près de lui que possible dans l'étroit interstice qui séparait la maison de la berline bleue.

John se faufila sous l'arche entre la façade et la voiture et atteignit la porte de la cuisine. Après avoir attendu Holman et le chauffeur, il ouvrit l'écran moustiquaire. Quand ce fut fait, John se retrouva d'un côté du panneau et Holman et le chauffeur de l'autre, pris en sandwich entre la maison et la berline.

Holman n'attendit pas que la porte soit ouverte. Il projeta son pied droit contre le mur de la maison et, de toutes ses forces, repoussa précipitamment le chauffeur contre la berline. Il enchaîna avec le pied gauche et s'écrasa contre la tôle avec une telle violence que la berline tangua. Il donna un grand coup de tête en arrière ; le choc des os et des cartilages lui emplit les yeux d'étincelles. Après un second coup de tête, expédié avec toute la puissance de son cou et de ses épaules, il sentit le chauffeur s'affaisser dans son dos. John venait de se rendre compte de ce qui se passait.

— Putain d'enc… hé !

John tenta aussitôt de refermer la moustiquaire, mais Holman courait déjà. Il ne se retourna pas. Au lieu de traverser la rue et de s'éloigner de la maison jaune, il franchit à toute vitesse le jardinet avant, tourna encore à l'angle opposé, et s'élança vers le jardin arrière. Il voulait se mettre hors de vue le plus vite possible. Il fonça tête en avant à travers une haie de buissons et d'arbustes et se heurta à une clôture. Il entendit quelqu'un crier à l'intérieur de la maison et continua. Arrivé au fond du terrain, il enjamba un grillage bas, passa dans le jardin des voisins et reprit sa course folle. Des branches, des ronces, des pointes acérées le griffèrent, mais il ne sentait rien. Il traversa le jardin, se rua dans un mur de broussailles et jeta ses jambes n'importe comment au-dessus d'une deuxième clôture, tel un animal affolé. Il retomba sur un robinet d'arrosage. Il se releva de son mieux et se remit à courir, trébucha sur un tricycle au milieu du jardin. Derrière une fenêtre, un petit chien gronda et lui aboya dessus. Il entendit des cris et des voix à deux jardins de là et comprit qu'ils étaient à ses trousses, longea tout de même le côté de la maison en revenant vers la rue parce que c'était là qu'il avait vu le bateau. Le hors-bord parqué dans l'allée.

Il se coula jusqu'à l'angle avant de la maison. Vukovich et John étaient immobiles dans la rue, à côté de leur voiture. Vukovich tenait un talkie-walkie.

Il s'approcha de l'arrière du hors-bord, avec son gros moteur Mercury incliné. Il se contorsionna de manière à apposer ses entraves en plastique contre le tranchant de l'hélice et scia de toutes ses forces, en espérant que le taulard s'était trompé quand il lui avait dit que ces trucs étaient plus solides que l'acier.

Il mit tout son poids dans le mouvement de va-et-vient. L'entrave lui entra dans les chairs, mais la douleur ne fit que le stimuler dans sa rage et, d'un seul coup, le plastique lâcha. Il avait les mains libres.

Fuentes et John venaient de se mettre en marche dans la direction opposée, mais Vukovich s'avançait à présent de son côté, au milieu de la rue.

Il s'éloigna du bateau en crabe, regagna le jardin arrière et le retraversa en sens inverse. Ils étaient en train de se déployer en éventail autour de la maison jaune et ne s'attendraient pas à ce qu'il revienne sur ses pas – une vieille ficelle qu'il avait apprise tout jeune en cambriolant ses premiers appartements. Il repassa par-dessus la clôture et remarqua, dans le jardin voisin, une pile de carreaux de terre cuite. Il en ramassa un : il en aurait besoin pour exécuter son plan. Il acheva sa traversée du jardin, pas à toute allure comme à l'aller, mais sans faire de bruit et l'oreille tendue. Il franchit le grillage mitoyen en douceur et se retrouva de nouveau derrière la maison jaune. Le jardin était vide et silencieux. Il revint vers la rue, s'arrêtant, écoutant, repartant. Il n'avait pas de temps à perdre : Vukovich et les autres seraient bientôt de retour.

Il longea le flanc de la maison jaune en se pliant en deux à chaque fenêtre. Il voyait maintenant son Highlander garé le long du trottoir. Les flics le repéreraient probablement au moment où il passerait à l'action mais, avec un peu de chance, ils seraient trop loin pour le stopper. Il se rapprocha davantage et entendit soudain une voix de femme s'échapper de la maison.

Une voix connue. Il se redressa tout doucement, juste assez pour voir à l'intérieur.

Maria Juarez était là, avec Random.

Il n'aurait pas dû regarder. Des années de casses et de vols de voitures lui avaient appris qu'il ne fallait jamais regarder, et pourtant il commit l'erreur. Random perçut un mouvement. Haussant les sourcils, il pivota vers la porte. Holman n'attendit pas. Il se releva d'un bond et courut à travers les buissons. Il n'avait plus que quelques secondes devant lui – et ces secondes risquaient désormais de ne pas suffire.

Il fonça vers le Highlander et entendit la porte d'entrée s'ouvrir dans son dos. Vukovich, qui était en train de revenir sur ses pas, sprinta. Holman balança son carreau de terre cuite à travers la vitre de la portière droite, plongea le bras à l'intérieur de l'habitacle et déverrouilla la portière pendant que Random hurlait derrière lui :

— Il est là ! Vuke ! Johnny !

Il bondit dans le quatre-quatre. Chee lui avait remis deux clés ; il avait laissé la seconde dans la boîte à gants. Il l'ouvrit frénétiquement, récupéra la clé, sauta au volant.

Il s'arracha en trombe et sans un regard en arrière.

41

IL FALLAIT QU'IL SE DÉBARRASSE du Highlander au plus vite. Il tourna au premier carrefour, accéléra dès la sortie du virage et remonta la rue pied au plancher. Il résista à l'envie de bifurquer encore à l'intersection suivante, parce que tourniquoter et zigzaguer était le plus sûr moyen de se faire prendre quand on avait la cavalerie au cul. Les voleurs à la petite semaine et les chauffards traqués se croyaient toujours capables de semer la police dans un dédale de rues, mais Holman connaissait la musique. Tout virage était une perte de vitesse et de temps – et donc une occasion pour les flics de réduire leur retard. Le salut était dans la vitesse et la distance : il écrasa le champignon et fonça tout droit.

Il savait qu'il devait quitter ces rues résidentielles et rejoindre un quartier commerçant où la circulation était dense. Il débarqua à toute allure sur Palms Boulevard, prit la direction du freeway et s'engouffra sur le parking de la première galerie commerciale venue, sorte de monstre à ciel ouvert dont l'enseigne principale était un supermarché Albertson's.

Le Highlander était gros, noir et facile à repérer : il ne fallait surtout pas le laisser sur le parking. Holman emprunta l'allée de service qui longeait les magasins par l'arrière. Il stoppa, coupa le contact et s'examina. Les écorchures de son visage et de ses bras saignaient encore et sa chemise était déchirée en deux endroits au moins. Tous ses vêtements étaient maculés de terre et de traces de gazon. Il épousseta la terre de son mieux, mouilla un pan de sa chemise en crachant dessus pour frotter les taches de sang, mais il avait toujours l'air d'un déterré. Avant de s'éloigner du Highlander, il lui fallait enlever le reste d'entrave en plastique qui pendouillait à son poignet gauche comme un spaghetti. Il avait sectionné le bracelet droit sur l'hélice du hors-bord. Il examina le fermoir. Ces entraves fonctionnaient sur le principe d'une ceinture, sauf que la boucle ne coulissait que dans un sens : une série de dents minuscules interdisait le retrait de la patte. Il fallait donc couper le bracelet gauche, mais Holman n'avait plus de lame sous la main.

Il remit le contact, lança la climatisation à pleine puissance et enfonça l'allume-cigare. Mieux valait ne pas trop penser à la suite : il allait déguster. Quand l'allume-cigare fut éjecté, il écarta au maximum l'entrave de sa peau et appuya la résistance chauffée au rouge contre le plastique. Il crispa les mâchoires et tint bon, mais ce putain d'allume-cigare brûlait du feu de Dieu. Il dut le réchauffer trois fois pour que le plastique se mette enfin à fondre.

Vukovich lui avait confisqué ses clés, son portefeuille, son argent et son portable. En fouillant la planche de bord et la boîte à gants, il récupéra soixante-douze cents en menue monnaie. Pas un de plus. Il n'avait rien d'autre.

Il verrouilla le Highlander et partit à pied sans se retourner. Après avoir traversé une animalerie pleine d'oiseaux criailleurs en cage, il trouva une cabine publique devant le supermarché. Il devait avertir Pollard et lui demander de l'aide mais, une fois dans la cabine, il fut incapable de se rappeler son numéro. Il resta là, le combiné à la main, perdu dans un vide sidéral. Il avait enregistré ce numéro dans la mémoire de son portable et maintenant qu'il ne l'avait plus, pas moyen de s'en souvenir.

Il se mit à trembler. Il reposa rageusement le combiné sur son socle et s'écria :

— Putain de connerie de merde !

Trois personnes qui s'apprêtaient à entrer dans la galerie se retournèrent.

Sentant qu'il perdait les pédales, il s'exhorta au calme. D'autres gens le regardaient. Une de ses écorchures s'était remise à saigner. Il l'essuya d'un revers de manche, ne réussissant qu'à étaler encore plus le sang. Il explora le parking du regard : tout semblait normal. Pas de voiture de patrouille, pas de Crown Victoria au ralenti devant la galerie. Il finit par se calmer et décida d'appeler Chee. Il ne se souvenait pas davantage de son numéro, mais son garage était dans l'annuaire.

Il inséra toutes ses pièces et attendit que l'opératrice des renseignements ait acheminé son appel.

Le téléphone de Chee sonna. Holman s'attendait à ce qu'on lui réponde dès les premières sonneries, mais son attente se prolongea. Il commençait à maudire sa malchance, persuadé que l'opératrice s'était trompée de numéro, quand une jeune femme prit son appel d'une voix hésitante.

— Allô ?

— Passez-moi Chee.

— Je regrette, nous sommes fermés.

Il marqua un temps d'arrêt. C'était la mi-journée, un jour de semaine. Le garage ne pouvait pas être fermé.

— Marisol ? Marisol, c'est vous ?

— Oui ? fit la voix, encore plus hésitante.

— Je suis Max Holman, l'ami de votre père. Il faut que je lui parle.

Il attendit, mais Marisol restait muette. On aurait dit qu'elle pleurait.

— Marisol ?

— Ils l'ont emmené. Ils sont venus…

Sa voix tremblante, hachée, finit par se briser en une série de violents sanglots qui firent grimper en flèche le niveau d'adrénaline de Holman.

— Marisol ?

Il entendit une voix d'homme grommeler une question en fond sonore, puis la tentative de réponse de Marisol. L'homme fit irruption sur la ligne, tout aussi méfiant que la jeune femme.

— Qui est-ce ?

— Max Holman. Qu'est-ce qu'elle raconte ? Qu'est-ce qui se passe chez vous ?

— C'est Raul. Vous vous souvenez ?

Le jeune qui lui avait fabriqué son permis.

— Oui. Qu'est-ce qu'elle a voulu dire ? Où est Chee ?

— Ils l'ont gaulé, mec. Ce matin…

— *Qui ça ?*

— Ces enfoirés de flics. Ils l'ont arrêté.

Le cœur de Holman se remit à marteler. Il balaya le parking du regard.

— Qu'est-ce qui s'est passé, putain ? Pourquoi est-ce qu'ils l'ont arrêté ?

Raul baissa le ton comme s'il ne voulait pas être entendu par Marisol, mais sa voix était blanche.

— Je n'ai rien pigé à cette connerie. Ils ont débarqué ce matin avec un mandat, des clebs, des espèces de connards à mitraillette…

— Les flics ?

— Le LAPD, le FBI, le SWAT, et même des mecs du BATF[1] – tout ce qu'on peut imaginer dans le genre initiales. Ils ont fouillé partout, et ils l'ont emballé.

Holman avait la bouche sèche, mais le combiné lui glissait dans la main. Il scruta encore une fois le parking et se força à respirer.

— Est-ce qu'il va bien ? Il n'est pas blessé ?

— Je ne sais pas.

— Comment ça, tu ne sais pas ? s'emporta Holman, criant presque. Je te pose une question simple, bordel de merde !

— Vous croyez peut-être qu'ils nous ont laissés assister au spectacle les mains dans les poches, ducon ? On s'est tous retrouvés à plat ventre ! Ils nous ont bouclés ici, dans ce putain de bureau !

— D'accord, d'accord, ne t'énerve pas. Un mandat pour quoi ? Qu'est-ce qu'ils cherchaient ?

— Des fusils d'assaut et des explosifs.

— Bon Dieu, qu'est-ce qu'il magouillait ?

— *Rien*, mec ! Chee est complètement rangé, alors, des explosifs !... Sa fille bosse avec nous. Putain, vous croyez qu'il s'amuserait à planquer de la bombe ici ? Il nous laisse même pas revendre des airbags volés !

— Mais ils l'ont arrêté ?

— Ça oui. Ils lui ont passé les pinces sous les yeux de sa fille.

— Ils ont dû trouver quelque chose.

— Ouais, mais je sais pas du tout quoi. J'ai vu ces connards charger quelque chose dans un bahut. Ils

---

1. Bureau of Alcohol, Tobacco and Firearms, agence responsable du contrôle de l'alcool, des produits du tabac et des armes à feu. *(N.d.T.)*

avaient même fait venir des enfoirés du déminage, Holman ! Leurs clebs à la con ont reniflé partout, mais je vous jure qu'on n'avait rien de ce genre, mec.

Une voix de synthèse fit irruption dans leur dialogue pour avertir Holman qu'il ne lui restait qu'une minute de communication. Il n'avait plus de pièces. Son temps était compté.

— Il faut que j'y aille, dit-il. Dernière chose : les flics, ils ont posé des questions sur moi ? Ils ont essayé de me relier au Chee ?

Il attendit en vain une réponse : la ligne était déjà coupée. Raul lui avait raccroché au nez.

Holman reposa le téléphone et observa le parking. Chee était sûrement victime d'un coup monté, mais il ne comprenait pas pourquoi. Son ami n'en savait pratiquement pas plus à son sujet que Gail Manelli, Wally Figg ou même Tony Gilbert, de l'imprimerie Harding. Holman ne lui avait jamais dit un mot des seize millions disparus ni de ses soupçons grandissants sur l'existence d'une conspiration de policiers véreux, mais peut-être que quelqu'un s'imaginait le contraire : que Chee en savait long et qu'il fallait le faire parler. Ses réflexions lui donnèrent un début de migraine. Tout ça ne tenait pas debout. Holman se força à penser à autre chose. Il avait des problèmes plus urgents à résoudre. Il ne pouvait plus compter sur personne pour passer le prendre sur ce parking, et encore moins lui prêter une voiture ou de l'argent. Il se retrouvait seul, et son dernier espoir consistait à réussir à joindre Pollard. Peut-être était-ce d'ailleurs son dernier espoir à elle aussi.

Après avoir respiré un bon coup, il revint dans la galerie. Il localisa le rayon fruits et légumes du supermarché et se rendit au fond du magasin. Tous les rayons fruits et légumes de tous les supermarchés d'Amérique sont équipés sur l'arrière d'une porte battante, par laquelle les magasiniers font passer leurs Fenwick chargés de produits frais. Derrière cette porte, il y a toujours une pièce réfrigérée où les denrées périssables sont réceptionnées et stockées, et toutes les pièces de ce type disposent d'au moins une porte extérieure donnant sur le quai de livraison.

Holman ressortit par là et émergea de nouveau à l'arrière de la galerie commerciale. Il revint au Highlander, ouvrit la malle arrière et souleva le tapis de sol. La trousse à outils d'urgence contenait un tournevis, une paire de pinces et un cric. Même s'il n'avait plus volé de voiture depuis douze ans, il savait encore comment s'y prendre.

Il repartit sur le parking.

42

APRÈS AVOIR LAISSÉ HOLMAN AU CIMETIÈRE, Pollard rattrapa le freeway et mit le cap sur Chinatown dans un brouillard de perplexité tellement dense qu'elle distinguait à peine les autres véhicules.

Elle ne savait pas trop à quoi s'attendre quand elle l'avait pris en filature à Hollywood, mais une fois de plus, il l'avait étonnée. Malgré son parcours de voyou, voilà un type qui avait préféré tomber pour hold-up plutôt que de laisser mourir un vieil homme, et qui venait ensuite s'excuser sur la sépulture de son ex d'avoir été à côté de la plaque avec leur fils. Pollard aurait voulu ne pas s'en aller. Elle aurait voulu rester auprès de lui – pour lui tenir la main, le consoler et se laisser aller à ses sentiments.

Les sanglots de Holman lui avaient fendu le cœur. C'était peut-être un criminel dégénéré mais, à ce moment-là, elle s'était sentie capable de l'aimer. Et maintenant, lancée sur le freeway, elle se soupçonnait de l'aimer déjà.

Max Holman est un professionnel du crime, ex-taulard, ex-toxico, sans instruction ni compétence, dont la seule perspective d'avenir honnête est un enchaînement sans fin de petits boulots payés au SMIC.

Il n'a pas le moindre respect pour la loi et ses seuls amis sont des truands notoires. Il a toutes les chances de se retrouver à l'ombre avant la fin de l'année. J'ai deux petits garçons. Quelle sorte d'exemple serait-il pour eux ? Que dirait ma mère ? Que diraient les gens ? Et si je ne lui plaisais pas ?

Elle arriva quarante-cinq minutes plus tard au siège de la Pacific West, où Alma Wantanabe, responsable de la sécurité de la banque, la conduisit dans une salle de conférences aveugle au deuxième étage. Deux boîtes à dossiers bleues de taille standard l'attendaient sur une table.

Wantanabe lui expliqua que les rapports du LAPD étaient classés en deux catégories distinctes. La première regroupait les dossiers divisionnaires relatifs aux hold-up ayant eu lieu dans le secteur de compétence de tel ou tel commissariat – ceux des inspecteurs du commissariat de Newton sur tous les braquages commis à Newton, par exemple. Le second groupe de dossiers avait été compilé par la brigade spéciale des vols, chargée de synthétiser les enquêtes divisionnaires dans le cadre d'investigations plus amples, menées au niveau de la ville entière. Mais même si la brigade des vols prenait en charge ces dernières, elle faisait appel à des inspecteurs divisionnaires pour le travail de terrain mené autour des braquages survenus dans leur juridiction. Les procès-verbaux qu'ils dressaient remontaient ensuite la chaîne alimentaire jusqu'à la brigade des vols, laquelle opérait au-dessus des frontières de secteur et avait compétence pour coordonner et diligenter une enquête d'ensemble.

Après l'avoir avertie pour la énième fois qu'elle ne devrait soustraire ni reproduire aucun document, Wantanabe la laissa seule.

Pollard retira de son propre dossier les sept pages de titre photocopiées par Holman avant la saisie par Random des procès-verbaux chez son fils. Ces pages de titre n'apportaient guère d'informations, sinon un numéro d'affaire et de témoin, et les numéros de témoins à eux seuls ne signifiaient rien en l'absence de la liste qui permettait de les identifier :

Affaire n° 11-621
Témoin n° 318
Marchenko / Parsons
Procès-Verbal d'interrogatoire

Elle espérait y parvenir grâce à cette liste et voir ensuite ce qu'ils avaient déclaré. Comme rien ne lui indiquait l'origine de ces pages de titre, elle commença par ouvrir la boîte des rapports divisionnaires. Après l'avoir vidée, elle se livra à une recherche méthodique des listes des témoins. Elle en trouva trois, mais il lui apparut vite évident que le système de numérotation divisionnaire ne correspondait pas à celui de ses pages de titre. Elle mit de côté les rapports divisionnaires et s'attaqua à ceux de Parker Center.

Son intérêt grimpa en flèche à l'instant où elle ouvrit la seconde boîte. La première page contenait une présentation du dossier signée par le commandant de la brigade spéciale des vols et les deux inspecteurs chargés de l'enquête – dont le second s'appelait Walter B. Random.

Les yeux de Pollard s'arrêtèrent sur son nom. Random avait enquêté sur le massacre des quatre agents. Elle en avait déduit que c'était un inspecteur des Homicides, et il était pourtant cité comme responsable d'une enquête des Vols – et pas n'importe laquelle : celle-là même qui apparaissait chaque jour plus indissociable de l'affaire de la tuerie du pont de la Quatrième Rue.

Elle feuilleta les documents suivants jusqu'à ce qu'elle trouve une liste des témoins. C'était un document de trente-sept pages, recensant trois cent quarante-six noms numérotés. Le numéro 1 correspondait à une caissière de la première agence attaquée par Marchenko et Parsons. Le plus petit numéro figurant sur les pages de titre photocopiées par Holman était le 318, suivi des numéros 319, 320, 321, 327 et 334. Tous ces témoins avaient donc été interrogés à un stade assez tardif de l'enquête.

À peine Pollard eut-elle entrepris de comparer les numéros de ses pages de titre à la liste nominative des témoins de la brigade des vols qu'un recoupement lui sauta aux yeux.

Le 318 correspondait à Lawrence Treehorn, le gardien du petit immeuble de quatre appartements de Beachwood Canyon où avaient résidé Marchenko et Parsons jusqu'à leur décès.

Les trois suivants étaient leurs voisins.

Le témoin numéro 327 était un employé de la salle de musculation de West Hollywood où s'entraînait Marchenko.

Et le numéro 334 était la mère de Marchenko.

Elle localisa ensuite les procès-verbaux correspondants, mais ne les lut pas sur-le-champ. Elle vérifia d'abord les noms des inspecteurs qui avaient reçu les dépositions. Random avait pris celles de Treehorn et de Mme Marchenko, Vukovich celle d'un des voisins. Vukovich, comme Random, était l'un de ceux qui avaient intercepté Holman devant l'immeuble de sa belle-fille – cela faisait donc un deuxième inspecteur chargé de la tuerie à avoir également travaillé sur Marchenko et Parsons.

Pollard repensa à Fowler rendant visite à Mme Marchenko avec le cinquième homme et se demanda s'il était aussi allé trouver ces cinq autres témoins.

Elle recopia les noms et coordonnées de ceux-ci puis s'attaqua à la lecture de leurs dépositions. Elle n'aurait pas été surprise qu'au moins l'une d'elles fasse état d'Alison Whitt, des lettres géantes, ou du Mayan Grille, mais ne releva rien d'autre qu'une galerie d'individus ayant personnellement connu Marchenko et Parsons. Pollard en conclut que la clé était là. Aucune de ces dépositions ne concernait spécifiquement les hold-up, mais toutes pouvaient potentiellement aider à découvrir ce que Marchenko et Parsons avaient fait de leur butin. C'était sans doute la raison pour laquelle Richard Holman se les était procurées, mais certaines questions demeuraient : comment les avait-il obtenues et pourquoi Random les avait-il saisies ? Tout se passait comme si Random cherchait à effacer toute preuve incriminant Fowler et sa petite bande d'avoir tenté de récupérer le butin disparu.

Une fois sa lecture achevée, Pollard remit les procès-verbaux en ordre puis les rangea dans la boîte. Elle pensait toujours à Random. Elle réfléchit un moment sur l'hypothèse selon laquelle il les aurait lui-même fournis à Richard, mais il y avait là-dedans quelque chose qui clochait. Random savait déjà ce que contenaient ces transcriptions. S'il avait eu partie liée avec Richard et Fowler, il aurait pu se contenter de le leur dire – sans prendre le risque de leur remettre des documents aussi confidentiels.

Elle laissa les boîtes sur la table et alla remercier

Alma Wantanabe, qui la raccompagna jusqu'à l'ascenseur. Elle consulta sa boîte vocale pendant la descente, mais Sanders ne l'avait toujours pas rappelée. Elle ressentit un éclair de frustration avant de prendre conscience qu'elle avait une piste presque aussi intéressante à explorer par elle-même – Mme Marchenko. Si le cinquième homme était Random, elle n'aurait pas besoin de consulter la liste des informateurs ; Mme Marchenko serait capable de l'identifier, donc de le situer aux côtés de Fowler. Et, dans ce cas, la révélation de l'identité du contact d'Alison Whitt serait la cerise sur le gâteau.

Elle décida d'appeler Holman. Elle voulait lui faire part de sa découverte avant de repartir chez Mme Marchenko. Elle était en train de composer son numéro lorsque les portes de l'ascenseur se rouvrirent au rez-de-chaussée.

Holman était là, dans le hall, couvert de taches et de sang séché.

43

HOLMAN S'ÉTAIT RAPPELÉ QUE POLLARD devait passer au siège de la Pacific West Bank mais ne savait ni si elle y serait encore, ni comment la joindre une fois là-bas ; il n'avait plus de quoi passer un coup de fil et hésita longtemps avant de s'aventurer dans le hall : ce serait se jeter dans la gueule du loup si quelqu'un avait filé Pollard à son départ du cimetière, mais c'était aussi sa dernière chance de la retrouver à temps. Après avoir rôdé autour du gratte-ciel jusqu'à ce que la peur de la perdre ait balayé tout le reste, il se risqua à franchir le seuil en courbant l'échine comme un chien battu. Il était sur le point de ressortir quand les portes d'un des ascenseurs s'ouvrirent sur elle. Elle blêmit à vue d'œil en le reconnaissant.

— Qu'est-ce qui vous est arrivé ? Regardez-vous, qu'est-ce que c'est que ça ?

Holman, tremblant, l'attira à l'écart des ascenseurs. Le vigile du hall l'avait déjà questionné deux fois et il tenait à disparaître au plus vite.

— Il faut qu'on sorte. Vukovich et les autres, ils ont essayé de m'enlever.

Pollard repéra le vigile à son tour. Elle baissa le ton.

— Vous saignez...

— Ils vous ont peut-être suivie. Je vous expliquerai dehors…

— Qui ?

— Les flics. Ils me sont tombés dessus au cimetière, juste après votre départ…

Ses tremblements redoublèrent. Il tenta de l'entraîner vers la sortie, mais Pollard se mit à tirer dans la direction opposée.

— Par ici. Suivez-moi…

— Il faut qu'on parte. Ils me cherchent.

— Regardez-vous, Max. Vous n'avez aucune chance de passer inaperçu. Entrez là-dedans.

Holman se laissa guider dans les toilettes pour dames. Elle le poussa jusqu'aux lavabos, prit plusieurs serviettes en papier au distributeur et les trempa sous le robinet. Il n'avait qu'une idée en tête, fuir, mais ses jambes ne lui obéissaient plus – et ces toilettes lui faisaient l'effet d'une souricière.

— Ils voulaient m'emmener dans une maison. C'était Vukovich et… Random était à l'intérieur. Ils ne m'ont pas arrêté. Ce n'était pas une arrestation, putain de merde. Ces fumiers m'ont *enlevé*…

— Chut. Vous tremblez. Essayez de vous calmer.

— *Il faut qu'on sorte d'ici, Katherine !*

Elle essuya le sang de son visage et de ses bras ; Holman parlait sans discontinuer, aussi incapable de se taire que de juguler les tremblements de sa voix. Il se souvint tout à coup de la perte de son téléphone portable et du terrible sentiment d'impuissance qui l'avait saisi en comprenant qu'il n'avait plus de moyen de la joindre.

— Il me faut de quoi écrire, un stylo… Vous avez un stylo ? J'ai voulu vous avertir mais pas moyen, pas moyen de me rappeler votre numéro. Pas moyen de…

Ses tremblements s'accentuèrent tellement qu'il se

vit tomber en mille morceaux. Il perdait pied, n'ayant plus aucun contrôle sur lui-même.

Pollard jeta les serviettes ensanglantées et le prit par les bras.

— Max.

Elle réussit à attirer son regard. Elle le fixa dans le blanc des yeux, et les mouvements oculaires d'Holman cessèrent peu à peu. Pollard lui enfonça ses ongles dans la chair, mais ses yeux restèrent calmes et sa voix apaisante.

— Max, vous êtes ici, avec moi...
— J'ai eu peur. Ils tiennent Maria Juarez...

Toujours captif de son regard, il se laissa masser les bras.

— Vous ne risquez plus rien. Vous êtes ici avec moi, maintenant, et vous ne risquez plus rien.

Il maintint le contact visuel ; les lèvres de Pollard dessinaient une courbe délicate qui le retenait comme l'ancre d'un navire à la dérive.

Ses tremblements s'atténuèrent.

— Ça va ?
— Oui. Oui, ça va mieux.
— Bon. Il faut que ça aille.

Elle sortit un stylo de sa poche intérieure, lui reprit le bras. Elle inscrivit un numéro de portable sur la face interne de son avant-bras puis releva la tête, radoucie.

— Là, vous avez mon numéro. Vous voyez, Max ? Comme ça, vous ne le perdrez pas.

Holman sentit que quelque chose venait de changer. Elle s'approcha encore un peu plus près, lui passa les bras autour du cou et posa doucement le front contre son torse. Il resta raide comme un piquet. Il hésitait, de peur de l'offenser.

— Juste une seconde, chuchota-t-elle, les lèvres au creux de sa poitrine.

Holman lui toucha le dos d'une main hésitante. Elle ne s'écarta pas, ne sursauta pas. Il l'enlaça à son tour et appuya une joue sur le haut de sa tête. Petit à petit, il se laissa aller à la serrer contre lui, éprouvant un certain soulagement. Au bout d'un petit moment, elle bougea, et tous deux reculèrent en même temps. Elle souriait.

— On peut y aller, maintenant. Vous m'expliquerez ce qui s'est passé dans la voiture.

Pollard avait garé sa Subaru au sous-sol de la tour. Holman lui raconta son enlèvement au cimetière, sa fuite et ce qu'il avait vu dans la maison. Elle l'écouta en fronçant les sourcils, mais n'émit aucun commentaire et ne posa pas de question avant qu'il ait fini – même lorsqu'il admit avoir volé une voiture. Et quand il eut fini, elle ne se départit pas de sa mine hésitante.

— Bon, vous me dites que Vukovich et trois autres – dont un certain Fuentes et un certain John – vous ont interpellé au cimetière ?

— Ils ne m'ont pas interpellé. Ils m'ont menotté, mais ils ne m'ont pas emmené au poste, ils cherchaient à me faire entrer dans une putain de *maison* ! Rien à voir avec une interpellation !

— Qu'est-ce qu'ils voulaient ?

— Je n'en sais rien. J'ai foutu le camp.

— Ils n'ont rien dit ?

— *Rien...*

Tout à coup, Holman se souvint.

— Au cimetière, Vukovich m'a dit que je foutais la merde, qu'ils avaient essayé de me le dire gentiment mais que je foutais la merde. Il m'a dit qu'ils m'arrêtaient, mais ils m'ont déposé devant cette putain de baraque. Quand je l'ai vue, je me suis dit qu'il n'était pas question que je mette les pieds là-dedans, pas question !

Le froncement de sourcils de Pollard s'accentua, comme si elle s'efforçait sans y parvenir d'extraire un sens de tout ce qu'elle venait d'entendre.

— D'accord. Et Random était dans cette maison ?

— Oui. Avec Maria Juarez. Chee m'avait prévenu que les flics l'avaient raflée, et c'est vrai. Et lui aussi, ils le tiennent. Ils l'ont arrêté ce matin.

Pollard ne réagit pas. Toujours incertaine, elle finit par secouer la tête.

— Je ne comprends pas, dit-elle. Ils ont embarqué Maria Juarez et ensuite ils vous embarquent – mais qu'est-ce qu'ils auraient fait de vous ? Vous garder sous le coude ? Dans quel but ?

La réponse était évidente aux yeux d'Holman.

— Ils sont en train de liquider tous ceux qui font des vagues autour de l'enquête de Random sur Warren Juarez. Réfléchissez. Random s'est débrouillé pour mettre la tuerie sur le dos de Warren Juarez et clore l'affaire, mais Maria s'est avisée de dire que ça ne pouvait pas être Warren, et ils l'ont enlevée. Ensuite, je n'ai pas cru non plus à leur baratin, et ils ont essayé de m'impressionner. Vu que ça n'a pas marché, ils m'ont enlevé aussi. Et ils ont Chee.

— C'est Random qui l'a arrêté ?

— Il y a eu une descente à son garage ce matin, avec des gars du déminage. Un des mécanos de Chee m'a dit qu'ils avaient trouvé des armes et des explosifs. C'est du pipeau. Je connais le Chee depuis toujours et je peux vous affirmer que c'est du pipeau. Il est victime d'un coup monté.

Pollard ne semblait toujours pas convaincue.

— Mais pourquoi l'auraient-ils impliqué là-dedans ?

— Ils croient peut-être que je lui ai parlé du butin. Ou peut-être parce qu'il m'aide. Je n'en sais rien.

— Vous seriez capable de retrouver la maison, celle où ils vous ont emmené ?

— Sans problème. On y va tout de suite.

— Non, pas tout de suite…

— Il faut y aller ! Maintenant que je sais où ils gardent Maria Juarez, ils vont filer. Et l'emmener avec eux.

— Écoutez-moi, Max, vous avez raison. Ils ont sûrement levé le camp dès que vous avez pris la fuite et, s'ils retiennent cette femme contre son gré, ils l'ont emmenée avec eux. Si on y va, on ne trouvera qu'une maison vide. Si on prévient la police, qu'est-ce qu'on pourra raconter ? Que vous avez été embarqué par quatre inspecteurs du LAPD, peut-être à des fins criminelles, mais peut-être pas ?

Holman s'aperçut qu'elle avait raison. Il était lui-même un criminel. Et comme il n'avait pas l'ombre d'une preuve, il ne fallait pas espérer qu'on le croirait.

— Qu'est-ce qu'on peut faire ?

— Identifier le cinquième homme. Si on arrive à prouver que c'est Random, on aura un témoignage l'associant à Fowler et l'affaire sera dans le sac…

Pollard ouvrit le dossier et en retira l'extrait de presse concernant le meurtre de Richie où l'on voyait une photo de deux policiers en civil – dont Random – donnant une conférence de presse à Parker Center.

— Je veux montrer cette photo à Mme Marchenko. Si elle reconnaît Random comme étant notre cinquième homme, je n'aurai plus qu'à transmettre ce qu'on sait à mes amis du FBI. Ça me donnera de quoi boucler notre dossier, Max.

Après avoir jeté un coup d'œil au visage granuleux de

Random, il hocha la tête. Elle avait encore raison. Elle savait de quoi elle parlait. C'était une pro.

Il leva une main pour lui effleurer la joue. Elle ne se déroba pas.

— C'est drôle, la vie, dit-il.

— Ouais.

Il se détourna vers la portière.

— Je vous retrouve chez elle, fit-il en actionnant la poignée.

Elle lui attrapa le bras avant qu'il ait pu s'éclipser.

— Hep ! Vous venez avec moi ! Vous n'allez pas vous promener dans une voiture volée ! Vous avez envie de replonger pour vol aggravé, ou quoi ?

Elle avait encore raison mais Holman se savait également dans le vrai, sur un autre plan. Random et Vukovich avaient essayé de le coincer. Ils n'avaient certainement pas dit leur dernier mot. Peut-être tous les flics de la ville étaient-ils à ses trousses, prêts à le piéger comme ils avaient piégé Chee.

Il prit la main de Pollard et l'écarta en douceur.

— Je pourrais avoir besoin de m'arracher, Katherine. Je ne veux pas faire ça dans votre voiture. Je ne veux pas que vous soyez prise avec moi.

Il lui pressa la main.

— On se retrouve chez elle.

Il ne lui laissa aucune chance de répliquer. Il sortit de l'auto et s'éloigna au trot.

44

HOLMAN QUITTA LE PARKING SOUTERRAIN avec un luxe de précautions, comme lorsqu'il s'éclipsait d'une banque après un braquage. Au cas où Pollard aurait été filée à son départ du cimetière, il surveilla les véhicules et les passants à la sortie de la tour mais ne remarqua rien de suspect. Il attendit au volant de sa voiture volée que la Subaru se soit immiscée dans le trafic et la suivit jusque chez Mme Marchenko.

Il se sentait nettement mieux depuis qu'il avait retrouvé Pollard. Il avait l'impression qu'ils étaient tout près d'apprendre qui avait assassiné Richie, et pourquoi – c'était probablement la raison pour laquelle Random s'en était pris à lui. Random, qui avait joué un rôle clé dans le dossier Marchenko et qui pilotait aujourd'hui l'enquête sur le massacre des quatre agents. Une position bien commode. Random était forcément au courant de la disparition des seize millions de dollars et avait dû se constituer une petite équipe chargée de les récupérer, qui incluait Fowler, Richie et les deux autres. Holman se souvint avec une bouffée d'amertume de la façon dont Random les lui avait décrits : des agents à problèmes, des ivrognes, des ripoux prêts à vendre leur âme contre un peu d'or. Random avait voulu faire porter le chapeau du massacre à Warren Juarez ; Maria Juarez ayant fourni la preuve que son mari ne pouvait pas être l'assassin, cette preuve avait disparu et, pour finir, Maria Juarez aussi. Richie avait été un temps en possession de rapports signés par Random, et Random les avait escamotés. Lui-même avait posé trop de questions ; ils avaient donc commencé par l'isoler des autres parents des victimes, puis essayé de lui faire peur, et enfin tenté de le faire disparaître lui aussi. Il ne voyait pas d'autre interprétation capable de tout expliquer. Il ne comprenait toujours pas comment Chee s'était retrouvé embringué là-dedans mais avait la conviction d'en savoir déjà assez. Sentant le nœud coulant se resserrer, Random cherchait à couper la corde et à tuer le bourreau... un bourreau qui n'était autre que lui-même, pensa Holman en souriant. C'était forcément Random, et il serait son bourreau.

Arrivé devant chez Mme Marchenko, Holman se gara le long du trottoir d'en face. La vieille dame ouvrit sa porte au moment où il traversait la rue pour rejoindre Pollard.

— Je l'ai appelée de ma voiture, expliqua-t-elle.

Mme Marchenko ne semblait pas enchantée de les revoir. Holman crut lire de la méfiance sur sa vieille face de bouledogue.

— Votre article, ça fait un moment que je l'attends, dit-elle. Je vois rien venir.

Pollard sourit à belles dents.

— C'est pour bientôt. On est justement ici pour peaufiner quelques détails. J'ai une photo à vous faire voir.

Holman suivit Pollard et Mme Marchenko dans le séjour. Il remarqua que le ventilateur était toujours cassé.

Mme Marchenko s'écroula dans son fauteuil habituel.

— Quelle photo ?

— Vous vous rappelez celles qu'on vous a montrées l'autre fois ? Quand vous avez reconnu un des deux inspecteurs qui sont venus vous voir ?

— Oui.

— Je vais vous en montrer une autre. J'aimerais que vous me disiez si c'est le deuxième homme.

Pollard sortit l'extrait de presse de son dossier et le lui mit sous le nez. Mme Marchenko étudia le cliché et hocha la tête.

— Oh, lui... Je le connais, mais c'était avant...

— Tout à fait exact, l'encouragea Pollard en opinant du chef. Il est venu vous interroger après la mort d'Andre.

— C'est ça, oui...

— Est-ce qu'il est revenu vous voir ensuite avec l'autre ?

Mme Marchenko se tassa dans son fauteuil.

— Non. C'était pas lui.

Un bouillonnement de colère envahit Holman. Ils étaient tout près ; ils étaient à deux doigts de faire éclater toute l'affaire, et voilà que cette petite vieille leur mettait des bâtons dans les roues.

— Peut-être que si vous jetiez encore un coup d'œil...

— Pas besoin. C'était pas lui. Lui, je le connais d'avant. Il fait partie de la bande qui m'a cassé ma lampe.

Mme Marchenko avait l'air tellement butée que Holman fut persuadé qu'elle cherchait à les embrouiller.

— Putain, madame...

Pollard leva une main, lui enjoignant de se taire.

— Dans ce cas, pensez au deuxième homme, madame Marchenko. Essayez de vous rappeler à quoi il ressemblait. Il n'était pas comme celui-ci ?

— Non.

— Vous pourriez me le décrire ?

— C'était un homme. Je sais pas, moi. En costume sombre, peut-être.

Holman se demanda soudain si le cinquième homme pouvait être Vukovich.

— Est-ce qu'il était roux ?

— Il avait un chapeau. Je crois pas, non. J'ai pas fait attention, je vous dis.

La certitude de tenir Random qui avait habité Holman jusqu'à cet instant s'effondra comme un rêve anéanti par la sonnerie du réveil. Il était en fuite ; Chee était en garde à vue ; Maria Juarez était retenue prisonnière. Il arracha l'article des mains de Pollard et marcha vers Mme Marchenko. Elle eut un mouvement de recul comme si elle s'attendait à être frappée, mais il s'en fichait. Il vrilla son index sur la photo de Random.

— Vous êtes *sûre* que ce n'était pas lui ?

— C'était pas lui, je vous dis.

— Max, arrêtez.

— Et si je vous disais que ce fils de pute a buté votre fils ? Ça pourrait être lui, dans ce cas-là ?

Pollard bondit du canapé, furieuse.

— Ça suffit, Max. Taisez-vous.

Le visage de bouledogue de Mme Marchenko se durcit.

— C'est lui ? C'est cet homme qui a tué Andre ?

Pollard récupéra l'article et poussa Holman vers la porte.

— Non, madame Marchenko. Excusez-nous. Ça n'a rien à voir avec la mort d'Andre.

— Alors, pourquoi il dit ça ? Qu'est-ce qui lui prend de me dire une chose pareille ?

Holman quitta la maison à grandes enjambées et ne stoppa qu'au milieu de la chaussée. Il avait l'impression de s'être comporté comme le dernier des crétins. Il se sentait perdu, furieux contre lui-même et plus honteux que jamais. Pollard le rejoignit, exaspérée.

— Excusez-moi, grogna-t-il. Comment est-ce que ça pourrait ne pas être Random ? C'est *forcément* lui ! Tout ramène à ce connard !

— La ferme. Arrêtez. D'accord, le cinquième homme n'est ni Random ni Vukovich. On sait déjà que ce n'était pas non plus votre fils, ni Mellon ni Ash – donc c'est quelqu'un d'autre.

— Random avait trois ou quatre hommes avec lui à la baraque. Peut-être que c'est un de ceux-là. Peut-être que tout le LAPD roule pour cet enfoiré de Random.

— Il nous reste Alison Whitt.

Pollard avait sorti son portable et composait un numéro abrégé.

— Si son contact était Random, on pourra encore…

Elle lui fit signe de se taire au moment où son interlocuteur prenait l'appel.

— Ouais, c'est moi. Qu'est-ce que tu as dégotté sur Alison Whitt ?

Holman la vit se raidir. Il comprit que les nouvelles étaient mauvaises avant même qu'elle ait refermé son portable. Il le vit à la façon dont ses épaules s'affaissèrent. Pollard le fixa longuement avant de secouer la tête.

— Alison Whitt n'était pas sur les listes d'informateurs du LAPD.

— Alors ? Qu'est-ce qu'on fait ?

Elle ne répondit pas sur-le-champ. Il sentit qu'elle

gambergeait. Lui aussi. Il aurait dû s'y attendre. Il était bien placé pour savoir que rien ne marchait jamais.

— J'ai sa fiche de police à la maison, finit-elle par dire. Je vais essayer de voir qui l'a interpellée. Peut-être que notre tort a été de croire que Whitt était une indic officielle. Peut-être qu'elle se contentait de tuyauter officieusement un flic et que son nom me dira quelque chose.

Holman esquissa un sourire qui s'adressait surtout à lui-même. En remarquant les rides de Pollard et la façon dont ses cheveux tombaient sur ses épaules, il se remémora de nouveau leur première rencontre, dans cette banque où elle avait fait irruption en le mettant en joue.

— Je suis désolé de vous avoir entraînée dans cette histoire.

— Ce n'est pas fini ! On touche au but, Max. Tout ramène à Random, quel que soit le bout par lequel on prend cette histoire de dingues. Il ne nous manque plus qu'une dernière pièce pour que tout s'emboîte.

Holman hocha la tête, mais il n'y croyait plus. Il avait tenté de jouer cette partie selon les règles, comme on est censé le faire lorsqu'on vit dans le respect de la loi, mais ça n'avait pas marché.

— Vous êtes vraiment quelqu'un, agent Pollard.

Ses traits se tendirent, et il retrouva le jeune agent d'autrefois.

— Je m'appelle Katherine, bon Dieu ! Appelez-moi par mon prénom.

Holman eut envie de la reprendre dans ses bras. Il aurait voulu l'étreindre et l'embrasser – mais ça n'aurait rimé à rien.

— Ne m'aidez plus, Katherine. C'est trop dangereux.

Il s'éloigna en direction de sa voiture.

— Minute, dit Pollard en le suivant. Où est-ce que vous allez ?

— Passer des vêtements propres et me mettre au vert. Ils ont essayé de m'avoir, et ils vont remettre ça. Il faut que je bouge.

Il monta dans sa voiture, mais elle l'empêcha de refermer sa portière en se plaçant devant. Il fit de son mieux pour l'ignorer. Il enfonça son tournevis dans le boîtier démonté du contact et mit le moteur en marche. Pollard refusait toujours de s'écarter.

— Vous avez de l'argent ? demanda-t-elle.

— Chee m'en a donné un peu. Il faut que j'y aille, Katherine. S'il vous plaît.

— Holman !

Il redressa la tête. Pollard s'écarta d'un pas et ferma la portière. Elle se pencha au-dessus de la vitre baissée et posa ses lèvres sur les siennes. Il ferma les yeux. Il aurait voulu que ça dure toujours mais savait déjà que, comme toutes les autres belles choses de sa vie, ça ne durerait pas. Quand il rouvrit les paupières, elle l'observait.

— Je ne vais pas lâcher l'affaire, dit-elle.

Il démarra. Il ne devait surtout pas regarder en arrière. Il avait appris sur le tas que c'était en regardant en arrière qu'on s'attirait des ennuis. Il s'ordonna de ne pas le faire mais lança tout de même un petit coup d'œil au rétroviseur et la vit au milieu de la rue, en train de le suivre du regard, cette femme incroyable qui avait failli faire partie de sa vie. Son cœur se glaça.

Il s'essuya les yeux.

Il regarda droit devant.

Il accéléra.

Ils avaient échoué à assembler les pièces du puzzle, mais après tout, tant pis. Holman ne laisserait pas les assassins de Richie s'en tirer à si bon compte.

45

POLLARD ÉTAIT FURIEUSE. Ce cinquième homme commençait à lui porter sur le système, et elle avait failli péter un câble quand Sanders lui avait annoncé qu'Alison Whitt n'était pas sur la liste des informateurs répertoriés du LAPD. Marki avait pourtant employé les termes appropriés en racontant la façon dont Whitt lui avait confié être une indic – le plafonnement des primes, la demande d'accord préalable ; autant d'expressions que personne dans le civil ne connaissait, à moins d'y être directement confronté. Pollard restait donc persuadée que Whitt avait dit vrai.

Roulant toujours pied au plancher sur le Hollywood Freeway, elle enfonça la touche de rappel de son portable. Elle avait préféré ne pas insister devant Holman mais elle voulait qu'April lui donne plus de détails.

— Salut, c'est encore moi. Tu peux parler ?
— Qu'est-ce qui te chiffonne ?
— Alison était une indic. Je voudrais que tu revérifies.
— Holà… J'essaie de te rendre service, tu te rappelles ? Leeds aura ma peau s'il l'apprend.

— Je suis sûre que cette fille n'a pas menti. Je la crois.

— Je sais que tu y crois. Ta foi inonde la ligne, mais Whitt n'est pas sur la liste. Écoute, elle connaissait peut-être un flic qui la payait de sa poche. Ça arrive tout le temps.

— Si ça avait été le cas, elle n'aurait jamais entendu parler de primes plafonnées et d'accords préalables. Réfléchis une seconde, April, c'était une vraie indic, téléguidée par un flic.

— Écoute-moi bien : elle n'a jamais été sur la liste. Je suis désolée.

— Peut-être qu'elle était inscrite sous un faux nom. Essaie de vérifier ses antécédents pour...

— Tu deviens débile, Kat. On n'inscrit jamais un indic sous un faux nom.

Pollard roula plusieurs secondes en silence, gênée de son propre entêtement.

— Ouais. Tu dois avoir raison.

— Je *sais* que j'ai raison. Qu'est-ce qui t'arrive, ma belle ?

— J'étais sûre de mon coup.

— C'était une pute. Et les putes, ça ment. C'est leur métier – tu es le meilleur amant que j'aie jamais eu, tu me fais jouir comme une fontaine. Voyons, Kat... Elle a bien vendu le truc à sa copine parce qu'elle était capable de vendre n'importe quoi. C'était son métier.

Pollard eut honte. Peut-être était-ce à cause de Holman. Peut-être avait-elle été tellement avide de tirer cette histoire au clair pour lui qu'elle en avait perdu tout son sens commun.

— Désolée, soupira-t-elle. Je me suis emballée.

— Tu n'auras qu'à m'apporter d'autres donuts. Je

commence à perdre du poids. Tu sais que je surveille ça de près.

Pollard ne parvint pas à sourire. Elle éteignit son portable et passa le reste du trajet à ruminer, oscillant entre la déception provoquée par l'apparent mensonge d'Alison Whitt quant à son statut d'informatrice et la surprise due au refus de Mme Marchenko d'identifier Random comme le cinquième homme.

Holman et elle avaient mis au jour deux affaires distinctes au sein desquelles Random jouait un rôle central – la recherche par Fowler et ses acolytes du butin perdu de Marchenko et Parsons d'une part, et de l'autre, l'assassinat des quatre agents, attribué à Warren Juarez. Random avait été un rouage clé du dossier Marchenko et dirigeait aujourd'hui l'enquête sur la tuerie. Random s'était empressé de boucler son enquête criminelle en désignant Juarez malgré un certain nombre de questions sans réponses. Il avait nié l'existence de tout lien entre la bande à Fowler et Marchenko et s'était démené pour éviter un complément d'enquête. Il cachait quelque chose, c'était évident.

Or, Fowler et ses collègues avaient bel et bien essayé de retrouver le butin des braqueurs, et ils ne l'avaient pas fait seuls – une autre personne au moins était impliquée : le cinquième homme. Quelqu'un leur avait remis des doubles des procès-verbaux de la brigade des vols qu'ils n'auraient pas pu se procurer autrement, et deux de ces P-V avaient été rédigés par Random, qui les avait ensuite récupérés au domicile de Richard Holman. Quelqu'un avait également accompagné Fowler chez Mme Marchenko, et c'était probablement la même personne qui avait transmis à Fowler les informations obtenues d'Alison Whitt. Whitt était au centre de l'affaire, décida-t-elle ; il devait y avoir un moyen d'impliquer Random grâce à elle.

Sauf que Maria Juarez posait problème. Quand elle avait disparu, Random avait lancé un mandat d'arrêt ; et pourtant, le dénommé Chee affirmait que des policiers étaient venus l'embarquer de nuit chez ses cousins. Et aujourd'hui, Holman l'avait vue sous le contrôle de Random. Si celui-ci cherchait à couvrir la vérité sur le meurtre des quatre agents, pourquoi la gardait-il prisonnière au lieu de l'éliminer purement et simplement ? Depuis sa visite sur les lieux de la tuerie, Pollard était persuadée que les quatre agents avaient délibérément laissé approcher leur assassin. Si le tueur était Juarez et si les agents s'étaient retrouvés sous le pont cette nuit-là dans le cadre de leur recherche du butin, cela signifiait que Juarez avait eu un lien avec Marchenko. Peut-être que Maria Juarez savait, elle aussi, quelque chose que son mari avait su, et que Random avait besoin de son aide pour retrouver les seize millions. Cela pouvait expliquer le fait qu'elle soit toujours en vie, mais Pollard n'était pas emballée par cette hypothèse, qui relevait de la devinette – et jouer aux devinettes, dans le cadre d'une enquête quelle qu'elle soit, cela ne menait en général nulle part.

Elle se débattait encore pour comprendre pourquoi autant d'éléments ne s'emboîtaient pas quand elle engagea la Subaru dans l'allée de sa maison. Elle courut jusqu'à la porte sous le soleil. Sitôt le seuil franchi, la terreur de l'inévitable coup de fil maternel se substitua à l'irritation suscitée par le problème Alison Whitt. Abattue, elle était en train de se dire que tout partait en couille lorsqu'un homme aux cheveux roux qui était déjà à l'intérieur lui arracha la poignée des mains et claqua la porte.

— Bienvenue au nid.

Pollard fut si surprise qu'elle fit un bond en arrière au moment où un second homme émergeait du salon, brandissant un insigne serti dans un étui de cuir.

— Walt Random. Police.

46

POLLARD PIVOTA SUR ELLE-MÊME et se rua sur Vukovich en lui expédiant un coup de coude dans les côtes. Vukovich grogna et fit un bond de côté.

— Eh... !

Elle fit à nouveau volte-face : elle devait à tout prix atteindre la cuisine pour sortir par la porte de derrière, mais Random lui bloquait le passage.

— Du calme ! On ne vous veut pas de mal. Doucement !

Le cœur battant, elle vit Random stopper entre la cuisine et elle, sans chercher à se rapprocher. Il brandissait son insigne au-dessus de sa tête, à deux mains, et Vukovich ne bougeait plus. Elle fit un pas de côté afin de les englober tous les deux dans son champ de vision.

— C'est ça, du calme, fit Random. Détendez-vous. Vous croyez qu'on resterait plantés comme ça si on avait l'intention de vous jouer un sale tour ?

Il baissa les mains, toujours sans faire le moindre mouvement vers l'avant. C'était plutôt bon signe, mais Pollard demeura près du mur, les regardant alternativement l'un et l'autre et se reprochant d'avoir rangé son arme dans une boîte de sa penderie. Comment pouvait-on être aussi bête ? Elle avait peut-être une chance d'attraper un couteau à la cuisine, mais elle n'était pas sortie de l'auberge si elle devait se farcir ces deux salauds à coups de lame.

— Qu'est-ce que vous voulez ?

Après l'avoir fixée encore un moment, Random rempocha son insigne.

— Votre coopération. Holman et vous n'arrêtez pas de nous mettre des bâtons dans les roues. Vous me laissez une chance de m'expliquer ?

— C'est pour ça que vous l'avez enlevé ? Pour vous expliquer ?

— Je ne serais pas ici, à vous dire ce que je m'apprête à dire, si vous ne m'y aviez pas obligé.

Vukovich, adossé à la porte, ne la quittait pas des yeux, mais son regard était curieux et sa pose nonchalante. Random semblait irrité, mais aussi fatigué, et son costume était chiffonné. Leur langage corporel n'exprimait aucune menace. Pollard se détendit imperceptiblement, tout en restant sur ses gardes.

— Question, lança-t-elle.

Random écarta les mains :

— Allez-y, posez-la.

— Qui a assassiné ces agents ?

— Warren Juarez.

— Vous vous foutez de ma gueule, Random ? Je ne vous crois pas, et je ne crois pas non plus qu'ils se soient retrouvés sous ce pont par hasard. Ils voulaient récupérer le fric de Marchenko.

Random écarta de nouveau les mains et haussa les épaules : peu lui importait qu'elle le croie ou non.

— Effectivement, ils voulaient récupérer le fric, mais c'est bien Juarez qui les a butés. Quelqu'un l'a payé pour. On essaie d'identifier ce quelqu'un.

— Épargnez-moi vos salades. Holman a vu Maria

Juarez avec vous dans la maison où vous vouliez le boucler.

— Ce ne sont pas des salades. La maison en question est une de nos planques. Mme Juarez s'y est rendue de son plein gré, et sur notre demande.

— Pourquoi ?

— Son mari ne s'est pas suicidé. Son commanditaire l'a assassiné. On pense qu'il a été engagé à cause de son différend personnel avec Fowler et que l'autre avait prévu dès le départ de l'effacer. Les circonstances nous ont amenés à craindre que cette personne s'en prenne aussi à sa femme. On a conduit Holman à la planque pour que Maria puisse lui expliquer tout ça elle-même. Il n'y avait aucune chance pour qu'il nous croie autrement.

Pollard avait observé Random pendant qu'il parlait et sentit qu'il ne mentait pas. Tout dans ce qu'il disait semblait plausible.

— Soit, opina-t-elle après un instant de réflexion. D'accord, je peux entendre ça, mais pourquoi avoir arrêté Chee ? Là, je ne pige pas du tout.

Random fronça les sourcils et glissa un rapide coup d'œil à Vukovich avant de revenir sur elle.

— Je ne sais pas de quoi vous parlez, dit-il en secouant la tête.

— L'ami de Holman, Chee – Gary Mareno. Il y a eu une descente chez lui ce matin, et il est en garde à vue. On pensait que c'était vous.

— Je ne suis absolument pas au courant.

— Qu'est-ce que vous me chantez là, Random ? Vous voudriez me faire croire à une coïncidence ?

Impassible, il jeta un nouveau regard à Vukovich.

— Renseigne-toi, Vuke.

Vukovich sortit un portable de sa poche intérieure et

traversa la salle à manger en direction de la cuisine. Tout en l'entendant marmonner des paroles indistinctes, Pollard reprit ses questions à Random.

— Comment se fait-il que vous ayez bouclé l'enquête si vous saviez qu'une autre personne que Juarez était impliquée ?

— Son assassin s'est débrouillé pour que sa mort ressemble à un suicide. Je voulais qu'il croie qu'on était tombés dans le panneau. Je voulais qu'il croie qu'on ignorait son existence pour qu'il se sente en confiance.

— Pourquoi ?

— Nous pensons que cette personne est un policier de haut rang.

Random avait répondu sur un ton naturel, sans l'ombre d'une hésitation. C'était exactement la conclusion à laquelle Holman et elle-même étaient parvenus, sauf qu'eux avaient cru que ce policier était Random. Pollard vit d'un seul coup s'effacer les disparités entre les deux Random ; tout ce qui leur était apparu comme des incohérences devint cohérent.

— Le cinquième homme, lâcha-t-elle.

— Le cinquième homme ? Qui c'est, celui-là ?

— On savait que quelqu'un d'autre était dans le coup. C'est comme ça qu'on l'a appelé, le cinquième homme. On pensait que c'était vous.

— Désolé de vous décevoir.

— Vous menez une double enquête. L'une publique, l'autre confidentielle – une enquête secrète.

— Il n'y avait pas d'autre moyen d'aborder ce problème. Personne n'est au courant à part mes hommes, le chef de la police et un de ses adjoints. L'enquête a démarré plusieurs semaines avant que ces quatre types se fassent tuer. J'avais appris qu'un groupe de policiers cherchait à mettre la main sur le butin de

Marchenko et Parsons. On a identifié la plupart d'entre eux, mais Fowler tenait ses informations de quelqu'un qui semblait avoir eu une connaissance intime de ces braqueurs, et il protégeait sa source comme un pitbull. Fowler était le seul à le connaître, le seul à l'avoir rencontré et à être en contact avec lui. Notre but était d'identifier cette personne.

— C'est alors que la tuerie a eu lieu.

Le visage de Random se tendit.

— Oui. Et depuis, Holman et vous mettez tellement de coups de pied dans la fourmilière que tout le monde se pose des questions, même au niveau divisionnaire. Il faut absolument que vous laissiez tomber, Pollard. Si ce mec sent que ça commence à être chaud pour lui, on est sûrs de le perdre.

Pollard comprenait mieux les appels comminatoires de Parker Center dont Leeds avait été inondé. Le grand chef avait dû se demander ce qu'elle fabriquait dans cette histoire et passer un savon à Leeds en exigeant qu'il la ramène à la raison.

— Comment se fait-il que vous soyez si bien informé sur les faits et gestes de Fowler ? demanda-t-elle. Comment pouvez-vous savoir qu'il était le seul à être en contact avec le cinquième homme ?

Pour la première fois depuis le début de ses questions, Random hésita. Pollard sentit une boule grossir dans les profondeurs de son estomac.

— Vous aviez réussi à infiltrer la bande, murmura-t-elle.

— Richard Holman travaillait pour moi.

L'air glacé du climatiseur devint moite. La maison fut tout à coup envahie d'un silence qui semblait dégouliner de la cuisine comme une nappe de sirop renversé. Tout ce que Holman lui avait raconté de ses face-à-face avec Random défila en un instant sous le crâne de Pollard.

— Fils de pute. Pourquoi ne le lui avez-vous pas dit ?

— Je risquais de compromettre notre enquête.

— Vous laissez cet homme s'imaginer que son fils était un flic véreux. Est-ce que vous vous rendez compte à quel point il en souffre ? Vous n'en avez rien à foutre, pas vrai ?

Elle vit le pourtour des yeux de Random se plisser ; il s'humecta les lèvres.

— Rich Holman m'a contacté au moment où Fowler l'a approché pour l'embringuer dans sa combine. Rich avait refusé, mais je l'ai convaincu de rappeler Fowler. C'est moi qui lui ai demandé d'infiltrer la bande, madame Pollard, alors non, je ne m'en fous pas du tout.

Elle alla s'asseoir sur le canapé. Elle ne faisait plus attention à Random. Elle n'avait plus rien à dire. Elle pensait à Holman. Elle sentit ses larmes monter et cligna plusieurs fois des paupières parce qu'elle ne voulait pas que Random la voie pleurer : Richie n'était plus un ripou ; Richie avait été quelqu'un de bien. Holman n'aurait plus besoin de s'excuser sur la tombe de sa femme.

— Vous comprenez, maintenant, la tactique que nous avons adoptée ? demanda Random.

— Si c'est une absolution que vous cherchez, vous pouvez toujours courir. C'est votre choix, Random, mais vous êtes quand même un bel enfoiré. Cet homme a perdu son fils. Tout ce que vous aviez à faire, c'était de lui parler comme à un être humain au lieu de le traiter comme de la merde, et rien de tout ça ne serait arrivé.

— Vous allez l'appeler ? Il faut absolument le remettre sur les rails avant qu'il soit trop tard.

Elle éclata de rire.

— Je l'appellerais bien, répondit-elle, mais je ne peux pas. Vos gars lui ont piqué son portable au cimetière. Je n'ai plus aucun moyen de le joindre.

Random serra les mâchoires mais ne répondit pas. Vukovich revint de la salle à manger en demandant à son interlocuteur de le rappeler, mais Pollard n'écoutait pas. Elle commençait à craindre que tous leurs efforts n'aient servi à rien. Le cinquième homme s'était sans doute déjà volatilisé.

— Au fait, demanda-t-elle, ils ont retrouvé le fric ou non ? J'imagine que oui, sans quoi votre suspect n'aurait pas massacré autant de monde.

— On ne sait pas trop. Si oui, ça s'est passé après la tuerie.

— Ils l'ont sûrement retrouvé, Random. Qu'est-ce qu'ils ont déterré près des lettres géantes ?

Le visage de Random exprima une surprise évidente.

— Comment avez-vous fait pour savoir ça ?

— En donnant des coups de pied dans la fourmilière, pardi. Ils ont déterré quelque chose dans la nuit de mardi à mercredi, c'est-à-dire cinq jours avant d'être assassinés. L'objet en question était enfoui dans un trou profond de quarante-cinq centimètres sur trente de diamètre. C'était quoi ?

— Des clés. Un jeu de vingt-deux clés dans une bouteille Thermos en métal bleu.

— C'est tout ? Quel type de clés ?

— Rich ne les a pas vues. C'est Fowler qui a ouvert le Thermos. Il a juste dit aux autres ce que c'était, mais il les a gardées.

— Aucune indication sur le type de serrure ?

— Aucune. Le lendemain, Fowler leur a annoncé que son contact pensait pouvoir découvrir ce que ces clés ouvraient. On croit que c'est justement pour ça qu'ils se sont donné rendez-vous la nuit de leur assassinat. La dernière fois que Rich est venu me faire son rapport, il m'a dit que tout le monde s'attendait à savoir enfin où était l'argent.

Pollard pensait à ces clés quand elle comprit soudain que presque tous les tuyaux que Random possédait provenaient de Rich Holman. Chaque fois que Fowler avait lâché une info, Rich l'avait transmise à Random, mais Fowler avait pris soin de garder pour lui l'identité de son contact. Il s'était montré cachottier. Elle en conclut alors que Holman et elle en savaient peut-être plus long que Random sur toute l'affaire.

— Vous savez pourquoi Marchenko avait caché ces clés au-dessus des lettres ? demanda-t-elle.

Elle vit à son expression qu'il n'en avait pas la moindre idée.

— Un coin désert, supposa-t-il. Proche de chez lui.
— Alison Whitt.

Random était perdu.

— Alison Whitt était une prostituée. Marchenko l'emmenait là-haut pour baiser. Vous n'étiez pas au courant ?

Vukovich secoua la tête.

— Impossible, dit-il. On a cuisiné en long et en large tous ceux qui avaient été en rapport, même lointain, avec Marchenko et Parsons. Tout le monde nous a dit que ces connards vivaient comme des eunuques. Ils ne sortaient même pas avec des mecs, putain.

— Holman et moi avons entendu parler d'elle par la mère de Marchenko. Écoutez-moi ça, Random : environ deux semaines avant le massacre, Fowler et un autre homme sont allés la voir. Ils y sont allés dans le but spécifique de lui poser des questions sur Alison Whitt. L'homme qui accompagnait Fowler ce jour-là n'était ni

Richard, ni Mellon, ni Ash. C'était certainement son contact. Mme Marchenko n'a pas pu nous donner de nom, mais un spécialiste du portrait-robot devrait peut-être arriver à en faire quelque chose.

Random jeta un coup d'œil à Vukovich.

— Appelle Fuentes. Qu'il lui envoie un dessinateur.

Vukovich s'éloigna de nouveau avec son portable pendant que Random se retournait vers Pollard.

— Que savez-vous sur Whitt ?

— Mauvaise nouvelle : elle a été assassinée la même nuit que les quatre. Whitt est notre trait d'union, Random. Holman et moi avons appris son existence par Mme Marchenko, mais Fowler et son ami savaient déjà des choses sur elle avant d'aller voir la mère de Marchenko. Et comme Whitt s'était vantée à une copine d'être une informatrice répertoriée de la police, je me suis dit que le cinquième homme était peut-être son agent de liaison, mais ça n'a rien donné.

— Minute. Comment avez-vous fait pour apprendre tout ça alors que Whitt était déjà morte ?

Pollard lui parla de Marki Collen, du Mayan Grille, et des confidences d'Alison sur son statut d'indic et sur Marchenko. Random sortit un carnet et se mit à écrire. Quand elle eut fini, il relut ses notes.

— Je vais me renseigner sur elle.

— Vous trouverez que dalle. J'ai demandé à une amie de chez les Feds d'interroger la base de données de Parker Center. Cette fille n'est pas sur votre liste.

Random esquissa un sourire sombre.

— Merci à votre amie, mais je vais quand même vérifier par moi-même.

Il sortit son mobile et s'approcha de la fenêtre pour passer un coup de fil. Pendant qu'il parlait, Vukovich revint vers Pollard.

— J'ai des nouvelles de votre gars, celui qui se fait appeler Chee. La descente était justifiée. Les gars du déminage ont débarqué à son garage avec le soutien de la Metro [1] suite à un tuyau des Feds. Ils ont saisi trois kilos d'explosif de type C-4 et des bobines de fil détonateur.

Pollard le regarda fixement puis se tourna vers Random, mais celui-ci était toujours au téléphone.

— C'est le FBI qui les a mis sur le coup ?

— C'est ce que m'a dit le type. Dans le cadre d'une affaire de complot terroriste, paraît-il. Ils sont allés vérifier sur place.

— L'appel remonte à quand ?

— Ce matin. De bonne heure. C'est important ?

Pollard secoua la tête. Une sorte d'engourdissement lui envahissait les jambes.

— Vous êtes sûr que ça vient des Feds ?

— C'est ce que m'a dit le type.

L'engourdissement se propagea au reste de son corps.

À la fin de son appel, Random tira de son portefeuille une carte de visite qu'il tendit à Pollard.

— Holman aura sûrement envie de s'expliquer avec moi. Qu'il me téléphone. Dès que vous serez en contact avec lui, rappelez-moi, mais surtout, faites-lui comprendre qu'il doit lever le pied. C'est impératif. Ne répétez à personne ce que je vous ai dit, et Holman ne doit surtout pas en parler à sa belle-fille. Vous comprenez pourquoi on a opté pour cette tactique, n'est-ce pas ? J'espère seulement qu'il n'est pas déjà trop tard.

Elle hocha lentement la tête, mais elle ne pensait pas à la tactique de Random. Elle attendit avec raideur que

---

1. Unité d'élite de la police en uniforme de Los Angeles. *(N.d.T.)*

les deux hommes soient sortis et se retourna pour faire face au vide de sa maison. Elle ne croyait pas aux coïncidences. C'était quelque chose qu'on leur enseignait à Quantico et qu'elle avait eu l'occasion de vérifier au fil de centaines d'enquêtes – les coïncidences n'existaient pas.

Un tuyau des Feds.

Elle se rendit dans sa chambre et plaça une chaise devant sa penderie. Elle attrapa une boîte posée sur la plus haute étagère, que ses fils n'avaient aucune chance d'atteindre, et récupéra son arme.

Elle se rendait compte qu'elle avait peut-être commis une erreur gravissime. Marki leur avait dit que Whitt était une informatrice répertoriée et qu'un flic la protégeait, mais le terme « flic » ne désignait pas nécessairement un membre de la police au sens strict, et le LAPD n'était pas la seule agence chargée de la lutte contre le crime à recourir à des informateurs répertoriés. Les shérifs, les agents des services secrets, les marshals, et les membres du bureau de l'alcool, du tabac et des armes à feu se considéraient tous comme des flics, et tous faisaient appel à des informateurs répertoriés.

Alison Whitt pouvait avoir travaillé pour le compte du FBI. Et si c'était ça…

Le cinquième homme était un agent du FBI.

Elle ressortit dans la fournaise et partit vers Westwood.

47

LES INFORMATEURS RÉPERTORIÉS pouvaient jouer – et jouaient souvent – un rôle clé dans l'élucidation des crimes et le déclenchement des procédures de mise en examen. Les renseignements qu'ils fournissaient et les méthodes employées pour se les procurer étaient officiellement cités dans les rapports d'enquête, les assignations à comparaître, les mandats de dépôt, les convocations d'un grand jury, les réquisitions, les conclusions et, enfin, les procès. La véritable identité de ces informateurs n'était jamais mentionnée parce qu'un certain nombre de ces documents relevaient du domaine public. Dans tous les cas, le nom de l'informateur était remplacé par un numéro de code, lequel était gardé sous clé afin de préserver l'anonymat des intéressés – de même que le rapport rédigé par l'enquêteur pour évaluer la fiabilité de son informateur et les bordereaux de paiement lorsque celui-ci était rétribué pour ses renseignements. Ces dossiers étaient rangés dans un endroit qui variait d'une agence à l'autre, mais personne n'avait l'impression de détenir des codes nucléaires ; un agent, s'il en avait besoin, n'avait qu'à demander la clé à son patron.

Pollard n'avait eu recours à des informateurs que sur trois affaires en huit années de service au FBI. Chaque fois, elle avait demandé à Leeds la liste des informateurs de la brigade des banques et l'avait vu ouvrir le tiroir fermé à clé où il conservait ce fichier. Chaque fois, il s'était servi d'une clé de cuivre prise dans une petite boîte qu'il conservait dans le tiroir supérieur droit de son bureau. Elle ignorait si la boîte, la clé et le fichier seraient encore à leur place dix ans plus tard, mais Sanders saurait le lui dire.

Le ciel au-dessus de Westwood était d'un bleu cristallin lorsqu'elle s'engagea sur le parc de stationnement. Quatorze heures huit, disait sa montre. Le building était d'un noir flamboyant : une illusion d'optique due au soleil.

Elle scruta la façade en tentant de se convaincre que cette fois était peut-être celle sur un million où une coïncidence était bel et bien une coïncidence, mais n'y parvint pas. Le nom d'Alison Whitt apparaîtrait sur un des formulaires enfermés dans le bureau de Leeds, et ce même formulaire stipulerait le nom de son agent de liaison. Cet agent avait presque à coup sûr six assassinats sur la conscience. Il pouvait s'agir de n'importe quel membre du Bureau.

Elle appela Sanders, en vue d'obtenir un laissez-passer pour accéder aux étages, mais celle-ci ne répondit pas. Sa boîte vocale se déclencha dès la première sonnerie, signe qu'elle était sans doute sur une scène de crime en train d'interroger de fraîches victimes.

Pollard maudit sa déveine puis, comme elle n'était pas disposée à attendre indéfiniment, elle composa le numéro du standard de la brigade et attendit. Les jours où la totalité de l'effectif se retrouvait disséminée aux quatre coins de Los Angeles, un agent de permanence était chargé de rester dans les locaux pour répondre aux appels entrants et faire de la paperasse. À l'époque, quand cette corvée lui incombait, elle avait souvent eu tendance à ignorer les appels.

— Brigade des banques. Agent Dillon, j'écoute.

Elle se souvint du jeune homme que lui avait présenté Bill Cecil. Les novices répondaient toujours ; ils n'étaient pas encore usés.

— Ici Katherine Pollard. Je suis passée au bureau l'autre jour avec des donuts, vous vous rappelez ?

— Oh, bien sûr. Salut.

— Je suis en bas. April est dans le coin ?

Elle savait pertinemment que ce n'était pas le cas, mais sa question n'était qu'un prétexte pour se renseigner ensuite sur Leeds. Il fallait qu'il ne soit pas dans son bureau, car c'était lui qui contrôlait la liste.

— Je ne l'ai pas vue, répondit Dillon. À vrai dire, c'est le désert, ici. Ils sont presque tous en mission.

— Et Leeds, il est là ?

— Euh, il était là tout à l'heure... non, je ne le vois pas. C'est une journée assez chargée.

Soulagée, elle fit de son mieux pour paraître déçue.

— Merde... Dites-moi, Kevin, j'ai deux ou trois papiers pour Leeds que j'aimerais bien lui déposer, et je comptais en profiter pour offrir une nouvelle tournée de donuts à la brigade. Vous pourriez me demander un laissez-passer ?

— Bien sûr. Aucun problème.

— Génial. On se voit dans une minute.

Elle était passée acheter une boîte de donuts chez Stan's pour justifier sa visite au bureau. Après avoir glissé son arme sous son siège, elle entra dans l'immeuble avec ses donuts et son dossier. Elle récupéra son laissez-passer à l'accueil, franchit le contrôle de sécurité et monta au quatorzième.

À son entrée dans la salle de la brigade, elle promena

sur les lieux un regard circulaire. Dillon travaillait dans un box à proximité de la porte et un autre agent, qu'elle n'avait jamais vu, en occupait un autre le long du mur. Tous deux levèrent la tête.

Pollard salua l'agent inconnu d'un signe de tête et marcha vers Dillon avec un grand sourire.

— La permanence, je ne pouvais pas blairer ça, dit-elle. Un bon donut, voilà ce qu'il vous faut.

Dillon piocha un beignet dans la boîte mais sembla ne pas trop savoir où le poser et l'avait probablement pris par politesse. Son bureau était envahi de documents divers.

— Vous voulez que je vous laisse la boîte ? offrit Pollard.

Il regarda sa table et constata qu'il n'y avait pas de place.

— Vous pourriez peut-être mettre ça près de la machine à café ?

— Ça roule. Le temps de déposer ces trucs dans le bureau de Leeds, et je vous fiche la paix.

Elle agita son dossier pour qu'il le voie bien et rebroussa chemin. Elle fit de son mieux pour se mouvoir avec légèreté et nonchalance, comme si son comportement était naturel. Elle emporta la boîte de donuts dans la petite pièce réservée à la pause-café, jeta un œil aux deux agents en repassant par la salle de la brigade. L'un et l'autre avaient baissé la tête et ne faisaient plus attention à elle.

Elle s'approcha du bureau de Leeds. Elle ouvrit la porte d'un geste assuré et pénétra dans l'antre du dragon. Elle n'avait pas remis les pieds dans ce bureau depuis le jour de sa démission, mais il lui parut aussi impressionnant qu'à l'époque. Des photos de Leeds à côté de tous les présidents des États-Unis depuis Nixon tapissaient les murs, ainsi qu'un portrait dédicacé de J. Edgar Hoover [1], que Leeds avait toujours vénéré comme un des plus grands héros américains. Une affiche originale de l'avis de recherche de John Dillinger était exposée entre deux présidents : un cadeau personnel de Ronald Reagan.

Pollard embrassa la pièce du regard pour prendre ses repères et constata avec soulagement que l'armoire à dossiers avait gardé sa place dans l'angle opposé et que le bureau de Leeds était toujours le même. Elle se dépêcha de passer derrière et ouvrit le tiroir supérieur droit. Il y avait plusieurs clés dans la petite boîte, mais elle reconnut facilement celle en cuivre. Elle s'approcha rapidement de l'armoire, craignant que Dillon ne finisse par se demander pourquoi elle mettait aussi longtemps. Elle s'accroupit, déverrouilla la serrure, fit coulisser le tiroir à dossiers et examina les pochettes, classées par lettre. Elle localisa le W, retira la pochette correspondante et se mit à feuilleter les dossiers. Chacun était orné d'une étiquette portant le nom et le numéro de code d'un informateur.

Elle priait toujours pour que ce soit la fois sur un million lorsque le nom lui sauta aux yeux : Alison Carrie Whitt.

Une première page de présentation donnait toutes sortes d'informations sur l'identité d'Alison Whitt. Son regard courut sur la feuille, cherchant le nom du cinquième homme...

— *Qu'est-ce que vous foutez là ?*

Pollard fit volte-face. Leeds emplissait le cadre de la porte, rouge de furie.

---

1. Figure emblématique du FBI dont il fut le directeur pendant près d'un demi-siècle. *(N.d.T.)*

— Debout, Pollard ! Reposez-moi tout de suite ce dossier. Dillon ! Par ici !

Elle se releva lentement, sans lâcher le dossier. Dillon apparut sur le seuil derrière Leeds. Elle les observa l'un après l'autre. Le nom de l'un d'eux était peut-être dans le dossier qu'elle tenait à la main, mais ce n'était probablement pas Dillon, il était trop jeune.

Reprenant de l'assurance, elle se redressa de toute sa hauteur et fixa Leeds dans le blanc des yeux.

— Un agent de cette antenne est impliqué dans le massacre des quatre agents sous le pont de la Quatrième Rue.

En même temps qu'elle prononçait cette phrase, elle pensa : Leeds. C'est peut-être Leeds.

Il s'approcha d'elle à pas prudents.

— Reposez ce dossier, Katherine. Vous êtes en train de commettre un crime fédéral.

— Abattre quatre policiers, ça c'est un crime. Assassiner une informatrice répertoriée comme Alison Whitt aussi.

Elle lui tendit le dossier.

— C'était une indic à vous, Chris ?

Leeds, hésitant, jeta un coup d'œil à Dillon. Il y avait un témoin.

— Alison Whitt. Elle est dans votre fichier, insista Pollard. C'était une copine de Marchenko. Un agent de cette antenne le savait parce qu'il la connaissait. Et ce même agent a monté une combine avec Fowler et les autres pour essayer d'empocher les seize millions de dollars.

Leeds glissa un nouveau regard à Dillon et, cette fois, Pollard vit son hésitation d'un autre œil. Il ne lui semblait plus menaçant, plutôt curieux.

— Vous pouvez le prouver ? demanda-t-il.

Elle indiqua d'un coup de menton le dossier où Holman avait rassemblé ses notes, ses coupures de presse et ses doubles de rapports.

— Tout est là-dedans, dit-elle. Vous n'avez qu'à appeler l'inspecteur Random, du LAPD. Il confirmera mes propos. Alison Whitt a été assassinée la même nuit que les quatre agents. Elle a été assassinée par le contact qui est nommé dans son dossier.

Leeds la fixa.

— Et vous croyez que c'est moi, Katherine ?
— Je crois que ça pourrait.

Il hocha la tête et se mit lentement à sourire.

— Lisez.

Pollard survola les ultimes paragraphes de la page de présentation jusqu'à trouver le nom.

Le contact d'Alison Whitt était l'agent spécial William J. Cecil.

Bill Cecil.

Un des types les plus gentils qu'elle ait jamais connus.

48

HOLMAN QUADRILLA TROIS PARKINGS de centre commercial avant de repérer une Jeep Cherokee rouge identique à celle qu'il avait volée. L'échange de plaques avec un véhicule de même marque, de même modèle et de même couleur était un vieux truc qu'il avait appris du temps où il gagnait sa vie en bougeant des voitures – s'il leur prenait l'envie de vérifier son immatriculation, les flics ne pourraient pas se rendre compte qu'il roulait au volant d'une Jeep volée.

Une fois les plaques échangées, il repartit vers Culver City. L'idée de repasser par le motel ne lui plaisait pas, mais il fallait qu'il récupère son fric et son calibre. Il n'avait même pas de quoi téléphoner à Perry pour savoir s'il avait reçu de la visite. Il s'en voulait de ne pas avoir demandé à Pollard de lui prêter quelques dollars, mais c'était trop tard. Et cette Jeep était la caisse la plus impeccablement propre qu'il ait jamais vue. Il eut beau passer au peigne fin la planche de bord, le dessous des sièges, la boîte à gants et la garniture, il ne trouva rien – pas même un détritus.

Le rush du déjeuner donnait des signes d'accalmie quand il arriva au Pacific Gardens. Il fit le tour du bloc en observant les trottoirs et les véhicules, à l'affût de toute personne suspecte. Pollard avait avancé de solides arguments pour mettre en évidence l'ambiguïté des actions de Random et, quelles que soient les intentions réelles des flics, Holman était sûr et certain qu'ils reviendraient le chercher. Il refit deux fois le tour du bloc avant de se garer à bonne distance dans la rue qui bordait latéralement le motel, et passa encore vingt minutes à surveiller les lieux avant de se décider à tenter sa chance.

Il quitta sa Jeep et gagna le motel par l'arrière, en passant devant la porte du studio de Perry. Il marqua un temps d'arrêt au pied de l'escalier mais ne vit ni n'entendit rien d'inhabituel. Le patron n'était pas à son bureau.

Il ressortit et gratta légèrement à la porte du studio.

— Qu'est-ce qu'il y a ? maugréa la voix de Perry de l'autre côté du panneau.

— C'est moi, murmura Holman. Ouvrez.

Il l'entendit jurer et la porte s'entrouvrit peu après, juste de quoi permettre au vieil homme de passer la tête à l'extérieur. Son pantalon était baissé à mi-cuisse. Seul Perry était capable d'ouvrir sa porte dans cette tenue.

— J'étais en train de couler un bronze, bordel. Qu'est-ce qu'il y a ?

— Il y a eu de la visite pour moi ?

— Quel genre ?

— N'importe lequel. Des gens pourraient venir.

— Cette bonne femme ?

— Non, pas elle.

— J'ai passé toute la matinée au bureau – jusqu'à ce que l'envie me prenne. J'ai vu personne.

— D'accord, Perry. Merci.

Holman regagna le hall et monta l'escalier sur la pointe des pieds. Arrivé à l'étage, il observa les deux côtés du couloir : il était vide. Il ne s'arrêta pas à sa chambre ; il alla droit au placard du fond et en ouvrit sans bruit la porte. Il écarta les serpillières et plongea le bras à l'intérieur de la trappe, sous le robinet d'arrêt. Sa liasse et son calibre étaient toujours là, derrière le tuyau. Il allait les retirer quand la bouche froide d'un canon s'enfonça derrière son oreille gauche.

— Lâchez ce que vous cachez là-dedans. Vous avez intérêt à ce que votre main ressorte vide.

Holman ne fit pas un geste. Il ne tenta même pas de tourner la tête, il resta immobile avec sa main dans le mur.

— Allez, sortez-moi cette main en douceur – et vide.

Il dégagea sa main, les doigts écartés au maximum pour que l'homme les voie.

— C'est bien. Et maintenant, relevez-vous et ne bougez pas pendant que je vous fouille.

L'homme lui palpa les hanches, l'entrejambe et l'arrière du pantalon, puis ses mains descendirent sur la face interne de ses jambes, jusqu'aux chevilles.

— D'accord. On a un petit problème, vous et moi, mais on va le régler. Retournez-vous lentement.

Holman se retourna tandis que l'homme reculait pour se donner la place de réagir au cas où il ferait un geste : il découvrit un Noir au teint clair, puissamment bâti, aux cheveux poivre et sel et au regard las, en costume bleu. Il mit son pistolet dans la poche droite de sa veste mais ne ressortit pas sa main, histoire de montrer qu'il avait toujours l'index sur la détente. Holman mit un certain temps à le reconnaître.

— Je vous ai déjà vu.

— Exact. J'étais de ceux qui vous ont agrafé.

Holman se souvint : l'agent spécial Cecil, du FBI, accompagnait Pollard ce jour-là dans la banque. Il se demanda si c'était Pollard qui le lui avait envoyé, mais la façon dont ce mec tenait son flingue signalait que sa visite n'avait rien d'amical.

— C'est une arrestation ?

— Voilà ce qu'on va faire. On va descendre cet escalier comme si on était les meilleurs potes du monde. Si le vieux d'en bas l'ouvre ou fait quoi que ce soit, vous lui dites que vous revenez tout à l'heure et vous continuez à marcher. Une fois dehors, vous verrez une Ford vert bouteille, elle est garée juste devant. Vous montez dedans. Si vous faites quoi que ce soit sans que je vous aie dit de le faire, je vous bute en pleine rue.

Cecil s'écarta ; Holman descendit l'escalier et prit place dans la Ford sans comprendre. Il regarda son visiteur contourner l'auto par l'avant et s'installer au volant. Cecil ressortit le pistolet de sa poche, le posa à plat sur ses genoux et, tout en le tenant de la main gauche, fit sa manœuvre pour quitter le trottoir. Holman l'observait. Il avait le souffle court, rapide, et son visage brillait de sueur. Ses yeux exorbités se déplaçaient sans cesse entre la route et lui comme ceux d'un marcheur dans une zone infestée de serpents.

— Qu'est-ce que vous foutez ? demanda Holman.

— Il y a seize millions de dollars qui nous attendent.

Holman s'efforça de ne rien montrer, mais sa paupière droite se mit à trembloter malgré lui. Cecil était le cinquième homme. Cecil avait tué Richie. Son regard descendit sur le pistolet. Quand il releva la tête, Cecil le fixait.

— Oh, oui. Oui, bien sûr, j'étais dans la combine, mais je n'ai rien à voir avec la tuerie. C'est ce connard, cet abruti de Juarez. Votre fils et moi, on travaillait main dans la main, jusqu'au jour où Juarez a pété les plombs. Ce fils de pute est devenu dingue, il s'est mis à descendre tout le monde en s'imaginant sûrement qu'il pourrait garder tout le fric pour lui. C'est pour ça que je l'ai effacé. Pour lui faire payer le meurtre de ces hommes.

Holman savait qu'il mentait. Il le vit à la manière dont Cecil en rajoutait dans la démonstration visuelle, haussant les sourcils et hochant la tête à tout bout de champ. Il s'était fait baratiner des centaines de fois de cette façon par des fourgues et des dealers. Cecil cherchait à l'embrouiller, mais il ne comprenait pas pourquoi. Quelque chose l'avait poussé à sortir du bois, et il ne voyait pas quel rôle il voulait manifestement lui faire jouer.

Des images de Cecil sous le pont traversèrent l'esprit de Holman comme les flammes d'un fusil à pompe en pleine nuit ; Cecil ouvrant le feu à bout portant, un panache d'or blanc, Richie s'écroulant...

Holman regarda de nouveau le pistolet en s'interrogeant sur ses chances de l'attraper ou de le faire tomber. Il fallait qu'il liquide ce fils de pute – ses moindres actes, depuis le terrible matin au CCC où Wally Figg lui avait annoncé la mort de Richie, avaient tendu vers ce moment. S'il réussissait à éviter la première bastos, il avait une chance de le mettre K-O ; de lui démolir le portrait, mais ensuite ? Où cela le mènerait-il ? Mieux vaudrait lui en coller une dans la tête tout de suite sinon, à l'arrivée des flics, Cecil sortirait son putain d'insigne – et qui croiraient-ils ? Il n'aurait plus qu'à mettre tranquillement les voiles pendant que Holman, lui, se tuerait à leur expliquer qu'ils devaient le laisser sortir du panier à salade.

Il pouvait peut-être sauter en marche avant que Cecil ait décidé de l'abattre. Ils venaient d'arriver sur Wilshire Boulevard, où la circulation était plus dense.

— Inutile de sauter, dit Cecil. Une fois qu'on aura fait ce qu'on a à faire, je vous laisserai partir.

— Pas question que je fasse quoi que ce soit.

L'autre éclata de rire.

— Voyons, Holman, j'ai passé près de trente ans de ma vie à coffrer des mecs dans votre genre. Je sais ce que vous allez penser avant même que l'idée vous vienne.

— Vous savez ce que je pense, là ?

— Oui. Mais je ne le retiendrai pas contre vous.

— Qu'est-ce que vous fichez ici si vous avez les seize millions ?

— Je sais où ils sont, mais je n'arrive pas à les récupérer. C'est là que vous intervenez.

Cecil attrapa un téléphone portable dans la boîte à gants et le lança vers Holman.

— Tenez. Appelez votre ami Chee, vous allez comprendre votre douleur.

Holman attrapa le téléphone mais n'en fit rien. Les yeux toujours rivés sur Cecil, il sentit monter en lui une terreur d'un genre nouveau, qui n'avait plus rien à voir avec Richie.

— Chee est en garde à vue, dit-il.

— Vous le saviez déjà ? Bon, eh bien, ça nous économisera un coup de fil. Pour votre gouverne, Chee était en possession de quatre livres de C-4 et d'un appareil de visée laser volé à Camp Pendleton [1]. Parmi les pièces à conviction récupérées dans ce trou à merde qu'il a le culot d'appeler un garage, je vous citerai les numéros de téléphone de deux personnes soupçonnées d'être des sympathisants d'Al-Qaida et des schémas permettant de fabriquer un engin explosif artisanal, déclenché par le

---

1. Base du corps des marines en Californie. *(N.d.T.)*

viseur au laser dont je viens de vous parler. Vous voyez où je veux en venir ?

— Vous lui avez tendu un piège.

— Imparable, mon cher, imparable. Et comme je suis le seul à savoir qui a mis ces saloperies dans son garage, vous avez intérêt à m'aider à récupérer ce putain de fric, sans quoi votre pote est définitivement baisé.

Sans préavis, Cecil écrasa la pédale de frein. La Ford stoppa dans un hurlement de pneus, et Holman fut précipité contre la planche de bord. Des Klaxon beuglèrent, et d'autres pneus crissèrent derrière eux, mais Cecil ne broncha pas. Ses yeux restèrent plantés sur Holman comme deux échardes noires.

— Vous voyez le tableau ?

Les coups de Klaxon et les insultes redoublèrent, mais le regard de Cecil ne vacilla pas un seul instant. Holman se demanda s'il n'était pas fou.

— Vous n'avez qu'à prendre l'argent et partir, dit-il. Qu'est-ce que j'ai à voir là-dedans, bon Dieu ?

— Je vous l'ai dit, je n'ai pas réussi à le récupérer moi-même.

— Pourquoi ça ? Où est-il ?

— Là-bas.

Holman suivit la direction de son regard. Il était fixé sur l'agence de Beverly Hills de la Grand California Bank.

49

CECIL REMIT UN COUP D'ACCÉLÉRATEUR pour sortir du trafic, gara sa Ford le long du trottoir, et contempla la vitrine de l'agence comme s'il était face à la huitième merveille du monde.

— Marchenko et Parsons ont planqué tout ce fric dans une putain de banque...

— Vous me demandez de braquer une banque ?

— Ils n'ont pas déposé le fric sur un compte courant, pauvre con. Ils ont loué vingt-deux coffres – le grand modèle, pas des petits casiers.

Cecil plongea une main sous son siège et en ressortit une pochette souple. Un tintement s'en échappa lorsqu'il la jeta sur les genoux de Holman avant de lui reprendre son téléphone.

— Les vingt-deux clés sont là-dedans.

Holman les fit tomber au creux de sa main. Chacune d'elles portait la marque MOSLER gravée sur une face, suivie d'un nombre à sept chiffres. Et, sur l'autre face, un numéro à quatre chiffres.

— C'est ça qu'ils avaient enterré au-dessus des lettres, dit-il.

— Ils ont dû s'imaginer qu'elles seraient en lieu sûr tout là-haut s'ils se faisaient pincer pour une raison quelconque. Il n'y a rien dessus qui permette d'identifier la banque, mais le fabricant, lui, garde toujours une trace de ce qu'elles servent à ouvrir. Il m'a suffi d'un petit coup de fil.

Holman considéra les clés qui lui emplissaient la paume, puis les secoua comme des pièces. Seize millions de dollars.

— Voilà ce que vous êtes en train de vous dire, fit Cecil. Puisqu'il a les clés et qu'il sait ce qu'elles ouvrent, pourquoi est-ce qu'il ne va pas récupérer ce putain de fric tout seul ?

Holman le savait déjà. Au premier coup d'œil, n'importe quel responsable d'agence de Los Angeles aurait reconnu Cecil ou un autre agent spécial de la brigade des banques. Il aurait fallu qu'un employé l'accompagne à la salle des coffres avec la clé principale parce que l'ouverture d'un coffre de dépôt était toujours commandée par deux clés – celle du client et celle de l'établissement – et il aurait fallu qu'il signe le registre. Seize millions de dollars répartis sur vingt-deux coffres, cela représentait forcément un certain nombre de voyages à travers une agence où les employés le connaissaient et savaient parfaitement qu'il n'était pas client et qu'il n'avait jamais loué de coffre chez eux. On lui aurait posé des questions. Ses allers et retours auraient été filmés par des caméras de surveillance. Il était coincé.

— J'ai pigé, dit Holman. Je me demande combien ça pèse, seize millions de dollars.

— Je peux vous le dire très précisément. Chaque fois qu'une banque se fait braquer, elle nous dit combien de billets de vingt, de cent et autres ont disparu. En faisant le total, vous obtenez le nombre de liasses ; sachant que chaque liasse pèse quatre cent cinquante-quatre grammes, il n'y a plus qu'à sortir la calculette. Ces seize millions-là pèsent exactement cinq cent soixante et onze kilos.

Holman jeta un regard à l'agence avant de se retourner vers Cecil. Celui-ci fixait toujours l'enseigne. Holman crut voir une lueur verdâtre briller dans ses yeux.

— Vous êtes allé vérifier ?

— Je suis entré une fois. J'ai ouvert le coffre 3701. J'ai pris treize mille dollars et je n'y ai jamais remis les pieds. Trop risqué. (Il fit la moue, comme s'il se dégoûtait lui-même.) Même si je m'étais déguisé pour y aller.

Cet homme avait la fièvre de l'or. Les gars en parlaient souvent en prison, ils jouaient les romantiques en se comparant aux anciens prospecteurs du Far West – des mecs shootés au rêve du filon qui les blinderait pour de bon. Ça les obsédait, ils focalisaient là-dessus jusqu'à ce que ça les consume et qu'il n'existe plus rien d'autre dans leur vie que cette quête désespérée qui finissait par les rendre idiots. Une condamnation pour six assassinats pendait au nez de cet abruti et il ne pensait qu'à une seule chose : l'argent. Holman entrevoyait une porte de sortie ; il sourit.

— Qu'est-ce qui vous fait sourire ?

— Je croyais que vous lisiez dans mes pensées avant qu'elles me viennent à l'esprit.

— Exact. Vous vous dites : mais pourquoi est-ce que ce connard pathétique m'a choisi, moi ?

— Pas mal.

Un éclat de colère durcit les yeux luisants de Cecil.

— Vous auriez voulu que j'envoie qui, ma femme ? Vous croyez peut-être que c'est un plan d'action mûrement réfléchi ? Pauvre con, croyez-moi, j'aurais trouvé mieux – le fric est là-dedans, il n'attend que moi !

J'avais tout mon temps, mais il a fallu que vous me mettiez le couteau sous la gorge, vous et cette salope. La semaine dernière, j'avais toute la vie devant moi ; et là, il me reste un quart d'heure, alors à qui voulez-vous que je demande de faire un truc pareil, bordel de merde ? À mon frère de Denver, ou peut-être au gosse qui me sert de caddy quand je joue au golf ? Je lui aurais dit quoi ? Viens m'aider à récupérer du fric volé ? Ce merdier, *vous* en êtes responsable ! Pas question de faire une croix sur seize millions de dollars. Je refuse ! Alors, voilà... C'est vous parce que je n'ai personne d'autre. Pensez à votre ami Chee. Je le tiens par les couilles. Si vous essayez de me baiser, je jure devant Dieu tout-puissant qu'il le paiera cash.

Cecil se tut en se rencognant sur son siège, comme s'il venait de tomber en panne sèche, mais pas un instant le pistolet posé sur ses genoux ne vacilla.

— Vous allez disparaître dans la nature, dit Holman. Qu'est-ce que vous pourriez faire contre Chee ?

— Si vous me ramenez l'argent, je vous donnerai le nom du mec qui a mis les fausses pièces à conviction dans son garage – je vous dirai où il les a eues, quand, et comment. Tout ce dont vous aurez besoin pour blanchir votre vieux pote.

Holman hocha la tête comme s'il étudiait sa proposition et se tourna vers la banque. Il ne voulait pas que Cecil lise sur son visage. Cet homme avait le choix entre l'abattre séance tenante ou attendre qu'il ait sorti les millions, mais dans un cas comme dans l'autre, il le tuerait – cette histoire de l'aider à blanchir Chee, c'était de la pure connerie. Holman le savait et Cecil devait savoir qu'il le savait, mais il avait une soif tellement délirante de ce paquet de dollars qu'il s'était persuadé d'y croire, tout comme il s'était persuadé de la nécessité d'assassiner quatre policiers. Holman envisagea de faire semblant d'y aller et de s'enfuir dans la foulée mais, dans ce cas, Cecil lui échapperait. Or il voulait que ce fils de pute réponde du meurtre de son fils. Il commençait à avoir une petite idée de la façon dont il y parviendrait.

— Comment est-ce que vous voyez ça ? demanda-t-il.

— Vous allez trouver le chargé de clientèle. Vous lui expliquez d'entrée de jeu que vous allez devoir faire plusieurs allers et retours – que vous êtes là pour récupérer des documents fiscaux et des dossiers judiciaires que vous aviez été obligé de mettre en lieu sûr. Sortez-lui une petite vanne – du genre : j'espère que votre pause-café n'est pas pour tout de suite. Mentir, vous savez faire.

— D'accord.

— L'argent de chaque coffre est toujours dans un sac. Vous viderez quatre coffres à la fois. J'estime à environ vingt-cinq kilos le poids de chaque sac. Deux sacs par épaule, une centaine de kilos, un grand gaillard comme vous devrait pouvoir transporter ça.

Holman n'écoutait plus. Il était en train de repenser à une chose que Pollard lui avait expliquée au moment où ils soupçonnaient Random d'être le cinquième homme : s'ils parvenaient à prouver l'existence d'un lien direct entre Random et Fowler, Random serait grillé. De même, s'il réussissait à faire le lien entre le butin de Marchenko et Cecil, celui-ci n'aurait aucune chance d'échapper à la justice.

— Vingt-deux coffres, quatre par quatre. Ça fait six voyages avec cent kilos de billets sur le dos. Vous croyez vraiment qu'ils me laisseront faire ?

— Ce que je crois, c'est qu'on verra bien ce qu'on

arrive à sortir. Au moindre souci, vous vous en allez. Ce n'est pas comme si vous étiez en train de braquer cette putain de banque, Holman. Vous sortez, c'est tout.

— Et s'ils demandent à voir ce qu'il y a dans les sacs ?

— Vous ne leur montrez rien. Vous ne vous arrêtez pas. On récupérera ce qu'on pourra.

Holman avait un plan. Il pensait pouvoir le mener à bien à condition de disposer d'un délai suffisant. Tout dépendait du temps que Cecil lui laisserait.

— Je risque d'en avoir pour un moment. Traîner autant de temps dans une banque, ça ne me plaît pas. Ça me rappelle de mauvais souvenirs.

— Je m'en bats les couilles, de vos souvenirs. Pensez à Chee.

Holman fixa sur lui un regard vide, jouant au con. Cecil devait être ivre à l'idée de cette fortune si proche. Il fallait qu'il soit shooté.

— Je me fous de Chee, finit-il par dire. C'est moi qui risque mon cul. Vous me donnez quoi ?

Cecil le dévisagea, et il décida d'enfoncer le clou.

— Je veux la moitié.

Cecil cligna des paupières, les yeux toujours vrillés sur lui. Après un coup d'œil à l'agence, il s'humecta les lèvres, ramena son regard sur Holman.

— Vous vous foutez de ma gueule ?

— Je ne me fous pas de votre gueule. Je crois que vous me devez bien ça – et vous savez pourquoi. La preuve, c'est que vous n'y allez pas vous-même.

Voyant l'agent du FBI s'humecter les lèvres de plus belle, Holman sentit que c'était gagné.

— Les quatre premiers sont pour moi, lâcha Cecil. Après, pour chaque sac ramené, vous en gardez un.

— Deux.

— Un, et ensuite deux.

— Ça marche. Vous avez intérêt à être encore ici quand je reviendrai avec les sacs – ou je vous balance aux flics.

Holman descendit de la Ford et s'approcha de la banque, l'estomac noué comme s'il allait vomir, mais il se répéta qu'il pouvait réussir si Cecil lui en laissait le temps. Tout dépendait du temps qu'il lui laisserait.

Il tint la porte ouverte à une jeune femme qui sortait de l'agence. Il lui adressa un sourire aimable, entra et enregistra d'un regard la configuration des lieux. Les banques connaissent en général un pic de fréquentation à l'heure du déjeuner, mais il était presque seize heures. Cinq clients faisaient la queue en file unique devant les deux guichets ouverts. Deux dames étaient assises derrière des bureaux au-delà de la rangée de caisses et un jeune homme, sans doute le responsable du service clientèle, tenait un comptoir dans la partie de la salle accessible au public. Holman sentit immédiatement que cette agence était une cible de hold-up idéale. Pas de porte antibraquage à l'entrée, pas de vitre en Plexiglas devant les guichets, aucun vigile. L'attaque n'attendait plus que d'être commise.

Il dépassa la file de clients, se retourna brièvement vers eux, puis se planta face aux caisses et lança d'une voix forte :

— C'est un hold-up, bordel de merde ! Videz vos tiroirs ! Envoyez la monnaie !

Il regarda l'horloge. Trois heures cinquante-six.

Le compte à rebours était lancé.

50

LARA MYER, VINGT-SIX ANS, venait d'entamer la dernière heure de son service à son poste d'agent de sécurité de la New Guardian Technologies lorsque l'écran de son ordinateur se mit à clignoter, signalant une alerte de type 2-11 en provenance de la Grand California Bank de Wilshire Boulevard, à Beverly Hills. Pas de quoi s'affoler. L'horloge de l'écran indiquait 15 : 56 : 27.

La New Guardian offrait ses services en matière de télésurveillance à onze enseignes bancaires de la région, deux cent soixante et une supérettes, quatre chaînes de supermarchés et plusieurs centaines d'entrepôts et de sociétés variées. La moitié des alertes reçues chaque jour se révélaient fausses, provoquées par des pannes de courant, des plantages informatiques, des défaillances électroniques ou électriques, et des erreurs humaines. Deux fois par semaine, et chaque semaine, un caissier de banque de l'agglomération de Los Angeles déclenchait accidentellement son alarme. Les gens sont des gens. Ce sont des choses qui arrivent.

Lara suivit la procédure.

Elle fit apparaître à l'écran la page Grand California (Wilshire Boulevard, agence de Beverly Hills), qui donnait l'organigramme et les caractéristiques physiques de l'établissement (nombre d'employés, nombre de guichets, mesures de sécurité s'il y en avait, emplacement des issues, etc.). Et, surtout, cette page permettait de lancer un diagnostic système sur cette agence spécifique. Le diagnostic rechercherait d'éventuels problèmes susceptibles d'avoir provoqué une fausse alerte.

Lara ouvrit la fenêtre de diagnostic, cliqua sur le bouton Confirmer. Le diagnostic réinitialiserait automatiquement le système tout en recherchant des anomalies électriques, des dysfonctionnements de matériel ou des erreurs de logiciel. Si un employé avait déclenché l'alarme sans le vouloir, il avait, dans certains cas, la possibilité de la recaler sur place, ce qui entraînait son annulation automatique.

Le diagnostic prenait environ dix secondes.

Lara vit apparaître le message de confirmation.

Deux caissiers de la Grand Cal, agence de Beverly Hills, avaient simultanément actionné leur alarme silencieuse.

Lara pivota sur son fauteuil pour appeler son chef d'équipe.

— Hé, Barry ! On en a un.

Barry s'approcha et lut le message de confirmation.

— Tu peux envoyer.

Lara enfonça le bouton de sa console permettant d'appeler directement le dispatcheur des appels d'urgence du département de police de Beverly Hills, et patienta. On lui répondit au bout de quatre sonneries :

— Appels d'ugence, police de Beverly Hills, j'écoute.

— Ici l'opératrice quatre-quatre-un de la New Guardian. On a un deux-onze en cours à la Grand California Bank de Wilshire Boulevard. C'est votre secteur.

— Ne quittez pas.

Lara savait que le dispatcheur devait d'abord vérifier qu'il ne s'agissait pas d'un canular. Aucune unité ne serait dépêchée sur place tant que cette confirmation n'aurait pas été effectuée, et elle lui avait fourni toutes les informations nécessaires sur la banque.

Elle regarda l'horloge :

15 : 58 : 5.

51

LES CHOSES SE PASSAIENT PLUTÔT BIEN, pensa Holman. Personne ne s'était mis à hurler ni à courir vers la porte, personne ne s'était écroulé victime d'une crise cardiaque. Les caissières vidaient leurs tiroirs en silence. Les clients, restés en file indienne, l'observaient comme s'ils attendaient ses instructions. Ils auraient fait d'excellentes victimes.

— Ça va aller, leur dit-il. Je serai reparti d'ici trois ou quatre minutes.

Il sortit la pochette de clés, s'approcha du jeune homme figé derrière le comptoir du service clientèle et la lui lança.

— Vous vous appelez comment ?

— Je vous en supplie, ne me faites pas de mal.

— Je ne vais pas vous faire de mal. Votre nom ?

— David Furillo. Je suis marié. J'ai un enfant de deux ans.

— Félicitations. David, ce sont des clés de coffre, vous les reconnaissez ? Prenez votre clé principale et allez m'en ouvrir quatre, n'importe lesquels, je m'en fiche. Allez-y tout de suite.

David tourna la tête vers les deux femmes debout derrière leurs bureaux, de l'autre côté des guichets.

L'une d'elles devait être la directrice. Holman attrapa David par le menton pour l'obliger à le regarder.

— Ne vous occupez pas d'elle, David. Faites ce que je vous dis.

David ouvrit le tiroir où il gardait sa clé principale et s'éloigna à pas nerveux vers la chambre forte.

Holman trottina jusqu'à l'entrée. Il s'adossa au ras de la porte en prenant soin de ne pas s'exposer et jeta un coup d'œil à l'extérieur. Cecil était toujours dans la Ford. Il se retourna vers les clients de l'agence.

— Quelqu'un a un portable ? Vite, j'ai un coup de fil à donner. C'est important.

Tandis que tout le monde se dandinait en baissant les yeux, une jeune femme finit par sortir un appareil de sa poche.

— Tenez.

— Merci, trésor. On reste calme, les amis. On se détend.

Holman vérifia l'heure avant d'ouvrir le portable. Il avait franchi le seuil deux minutes et demie plus tôt. La fenêtre de sécurité était en train de se refermer.

Après être revenu à la porte pour s'assurer que Cecil était toujours là, il déplia le coude pour lire le numéro inscrit sur la face interne de son avant-bras et appela Pollard.

52

LEEDS AVAIT AVERTI POLLARD que la mise en évidence d'un lien entre Cecil et Alison Whitt n'offrait en soi aucune garantie de condamnation, et ils étaient donc en train de prendre des dispositions pour voir si Mme Marchenko serait capable de désigner Cecil sur un jeu de six photos. Pendant que Leeds appelait Random, Pollard avait tenté de joindre Holman en téléphonant au motel. N'ayant pas obtenu de réponse, elle avait contacté le propriétaire des lieux, Perry Wilkes, qui lui apprit que Holman était passé en coup de vent puis reparti. Il ne savait rien d'autre.

Le formulaire d'enregistrement d'Alison Whitt en qualité d'informatrice répertoriée stipulait que Cecil l'avait recrutée et utilisée comme indic trois ans plus tôt. Il l'avait connue en enquêtant sur le rôle d'un ex-chanteur devenu acteur de série B, soupçonné de financer les activités d'importation de poudre d'un gang de dealers de South Central. Plutôt que de tomber pour racolage et possession de drogue, Whitt avait consenti à le rencarder sur les contacts du chanteur avec plusieurs membres du gang. Cecil précisait dans son rapport d'évaluation que Whitt lui avait fourni des informations régulières et exactes qui avaient beaucoup aidé l'accusation.

Pollard était assise dans un des box de la salle de la brigade quand son portable se mit à sonner. Elle espérait un appel de Holman ou de Sanders et vérifia l'écran, mais le numéro inscrit ne lui disait rien. Elle décida de le laisser basculer sur sa boîte vocale mais changea d'avis au dernier moment, sans conviction.

— C'est moi, dit Holman.
— Dieu merci ! Où êtes-vous ?
— En train de braquer une banque.
— Ne quittez pas.

Pollard se tourna vers la porte entrouverte du bureau de Leeds.

— C'est Holman ! J'ai Holman au bout du fil...

Leeds émergea de son bureau. Il s'arrêta sur le seuil et la regarda tout en marmonnant quelque chose dans son propre portable.

— Holman ? reprit Pollard. Le cinquième homme est Bill Cecil, un agent du FBI. Il était...

— Je sais. Il est là, devant la banque, dans une Ford Taurus bleue. Il m'attend, et...

— Eh, mais qu'est-ce que vous dites ! Je croyais que c'était une vanne, cette histoire de...

— Je suis dans l'agence de la Grand California de Wilshire Boulevard, à Beverly Hills. Le butin de Marchenko est planqué ici, dans une vingtaine de coffres. Cecil m'a refilé les clés – c'est ce qu'ils avaient enterré au-dessus des lettres...

— *Qu'est-ce qui vous prend de braquer cette banque ?*

— Qu'est-ce qui se passe ? s'enquit Leeds en fronçant les sourcils.

Pollard lui fit signe de se taire tandis que Dillon, curieux, s'approchait à son tour.

— Vous connaissez un moyen plus rapide de faire venir les flics ? répondit Holman. On a réussi à le pousser hors du bois, Katherine, Cecil avait les clés, mais il n'a pas osé aller chercher le fric lui-même. Je suis là-dedans depuis trois minutes et demie. La cavalerie ne va pas tarder.

Une main sur le combiné, Pollard se tourna vers Leeds et Dillon.

— La Grand California, sur Wilshire, Beverly Hills. Voyez si un deux-onze a été signalé.

Puis, revenant à Holman pendant que Dillon se précipitait sur son téléphone :

— Il y a des blessés ?

— Absolument pas. Je veux que vous expliquiez aux flics ce qui se passe. J'ai comme l'impression qu'ils ne m'écouteront pas.

— C'est une *très* mauvaise idée, Max.

— Je veux qu'il se fasse choper avec le fric de Marchenko. Vu qu'il n'a pas voulu entrer, c'est moi qui vais lui apporter les sacs et…

— Où est Cecil ?

— Garé devant. Il attend les sacs.

— Taurus bleue ?

— Ouais.

Pollard couvrit à nouveau son portable et, à Leeds :

— Cecil est dans une Ford Taurus bleue devant l'agence.

Leeds était en train de transmettre l'information à Random quand Dillon revint, tout excité.

— Beverly Hills confirme qu'un deux-onze est en cours à cette adresse. Plusieurs unités sont en route.

Pollard revint à Holman :

— Holman, écoutez-moi, Cecil est dangereux. Il a déjà tué six personnes...

— Il a commis l'erreur de tuer mon fils.

— Restez à l'intérieur de l'agence, d'accord ? Ne sortez sous aucun prétexte. Vous êtes en danger et je ne parle pas seulement de Cecil, les gars de la force d'intervention ne savent pas que vous êtes du bon côté. Ils ne peuvent pas savoir que...

— Vous le savez, vous.

Holman raccrocha.

À l'instant où le silence retomba sur la ligne, une pression intérieure tellement énorme envahit Pollard qu'elle crut qu'elle allait exploser. Elle réussit néanmoins à se lever.

— Je file à la banque, dit-elle.

— Laissez Beverly Hills s'en occuper. Vous n'avez pas le temps.

Pollard sprinta vers l'ascenseur.

53

BILL CECIL, NERVEUX ET EN NAGE, surveillait la banque en tapant du pied. La Taurus était au point mort, le moteur tournait, la clime était à fond. Il s'efforçait de visualiser ce qui se passait dans l'agence.

Pour commencer, Holman allait devoir baratiner l'employé du service clientèle. Si le mec était déjà occupé, il devrait attendre. Cecil estimait Holman assez futé pour revenir lui faire un signe de la main ou autre si ça se produisait, pour lui dire de patienter, mais jusque-là il ne s'était pas manifesté. Il eut beau se répéter que c'était bon signe, son attente n'en fut pas facilitée pour autant.

Ensuite, l'employé l'emmènerait à la chambre forte, mais c'était peut-être un de ces feignants à la con qui marchent au ralenti.

Une fois à l'intérieur, Holman devrait signer le registre pendant que l'employé déverrouillerait la serrure principale des quatre coffres. Les petits modèles contenaient toujours une boîte en métal qu'on pouvait sortir et remettre à volonté, histoire de garder bien au chaud les contrats d'assurance-vie, les testaments et autres – mais pas les grands. Les grands coffres étaient vides. Holman vérifierait que ses clés commandaient bien les serrures correspondantes, mais il devrait attendre que l'employé se soit éclipsé pour ouvrir les portes.

Après, il n'aurait plus qu'à sortir les sacs, refermer les coffres à clé et repartir plié en deux vers la sortie de la banque. Il se fendrait probablement d'un petit mot sympa pour l'employé, mais après ça dix secondes lui suffiraient pour gagner la porte.

Cecil avait calculé – du début à la fin, mais sans compter l'attente éventuelle derrière un autre client – que le tout lui prendrait six minutes. Holman se trouvait dans l'agence depuis quatre minutes, peut-être quatre et demie. Pas encore de quoi s'inquiéter.

En tapotant le canon de son arme contre le bas du volant, il se promit néanmoins d'aller jeter un coup d'œil à travers la porte d'ici dix secondes.

54

HOLMAN COUPA LE PORTABLE puis regarda à nouveau dehors, craignant que les flics n'arrivent trop tôt. Il leur était presque impossible de réagir en deux minutes, mais chaque seconde au-delà de ce délai augmentait les chances de les voir débarquer. Cela faisait déjà deux minutes qu'il avait dépassé le temps du plus long de ses braquages – à l'exception de celui qui lui avait valu dix ans de taule. Ses pensées le ramenèrent à ce jour-là. Pollard était intervenue au bout de six minutes environ malgré le dispositif de barrage roulant qu'elle avait mis en place spécialement pour le coincer. Il lui restait encore une poignée de secondes.

Il revint vers les caisses et rendit son téléphone à la fille.

— Ça va ? Tout le monde est tranquille ?

— On est pris en otages ? risqua un homme à lunettes métalliques d'une quarantaine d'années.

— Personne n'est pris en otage. Restez tranquilles, c'est tout. Je vous fiche la paix dans une minute.

Il se tourna vers la salle des coffres.

— Hé, David ? cria-t-il. Comment ça se passe, là-dedans ?

— Ils sont ouverts ! répondit la voix de David.

— Ne bougez pas de là. Les flics ne vont plus tarder.

Holman courut jusqu'à la chambre forte. David avait effectivement ouvert quatre grands coffres et entassé quatre gros sacs de sport en Nylon au centre de la salle. Trois bleus et un noir.

— Qu'est-ce qu'il y a dedans ? demanda David.

— Les vilains rêves de quelqu'un. Ne bougez pas d'ici. Vous êtes en lieu sûr.

Il souleva les sacs un par un, en jetant chaque fois la sangle sur son épaule. Au jugé, ils pesaient plus de vingt-cinq kilos.

— Et pour les autres clés ? fit David.

— Gardez-les.

Holman émergea en titubant de la salle des coffres et remarqua sur-le-champ qu'il manquait deux clients.

La fille qui lui avait prêté son portable tendit le bras vers la porte.

— Ils se sont sauvés.

Et merde, pensa Holman.

55

CECIL DÉCIDA D'ACCORDER encore dix secondes à Holman. Il rêvait de ce putain de fric mais n'était pas prêt à crever ni à se faire prendre pour l'avoir, et le risque que l'une ou l'autre hypothèse se réalise augmentait au fil des minutes que l'ex-braqueur passait dans l'agence. Il fallait qu'il aille voir par lui-même ce qui pouvait bien le retarder à ce point. Si ces connards lui étaient tombés dessus, il ne lui resterait plus qu'à décamper aussi vite que son gros cul fatigué le lui permettrait.

Au moment où il coupait le moteur, il vit un homme et une femme sortir de l'agence ventre à terre. La femme trébucha en franchissant le seuil et l'homme faillit lui marcher dessus. Il l'aida à se relever et reprit sa course.

Cecil remit aussitôt le contact, prêt à partir, mais personne d'autre n'émergea de la banque.

Rien ne bougeait à l'intérieur.

Il coupa de nouveau le moteur, rangea le pistolet dans son holster et sortit de la Taurus en se demandant pourquoi ces gens avaient pris la fuite. Personne d'autre ne courait. Qu'avait-il pu se passer ? Il fit quelques pas vers l'agence puis hésita, songeant qu'il ferait peut-être mieux de remonter dans sa bagnole et de foutre le camp tout de suite.

Il scruta les deux côtés de Wilshire mais ne repéra ni gyrophare ni voiture pie. Tout avait l'air normal. Il se retourna vers l'agence et vit Holman derrière la porte vitrée avec quatre énormes sacs en Nylon sous les épaules, immobile. Cecil lui fit signe de rappliquer en pensant : mais grouille-toi, connard, qu'est-ce que tu attends ?

Holman ne sortit pas. Il laissa tomber deux des sacs au sol et lui indiqua de venir les chercher lui-même.

Tout ça ne lui plaisait pas. Cecil repensa aux deux personnes qui venaient de détaler. Il ouvrit son portable d'un geste sec et composa en abrégé un numéro qu'il avait pris soin de préprogrammer. Voyant Holman lui adresser un nouveau signe, il leva l'index pour lui dire de patienter.

— Département de police de Beverly Hills, j'écoute.

— Ici l'agent spécial du FBI William Cecil, matricule six-six-sept-quatre. Incident suspect à l'agence de Wilshire de la Grand California. Il faut lancer une alerte.

— Bien reçu. On a déjà un avis de deux-onze à cette adresse. Nos unités sont en route.

Cecil sentit un nœud brûlant lui étreindre la poitrine. Ses yeux papillotaient. Son rêve n'était plus qu'à vingt mètres de lui mais venait de se dissoudre. Seize millions de dollars – envolés.

— Ah, je vous confirme le deux-onze. Le suspect est un Blanc de sexe masculin, un mètre quatre-vingt-dix, une centaine de kilos. Il est armé. Je répète : il est armé. Plusieurs clients de l'agence sont à terre et semblent blessés.

— N'approchez pas, FBI six-six-sept-quatre. Nos unités sont en route. Merci de l'avertissement.

Cecil fixait toujours Holman quand un flamboiement explosa à la périphérie de son champ de vision : un gyrophare bleu et rouge venait de déboucher sur Wilshire à trois blocs de là.

Il pivota sur lui-même et repartit en courant vers la Taurus.

56

HOLMAN OBSERVA CECIL avec un mauvais pressentiment, se demandant pourquoi ce type perdait du temps à téléphoner alors qu'il était si près des seize millions. Il lui fit à nouveau signe de venir chercher les sacs, mais Cecil parlait toujours dans son appareil. Il sentit sa peau se hérisser – quelque chose n'allait pas du tout – en le voyant rebrousser chemin vers sa voiture. Une fraction de seconde plus tard, un clignotement bleu et rouge glissa sur les façades de verre sur le côté opposé du boulevard, et il comprit que son heure avait sonné.

En ouvrant la porte de l'agence d'un coup d'épaule, il sentit les sacs de billets osciller comme des contrepoids en plomb. À deux blocs de là, les véhicules s'écartaient pour laisser passer la force d'intervention. Les flics seraient là dans quelques secondes.

Il se lança à la poursuite de Cecil, renversant deux piétons au passage avec ses sacs. L'agent du FBI atteignit la Taurus, ouvrit précipitamment la portière, et allait monter dedans quand Holman le rattrapa. Il le fit basculer en arrière et tous deux s'écroulèrent sur le bitume.

— Mais qu'est-ce qui vous prend, putain de merde ?

grogna Cecil en se démenant pour lui échapper. Foutez le camp d'ici !

Holman ne répondit pas et ne l'entendit sans doute pas. En s'accrochant à la jambe de son adversaire, il se redressa en partie et lui martela le dos de coups de poing.

— Lâchez-moi la grappe, bon Dieu ! Lâchez-moi !

Holman aurait dû avoir peur. Il aurait dû réfléchir à ce qu'il était en train de faire, il s'attaquait à un agent spécial du FBI ayant trente ans d'expérience et d'entraînement au compteur. Mais, à ce moment-là, il ne voyait plus que Richie, le visage rouge et en larmes, courant à côté de sa voiture et le traitant de minable ; seul existait le petit visage de huit ans, aux incisives manquantes, d'une photo qui continuerait à jaunir ; il n'éprouvait plus que le besoin aveugle de faire payer cet homme.

Il ne vit pas le flingue. Cecil devait avoir dégainé pendant qu'il le frappait, tout en essayant de ramper vers la portière. Holman cognait toujours, comme s'il cherchait à enfoncer Cecil dans l'asphalte, lorsque celui-ci pivota sur lui-même. Un éclair blanc explosa trois fois de suite, et les coups de tonnerre se répercutèrent sur Wilshire Boulevard.

Le monde de Holman s'arrêta. Il ne percevait plus que les battements de son cœur.

Il fixa Cecil, attendant la douleur. Cecil le fixait aussi, ouvrant et refermant la bouche comme un poisson. Derrière eux, des voitures pie s'immobilisèrent en faisant crisser leurs pneus, et la voix amplifiée d'un agent cria des mots que Holman n'entendit pas.

— Enculé, souffla Cecil.

Holman baissa la tête. Un des sacs entassés contre son torse était noirci à l'impact des trois balles qui l'avaient perforé avant d'être stoppées par les liasses.

Cecil fourra son canon entre les sacs et toucha la

poitrine de Holman mais, cette fois, il ne tira pas. Il laissa le pistolet dans cette position, se redressa à genoux en levant sa plaque du FBI le plus haut possible au-dessus de la tête et cria :

— FBI ! Je suis agent du FBI !

Cecil s'écarta, toujours à genoux et les mains en l'air, montrant Holman du doigt et criant :

— Il est armé ! Cet homme est armé ! Il m'a tiré dessus !

Holman jeta un coup d'œil au pistolet, puis aux voitures de police. Quatre agents en uniforme étaient tapis derrière leurs capots. Des types tout jeunes, de l'âge de Richie. Qui le visaient.

La voix amplifiée résonna à nouveau dans le canyon du boulevard, accompagnée cette fois d'un mugissement de sirènes de plus en plus assourdissant.

— Jetez votre arme ! Lâchez cette arme mais ne faites aucun geste brusque !

Holman ne tenait pas le pistolet. Celui-ci était coincé juste sous son nez, entre deux sacs de butin. Il ne bougea pas. Il avait bien trop peur pour bouger.

Tout le monde s'était rué hors de l'agence. Les gens désignaient Holman en criant aux agents :

— C'est lui ! C'est lui !

Cecil se releva en titubant, s'éloigna en crabe sans cesser de brandir son badge.

— Je vois sa main ! cria-t-il. Je la vois, bon Dieu ! *Il va tirer !*

Holman vit les jeunes types tressaillir derrière leurs fusils. Il ferma les paupières, resta parfaitement immobile, et...

Rien.

Quand il rouvrit les yeux, les quatre jeunes agents avaient relevé leurs armes, entourés par un fourmillement de policiers. Plusieurs agents de l'unité tactique du département de police de Beverly Hills, équipés de fusils d'assaut et de fusils à pompe, couraient vers Cecil en lui criant de se coucher. Ils le plaquèrent violemment sur le sol et lui écartèrent les bras et les jambes pendant que deux d'entre eux fonçaient sur Holman.

Il resta sans bouger.

Un des agents de l'unité tactique, un peu en retrait, braquait son fusil à pompe sur lui, mais l'autre s'approcha.

— Ce n'est pas moi, dit Holman.

— Surtout pas un geste.

L'agent s'empara du pistolet de Cecil mais ne se jeta pas sur Holman et ne le plaqua pas au sol. Dès qu'il eut récupéré l'arme, il parut se détendre.

— C'est vous, Holman ?

— Il a tué mon fils.

— C'est ce qu'on me dit, mec. Vous l'avez eu.

Le deuxième flic les rejoignit.

— Les témoins disent qu'il y a eu des coups de feu. Vous êtes touché ?

— Je ne crois pas, non.

— Restez assis. Les secours arrivent.

Pollard se fraya un chemin avec Leeds à travers la foule grandissante de policiers. En la reconnaissant, Holman voulut se lever, mais elle lui fit signe de ne pas bouger, et il obéit. Il avait pris suffisamment de risques.

Leeds se dirigea vers Bill Cecil, mais Pollard vint droit à lui, au trot. Elle portait un blouson bleu du FBI comme la première fois qu'ils s'étaient vus. Arrivée devant lui, elle le regarda d'en haut, essoufflée mais souriante, et lui tendit la main.

— Je suis là. Vous ne craignez plus rien.

Holman se dégagea en repoussant les sacs de billets, prit la main qu'elle lui tendait et se laissa remettre sur pied. Il regarda Cecil, toujours les bras en croix sur la chaussée. Il vit les agents lui ramener les mains derrière le dos et l'entraver. Il vit Leeds, blême et grimaçant, lui flanquer un grand coup de pied dans la cuisse, puis Cecil se faire relever sans ménagement par les flics de Beverly Hills. Il se retourna vers Pollard. Il aurait voulu lui dire que tout ce qui venait de se passer et tout ce qui y avait mené était de sa faute, mais sa bouche était sèche et ses yeux piquaient trop fort.

Elle garda fermement sa main dans la sienne.

— Ça va aller, dit-elle.

Holman, baissant la tête, toucha un des sacs du bout du pied. Ça n'allait pas. Ça n'irait jamais.

— Le butin de Marchenko, dit-il. C'est ce que voulait Richie.

Elle lui souleva le menton pour qu'il la regarde.

— Non. Oh, non, Max, pas du tout.

Elle lui encadra le visage de ses mains.

— Richie n'était pas un ripou. Écoutez-moi…

Pollard raconta à Holman comment son fils était mort et, plus important pour lui, comment il avait vécu. Holman fondit en larmes sur Wilshire Boulevard, mais Pollard le prit dans ses bras et le laissa pleurer.

57

QUAND HOLMAN DESCENDIT au rez-de-chaussée, Perry était à son bureau. En général, il fermait boutique à sept heures et se calfeutrait dans son studio pour regarder *Jeopardy*, mais pas cette fois. Sans doute l'attendait-il.

— Bon Dieu, fit-il en grimaçant, mais c'est que vous sentez comme un wagon de putes, Holman ! Vous avez mis quoi, du parfum ?

— Je n'ai rien mis du tout.

— Peut-être bien que ma queue marche plus aussi bien qu'avant, mais j'ai aucun problème d'odorat. Vous empestez comme une gonzesse.

Sentant que Perry n'était pas près de lâcher, Holman décida de passer aux aveux.

— Ça doit être ce nouveau shampooing que j'ai acheté. Il est censé sentir le jardin tropical.

Perry se rencogna sur son fauteuil en gloussant.

— Tu parles ! C'est un truc de tapiole, hein ?

Il s'étrangla de rire.

Holman jeta un coup d'œil vers la porte d'entrée, espérant apercevoir la Subaru de Pollard, mais le trottoir était vide.

— Regardez-moi comme vous êtes pomponné, reprit

Perry, toujours hilare. Ben dites donc, on dirait qu'il y a de l'amour dans l'air.

— Ça n'a rien à voir. On est juste amis.

— C'est cette bonne femme ?

— Arrêtez de l'appeler « cette bonne femme », ou je vous botte le train.

— En tout cas, moi, je la trouve tip-top. À votre place, je dirais à tout le monde que je sors avec.

— Bon, vous n'êtes pas à ma place, alors fermez-la. Sauf si vous voulez que je demande à Chee de renvoyer ses gars démolir votre caisse de branleur...

Perry cessa de rire et fronça les sourcils. Une fois que tout s'était arrangé pour Chee, les mécanos de celui-ci – comme promis – avaient remis à neuf la Mercury du vieil homme, qui depuis était tout fier de parader au volant de cet engin de collection aux chromes étincelants. Un type en Range Rover lui en avait même offert cinq mille dollars.

— Il faut que je vous pose une question, dit Perry en se penchant au-dessus de son bureau. Je suis sérieux, là.

— Vous n'êtes pas en train de louper *Jeopardy* ?

— Lâchez-moi un peu. Vous pensez avoir de l'avenir avec cette nana ?

Holman se retourna vers la porte, mais Pollard n'était toujours pas là. Il consulta la montre de son père. Il avait fini par la faire réparer, et elle donnait l'heure exacte. Pollard était en retard.

— Écoutez, Perry, c'est déjà assez compliqué comme ça de se débrouiller avec le présent, d'accord ? Katherine est agent du FBI. Elle a deux petits garçons. Elle n'a rien à faire d'un mec comme moi.

Suite à la destitution de Cecil, une place s'était retrouvée vacante à la brigade des banques et Leeds l'avait proposée à Pollard. Réintégrer un ex-agent à un poste aussi prisé était pour le moins inhabituel, mais l'homme jouissait d'une telle influence qu'il avait su obtenir gain de cause. Pollard aurait même le droit de faire valoir ses années de service passées en termes d'avancement et de points retraite. Jugeant l'offre excellente, Holman l'avait encouragée à accepter.

— Bordel de Dieu, fit Perry, ça doit être ce shampooing de tapiole qui vous rend débile. Elle viendrait pas traîner par ici si elle avait rien à faire de vous.

Holman décida d'aller attendre dehors. Il sortit, mais trente secondes plus tard Perry se pointait sur le seuil.

— Perry, je vous en prie, dit-il en ouvrant les paumes. S'il vous plaît, laissez tomber.

— Juste un dernier truc. Tout ce que vous savez de moi, c'est que je suis un vieux râleur coincé dans ce motel de merde. Sauf que j'ai pas toujours été comme ça, d'accord ? J'ai été jeune, dans le temps, et la vie m'a offert des chances, des occasions. J'ai fait des choix qui m'ont amené ici. Et si c'était à refaire, putain, je vous jure que je referais pas les mêmes. Essayez de vous mettre ça dans le crâne.

Perry se replia à pas lourds dans le motel vide.

Holman le suivait des yeux lorsqu'un coup de Klaxon retentit. Il se tourna vers le bout de la rue. À deux blocs de là, Pollard venait de le repérer. Il la salua de la main et la vit sourire.

Il réfléchit aux propos de Perry, mais le vieil homme ne pouvait pas comprendre sa peur. Katherine Pollard méritait quelqu'un de bien. Holman se démenait de toutes ses forces pour devenir meilleur qu'il ne l'avait jamais été, mais la route était encore longue. Il voulait être digne de Katherine Pollard. Il voulait la mériter. Et il se croyait capable d'y parvenir un jour.

Remerciements

Nombreux sont ceux qui, pour m'avoir aidé dans mes recherches et l'écriture de ce roman, méritent d'être remerciés.

À l'antenne du FBI de Los Angeles, l'agent spécial en chef John H. McEachern (patron de la légendaire brigade des banques) et l'agent spécial Laura Eimiller (chargée des relations publiques et attachée de presse du FBI) n'ont été avares ni de leur temps ni de leur patience pour répondre à mes questions. Les erreurs comme les altérations délibérées en termes de description et de procédure sont de mon entière responsabilité.

L'adjoint au procureur des États-Unis Garth Hire, du parquet fédéral de Los Angeles, m'a été tout aussi utile sur le plan de la réglementation fédérale en matière de sentence et d'incarcération ; il m'a également indiqué la voie des recherches complémentaires à effectuer dans ce domaine. Là encore, j'assume la responsabilité de toute discordance entre la réalité et ce qui est décrit dans ce roman.

L'ancien agent spécial Gerald Petievich, du service secret des États-Unis, m'a fourni, outre un certain nombre de faits actuels et historiques sur les lettres géantes de Hollywood et le mont Lee, un éclairage additionnel sur les comportements criminels.

Christina Ruano m'a conseillé sur tout ce qui a trait au monde latino – les quartiers d'East L.A., les coutumes et la langue des gangs – et m'a alimenté en informations techniques sur le canal de la Los Angeles River et les ponts du centre-ville.

Enfin, je remercie et salue tout particulièrement mon éditrice, Marysue Ricci, qui grâce à son travail perspicace et diligent m'a aidé à peindre l'intégrité innée de Max Holman.

Meurtre dans la Cité des Anges

(Pocket n° 11549)

Karen, fille du richissime Franck Garcia, est retrouvée assassinée à Los Angeles. Pour démasquer le meurtrier, son père fait appel au détective Joe Pike, ancien petit ami de la victime, et à son collègue Elvis Cole. Mais Pike est peu apprécié dans le milieu de la police à cause d'une vieille et sombre histoire de meurtre non élucidée. Ainsi, face à des officiers peu coopérants, Cole va devoir enquêter tout seul. Et à sa grande surprise, il découvre que son ami Pike n'est peut-être pas aussi innocent qu'il en a l'air...

Il y a toujours un Pocket à découvrir

Chasse à l'homme

(Pocket n° 11836)

Depuis onze jours, trois enfants sont sans nouvelles de leur père, Clark Haines. Inquiets, ils font appel au détective privé Elvis Cole pour le retrouver. Rapidement, Cole doit se rendre à l'évidence : Clark Haines n'a rien du père idéal. L'investigation de routine va alors se transformer en une enquête à haut risque dans les milieux interlopes de Seattle et Los Angeles, villes de tous les dangers…

Il y a toujours un Pocket à découvrir

Sur le fil

(Pocket n° 12646)

Ben, dix ans, a disparu. Le fils de la compagne du détective Elvis Cole vient d'être enlevé. Pratiquement sous ses yeux. Très vite, Cole est écarté de l'enquête par le père de l'enfant. Il n'a plus que 54 h12 min chrono pour le retrouver, épaulé par un duo de choc : l'irascible Joe Pike et l'inspecteur Carol Starkey…

Il y a toujours un Pocket à découvrir

Faites de nouvelles découvertes sur **www.pocket.fr**

- Des 1ers chapitres à télécharger
- Les dernières parutions
- Toute l'actualité des auteurs
- Des jeux-concours

POCKET

Il y a toujours un **Pocket** à découvrir

Cet ouvrage a été imprimé en France par

à Saint-Amand-Montrond (Cher)
en janvier 2009

POCKET - 12, avenue d'Italie - 75627 Paris Cedex 13

— N° d'imp. : 90158. —
Dépôt légal : avril 2008.
Suite du premier tirage : janvier 2009.